Sebastian Thiel

Dornröschen auf Droge

Sieben Wege, um mich zu brechen

Über den Autor:

Sebastian Thiel, Jahrgang 1983, ist Schriftsteller mit Leib und Seele. Er lebt in Tönisvorst am Niederrhein. Als Basis seiner Romane dienen historische Ereignisse und Personen, die er zu fantasievollen Geschichten verwebt. Seit mehreren Jahren ist Sebastian Thiel freiberuflicher Autor und widmet sich komplett dem Schreiben.

Weitere Infos und Leseproben: www.sebastianthiel.net

Publikationen:

2010: Die Hexe vom Niederrhein, Historischer Roman

2012: Wunderwaffe - Brandenburg I, Kriminalroman

2013: Callcenter, Humorvoller Gesellschaftsroman

2013: Die Dirne vom Niederrhein, Historischer Roman

2013: Nee, das war noch gelb!, Polizeisachbuch

2013: Lichtwerke – Dunkle Visionen, Fantasyroman

2014: Uranprojekt - Brandenburg II, Kriminalroman

2015: Sei ganz still!, Thriller

2015: Geheimprojekt Flugscheibe - Brandenburg III

2016: Panikstadt, Thriller

2016: Die Mixtur der Verführung, Erotikroman

2017: Das Adenauer-Komplott, Kriminalroman

2018: Der Prinz und die Spionin, Historischer Roman

2019: Deutscher Frühling, Kriminalroman

Etliche erotische eBooks als Self-Publisher und für weitere Verlage unter Pseudonymen

Kurzinhalt:

Als Jennifer Meyer, genannt Dornröschen, in eine Nervenheilanstalt eingeliefert wird, will sie nichts anderes, als zu sterben.

Sieben Mal hat man sie gebrochen, bis von ihr nichts mehr als ein Schatten ohne Seele übrig blieb.

Ein ganzes Dorf schwieg, als ihr Schreckliches angetan wurde.

Jetzt ist die Zeit für Rache und dafür ist ihr jedes Mittel recht - denn in der abgelegenen Stadt hat jeder ein finsteres Geheimnis.

Sebastian Thiel

Dornröschen auf Droge

Sieben Wege, um mich zu brechen

Sebastian Thiel

Dornröschen auf Droge – Sieben Wege, um mich zu brechen

1. Auflage 2019

Covergestaltung: TociljDesigns, Bonn

www.sebastianthiel.net

info@sebastianthiel.net

»Nicht nur der Berg hat seine Geheimnisse, die wahren Monster wohnen in den schmucken Häusern und grüßen freundlich.«

Prolog – Der Kuss des Prinzen

»Du bist so wunderschön«, flüstert er mir ins Ohr und hält sanft meine Hand. »Mein Dornröschen.«

Die Sterne stehen an diesem Abend stechend hell am Nachthimmel. Ein Lichtermeer aus tausend kleinen Glühwürmchen, welche die schönste Nacht meines Lebens begleiten sollen. Mit den Fingerspitzen fährt er behutsam durch mein Haar und schenkt mir einen Kuss. Den Kuss. Ab jetzt wird alles anders.

»Und deine Lippen schmecken wie reife Kirchen.«

Ich glaube Chris. Ich würde ihm alles glauben.

Mir kommt es vor, als würde das gesamte Vereinsheim vibrieren. Es ist mein Schloss und dies meine Nacht. Unten tobt die Party, hier oben mein Herz. Es pocht wie verrückt und will aus meiner Brust springen. Endlich sieht Chris mich so an, wie ich es mir immer gewünscht habe.

»Meinst du wirklich?«, frage ich mit zittriger Stimme und halte den Atem an. Mein Körper zerspringt beinahe vor Aufregung. Als er mich streichelt, zucke ich zusammen. Es ist, als hinterließen seine Finger eine brennende Spur auf meiner Haut.

»Natürlich«, haucht er kaum hörbar und küsst meine Wange. »Besonders, wenn du die Augen schließt.« Er legt sich vorsichtig auf mich. »So friedlich und hilflos, als würdest du schlafen.«

Ich bin im Himmel. Seine Stimme ist sanft, wie die eines Engels … und Engel lügen nicht.

Die modrige Feuchtigkeit des Spitzbodens duftet für mich wie frisch gebratene Mandeln. Wir liegen auf alten, abgewetzten Teppichen, doch es kommt mir vor, als würde er mich auf Rosen betten. Der Staub tanzt im Licht, so, wie ich bald mit meinem Prinzen. Draußen tobt der Sturm, doch wir befinden uns in einem Kokon aus Glück.

Es ist mein ganz eigenes Happy End.

Selbst das Paradies kann nicht schöner sein als dieser Ort. Vergessen sind die Monate, in denen er mich in der Schule nicht ansah, weggewischt die endlosen, vergangenen Nächte, die wie lange Schatten des nahenden Winters dunkler wurden.

Chris streicht die schwarzen Haare aus seinem Gesicht und ich habe das Gefühl, als könnte er mir direkt in die Seele blicken. Er öffnet zwei Knöpfe meiner Bluse und berührt mit den Fingerkuppen meinen BH. Dabei spüre ich, wie er etwas aus seiner Jackentasche holt.

»Du willst doch Spaß haben, oder?«

Ich zwinge mir ein Lächeln ab und zucke mit den Schultern. Die letzten Monate habe ich zu sehr gelitten, als diesen Moment nicht genießen zu können. Endlich bin ich bei ihm und er ist bei mir. Zwei Seelen, die sich gefunden haben, in einer Welt voller Chaos.

Er legt mir etwas an die Lippen und ich schmecke Salz und Kunststoff. Augenblicklich bekommt der Kokon Risse. Für meinen Prinzen will ich nicht angewidert aussehen. Trotzdem drehe ich mich weg, verziehe das Gesicht und huste. Mein Körper zittert, als würde sich die Kälte in mich hineinfressen und sie ein Teil von mir werden.

So etwas hat Dornröschen bestimmt nicht gemacht. Sie war cool und ihre Augen funkelten, als die Lippen des Prinzen zum zweiten Mal die ihrigen berührten. Obwohl alles in mir schreit, dass ich einen Schluck Wasser brauche, tue ich es ihr gleich und lächle. So etwas mögen die Jungs, so etwas mag mein Prinz. Mit aller Macht dränge ich die Übelkeit beiseite und lege mich wieder auf den Rücken.

»So ist es brav«, wispert Chris und streichelt über meine Lider. »Mach die Augen zu, Dornröschen.«

Plötzlich wird die Schwärze in gleißendes Licht getaucht. Die Welt um mich herum erbebt. Gedämpfte Worte erreichen meine Ohren, ohne, dass ich sie wirklich verstehe. Meine Atmung wird langsamer, Sonnenstrahlen und Schatten vereinen sich zu einer Farbexplosion. Tanzende Sterne zucken vor meinen geschlossenen Augen und leuchten so hell, dass ich Angst habe, zu erblinden.

Ich schlage die Lider auf.

Mich überwältigt eine flammende Hitze, die mein Herz umschließt und mit ihr rauscht der Schmerz, so klar und brennend, als würde Feuer meine Muskeln in Asche verwandeln. Der Duft von gebratenen Mandeln ist weg, ich liege nackt auf feuchten Teppichen, ein Inferno hat sich in mir eingenistet und die Tür nach unten steht offen. Jeder Atemzug lässt hunderte Nadeln in meine Lungen stechen. Meinen Slip haben sie mir über die Augen gelegt.

Der Geruch von altem Holz und dickem Staub schnürt mir die Kehle zu. Dunkle Silhouetten thronen über mir. Sie lachen. Es klingt, als würden sich Hyänen auf ein Festmahl freuen. Ich höre Stimmen, die mir eigentlich bekannt vorkommen sollten, aber nun scheinen sie mir fremd und aus einer anderen Welt zu stammen. Hände, kalt und vor Aufregung zitternd, berühren meinen Körper. Meine Kraft versiegt, als ich mir den Slip vom Gesicht ziehen möchte.

Der Stoff rutscht herunter und legt sich über meinen Hals. Überall sind Finger, die über mich hinweg krabbeln. Ich liege in einem Ameisenhaufen und die Insekten kriechen an jede noch so intime Stelle. Angst dehnt sich aus und ergreift von mir Besitz, wie eine Krankheit, der ich nicht habhaft werden kann.

Ich will, dass die Ameisen aufhören, doch kein Wort verlässt meine Lippen. Ich schreie stumm.

»Mach die Augen zu, Dornröschen.« Chris streicht meine Lider nach unten, wie man es in den Filmen bei Toten vollführt. Mir kommt es vor, als wäre ich eine von ihnen.

»Du bist so wunderschön.«

Kapitel 1 – Ohne Farbe

64. Tag nach dem Kuss des Prinzen

Das Gebäude sieht leblos aus. Tot. Gefällt mir – es erinnert mich an mich selbst.

»Sie haben Ihr Fachabitur also noch gemacht, Jenny?«

Ich nicke in Richtung meiner Psychologin, ohne sie wirklich anzusehen. Hastig ziehe ich an meiner Zigarette und knibbel den Lack von meinen entzündeten Fingernägeln. Dann sehe ich wieder zu Frau Herdenfort, doch mein Blick geht durch sie hindurch. Die rundliche Dame strahlt Wärme und Kompetenz aus. Ihre dunkelgrünen Augen funkeln in der Nachmittagssonne und mein Verstand ist gewillt, ihnen Glauben zu schenken. Nur meinem Herz, wenn man die unzähligen Splitter als solches bezeichnen möchte, kann sie nichts vormachen. Die Frau überragt mich um zwei Köpfe und macht den Eindruck, als wäre sie die ehrlichste Person auf diesem Planeten. Gleichgültig. Ich traue niemandem mehr. Warum auch?

»Sie sind also noch zusammen?«, will sie wissen und streicht über ihr Notizbuch mit dem ledernen Einband. Welche Geschichten wohl auf den Seiten ruhen?

Wie oft muss sie hier im Garten gesessen haben und sich das Geheule von spätpubertierenden Mädchen anhören, die nicht damit klar kamen, dass der Checker der Schule sie verschmähte. Ich reihe mich nur ein, in eine ganze Horde von hysterischen Girlies, die dumm genug waren, um auf süße Worte und viel zu schöne Versprechungen reinzufallen.

Wenn man es so sieht, bin ich es eigentlich selbst schuld, dass ich hier bin.

»Jennifer?«

Nur schwerlich kann ich den Blick vom Gebäude nehmen. Als ob jemand ein Bild gemalt hätte und sämtliche Farbe herauswusch, weil er sich nicht für eine entscheiden konnte. »Ja?«

»Ihre ehemalige Stufe, sie macht jetzt noch zusammen ihr Abitur?«

»Mh …«, bestätige ich und versuche, jede Einzelheit des Therapiezentrums in mich aufzusaugen. Nichts will ich vergessen, wenn ich mich in dieser Nacht verabschiede.

»Möchten Sie nicht lieber bei ihnen sein? Bei Freunden und Schulkameraden?«

Ein Lächeln legt sich grotesk auf meine Lippen. Es ist wie das eines traurigen Clowns: Die Farbe wurde einfach auf sein Gesicht gestrichen, obwohl Tränen seine Wangen benetzen. Von Weitem erkennt man vielleicht keinen Unterschied, aber ein Blick in die Augen genügt, um die bittere Wahrheit zu erfahren.

»Meine Freunde?« Die Worte sind nicht mehr als ein Wispern im Wind. »Zurück zu denen?«

Allein es auszusprechen, verursacht mir Höllenquälen. Kalter Schweiß legt sich auf meinen Nacken, die Züge an der Zigarette werden schneller. Mit den Fingernägeln schabe ich voller Inbrunst den Nagellack ab. Blut legt sich über die Fingerkuppen, der Schmerz frisst sich in mich hinein und ich umarme ihn wie einen Geliebten.

»Sie haben mich doch bereits vergessen«, hauche ich ohne Stimme. »Ich bin unwichtig, wie eine Schneeflocke unter tausenden. Bald schon wird jeder Gedanke geschmolzen sein und nichts wird mehr an mich erinnern, außer einer verstaubten Erzählung hinter vorgehaltener Hand.«

Meine Beine wollen nicht mehr sitzen. Ich stehe auf, schnippe die Zigarette weg. »Sie wollen wirklich, dass ich zurück zu denen gehe?«

Obwohl ich es nicht will, trägt der Wind meine Stimme durch den Garten des Therapiezentrums. Andere Mädchen blicken auf. Umgeben von Feldern und kleinen Bächen schmiegt sich der Betonblock an ein kleines Wäldchen. Die Hitze scheint hier zu stehen und verwandelt jeden Schritt zu einer Qual.

»Zu denen, die über mich hergefallen sind, während ich hilflos auf feuchten, stinkenden Teppichen lag?« Mein Grinsen wird verrückter und breiter. »Vielleicht wollte ich es ja«, sage ich so sarkastisch wie nur eben möglich und hoffe, dass mir Frau Herdenfort zumindest jetzt einen Funken Verständnis entgegenbringt.

»Nichts ist passiert, in diesem kleinen, verfickten Scheißdorf!« Die Welt beginnt sich schneller zu drehen. »Der Vater von diesem Arsch ist stellvertretender Bürgermeister, seine Mutter in der Schulpflegschaft. Jeder dieser Hurensöhne hat einen Vater im Stadtrat, eine Mutter im Sportverein oder einen Cousin bei der Polizei. Sie wollen nur ihre Birnenfeste und Sportveranstaltungen zelebrieren und ihre Söhne und Töchter auf die Uni schicken. Wenn ihr Fußballverein dazu noch gewinnt, sind alle glücklich.

Das ist das Ziel.

Es gibt nichts, was diesen Mikrokosmos der Glückseligkeit unterbrechen darf.« Ich merke, wie ich aus Leibeskräften schreie und kann es doch nicht verhindern. Mein Geist will einfach nicht zur Ruhe kommen und mein Körper zittert wie das letzte Blatt an einem Baum, das sich mit aller Kraft gegen den Wind wehrt, um nicht abgerissen zu werden. »Und besonders keine zugezogene Schlampe, mit einer alleinerziehenden Mutter, die *nachher ihre Meinung geändert hat.* Das würde nur stören, finden Sie nicht?«

Ich breite die Arme aus, zupfe mit wachsender Intensität an meiner Jogginghose und spüre, wie ich von Wut erfasst werde. Der stechende Duft von Desinfektionsmitteln legt sich wie ein allgegenwärtiger Schleier über den Garten. Ich bebe am ganzen Leib. Beinahe automatisch zieht es meinen Blick auf die Narben an meinen Handgelenken. In dieser Nacht sind wieder einige dazugekommen.

Meine Psychologin sieht demonstrativ auf die Uhr und klappt ihr Buch zu. »Natürlich, Frau Meyer.« Sie räuspert sich. »Liebe Jennifer, ich denke, wir sollten für heute Schluss machen. Wichtig ist, dass Sie hier erst einmal zur Ruhe kommen.« Sie legt ihre Hand auf meinen Arm und ringt sich ein Lächeln ab.

Zur Ruhe kommen. Gute Idee. Und wie ich zur Ruhe kommen werde. Nun, da der Tag auf die Dämmerung zugeht, will ich die letzten Strahlen der Sonne nutzen, um ihnen noch eine letzte, großartige Show zu bieten.

Genau so, wie sie es bei mir taten.

Kapitel 2 - Der Pakt

65. Tag nach dem Kuss des Prinzen

Kurz vor Sonnenaufgang – die blaue Stunde. Was für ein prachtvoller Anblick!

Ich stehe auf dem Dach des Therapiezentrums, wippe über den Rand und meine Augen fixieren die vor mir liegende Stadt. Ein leichter Wind trägt den Rauch meiner Zigarette schnell fort und lässt ihn im Morgengrauen verschwinden.

Ich muss lächeln, wenn ich an die Leute denke, die wie kleine Rädchen in diesem Monstrum einer Metropole arbeiten.

Was verborgen war, gut behütet im Schatten lag, jegliche Geheimnisse und Intrigen, die unter dem Schleier der Finsternis eingehüllt waren, brechen nun ans Licht.

All die Dämonen, welche die Dunkelheit in ihrer Umarmung einschloss, werden nun sichtbar. Wenn die ersten Sonnenstrahlen hinter den Dächern der Stadt hervorkriechen, sieht man nicht mehr das gegraute Gesicht der Menschen. Die nächtliche Maske ist verschwunden und zum Vorschein kommt ihr wahres Antlitz.

Wenn der Rausch langsam seine Schuldigkeit getan hat und man sich wieder um Schule, Uni und Arbeitsstelle kümmern muss, sind die Sünden der vergangenen Nacht ganz weit weg. Nur Geduld kann den Ursprung wieder herstellen, wenn der Tag seine ewige Schlacht mit der Nacht verliert und die Dämmerung als stiller Vorbote seines Sieges kündet.

Irgendwann werden die Sünden zur Vergangenheit und die Vergangenheit gerät schnell ins Vergessen.

Besonders in Griemsmahl.

Meinen Blick zieht es nach Westen.

Irgendwo dort, in der Einöde, kurz vor der niederländischen Grenze, liegt die Stadt, die mich tötete. Eine verschlafene Gemeinde, die den Namen eigentlich nicht verdient. Die ersten Häuser schmiegen sich bereits nach der Autobahnausfahrt an die Front des Berges Griems. Der Namensgeber von Griemsmahl ist auch dafür verantwortlich, dass die Sonnenstrahlen ein seltener Gast auf dem kleinen Marktplatz sind. Nur im Hochsommer, wenn sogar Enten auf dem Fluss Leere zu finden sind, passieren die Strahlen den Berg und schenken den Menschen ein wenig Wärme. Ansonsten passt der Fluss zur Stadt und man hätte sich keinen besseren Namen aussuchen können.

Quer durch die Republik, vielleicht 200 Kilometer westlich, haben sie Jennifer Meyer gebrochen. Nicht mit einem Mal, wie einen Ast, den man über das Knie bricht, sondern langsam, mit stetig zunehmender Kraft. Einige nicht einmal mit Absicht, sondern beiläufig, ohne daran zu denken, was Worte und Taten ausrichten können.

Genüsslich ziehe ich an meiner Zigarette. Das Nikotin flutet meinen Körper und während ich genieße, wie der Qualm meine Lungen füllt, stelle ich mir vor, wie meine Mitschüler in wenigen Tagen zum Michael-Ende-Gymnasium zurückkehren werden. Die Ferien haben bald ein Ende gefunden und mit ihr, diese dumme, dumme Geschichte, die sich letztes Schuljahr zugetragen hat. Nicht mehr lange und es geht nur noch um ihre Karriere als Fußballprofi oder welche Universität sie besuchen werden.

Sie alle wollen raus aus dem Dorf, nur weg von Griemsmahl, diesem erfolgsverwöhnten Fußballverein mit dem schattigen und von Wind durchzogenen Platz am Fuße des Berges, auf dem kein Gegner gern spielt. Weg aus den Eigenheimen, mit stagnierender Wertentwicklung und Winterblumen, weil etwas anderes in den Vorgärten nicht überlebt. Einfach nur fort aus der Einöde, in die nächstgrößere Städte nach Düsseldorf, Köln oder am besten gleich Berlin oder München. Dorthin, wo das Leben tobt und nicht alles vom Fußballverein oder den Schützen abhängt.

Noch ein Jahr, dann haben sie es geschafft, denke ich und schnippe die Zigarette über die viel zu kleine Brüstung. Der Wind erfasst den Stummel und trägt ihn auf seinen unsichtbaren Armen weg von mir. Noch einmal blicke ich gen Himmel. Das Morgenlicht kämpft sich mühselig durch die wenigen Wolken. Hier und überall in Deutschland wird es heute sehr heiß werden.

Nur nicht in Griemsmahl. Dort regiert seit Anbeginn der Zeit der mächtige Griems und lässt die Menschen in eisiger Kälte leben. Ich muss lächeln bei dem Gedanken. Manche sagen, dass in der Stadt viel passiert und über wenig geredet wird. Nur der Berg, der weiß alles. Zu schade, wenn der einzige Zeuge verbrecherischer Schandtaten ein Haufen Geröll im Schatten ist.

Tja, Pech gehabt, Jenny. Falscher Ort, falsche Zeit, falsche Freunde und in den falschen Typen verliebt. Schlechte Mischung … tödliche Mischung.

In wenigen Minuten schon wird die Nacht endgültig zur Seite treten und dem Tag das Feld überlassen. Die blaue Stunde neigt sich dem Ende zu und ich steige auf die Brüstung.

Meine Atmung beschleunigt nicht einmal, als ich die Arme ausbreite und noch ein letztes Mal an Griemsmahl denke. Wann werden sie von meinem Tod erfahren?

Offiziell bin ich weggezogen. Zumindest wurde die Geschichte von den Stadtoberen sooft verbreitet, dass sie mittlerweile zur Wahrheit geworden sein dürfte. Wenn sie von meinem Ableben erfahren, werden sie der Story noch ein wenig Würze verleihen. Vielleicht dichten sie mir eine Drogensucht an?

»Dat Mädel war ja schon immer nicht janz sauber«, werden sie sagen. »War doch nur ’ne Fraje der Zeit, bis die sich selbst kapott macht.«

Dann zieht es ihre Aufmerksamkeit wieder auf den Terminkalender, damit sie sich darüber aufregen können, dass sich das Schützenfest mit dem Pokalspiel von Borussia Griemsmahl überschneidet. Nach dem Spiel wird man lachen und mit alle Mann in die Gaststätte »Zur Mine« einkehren, in der man literweise Bier vertilgt und über den Tod von der bekloppten Jenny Meyer redet. Die Alten werden Essen und Klaren dazu kippen, während Chris sich ein neues Opfer suchen wird, das er mit schnellen Discofox-Schritten und seinem traumhaften Augenaufschlag auf dem Dachboden des Vereinsheims entführt.

Mit etwas Glück wird er es allein sein …

Ich schließe meine Augen, in der Hoffnung, dass die Dunkelheit mir ein letztes Mal Mut verleiht. Augenblicklich sind die Bilder wieder da. Ein muffiger, süßlicher Geruch, den man nie aus der Nase zu bekommen scheint. Dazu die Kälte, die sich in einen hineinfrisst und das Zeug, dieses grässliche Zeug, das kleinen Mädchen so böse Träume in den Verstand pflanzt.

Meine Atmung wird schwer und auch mein Puls erreicht ungeahnte Höhen. Ich öffne meine Lider erst wieder, als ich bemerke, wie sehr sich meine Hände zu Fäusten ballen. Die Knöchel laufen bereits weiß an und die Ritznarben funkeln mir in den ersten Strahlen des Tages hell entgegen.

Sie alle haben weggesehen. Sie alle!

Hastig ziehe ich Luft in meine Lungen. Mein Brustkorb hebt und senkt sich, bei jedem dieser abscheulichen, gemeinen Gedanken ein wenig mehr.

Wird Chris bei der Nächsten genauso handeln? Ihre Fotos ins Netz stellen und damit prahlen, wie oft er sie gefickt hat, als die Kleine besoffen war? Oder zeigt er sich gar als guter Teamkapitän und lässt seine Jungs ran, wenn sie im Spiel ein Tor geschossen haben?

Ohne es zu bemerken, beiße ich mir so hart auf die Zähne, dass mein Zahnfleisch zu bluten beginnt. Jede Überlegung ist ein Band aus Hass und Zorn. Kalter Schweiß legt sich auf meine Haut, während der Wind an meinem viel zu großem Schlafshirt zerrt. Meine Haare sind fettig, ich bin übersät mit Pickeln und habe mich seit zwei Wochen nirgendwo rasiert. Warum auch? Damit der Gerichtsmediziner bei der post-mortem-Untersuchung einen schönen Anblick genießen kann? Nein, danke.

Wichsvorlage war ich bereits für zu viele Typen, die mich ausgeknockt und mit gespreizten Beinen auf alten Teppichen bewundern konnten. Das brauche ich nicht mehr. Heute soll damit Schluss sein.

Das war der Deal. 40 Tage habe ich mir Zeit gegeben, um es zu verstehen, doch noch immer bin ich einer Erklärung für ihre quälende Niedertracht kein Stück näher gekommen.

Die vergangenen Monate rennen wie ein zu schneller Film vor meinem geistigen Auge vorbei. Ich erkenne ein Mädchen, mit Unmengen naiver Hoffnung in der Hauptrolle und eine Menge Bösewichte. Leider haben sie ihr Handwerk um einiges besser drauf, als die blonde Prinzessin das ihrige. Heute gibt es leider kein Foto, kein Happy End für dich, Dornröschen.

So hat er mich immer genannt.

Ich beiße mir auf die Lippen. Nein, das darf nicht sein. Wahrscheinlich weiß er nicht einmal mehr, was er mir angetan hat. Mit viel Glück wird er sich an die dumme Jennifer Meyer erinnern, wenn er die nächste Schlampe auf einer Party im Vereinsheim fickt. Aber nicht zu lange, die Jungs haben einen straffen Zeitplan und dieser gehört eingehalten. Sie wollen schließlich Fußballprofis werden und spätestens mit dem Abitur ist der Weg frei ins nächste Club-Internat. Niemand soll die dunklen Geheimnisse der Stadt aufdecken und die hart aufgebauten Illusionen einreißen.

Langsam steige ich wieder über die Brüstung. Meinen Blick zieht es in die Ferne, dorthin, wo ich den Griems erahne. Welche Heimlichkeiten kann man dir entlocken, dunkler Berg, wie viele Bewohner haben Leichen in deinem Schatten verscharrt?

Es gibt nur einen Weg, den Kreis zu schließen. Der Tod hat mich verstoßen und ich treibe hilflos zwischen Licht und Finsternis. Nein, so darf es nicht enden. Ich will nicht mehr hilflos sein.

Justitia ist blind … und dumm und besoffen. Sie würde eine Straftat nicht erkennen, wenn man die Schuldigen direkt an ihre Brust drücken würde. Es ist an der Zeit, meine eigene Geschichte zu formen und etwas zu suchen, das mir mein Leben lang fremd war. Vergeltung.

Kapitel 3 – Back in town

81. Tag nach dem Kuss des Prinzen

Der Morgen ist gerade erst angebrochen, als der Bus quietschend zum Stehen kommt und mit einem Ruck den einzigen Fahrgast auf den Bürgersteig vor dem Hauptbahnhof spuckt.

Typisch. Die meisten Leute wollen aus der Stadt heraus und nicht hinein. Wer möchte schon nach Griemsmahl, denke ich und atme tief durch. Der allgegenwärtige, graue Schleier legt sich wie eine Würgeschlange über mein Gemüt und drückt mit jeder Sekunde ein wenig mehr zu. Die Kräfte der Sonnenstrahlen sind machtlos. Hier wurde es noch nie richtig hell, einem Kellergewölbe gleich, in dem nur ein Licht brennt und gegen die Dunkelheit ankämpft.

Der Griems, mit seiner spitzen Nadel, die scheinbar endlos in den Himmel ragt und dem flachen Rücken, der sich bis tief ins Tal zieht, lässt es einfach nicht zu. Und genau an diesen gottverlassenen Ort, wo Fußball alles ist, die Menschen sich in Alkohol und ihr bürgerliches Leben flüchten und über jeden gelästert wird, der vom Tisch aufsteht – genau an dieses Fleckchen Erde hat mich meine Mutter vor knapp einem Jahr geschleift. Obwohl ich nur einen kurzen, schmerzhaften Teil meines Lebens hier verbracht habe, fühlt es sich an, als würde mich die Stadt bereits eine Ewigkeit in meinen Träumen begleiten.

Ich stelle meinen Koffer auf den Boden und blicke zum Berg hoch. Wie ein schlecht gelaunter Brocken aus grauen Steinen steht er da und es scheint, als würde er der Stadt absichtlich den Rücken zudrehen und der Sonne keinen Eintritt ins Tal gewähren. Ich werde das Gefühl nicht los, dass er wütend ist. Ein tiefer, nicht aussprechbarer Zorn, aufgebaut in Epochen und hervorgerufen durch all die Geheimnisse und Leichen, die die Bewohner in ihren Kellern gehortet haben. Ich seufze auf und trete an die Leere heran. Das kleine Flüsschen hat seinen Ursprung oben im Berg und rauscht leise durch die gesamte Stadt. Was für ein passender Name für eine farblose Gemeinde. Die Leere fließt so schnell, als könnte sie es gar nicht abwarten, endlich das Tal und die Stadt hinter sich zu lassen, damit sich die Sonne glitzernd auf die Oberfläche legen kann.

Wer könnte es ihr verübeln …

Mit einem Ruck nehme ich meinen Koffer und passiere den alten, backsteinernen Hauptbahnhof in Richtung Innenstadt. Hier sieht es immer noch so trostlos aus wie vor knapp zwei Monaten. Ein warmer Wind streicht um meine nackten Beine, während ich den Koffer weiter über die rumpligen Bürgersteige ziehe.

Es ist kein schöner Anblick. Viele Gebäude stehen leer. Mitschüler, die sich langweilten oder denen der Weg in die nächste Stadt zu weit war, haben die Fensterscheiben einiger Gebäude eingeworfen. Die niederrheinische Provinz ist nicht gerade für ihre metropolitische Offenheit bekannt und hier scheint sich das auf traurige Art zu manifestieren.

Nur die Plakate der Eröffnungsfeier von Borussia Griemsmahl glänzen einen von jeder Ecke, unzähligen Häuserwänden und sogar von übergroßen Plakatwänden entgegen. Der Verein ist kurz davor, in die Oberliga aufzusteigen – die fünfhöchste Spielklasse in Deutschland. In dieser Saison wäre es tatsächlich machbar.

Ein unglaublicher, aber nicht unmöglicher Schritt für so ein kleines Kaff wie Griemsmahl. Immerhin haben andere Städte vorgemacht, was mit einem Investor und viel Geld möglich ist. Nicht umsonst träumt Bürgermeisterin van Cleef bereits von einem Bergstadion, das sich in den

Griems schmiegen soll und aufgrund der Einzigartigkeit in ganz Europa bald in aller Mund wäre. Der Fußballverein ist die beste und einzige Chance, die Griemsmahl jemals haben wird, um aus dem Schatten des Berges zu gelangen.

Noch einmal zieht es meinen Blick nach oben. Ob das dem Griems gefallen würde?

Ich kaue auf meiner Lippe und spiele an meinen langen, lockigen Haaren. Der Lippenstift schmeckt nach Kirsche und ist eine Nuance zu rot. Ich weiß, dass ich die Blicke der Menschen auf mich ziehe und genieße es für einen Herzschlag. Einige ältere Herren rümpfen die Nase und tuscheln mit ihren Frauen. Ich brauche die Worte gar nicht zu hören, um zu wissen, was sie sagen.

»Die Bekloppte ist wieder da!«

»Nuttiger als zuvor!«

»Wie kann sie es wagen?«

Doch während sich die Damen diebisch darauf freuen, die Neuigkeit unter den Nachbarn zu verbreiten, blicken mir die Männer noch einmal hinterher und fixieren meinen Po. Ein Lächeln umspielt dabei meine Lippen. Früher habe ich es gehasst, im Mittelpunkt zu stehen. Nun ist es nicht nur Mittel zum Zweck, sondern auch gleichgültig, ob ich wie die Stadt ein Dasein im Schatten friste oder mich in Aufmerksamkeit suhle. Ich würde alles tun, um Vergeltung zu üben. Auch ein langer Weg beginnt nun einmal mit dem ersten Schritt und dieser wird mir höllische Schmerzen zubereiten.

Die Räder meines Koffers schleifen über den unregelmäßig gelegten Steinboden, als ich das Gebäude erreiche, in dem alles vor einem Jahr begann.

Das Michael-Ende-Gymnasium ist am Ende der Stadt gelegen. Ein schmuckloser, grauer Klotz aus Beton, der jede Emotion aufzusaugen scheint. Trotzdem will der Stadtrat dieses Monstrum um jeden Preis behalten. Selbst wenn ab und zu kleine Brocken auf dem Schulhof landen und Netze über den Köpfen der Schüler zum Alltag gehören, braucht jede Stadt, die etwas auf sich hält, eine weiterführende Schule. Und sei sie auch noch so hässlich.

Jeder weitere Zoll schnürt meine Kehle zu, während ich über den leeren Schulhof schreite. Kopf nach oben, Rücken durchdrücken, Brüste raus – komm schon, du kannst das, Mädchen. Begleitet werde ich nur vom Geräusch meines fahrenden Koffers und des lauter werdenden Herzschlags. Kurz sehe ich auf die Uhr. Die zweite Stunde hat gerade begonnen, meine alte Stufe wird aller Wahrscheinlichkeit nach gerade komplett zusammen sitzen. Ich versuche, nicht daran zu denken, und schreite direkt auf das Sekretariat zu.

Frau Kluschewski sieht mich an, als hätte sie einen Geist gesehen. Nun ja, so in etwa stimmt das ja auch.

»Maria im Himmel«, sagt sie und bekreuzigt sich. »Ich hätte nicht gedacht, dass ich dich jemals wiedersehe.« Ihre Stimme ist wie dünnes Eis, kalt und zerbrechlich. Die beleibte Frau mit dem missratenen Kurzhaarschnitt schluckt trocken und sieht sich ungläubig um. Was erhofft sie sich? Das ich mir die Jenny-Meyer-Maske vom Gesicht reiße und wir dann herzlich lachen?

Mit weit aufgerissenen Augen glotzt sie weiter und mustert mich von oben bis unten. Wahrscheinlich hat sie die Videos gesehen und wundert sich, dass vor ihr kein gebrochenes Mädchen steht, sondern eine junge Frau mit offenen Haaren, Minirock, weißer Bluse und einem strahlenden Lächeln. »Hallo, Frau Kluschewski, Sie sehen toll aus, haben Sie etwas mit Ihren Haaren gemacht?« Ich schieße noch zwei weitere Komplimente hinterher und erkenne, dass sich ihre Miene aufhellt.

Sie scheint erleichtert, dass ich nett zu ihr bin. Ich scheine also doch nicht aus dem Reich der Toten gekommen, um sie und die Schule mitzunehmen und die E-Mails, die sie vor wenigen Tagen erhielt, waren in der Tat keine Nachrichten aus dem Jenseits. Etwas widerwillig tippt sie an ihrem Rechner herum und ist anschließend vermutlich selbst überrascht, als sich von der Mattscheibe keine Einwände in ihre Augen brennen.

»Nun, nun gut.« Sie braucht zwei Anläufe, um ihre Stimme zu finden und sich den Hauch eines Lächelns auf die Lippen zu meißeln. Der Drucker arbeitet ächzend, während eine peinliche Stille entsteht. Ich fixiere sie. Frau Kluschewski tut alles, um mir nicht in die Augen zu sehen. Wer redet schon gerne mit einem Geist.

»Hier ist dein … Ihr Lehrplan«, japst sie erleichtert, als der Drucker endlich das Blatt Papier freigibt.

Ich winke ab. »Den habe ich mir schon ausgedruckt.« Das gemeißelte Lächeln bröckelt. »Also, wenn das dann alles wäre? Den Koffer kann ich hier stehen lassen, oder? Vielen Dank, Sie sind ein Engel!«

Ohne eine Antwort abzuwarten, schultere ich meine Tasche und verlasse das Sekretariat. Showtime! Jetzt kommt es drauf an. Der Mittelgang trägt meine Schritte weit durch die Gänge der Schule, während mich das Klassenzimmer magisch anzieht. Früher habe ich es gehasst, hier zu sein, nun kann ich es gar nicht mehr erwarten. Mein Lehrplan war das erste, was ich mir ausgedruckt habe, nur einen Platz für den Koffer hatte ich noch nicht. Wenn Frau Kluschewski bereits überrascht war, mich zu sehen, wie würde es meinen lieben Mitschülern wohl ergehen?

Der hallende Ton meiner Stiefel wird langsamer und meine Atmung beschleunigt sich. Als meine Finger auf der Türklinke ruhen, nimmt meine Herzfrequenz gefährliche Formen an. Die schneidende Stimme von Frau Hirsch dringt durch das lackierte Holz und löst bei mir Übelkeit aus. Bilder und Worte meiner Vertrauenslehrerin muss ich mit aller Macht beiseite drängen. Ich halte mich zur Ruhe an und hasse mich dafür, dass ich in alte Muster verfalle.

Was hast du zu verlieren, Jenny? Wenn sie das Dornröschen haben wollen, sollen sie es bekommen.

Kurz denke ich an meinen Deal mit mir selbst. Wer nichts mehr zu verlieren hat, kann alles setzen. Schon seit Tagen spiele ich die Szene in meinen Gedanken durch und doch ist mir klar, dass sie niemals an die Realität heranreichen wird.

Genau so war es im letzten Jahr. Ich stand an diesem Ort, meine Hand lag auf der Türklinke, nicht imstande, sie zu drücken. Dann gab ich mir einen Ruck.

Hätte ich das alles gewusst, wäre ich niemals durch diese Tür gegangen …

Kapitel 4 – Aus den Augen …

273. Tag vor dem Kuss des Prinzen

Mein Gott, Jenny, jetzt stell dich nicht so an!

Ich zapple von einem Bein auf das andere, rücke meine Tasche zurecht und fahre mir zum gefühlt hundertsten Mal durch die Haare. Hätte ich vielleicht doch einfach einen Zopf flechten sollen?

Für den ersten Tag an der neuen Schule sind lockige Haare wahrscheinlich zu offensiv. Das letzte, was ich mir wünsche, ist ein erneutes Dasein als pausbäckiges, krimilesendes Mädchen in der Ecke des Schulhofs, das Mangas in die Ecken der Bücher malt. Nein, hier wird alles anders!

Meine Finger ruhen auf der Türklinke meines neuen Schulraums und doch finde ich nicht die Kraft, sie herabzudrücken. Andererseits, was soll schon passieren? Schlimmer als in der alten Schule kann es ohnehin nicht werden. Eigentlich bin ich meiner Mutter sogar dankbar, dass sie hier am Griems ein neues Geschäft als Bergsteigerlehrerin eröffnen möchte, auch wenn ich von der Stadt bisher kaum etwas gehört habe - bekannt für Fußball und natürlich den Berg, der dem Tal sämtliches Licht raubt und es jeden Tag in ein fahles Grau taucht. Irgendwie mag ich das. Sonne war noch nie so mein Fall. Klingt zu sehr nach Rampenlicht. Vielleicht ist das hier also genau mein Ding.

Noch einmal atme ich durch, dann drücke ich voller Elan die Türklinke herab. Wie ich es schon erwartet habe, werde ich hauptsächlich ignoriert. Die Deutschlehrerin Martina Hirsch ist eine hübsche Frau im mittleren Alter mit blauen Augen und einem gewinnenden Lächeln. Sie erklärt mir, dass sie die Vertrauenslehrerin ist, dass ich mit jedem Problem zu ihr kommen kann und weist mir den letzten leeren Platz neben einer Sarina Konz zu.

»Vielleicht ist das mal ein guter Umgang für dich«, schiebt Frau Hirsch in Richtung des attraktiven Mädchens hinterher. Die Klasse lacht, die Bürde der Aufmerksamkeit liegt nun auf den Schultern der Blondine und ich habe Frau Hirsch bereits jetzt ins Herz geschlossen. Zumindest nennt sie nur meinen Namen und verliert sich nicht in peinlichen Kennenlernspielchen.

Das war doch gar nicht so schlecht! Zumindest bin ich niemandem auf die Füße getreten, einige Jungs haben mir zugenickt und die Mädchen haben offensichtlich, nach einer eingehenden Musterung, beschlossen, dass ich für sie nicht mal im Ansatz Konkurrenz bin. Jetzt muss ich mich nur noch mit ihrer Anführerin gut verstehen und ich komme blendend durch mein erstes und letztes Jahr in Griemsmahl. Mit einem guten Abitur kann ich mich in den Krankenhäusern als Schwester bewerben oder, wenn es ganz gut läuft, sogar Medizin studieren. Händeringend muss ich meine Endorphine zur Ruhe mahnen. Immer ein Schritt nach dem anderen.

Also, wo war ich? Genau, die Wortführerin der Mädels. Es wäre naiv zu glauben, dass es so etwas nicht gibt und die »Chefin der Cheerleader« nur ein Phänomen ist, das lediglich in amerikanischen Coming-of-Age-Filmen existiert. In jeder Klasse gibt es das eine hübsche, sexy, coole Mädchen mit reichen Eltern, das den Jungs den Kopf verdreht und die über Beliebtheit, Likes und WhatsApp-Gruppen herrscht.

Das Schicksal, in persona meiner neuen Lieblingslehrerin Frau Hirsch, hat mich direkt neben sie gesetzt. Ich rümpfe die Nase, schlage meine Unterlagen auf und tue so, als ob ich zuhöre. Dass ich hier sitze, ist ja schon beinahe kein Wink mehr, sondern ein richtiger Schlag mit dem

Zaunpfahl. Meine Stimmung hellt sich auf. Das wird ein gutes Jahr, ganz bestimmt sogar.

»Hey«, sage ich und hoffe, dass meine kurze aber prägnante Begrüßung bei Sarina auf offene Ohren stößt.

Sie lächelt und lehnt sich mit dem Stuhl zurück, sodass wir flüstern können. »Hey, alles klar?«

Ich nicke. »Danke, bei dir?«

»Die Hirsch fährt gerade wieder so einen Egotrip«, wispert sie und kritzelt Muster auf ihren Block. Herausfordernd nickt sie in Richtung eines Mädchens, das am anderen Ende des Klassenraums allein sitzt. Aufmunternd lächeln sich die beiden an, holen ihre Handys hervor und starten eine Kommunikation. »Ist bestimmt wieder sauer auf unsere flachen Bäuche und die straffen Titten.« Sie lacht, schickt ihrer Leidensgenossin mehrere Smileys. »Die hat einfach Angst, dass ihr feiner Herr Chefarzt sich eine Jüngere sucht.« Sarina sagt die Worte gerade so leise, dass es noch als Flüstern durchgeht, aber so laut, dass es auch an Frau Hirschs Ohren drängt.

Die Erklärungen unserer Lehrerin stoppen, sie sieht für den Hauch einer Sekunden zu Sarina und entscheidet sich schließlich, so zu tun, als hätte sie die Bemerkung nicht vernommen.

Ein Blick auf ihren Schreibtisch offenbart, dass Sarina auf gemeinste Art und Weise die Wahrheit sagt. Drei Fitnesshefte, Obst, Nahrungsergänzungsmittel, Frau Hirsch lässt nichts aus, um ihren Körper in Form zu halten. Augenblicklich fühle ich mit ihr und etwas kristallisiert sich glasklar heraus: Sarina ist hier die unumstrittene Königin, die selbst Frau Hirsch nicht verärgern möchte.

Gerade als ich den Gedanken zu Ende formuliert habe, trifft etwas meinen Kopf. Ich zucke zusammen, wie eine Katze, die sich erschreckt hat, und blicke mit einem hilflosen Gesichtsausdruck in die Richtung, wo ich den Ursprung des Wurfgeschoßes vermute.

»Wer war das?«, durchschneidet die helle Stimme von Frau Hirsch die Lacher und dreckigen »Ohs«.

Amüsiert und betont lässig nimmt Sarina das Papier an sich. »Sie haben sein Handy weggenommen, deshalb muss Chris jetzt mit der Hand schreiben.« Sie lehnt sich zu mir. »Ein Wunder, dass er das überhaupt beherrscht. Dummer Fußballer.« Sie zwinkert ihm dabei zu und macht offensichtlich keinen Hehl daraus, was sie von ihm hält. Trotzdem erkennt man, dass zwischen den beiden eine Verbindung besteht. Er ist der König, sie die Königin der Stufe. Die Regenten lieben sich nicht, aber sie verstehen einander. So einfach ist das.

»Oh, Chris … na dann«, stottert Frau Hirsch, als ihr Mobiltelefon eine Erinnerung meldet. Beiläufig fummelt sie einen Blister aus ihrer Handtasche, wirft sich eine traubengroße Nahrungsergänzungspille ein und spült mit einer mir nicht geläufigen, braunen Flüssigkeit nach. Bestimmt irgendein Detox-Ingwer-Brennnessel-Tee von einem tibetanischen Guru. Anschließend setzt sie den Unterricht fort.

Dass sich niemand daran stört, kann nur bedeuten, dass dies nicht zum ersten Mal passiert.

Sarina liest den Zettel, lächelt, zerknüllt ihn provokativ, streckt Chris den Mittelfinger entgegen und küsst die Spitze zuckersüß. »Blöder Idiot«, flüstert sie leise und lehnt sich dann wieder zurück. »Stehst du auf Fußball?«

Ohne es zu wollen, mache ich den größten Fehler meines Lebens. Als Fan der Butterfly-Theorie weiß ich, dass der Flügelschlag eines Schmetterlings in der einen Ecke der Welt, einen Tsunami in der anderen auslösen kann. Meine folgenden Worte kommen mir so leicht über die

Lippen, doch sind sie für meinen Untergang verantwortlich und setzen Begebenheiten in Bewegung, die ich nie für möglich gehalten hätte.

Ich blicke nach vorne, male meine Mangas. Frauen mit zu großen Augen, Männer mit zu großen Schwertern. »Das ist doch ein Sport für Idioten«, wiederhole ich Sarinas Worte. »Elf Typen, die einem Ball hinterherrennen und dabei versuchen, elf andere Typen zu überrumpeln?« Ich lache auf und fühle mich sicher. Zu sicher. »Nein, danke.« Erst dann sehe ich zu Sarina.

Ihr Gesicht ist zu einer Fratze aus Zorn geworden. »Willst du mich verarschen?«, schießt es aus ihr hervor, ohne auf die Lautstärke Rücksicht zu nehmen. »Du findest Fußball scheiße und alle Spieler sind Idioten?«

Alle Augenpaare sind auf mich gerichtet. Wenn Blicke töten könnten, wäre ich nur noch ein Haufen Asche. Ein Kloß verfestigt sich in meinem Hals und ich muss einen Würgereiz unterdrücken. »Ich … ich meinte das nur, weil du gerade sagtest, dass …« Meine Stimme bricht. Ihre Worte jetzt zu wiederholen, wäre noch dümmer, als das, was ich gerade von mir gegeben habe.

Verächtlich seufzt Sarina, dreht sich weg und startet einen neuen Chat. Ich weiß, was sie schreiben wird. Jeder weiß es. Die Stille ist schmerzhafter als hundert Peitschenhiebe. Beinahe hoffnungsvoll ruht mein Blick auf Frau Hirsch. Doch sie schüttelt langsam den Kopf.

»Jennifer, das ist nicht gerade respektvoll, wenn man neu ist und alle anderen beleidigt.« Sie vollführt bedeutungsschwanger ein paar langsame Schritte auf mich zu. Meine Vertrauenslehrerin ist sich der vollen Aufmerksamkeit des Plenums bewusst und bereit, sich auf meine Kosten zu profilieren. »Du musst wissen, Fußball ist ein sehr wichtiger Teil unseres Gemeindelebens. Nicht wenige erhoffen sich durch den Sport neue Perspektiven und Möglichkeiten. Es ist sogar die Rede von einem Investor, der bei Borussia Griemsmahl einsteigen möchte. Denk an die

Integration, die Wirtschaft und Arbeitsplätze, die die Mannschaft erschaffen kann. Nicht zu vergessen unser kulturelles Erbe, am Fuße des Griems.« Einige Schüler klatschen zustimmend, Zwischenrufe geben ihre volle Unterstützung. Das Kopfschütteln wird heftiger, als wäre sie sehr enttäuscht worden. »Bitte, komm' nach der Pause zu mir. Darüber sollten wir reden.«

Überschwänglich und im Rausch der Glücksgefühle setzt sie ihren Unterricht fort. Vergessen ist, dass Schüler mit Handys spielen, Papier herumfliegt und auch sonst jeder macht, was er möchte, solange ein halbwegs geordneter Unterricht möglich ist und jedermann der Gedanke eint, dass die Fußballer unantastbar sind. Schlagartig werde ich von Schülern und Lehrern gleichermaßen ignoriert. Frau Hirsch wollte dazugehören und ihre Schüler hatten kein Interesse, es sich mit den Sportlern zu verscherzen. Auf ihren Schultern ruhen die Hoffnungen der Stadt.

Mit jedem Lidschlag werde ich kleiner. Meine Gedanken rasen und kommen nicht zur Ruhe. Der Rest der Stunde schleicht wie in Zeitlupe an mir vorüber. Ich traue mich nicht, auch nur einmal zu Sarina herüberzusehen.

Die Pausensirene lässt mich aufschrecken und frisst sich in Mark und Bein. Einen Herzschlag später springt Sarina auf und stürmt mit den anderen Mädchen aus der Klasse. Ich bekomme ihre Tasche gegen das Gesicht geschlagen, jedoch spüre ich keinen Schmerz mehr. Mein Leib ist so taub wie mein Verstand. Ich laufe auf Autopilot und bin selbst überrascht, als das vormals weiße Blatt Papier voller Mangas ist. Mädchen und Jungs, in inniger Umarmung vereint und umgeben von schwebenden Herzen. Wie gerne wäre ich in dieser Welt und nicht in diesem Horrorfilm, den die Menschen auf gleichgültige Art und Weise Realität nennen.

Wie ein Geist stolpere ich aus der Klasse. Ich bin nicht einmal das Gespött der Menschen, dafür bin ich zu neu und unwichtig. Nein, ich bin unsichtbar, als ob sie meine Existenz verleugnen.

»Da hast du dich ja direkt mal mit den richtigen angelegt.«

Langsam dreht sich mein Kopf. Spricht das Mädchen gerade wirklich zu mir? Oder ist es einer meiner Tagträume, die ohnehin nicht in Erfüllung gehen?

»Entweder bist du unglaublich mutig oder sagenhaft dumm«, ergänzt ein schlaksiger Typ in komplett schwarzen Klamotten. Seine Stimme ist nicht feindselig, sondern voller Wärme und er unterlegt jede Silbe mit einem schüchternen Lächeln. »Ich bin Martin Mary, das ist Diana Holofernes.« Er streckt mir die Hand entgehen.

Ohne genau zu wissen, warum, sehe ich mich um. Alle anderen Schüler sind auf den Schulhof gerannt. Ich kann sie durch die Glasscheibe sehen, wie sie rauchen, essen und lachen. Über ihnen sind riesige Netze gespannt. Verächtlich muss der Griems sich von dem ein oder anderen Geröllstein getrennt haben, als Warnung, dass er immer noch da ist. Sie schweben nun über den Köpfen der Schüler, zurückgehalten von engmaschigen Fasern. Von draußen dringt uns ein Lärm entgegen, der nur schwerlich auszuhalten ist, doch hier, kurz vor dem Raum meiner Schmach, herrscht gefährliche Ruhe. Jedes Wort wird weit fortgetragen, sodass ich beinahe flüstere: »Ich bin Jenny Meyer, gerade hergezogen.«

Martin schnippt mit den Fingern und sieht erst das Mädchen, anschließend mich eindringlich an. »Siehst du Dina, das ist mal ein Name, mit dem man nicht jeden Tag aufgezogen wird.«

Die hübsche Brünette mit den lateinamerikanischen Zügen schnalzt genervt mit der Zunge. »Beschwer dich bei deinen Eltern, Mary.« Dann streckt auch sie mir die Hand entgegen. »Nenn mich Dina, das tun alle.«

Als wäre es ein großes Ritual, streckt sie die Arme aus. »Tja, er ist der Stufen-Gothic, ich bin das Mädchen mit den verrückten Eltern, die Souvenirs vom Berg verkaufen - es scheint so, als hätte unser kleiner Außenseiterzirkel Zuwachs bekommen.«

Ich verstehe nur Bahnhof und selbst das noch auf Hebräisch. »Sorry, ich …«

»Also nach der Show da drin, wirst du sicherlich nicht mehr Sarinas beste Freundin«, unterbricht mich Martin und deutet auf einen gläsernen Raum etwas abseits hin. »Alles Weitere besprechen wir in unserem geheimen Superloserhauptquartier.«

Noch bevor ich einen klaren Gedanken fassen kann und mein Gehirn endlich damit aufhört, einfach nur Brei zu sein, werde ich weitergeschoben. Ich laufe wie auf Schienen, nicht möglich, von allein zu stoppen oder die Richtung zu wechseln.

Der Raum ist nicht größer als eine Schulklasse. Sofort schlägt mir der Duft von alten Büchern und abgestandener Luft entgegen. Die Schriftstücke türmen sich im scheinbaren Chaos zur Decke. Durch vier schmale Fenster fällt diesiges Licht, das gerade ausreicht, damit wir die tanzenden Staubflocken erkennen können.

Auf einer Empore schmiegen sich ein Tisch und eine kleine Sitzecke in die Wand, dazu schmücken selbstgemalte Bilder den Raum. Dina wirft ihre Tasche auf die Bank, lässt sich auf die bunten Polster der Sitzecke fallen und stellt, ohne hinzusehen, drei Tassen auf den Tisch, während Martin routiniert eine Kaffeemaschine befüllt.

»Unser kleines Refugium«, erklärt er und nickt in Richtung Pausenhof. »Die da draußen wissen wahrscheinlich nicht einmal, dass diese Schule eine kleine Bibliothek ihr eigen nennt.« Der Duft von frisch aufgesetztem Kaffee erfüllt den Raum und ich möchte nie wieder hier weg. »Besonders nicht Sarina Konz.«

»Konz?«, flüstere ich nachdenklich und krame tief in meinen Gedanken. Irgendwo habe ich den Namen schon einmal gelesen.

»Vater Direktor der örtlichen Regiobank-Filiale, Mutter Vorsitzende der Schulpflegschaft«, wirft Dina ein und strafft ihr Kreuz. Dann kramt sie ein paar Kekse aus ihrer Schultasche und wirft sie im hohen Bogen auf den Tisch. »Sie könnte sich in der ersten Stunde einen Schuss setzen und würde trotzdem ihr Abi schaffen.«

»Du hast heute mal wieder eine lebhafte Fantasie«, entgegnet Martin und zuckt zusammen, als er die Tassen füllt und heißer Kaffee über seine Hand läuft.

Dina nimmt den ersten Schluck, verbrüht sich ebenfalls und entscheidet sich schließlich, die Kekse zu öffnen und sie in den Kaffee zu tunken. »Genau wie du, mein Lieber.«

Er zuckt mit den Schultern. »Du weißt ja, manchmal muss man den Feind von innen zerstören.«

Wieder verstehe ich nichts und halte meine Kaffeetasse so fest, als würde mein Leben davon abhängen. Die Hitze ist mir gleichgültig und der Schmerz verdrängt die Taubheit. Diesmal bin ich klüger und schweige, obwohl beide mich so ansehen, als sollte ich etwas sagen. Nach einiger Zeit presse ich ein: »Warum?«, hervor.

Dina zwinkert mir zu und lächelt dabei diabolisch. »Unser Mary hat wieder mit Fußballspielen angefangen. Er war mal richtig gut, musst du wissen.«

»Chris und den Jungs aus der ersten Mannschaft fehlt ein Verteidiger«, murmelt er peinlich berührt in seinen Kaffee und schlürft laut. »Wenn man ab und zu mal auf eine Party eingeladen wird und sie einen in Ruhe lassen, ist das auch nichts Schlimmes.«

Ich kann beinahe spüren, wie ihn diese Aussage körperlich Schmerzen bereitet und kann ihn nur allzu gut verstehen. Wie weit würde ich gehen, um beliebt zu sein?

Dina lächelt, steht auf, stellt ein kleines Radio in der Ecke an und klopft ihm freundschaftlich auf die Schulter. »Du verkaufst deine Seele, Mary.«

Auch seine Mundwinkel ziehen nach oben und er bekreuzigt sich in umgekehrter Reihenfolge. »Die habe ich schon längst verkauft, an den allwissenden Satan, das Chaos und den Tod.«

Genervt zieht Dina ihre Stirn in Falten und steckt sich einen mit Kaffee vollgesogenen Keks in den Mund. "An so viele hast du die vertickt?", nuschelt sie. "Ich hoffe, du hast einen guten Preis erzielen können?"

Ich könnte den beiden stundenlang zuhören, wie sie frotzeln und sich necken, so voller Leidenschaft und doch gespickt mit Respekt. Martin platzt beinahe vor trockenem Sarkasmus, während Dinas Ironie wie Balsam auf meine geschundene Seele wirkt.

Als die viel zu schrille Sirene zum Unterricht ruft, ist es beinahe gleichgültig, dass meine vom Jugendwahn beseelte Vertrauenslehrerin ein opportunistischer Junkie ist und die Stufe aus lauter Mitläufern und wandelnden Klischees besteht. Ich könnte vor Dankbarkeit schreien und möchte am liebsten nie mehr aufstehen und bis in alle Ewigkeit mit den beiden reden. Manchmal braucht man nur einen Grund, um sich auf die Schule zu freuen. Ich habe gleich zwei gefunden.

Kapitel 5 – … aus dem Sinn

81. Tag nach dem Kuss des Prinzen

»Guten Morgen, zusammen.«

Stille. So pur und klar, dass der Aufschlag einer Stecknadel auf dem Linoleumboden die Menschen hätte zusammenzucken lassen. Ich genieße sie, begrüße sie wie eine Freundin und spüre, wie sie mit jeder Sekunde für die anderen unerträglicher wird. Nur nicht für mich.

Frau Hirsch bricht als erste ihr Schweigen.

»Du bist hier«, sagt sie unsicher, als müsste sie sich selbst davon überzeugen. Ihr Gehirn scheint diese Information nicht richtig verarbeiten zu wollen und ihre Stimme ist an der Schwelle, zu brechen. »Du bist hier.«

»Wo sollte ich sonst sein? Das Schuljahr hat begonnen und ich möchte gerne mein Abitur machen«, antworte ich so überzeugend, dass ich meinen Worten beinahe Glauben schenken möchte. Während ich auf Frau Hirsch zugehe, sehe ich in die Gesichter meiner Mitschüler und erhasche einen Blick auf Chris' Handy. Dieses vor Selbstverliebtheit ejakulierende Arschloch liest tatsächlich Berichte über sich selbst – den fulminanten, gerade einmal 19-jährigen Kapitän von Borussia Griemsmahl, der nach dieser Saison ganz bestimmt den Weg in die Bundesliga finden wird. Aber vorher soll der Aufstieg perfekt gemacht werden. Der Slogan der Gemeinde klingt wie Spott in meinen Ohren:

Für die Stadt, für die Menschen, für Griemsmahl – wir halten zusammen.

Mein Blick schweift über Martin, mittlerweile ein fester Bestandteil der Fußballclique, anschließend von Sarina über Karin zu Dina. Ich muss mich zusammenreißen und brauche Kraft, um mein strahlendes Lächeln nicht verrutschen zu lassen. Mehrmals räuspere ich mich bedeutungsschwer, während Frau Hirsch hektisch in ihren Unterlagen wühlt. Natürlich. Sie sucht einen Weg, damit ich unverrichteter Dinge wieder umdrehen muss und der Fremdkörper aus der heilen Welt entfernt wird. Das Knittern der Blätter vereint sich mit dem aufkommenden Gemurmel zu einer ganz eigenen Symphonie aus Zweifel und fiebriger Ungläubigkeit. Finger rasen über Displays, WhatsApp-Gruppen laufen heiß und verbreiten innerhalb von Lidschlägen die Ankunft des verrückten Dornröschens.

»Die Bitch ist wieder da«, murmelt Sarina in ihrem typisch halblauten Tonfall und fasst damit prägnant zusammen, was gerade höchstwahrscheinlich in den Köpfen der Stufe vorgeht.

Ich sonne mich in Aufmerksamkeit, wie in den ersten Strahlen des Frühlings, nach einem langen und entbehrungsreichen Winter. Ihre Gedanken kann ich beinahe hören, sie schwirren unausgesprochen und doch ohrenbetäubend um mich herum. Für alle erkennbar und doch nicht zu greifen, flüchtigen Schatten im Morgengrauen gleich. Unmerklich schließe ich die Augen, beinahe einen Moment zu lange.

»Darf ich?«, will ich in Richtung Frau Hirsch gewendet wissen und deute auf einen freien Stuhl, neben, natürlich – Sarina Konz.

Selbst nach intensiver Konsultierung ihrer Unterlagen fällt Martina Hirsch beim besten Willen kein Grund ein, warum ich das Schuljahr nicht in dieser Stufe beenden sollte. Sie macht aus ihrer Enttäuschung keinen Hehl, als sie ihre Stimme wiederfindet und schließlich nickt. »Aber sicher doch, Jennifer. Du hast alle Unterlagen?«

Früher hätte ich gar nicht schnell genug zum Platz kommen können, um mich hinter meinen Büchern zu verstecken, einem Schutzwall gleich. Scheu und ängstlich vor der Welt, jederzeit bereit, sich zu ducken und auszuharren. Doch jetzt schreite ich mit federnden Schritten zum Stuhl und während ich ihn zurechtrücke, beuge ich mich tief über den Tisch, damit die Klasse einen Blick auf mein Dekolleté erhaschen kann. Ein anerkennender Pfiff aus der Fußballecke ertönt, den ich gekonnt mit einem Augenaufschlag überspiele.

Langsam lasse ich mich auf der Sitzfläche nieder. »Aber klar doch, Frau Hirsch.« Ich halte meinen Rucksack in die Höhe. »Alles dabei und auf dem neuesten Stand. Wir können sofort weitermachen, wenn Sie möchten.« Dabei lehne ich mich zurück und schlage die Beine übereinander. Die Blicke der Anwesenden brennen sich in mich hinein. Die der Mädchen aus Neid, die der Jungs aus Gier.

Umständlich versuchen einige unter den Tisch zu spähen, um noch ein wenig länger meine glänzenden Beine fixieren zu können. Ich bin mir sicher, dass sie sich ausmalen, wie sie das einfach rumzukriegende Dornröschen ficken können, verborgen vor den Augen der Stadt. Peinlich wäre es sicherlich, aber auch geil. Mädels, die früher fett waren, haben doch kaum Selbstbewusstsein und sind dankbar, wenn man ihnen ein wenig Aufmerksamkeit schenkt. So ist das doch, oder? Nur heimlich müsste es sein, soll ja keiner mitbekommen, dass man die Loserin der Stufe scharf findet. Die nimmt ja auch jeden. Hey, man lebt nur einmal!

Ihre Überlegungen schreien mich so laut an, dass man taub und dumm sein müsste, um sie nicht zu hören und zu verstehen. Die Sekunden ziehen sich ewig hin, bis auch der Letzte genug geglotzt hat und Frau Hirsch ihren Unterricht fortsetzt. Zum Schein hole ich Bücher und Hefte hervor, doch meine Aufmerksamkeit gilt Dina. Nur meine vormals beste Freundin blinzelt nicht auf ihr Handy oder nach vorn, sondern zu mir. Unsere Blicke treffen einander. Unverständnis spricht aus ihren dunklen Augen, die sich langsam zu Schlitzen verengen und trotzdem so tief und mystisch scheinen, als würden sie das Gesamtbild der geheimnisvollen Latina noch verstärken wollen. Als einzige fragt sie sich, was ich vorhabe. Ich kann es in ihr, in ihren Augen lesen. Sie kennt mich, wie keine andere, und somit viele Geheimnisse. Weiß sie, was ich vorhabe? Was ich will und wonach ich strebe?

Wenn meine Vergeltung auch nur im Ansatz von Erfolg gekrönt sein soll, muss ich sie überzeugen; nicht den Fußballstar Chris, der vor Kraft kaum gehen kann und mich benutzt hat, wie ein Stück Fleisch, mit dem er verfahren konnte, wie es ihm beliebte, oder die Stufenschönheit Sarina, die ihre Regentschaft auf Angst aufbaut, sondern *sie*.

Dina ist meine stärkste Gegnerin, mein größter Feind. Mir ist, als könnte ich Funken erkennen, die unsere Blicke flimmernd begleiten. Tief in ihren Gedanken gefangen, streichelt sie mit den Fingerspitzen über Chris‘ Handrücken. Ohne Frage, sie sind noch zusammen und bestimmt feilt sie bereits jetzt am Image des neuen Sterns am Fußballhimmel. Als Spielerfrau wäre sie umwerfend und hätte innerhalb von wenigen Monaten eine eigene Marke etabliert. Sie ist klug, hübsch, schlagfertig und hat es innerhalb weniger Ferienwochen in den innersten Zirkel der Stufe geschafft. Der schmale Pfad der Rache geht nur über Dina. Ich lächle freundlich, obwohl es mir fast das Gesicht zerreißt und mein Herz so wild pocht, als würde es mir aus der Brust springen wollen.

Noch nicht, mein Engel. Noch lange nicht. Erst, wenn das letzte, dunkle Geheimnis dieser Stadt ans Licht gezerrt wurde und überall die Wahrheit an jede Pforte, jede Tür und jedes Ohr getragen wird, erst dann wird mein Lächeln versiegen.

***

Der Unterricht tropft quälend langsam über uns hinweg, sodass die schrille Sirene zur Pause für mich wie erlösende Fanfaren klingt. Zielstrebig packe ich meine Tasche und verlasse den Klassenraum, in dem Gedanken, dass ich die Blicke anziehe, wie das Licht die Motten. Hinter mir stürzt Frau Hirsch aus der Klasse.

Aus dem Augenwinkel kann ich erkennen, wie energisch ihr Schritt und wie erbost ihr Gesichtsausdruck ist. Natürlich. Unruhe kann sie im letzten Jahr des Abiturs nicht gebrauchen. Borussia Griemsmahl soll aufsteigen, Investoren müssen überzeugt werden und ganz nebenbei muss sie einem Haufen undisziplinierter, aber leider sportlich höchsttalentierter Jungen den Weg zum Reifezeugnis ebnen. Dass sie mittlerweile um einiges mehr verdienen als ihre eigene Lehrerin, spielt dabei keine Rolle. Man hält zusammen. Koste es, was es wolle.

Als ich in der Bibliothek mit dem Finger über die Kaffeemaschine fahre, legt sich eine dicke, braune Staubschicht auf meine Haut. Im Loserhauptquartier scheint lange niemand mehr gewesen zu sein. Die Luft riecht immer noch wunderbar abgestanden, nach alten Büchern und vergilbtem Papier, aber das Gefühl der Geborgenheit ist weg und verloren, eines Traums gleich, der einen vor langer Zeit einmal ein Lächeln ins Gesicht zauberte. Hier gibt es nichts mehr für mich, nur noch die Anspannung, die sich wie ein schaler Geschmack auf meine Zunge legt.

Bedächtig spüle ich drei Tassen, stelle sie auf den kleinen Ecktisch, starte die Kaffeemaschine und blicke nach draußen. Alles ist wie früher, nur ich bin es nicht.

Diesig und kalt liegt der Schulhof neben der Bibliothek, als ob selbst die Sonne die Gemüter nicht aufzuwärmen vermag. Der Griems taucht die Gesichter meiner Mitschüler und ihre Geheimnisse in einen fahlen Schatten. Leichen im Keller lassen sich am besten im Schutz der Dunkelheit verstecken.

Mein Blick bleibt auf diesem und jenem Gesicht hängen. Schwarze Schafe sind hier nicht die Ausnahme, sie sind die Herde. Sie alle amüsieren sich über Jennifer Meyer und rätseln, welche Show sie ihnen in diesem Jahr bieten wird. Eine willkommene Abwechslung zum Alltag des Lernens, bevor man Griemsmahl ein für alle Mal den Rücken kehrt und in der Ferne sein Glück sucht.

Obwohl viele Sommerkleidung tragen, scheint es sie zu frösteln, während kleine Brocken drohend über ihren Köpfen schweben, als hätte der Griems noch nicht all seine Macht und seinen Schrecken verloren.

»Warum tust du dir das an?« Dinas Stimme klingt vor Kälte und Angst ganz rau.

Langsam drehe ich mich um und verharre einen Moment, dabei sehe ich durch Martin und Dina hindurch. Sie schließen die Tür und für den Bruchteil einer Sekunde ist es wie früher. Ja, warum eigentlich? Weil die anderen sonst gewonnen hätten? Weil es das einzige ist, was mir noch bleibt? Weil ich es verdammt noch mal will?

Schließlich zucke ich mit den Schultern. »Weil mir keine andere Wahl bleibt«, wispere ich und entscheide mich für eine Halbwahrheit. »Wo soll ich sonst hin?«

Dina schüttelt gequält mit dem Kopf, als müsste sie einem kleinen Kind zum dritten Mal etwas erklären. »Du hättest die Schule in den Sommerferien wechseln können. Es sind nur ein paar Klicks, eine Handvoll Formulare und schon stündest du vor einem Neubeginn, ohne die ganzen …«

Sie sucht nach einem Wort, das etwas weniger nach *Pornos* klingt. Schließlich sieht sie kurz nach draußen. Die unteren Stufen haben an einigen Stellen die dunkle Haut des Berges mit Farbe angemalt. Ein kleiner Lichtfleck in einer finsteren Welt.

»… Altlasten«, haucht sie schließlich und ich werde das Gefühl nicht los, dass es ihr für einen Herzschlag leid tut, dass sie hier ist.

Die Spannung ist beinahe zum Greifen, während ich in den Kaffee puste. Er schmeckt nach Enttäuschung, Verrat und unerfüllten Träumen.

»Meine Mutter hat ihr Geschäft leider hier, wir haben nicht viel Geld, außerdem besitze ich weder Führerschein noch Auto und war bis vor ein paar Tagen noch ziemlich mit mir selbst beschäftigt.« Eine gute Lüge besteht darin, dass sie zum Teil wahr ist. »Hört mal, ich will nur das Jahr in Ruhe zu Ende bringen und mich dann in irgendeinem Krankenhaus als Schwester bewerben.« Die Pause zieht sich so lang hin, dass sie beinahe schmerzt. Ich unterbreche die Stille, als ich meinen Kaffee laut schlürfe, anschließend lege ich einen versöhnlichen Gesichtsausdruck auf mein Antlitz. »Ich will nur noch vergessen, was passiert ist, und wenn ich ein wenig Geld verdient habe, bin ich weg.«

Dina scheint diese Aussage zu gefallen, jedoch ist es Martin, der sich als erster einen Kaffee nimmt und sich zu mir setzt. »Wie geht es dir?«, will er mit hauchdünner Stimme wissen. Dabei sieht er mich mitleidig an, als ob ich ihnen gestanden hätte, dass ich mich mit der Pest infiziert habe. Doch es ist genau umgekehrt.

Ich bin das personifizierte schlechte Gewissen, das plötzlich aus der Tiefe des Unterbewusstseins hervorkriecht, um Finsternis in ihre Welt zu bringen. Es muss schrecklich sein, an die eigenen Verfehlungen erinnert zu werden. Welch Wohltat es gewesen sein musste, als ich eine immer blasser werdende Erinnerung wurde?

»Es geht mir gut, danke«, sage ich nachdrücklich und lege meine Hand auf Martins Arm. Sein Körper zittert, jede Faser wehrt sich gegen die Berührung. Ich kenne dieses Gefühl – leider viel zu gut. »In der Vergangenheit ist viel Mist passiert, ich war in Therapie und jetzt können wir alle nach vorne blicken.«

Zögerlich nimmt Dina den Kaffee. Ihre Lippen verharren am Rand der Tasse, als ob sie protestieren möchten. »Können wir das wirklich?«, will sie wissen. »Nach vorne blicken?«

Ich lehne mich zurück und zwinkerte ihr zu. »Da ist kein Arsen drin, Diana. In Chemie bin ich eine Niete, das weißt du doch.« Martin lächelt amüsiert und auch meine ehemals beste Freundin zwingt sich ein Lächeln auf die Lippen. Dann trinkt sie den Kaffee.

»Außerdem habe ich keine Lust mehr, traurig zu sein«, setze ich wieder ein und lasse meine Worte wirken.

Dina stützt sich am Stuhl ab. Für einen Moment hat sie Probleme, ihre wilden Haare zu bändigen, dann seufzt sie auf. »Wir auch nicht, Jenny.« Mit zu viel Schwung setzt sie die Tasse auf den Tisch. »Verdammte Scheiße, wir hatten alle ein beschissenes Jahr und dass du mit Chris und ein paar Jungs gepennt hast, war die unrühmliche Krönung des Ganzen.«

Jedes ihrer Worte brennt sich tief in meine Seele und hinterlässt blutende Wunden. Jene Sätze aus dem Mund von der Frau, die mit meinem Peiniger zusammen ist. Entweder will sie wegsehen oder es ist ihr egal. Beides ist schrecklich und schmerzhaft zugleich. Ich muss all meine Kraft aufwenden, damit keine Tränen meine Augen füllen.

Dina reibt sich über das Gesicht, als wäre jeder Satz unglaublich anstrengend. »Mary und ich wollen auch nur ein kleines Stückchen vom Glück.« Sie lehnt sich nach vorne und deutet mit dem Daumen zu ihm. »Verdammt, er kriegt vielleicht einen Profivertrag, wenn das hier gut läuft.

Und auch ich …« Wieder entsteht eine Pause und ihren Blick zieht es nach draußen, wo bunte Bilder das Dasein am Fuß des Berges etwas erträglicher machen sollen. »… habe endlich mal Geld, um meine Familie zu unterstützen. Weißt du, es ist nicht gerade so, dass die Menschen besonders scharf darauf sind, Souvenirs vom Griems zu erwerben.«

Die Beziehung zu Chris zahlt sich also auf mehreren Ebenen aus. Wer hätte das gedacht?

Dina stemmt die Hände in die Hüften und es scheint, als würde ihre Stimme jeden Moment brechen. »Du hättest es einfach haben können. Ein Neuanfang, in einer anderen Stadt, wo niemand deine Geschichte kennt – also, warum bist du wirklich hier?«

Meine Zähne mahlen aufeinander und die Finger ziehen sich schmerzhaft zu Fäusten zusammen. »Weil ich nicht mehr das Opfer sein will!«, presse ich hervor und verliere für einen Augenblick meine sorgsam aufgesetzte Maske.

Dina schüttelt mit dem Kopf, als hätte ich etwas sehr Dummes gesagt, und wirft die Kaffeetasse im hohen Bogen gegen das Bücherregal. »Wenn du nicht das Opfer spielen willst, such‘ dir ein anderes Stück!« Jede Silbe strotzt vor giftiger Entschlossenheit.

Das Klirren hallt lange im Raum wider, als würde es auf ewig Teil der Bibliothek sein wollen. Kaffee tropft von den Büchern auf den Boden und bildet eine braune Pfütze, in der sich mein Gesicht spiegelt, als ich aufstehe. »Glaub mir, ich habe es versucht, aber nicht jeder kann sich neu erfinden.«

Dina atmet tief durch, richtet ihre Haare und strafft den Rücken. »Du hättest nicht zurückkommen sollen.« Als sie sich auf dem Absatz umdreht, schwingen ihre Haare wie ein Schweif um sie herum. »Keiner will dich hier«, sagt sie leise und schließt die Tür so still, dass man das Einrasten kaum wahrnimmt.

Ich lasse mich zurück auf die Sitzbank fallen. Natürlich, für alle anderen bin ich die Schlampe, die es sich nachher anders überlegt hat. Ein Mädchen, das es mit der halben Mannschaft trieb, um ein Stück von der Torte des Ruhms abzubekommen. Die Wahrheit hat viele Facetten und zur Realität wird die Version, die einen am Ende besser passt. Ich verstehe Chris und die Jungs sogar - niemand möchte, dass das Mädchen, das man besoffen vergewaltigte, vor einem sitzt und weint. Das zieht einen nur runter und eigentlich ist man ja ein guter Kerl. Außerdem hat man andere Pläne und letztens beim Spendenlauf konnte man viel Geld einsammeln. Das sollten genug Karmapunkte sein.

»Ich … ich freue mich, dich zu sehen.« Martin musste seinen ganzen Kaffee trinken, bis die Flüssigkeit seine Zunge lockerte. »Weißt du, was da passiert ist …«

»Nicht der Rede wert«, lüge ich und streife wie zufällig sein Handgelenk. Aus dem ehemals schwarz geschminkten Gothic ist ein modisch gekleideter, junger Mann geworden. Anstatt einer dunklen Weste mit Tierschutzpins trägt er nun enge Shirts, die seine muskulöse Statur unterstreichen. »Und wie geht es dir? Hast du jemanden kennengelernt über die Ferien?«

Schüchtern schüttelt er mit dem Kopf und scheint erleichtert, dass ich die Frage stelle und er nicht in die Verlegenheit kommt, sich weiter entschuldigen zu müssen. »Nein, habe ich nicht.«

Natürlich nicht. Ich weiß, für wen dein Herz schlägt, kenne deine verbotenen Gedanken und intimen Wünsche. Sie zehren dich auf und reißen an dir, wie Albträume, derer du nicht habhaft wirst. Doch kein Wort wird über meine Lippen dringen. Noch nicht.

»Bei so einem großen, coolen Typen wie dir, der auch noch einer der besten Verteidiger der Liga ist, stehen die Mädels sicherlich Schlange.«

Ich schnalze mit der Zunge und zwinkerte ihm zu. »Was ist los? Hast du bei Tinder ein Bild aus alten Tagen hochgeladen?«

Wir lächeln einander an, als wäre das letzte Jahr nur ein kranker Film gewesen, den wir uns zusammen ansehen. Doch wir waren keine Zuschauer, sondern Protagonisten dieses Albtraums.

»Dein neuer Stil gefällt mir«, sage ich und knuffe in seine Schulter. Für einen Herzschlag brechen die unzähligen Gespräche, die vorsichtigen Annäherungsversuche und ungewollten Berührungen durch die Oberfläche meines Verstandes und flackern vor meinem geistigen Auge auf. Wir waren doch Freunde. Was zum Teufel ist mit uns geschehen?

Martins Miene hellt sich auf. »Ja, manche Dinge ändern sich.« Er mustert mich von oben bis unten. »Du müsstest das am besten wissen, wenn ich dich so ansehe.«

Früher hätte ich für so ein Kompliment getötet, nun ist es mir gleichgültig. »Danke schön«, erwiderte ich freudestrahlend. »Und manche ändern sich nie.« Ich nicke zum Berg, als wäre er ein guter Freund. »Vielleicht bin ich auch zurückgekommen, weil ich ihn vermisst habe.«

»Du kletterst noch?«, will Martin überrascht wissen. In diesem Moment wird mir klar, wie kurz und intensiv unsere Freundschaft war. Vieles werde ich nicht vermissen. Das Bergsteigen schon.

»Aber klar doch, davon kommt man nicht los.« Ich lehne mich nach vorn, presse meine Brüste zusammen, obwohl mir nur zu bewusst ist, dass es nichts bringt. Das Funkeln meiner Augen muss ausreichen, um jeder Silbe Nachdruck zu verleihen. »Es ist wie eine Droge, wie eine Sucht, von der man nicht loskommen will.«

Auch seine Augen strahlen. Er hat Feuer gefangen. »Dornröschen auf Droge. Das gefällt mir«, prustet er und sieht zum Berg. »Wir haben viermal in der Woche Training, bald kommen die Spiele dazu. Ich war ewig nicht mehr auf dem Griems, um meine Nase in die Sonne zu halten.«

Voller Euphorie klatsche ich in die Hände. »Na, wenn das so ist.« Nur Bruchteile von Sekunden später lasse ich meine Arme sinken. »Was rede ich da? Du hast bestimmt andere Dinge zu tun, als mit mir den Griems zu nehmen.« Wieder lege ich meine Hand auf seinen Arm. Dieses Mal zittert er nicht. »Andererseits, es muss ja niemand erfahren.«

Martin atmet schwer. Ich weiß, wie gerne er da oben war und den Blick auf das Tal genoss. Jeder Schritt in Richtung Himmel war wie die Befreiung von den Konventionen der Stadt und die Sonnenstrahlen legten sich so warm auf die Haut, als wolle der Griems die Tüchtigen belohnen und erfreue sich daran, dass jemand aus dem Schatten stieg.

Martin teilt dieselben Erinnerungen. Für einen Moment sieht er nach draußen, sein Blick ist voller Sehnsucht und ich weiß, welches Gesicht seine Augen suchen. Dieses Gebilde aus Lügen und Lust ist zu fragil, als dass es vielen Erschütterungen standhalten könnte. Er muss vorsichtig sein. Gerade jetzt.

»Wenn du Zeit findest – ich will bald wieder hoch.« Geheimnisvoll lege ich den Zeigefinger an meine Lippen. »Ganz geheim, natürlich. Niemand soll es mitbekommen.« Ich nehme den letzten Schluck des Kaffees und erhebe mich. »Wenn die Sonne am Horizont versinkt, hat man das Gefühl, als wären alle Probleme so klein und unbedeutend, dass die Freiheit wirklich zum Greifen nah ist.«

Martin pustet in die Tasse, obwohl sie längst erkaltet sein muss. Freiheit ist ein gefährliches Wort. Jeder wählt sein Gefängnis selbst, doch manche sind einfach zu prächtig, als dass man sie verlassen möchte.

»Ich komme mit«, flüstert er hastig und seine Stimme überschlägt sich beinahe. Der Tonfall ist furchtsam, voller Zweifel, als lauerte seine Angst allgegenwärtig und schmerzhaft unter der Oberfläche und wartete nur darauf, erneut auszubrechen. Vielleicht hat er auch einfach nur ein schlechtes Gewissen.

»Großartig. Ich sage dir Bescheid.« Schnell forme ich noch einen Kussmund und versuche, meine Worte nicht wie eine Drohung klingen zu lassen. »Du wirst es nicht bereuen. Vertrau mir.«

Kapitel 6 – Jeder trägt sein Paket

262. Tag vor dem Kuss des Prinzen

»Jennifer, dir ist klar, warum du mal wieder hier bist?«

Martina Hirsch sieht unglücklich aus.

Seit einem Monat beobachte ich nun, wie meine Vertrauenslehrerin jeden Tag nach Hause joggt, anstatt ihr schickes Cabrio zu benutzen, wie sie Pillen einwirft und sich unzählige Drinks in den schillerndsten Farben den Rachen runterkippt. Dabei sollte sie eigentlich vor Freude strahlen. Ihre schmalen Züge fügen sich wundervoll in ihr Gesicht und die brünetten Haare glänzen, als würden sie dem Zwielicht des Berges trotzen wollen. Sie hat einen tollen Mann, Geld, einen guten Job und ein großes Haus am Rande der Stadt. Man sollte meinen, dass das ausreicht, um den Menschen ein Lächeln ins Gesicht zu zaubern. Leider ist es manchmal genau umgekehrt.

»Nein, Frau Hirsch. Eigentlich weiß ich es nicht«, sage ich so selbstbewusst, wie es mir in diesem Moment möglich ist und streiche über mein blaues Auge. Dabei muss ich viel Kraft aufwenden, um meine Stimme nicht brechen zu lassen. »Ich wollte nur in die Cafeteria und als ich an der Gruppe vorbeiging, sah ich ein Geschoss auf mich zukommen.«

Frau Hirsch zieht eine Augenbraue nach oben und lehnt sich mit einem Hauch von Interesse zu mir, dabei springen mich ihre Brüste beinahe an. »Ein Geschoss?«

»Ja«, sage ich und muss durchatmen, »ein Geschoss.« Trotz der Angst schaffe ich es nicht ganz, die Ironie aus meinen Worten zu bannen.

»Karin Weller wollte den Energydrink wohl etwas kreativer entsorgen.« Endlich schaffe ich es, Frau Hirsch anzusehen. Mir schlägt nur Kälte und Unverständnis entgegen. »Und ich war ihr Mülleimer.«

Es gelingt mir nicht, auch nur eine weitere Sekunde meine Tränen zurückzuhalten. Die Sekunden ziehen sich zu einer Unendlichkeit und werden nur von meinem leisen Schluchzen unterbrochen. Es dauert, bis meine Stimme wieder den Hauch von Stärke verspürt und ich sprechen kann.

»Deshalb verstehe ich auch nicht, dass *ich* hier wieder sitze.«

»Nun, ich kenne Karin und ihren Bruder schon eine halbe Ewigkeit. Er spielt Fußball bei der Borussia, im linken Mittelfeld, wenn ich nicht irre. Karin organisiert Schulveranstaltungen und ihr Vater ist im Präsidium des Vereins.« Sie macht eine theatralische Pause, als würde sie warten, bis ich die Worte verstanden habe. »Ihre Mutter ist Geschäftsführerin der Sankt-Irmgardis GmbH, die Trägerin unseres Krankenhauses. Muss ich weiterreden?« Sie holt entrüstet Luft. »Du weißt, wie viel die Familie Weller für unsere Gemeinde tut. Karin sieht etwas wild aus, aber tut keiner Fliege etwas zuleide.«

Wie dämlich es war, von mir zu glauben, Frau Hirsch würde sie bestrafen, wo ihr Mann doch Chefarzt des Krankenhauses ist. Sie schimpft sich meine Vertrauenslehrerin, doch alle ihre Worte klingen wie eine Anschuldigung, eine Anklage. »Aber das haben doch Dutzende Schüler gesehen«, gebe ich kleinlaut zu bedenken, wobei meine Stimme gehörig schwankt. Noch immer sind meine Wangen feucht vor Tränen, nicht einmal ein Taschentuch hat sie mir angeboten.

Desinteressiert zieht sie die Stirn in Falten. »Wir haben keinen gefunden.« Jede Silbe ist wie ein Schlag ins Gesicht, tausendmal härter, als die halb ausgetrunkene Dose, welche vor wenigen Minuten mein rechtes Auge traf.

Natürlich wollte keiner etwas sagen. Karin ist Sarinas beste Freundin. Niemand legt sich mit der Gruppe an. Nicht einmal eine Vertrauenslehrerin, die den Namen nicht verdient hat.

»Hast du sie vielleicht provoziert? Wieder schlecht über die Borussia geredet?«

»Nein«, hauche ich.

»Hast du Karin angerempelt?«

»Nein.«

»Oder einen ihrer Freunde beleidigt?«

»Nein.«

Eine Pause entsteht, die mir ganz klar sagen soll, dass ich nun gehen muss. Das Formular, welches eigentlich Übergriffe dokumentieren soll, hat Frau Hirsch nicht einmal angetastet. Wie ein Versprechen, das niemals eingelöst wird, schwebt ihr Kugelschreiber über dem Papier. Sie lehnt sich zurück, atmet hörbar aus. Niemand sagt ein Wort, aber als Frau Hirsch ihren Blick auf mich richtet, sehe ich Ekel darin. Als wäre ich ein Störfaktor, nicht mehr, als ein Insekt im gemütlichen Wohnzimmer, welches schnellstmöglich entfernt werden muss.

»Vielleicht bin ich auch einfach nur hingefallen.« Ich gebe auf, erhebe mich, breche die Stille und verspreche mir selbst, dass ich in diesem Raum nie wieder die Wahrheit sagen werde.

Frau Hirsch legt das Formular wieder auf den Stapel und steckt ihren Kugelschreiber weg. »Ja, vielleicht. Ach, übrigens, ich habe mir deine Noten etwas genauer angesehen. Bei den Berufswünschen hast du ‚*Ärztin*' oder ‚*Krankenschwester*' eingetragen.« Sie lächelt, als wäre sie stolz darauf, sich mit mir beschäftigt zu haben, einem kleinen, sozialen Projekt gleich, mit dem man bei einer Grillparty bei Freunden angeben kann. »Bei deinen Noten glaube ich nicht, dass du Medizin studieren solltest. Aber, wie du vielleicht weißt, ist mein Mann Chefarzt hier im St.-Irmgardis-

Krankenhaus. Ich sage ihm Bescheid, dass du dich für ein Praktikum interessierst.« Ihr Grinsen wird breiter. In ihren Augen hat sie gerade einen verdammt guten Job gemacht.

Bei dem Gedanken könnte ich kotzen.

»Siehst du, wenn sich eine Tür schließt, öffnet sich eine andere. Und wenn du etwas auf dem Herzen hast, kannst du dich jederzeit an mich wenden.«

Dic Worte klingen blechern, wie abgelesen. Als würde sie ein Band abspulen und hinter der attraktiven Fassade nur ein Roboter existieren, der monoton seinen Dienst erfüllt. Ich muss mich anstrengen, um vor Verzweiflung und Zorn nicht laut loszulachen. Kein Ton verlässt meine Lippen, als ich den Raum verlasse und mit tief hängenden Schultern in die Bibliothek haste.

In unserem Refugium bin ich vor all der Grausamkeit, den Neurosen und Kämpfen um Beliebtheitswerte oder virtuelle Freunde für einen Moment sicher. Als ich Dina und Martin sehe, möchte ich sofort losheulen, doch meine innere Stimme befiehlt mir, dass weder Frau Hirsch noch Karin Weller es wert sind.

»Wie war es?«, schießt es aus Dina hervor. Sie ergreift meine Hand, streichelt meine Schulter und aus ihren Augen spricht genau derselbe Hass, wie ich ihn eben verspürte. »Hat die Hirsch endlich mal was unternommen?«

»Nein, selbstverständlich nicht.« Mein Herzschlag setzt für einen Moment aus, als ich mir klar mache, dass Frau Hirsch auch nur ein kleines Rädchen in der gut geölten Maschinerie von Griemsmahl ist.

»Das ist so scheiße ungerecht«, platzt es aus Martin heraus, als er drei Tassen mit dampfendem Kaffee auf den Tisch stellt. »Die Ärsche dürfen sich alles erlauben, solange sie niemanden mit dem Auto überfahren und am Wochenende Tore schießen.«

»Willkommen in der Realität«, erwidert Dina und hebt den Arm. »Schau mal, die Narbe hier. Das war Sarina.« Ihre Augen funkeln, als würde sie auf eine Trophäe zeigen. »In der sechsten Klasse hat sie einen Zirkel nach mir geworfen.« Sie deutet mit ihren grün lackierten Fingernägeln auf eine weißliche Ausbuchtung an ihrem Unterarm. »Leider ist die Spitze steckengeblieben und wir haben uns in die Haare bekommen. Bei der Rauferei hat sie die Nadel so tief in mein Fleisch gedrückt, dass ich am Ende ins St. Irmgardis musste.«

Allein der Gedanke lässt meinen Magen vor Übelkeit krampfen. Ungläubig streiche ich mit der Fingerspitze über das vernarbte Gewebe.

»Wir waren echt mal so etwas wie Freunde«, fährt Dina im Plauderton fort. Kein Argwohn bestimmt den Ton ihrer Stimme, kein Zorn liegt in ihr. Sie hat damit abgeschlossen und ich frage mich, ob ich das jemals schaffen werde.

»Was ist dann passiert?«, will ich wissen, während Dinas Finger die Kaffeetasse umschließen, als müssten sie selbst im viel zu heißen Sommer gewärmt werden.

»Dann sind ihr ein paar Titten gewachsen und ihr Hirn ist geschrumpft.« Martins Stimme bebt vor Zorn, er reicht mir eine kühlende Kompresse und setzt sich neben mich. »Die Familienbande der Söhne und Töchter unserer Stadt sind so eng, da würde selbst die Mafia neidisch werden.«

Ein Lächeln umspielt meine Lippen, als seine Finger die meinen streifen und wir gemeinsam den Kühlakku auf das geschundene Auge legen.

»Griemsmahl zählt auf seinen Nachwuchs. Sei nicht wütend auf sie, denn sie kennen es nicht anderes. Auch die beliebten Kids haben es nicht leicht.« Seine smaragdgrünen Augen scheinen für eine Sekunde mein Herz zu berühren. Wieder kommt es aus dem Takt, doch diesmal auf eine schöne Art. »Jeder trägt sein Paket«, haucht er, während sein herbes Parfüm etwas in mir auslöst, was ich mir nicht erklären kann.

Mit den beiden Zeit zu verbringen, ist wie eine heilende Tinktur auf den Wunden meiner Seele. Selbst als die kreischende Sirene zum Unterricht ruft, kann sie die Magie nicht ganz verdrängen.

»Fuck! Ich muss zum Biologiekurs.« In einem Satz steht Dina auf, drückt uns beiden einen Kuss auf die Wange und ist mit wenigen Schritten bereits halb aus der Tür heraus. »Ihr kommt klar, oder?«

Wir nicken, wobei es uns schwer fällt, die Augen voneinander zu lösen. Scheue Blicke dauern eine Nuance zu lange, als dass man das aufkommende Knistern verleugnen könnte. Mir wird heiß und kalt zugleich. Der Schmerz der vergangenen Stunde ist augenblicklich vergessen. Noch immer berühren sich unsere Finger.

»Was würdest du tun, um beliebt zu sein?« Seine Frage ist nicht mehr als ein Flüstern am rauschenden Meer. Die kühlende Kompresse sinkt auf meinen Schoß und Martin streicht über das blaue Auge.

»Derzeit gefällt es mir hier ganz gut.« Ich will zwinkern und vergesse, dass mein Auge ziemlich lädiert ist. Schmerzhaft verziehe ich das Gesicht. »Ich mag die Gesellschaft von dunklen Typen in einer finsteren Welt.«

Mit der freien Hand zupft er an seinem schwarzen Shirt und tut so, als würde er vor dem Spiegel posieren. »Und ich hatte gedacht, dass deine Augen nicht noch blauer werden könnten.«

Als die Worte meinen Verstand erreichen, setzt meine Atmung aus. Ich habe etliche Pfunde zu viel auf den Hüften, musste gerade heulen, stinke nach billigem Energydrink und ein Veilchen ziert mein Auge. Doch ihm scheint das alles gleichgültig. Martin flirtet mit mir. Wenn sich Liebe so anfühlt, muss ich meine Meinung über die ganzen romantischen Komödien zurücknehmen.

Er räuspert sich verlegen. »Weißt du, wenn man ein Paket mit mehreren trägt, ist es nicht mehr so schwer.«

»Das hast du schön gesagt.« Ich bemerke, wie sich ein dünner Film über meine Hände legt. Mein Leib erzittert durch seine Berührungen und ich will nichts sehnlicher, als dass dieser Moment ewig währt.

Martin muss schlucken, dann holt er tief Luft. »Und wo wir gerade bei Schönheit sind …«

»Jetzt sag bitte nicht, dass ich …«

Er unterbricht mein Wispern mit seinen Lippen. Ich könnte weinen, diesmal vor Freude. Der Kuss dauert eine Unendlichkeit und ist doch viel zu kurz. Ich streichle noch immer seine Hand, während sich unsere Wangen berühren. »Hast du nach der Schule schon was vor? Ich meine, ihr habt doch heute trainingsfrei, oder? Wir könnten zusammen Klettern gehen.«

Er nimmt meine Hand und hilft mir hoch. »Nichts würde ich lieber machen.« Martin fährt behutsam über meine Haare, erneut berühren sich unsere Lippen.

»Das ist doch wohl jetzt nicht euer ernst!« Halb amüsiert, halb geschockt lehnt Dina am Türrahmen. »Der Gothic und die Bergsteigerin! Das ist mal ein hübsches Paar.« Sie rauscht an uns vorbei, schnappt ihre Biologiebücher und drückt uns erneut einen Kuss auf die Wange. »Ich freue mich für euch. Und jetzt sollten wir los, die Hirsch will noch etwas von dir.«

Für den Bruchteil einer Sekunde durchzog Magie den Raum. Ich konnte sie spüren, sie liebkoste mein Herz, umgab mich wie ein Kokon aus purem Glück und ließ alles andere unwichtig werden. Nur leider währen solche Momente nur kurz und der Alltag legt sich wie ein Vorbote der Nacht über die Szenerie. Unsere Finger berühren sich noch einen Herzschlag lang, dann lassen wir sie hinabgleiten und alles ist wie immer.

»Bis später«, verabschiede ich mich von den beiden und streiche mir eine Strähne aus dem Gesicht. Oftmals lagen die Haare wie ein schützender Vorhang über meinem Antlitz. Jetzt allerdings will ich vor Freude lachen, meine gute Laune in die Welt hinausschreien und verdammt noch mal glücklich sein. Der Weg zum Klassenzimmer scheint mit Federn ausgelegt. Alles ist warm und weich. Offensichtlich hat der Kokon seine Magie noch nicht ganz verloren. Selbst Frau Hirschs wichtigtuerischer Ausdruck im Gesicht kann der glänzenden Fassade aus Glück keinen Kratzer verleihen.

»Jennifer, ich habe über den letzten Monat nachgedacht und mir scheint, du bringst ziemlich viel Unruhe in den Stufenverbund.« Sie atmet tief, erhebt ihre Stimme, damit auch jeder umliegende Schüler merkt, dass sie nun eine wichtige Ankündigung zum Besten gibt. »Aus diesem Grund würde ich gerne mit deinen Eltern reden.«

Shit! Zu früh gefreut. Mein dämliches Grinsen entgleitet mir, plötzlich beginnt mein Schädel zu brummen, als ob der Aufschlag auf dem Boden der Tatsachen seine Spuren hinterlassen hätte.

»Meine Eltern?«, wiederhole ich, während meine Gedanken wie Billardkugeln durch den Verstand schießen. »Meinen Vater kenne ich leider nicht und meine Mutter …« Die Worte wollen meiner Kehle nicht freiwillig entrinnen. Ich trete noch einen Schritt auf Frau Hirsch zu. Sarina, Karin, Chris und die anderen Mitschüler, die sich erst nach der zweiten Sirene in den Klassenraum begeben, bleiben interessiert stehen. Meine Vertrauenslehrerin hätte sich keinen besseren Ort für ihre Exekution aussuchen können. »… meine Mutter interessiert sich nicht dafür. Sie hat viel mit ihrem Job zu tun und …«

»Warum bin ich jetzt nicht überrascht?«, unterbricht mich Frau Hirsch milde lächelnd und genießt die Zustimmung der Masse. »Der Apfel fällt nicht weit vom Stamm. Ich will sie sehen. Morgen früh, acht Uhr!«

Zufrieden geht sie in den Klassenraum und nimmt die Meute mit. Erneut haben sie einen kleinen Teil der Losershow bekommen. Dabei war ihre Stimme so hart wie Granit und ließ nicht den Anflug von Verständnis zu. Irgendwie muss ich meine Mutter bis morgen fit bekommen, um einen halbwegs ordentlichen Eindruck zu hinterlassen.

Als letzte betrete ich den Klassenraum, den Blick gen Boden gerichtet, in dem Wissen, dass sie mich anstarren. Eigentlich will ich keine Regung meines Gemüts Preis geben, meine Seele nicht vor ihren neugierigen Augen entblößen. Niemals sollen sie über mein Herz urteilen, nur ein verzerrtes Spiegelbild meiner Emotionen will ich ihnen geben, über das sie sich das Maul zerreißen können. Kein Zeichen der Schwäche sollen sie bekommen. Doch jetzt, in dieser Sekunde, fällt meine sorgsam gehegte Maskerade und eine Träne verlässt meine Wange. Ich bete, dass es die letzte sein wird und weiß zugleich, dass ich falsch liegen wer

Kapitel 7 – Die Sünden unserer Nächsten

81. Tag nach dem Kuss des Prinzen

Manche Dinge ändern sich nie. Noch immer fällt mir der Weg auf dem Rücken des Berges schwer, als ob meine Füße sich weigern, auch nur einen Schritt weiterzugehen. Die Vergangenheit lastet marternd auf meinen Schultern und lähmt meine Bewegungen schmerzlich. Sonnenlicht sticht in meine Augen und gleitet über die glänzenden Blätter der kleinen Bäume, die meinen Weg nach oben säumen. Weiße Gänseblümchen zittern im Gras, ihre Köpfe schwenken hin und her. Es scheint, dass sie mich vor dem Kommenden warnen möchten. Dafür ist es längst zu spät.

Ich passiere Dinas Elternhaus und bemerke, dass sich der Souvenirladen offensichtlich vergrößert hat. Ein neues Café schmückt die Terrasse, wo Dina und ich früher stundenlang unsere Geheimnisse teilten.

»Holofernes‘ Ausblick«, lese ich laut und komme nicht umher, mir im Schaufenster die fein verzierten Kuchen und das filigran gefertigte Gebäck anzusehen. Auch wurde renoviert und das sprudelnde Wasser im Teich des Vorgartens funkelt mit zwei neuen Mercedes um die Wette.

Keine schlechte Ausbeute für ein paar Monate Beziehung, denke ich mir und ziehe den Koffer weiter den Berg hinauf. Die Stunden schlichen enervierend langsam an mir vorbei, bis endlich auch der letzte Schüler einen Blick auf mich geworfen hatte. Die Attraktion war zurück und es gab keinen Grund, mein Publikum zu enttäuschen.

Ich rede mir ein, dass sie ihre Show noch bekommen werden, dass es mich glücklich machen wird und dass es einfach klappen muss. Viel mehr als diese vage Hoffnung ist mir nicht geblieben. Nur mein Pakt ist noch wichtig – das letzte in dieser Welt, woran ich mich klammern möchte.

Schweißperlen legen sich auf meine Stirn, als ich unser Häuschen erreiche. Die längliche, gläserne Front passt nicht zum alten Interieur. Mit der Hand gemalt, prangert in Großbuchstaben der Name meiner Mutter über dem Glas: »Irene Meyer – Bergbesteigungen und Exkursionen«

Einen sperrigeren Begriff hätte sie sich nicht einfallen lassen können. Ohne den Schlüssel zu zücken, passiere ich die offene Tür. Wie immer ist die Rezeption der Bergsteigerschule nicht besetzt. Es hätte mich auch gewundert, wenn meine Mutter ein paar Euro für den Lohn einer Empfangsdame aufbringen würde.

Zwischen neuestem Gerät wirkt manche Ausrüstung, als hätte man sie ein Jahrhundert nicht berührt. Eine dicke Staubschicht scheint meine Vermutung bestätigen zu wollen. Selbst als ich durch die Tür hinter dem Tresen trete, werde ich den Gedanken nicht los. Noch immer stapeln sich antike Bergschuhe über Eisschrauben, dazu Steigeisen oder Hunderte Meter ineinander verknotetes Sicherheitsseil. Es ist sogar noch mehr geworden, seitdem ich vor einigen Wochen nicht mehr zurückkehrte.

Behutsam, fast zärtlich streiche ich mit dem Finger über Schutzhelme, als ich ein allzu bekanntes Murmeln aus meinem alten Zimmer vernehme.

»Ma?«, flüstere ich erschöpft und suche mir einen Weg durch das Wohnzimmer. Als mein Erzeuger uns verließ, hat es angefangen. Erst waren es nur Kleinigkeiten, die sie sammelte. Alte Schlittschuhe, die man vielleicht noch verkaufen könnte und die einen guten Preis erzielen würden. Doch bald schon kannte ihre Leidenschaft keine Grenzen mehr und wir erstickten in Bergsteigerausrüstungen aus allen Epochen.

Aus einer Leidenschaft wurde Obsession und schließlich eine Krankheit, die keine Grenzen mehr kannte. Trotzdem bewundere ich meine Mutter auf eine Art und Weise, die ich mir nicht erklären kann. Immerhin gelang es ihr, uns über Wasser zu halten, wenn auch Vieles auf der Strecke blieb; für meine Mutter leider auch große Teile der Realität.

Ich atme durch, schließe erst einmal drei Fenster und stelle den Koffer ab. Ihn kann ich in dem Chaos nicht mitnehmen. Skistöcke bilden eine Barriere zum Badezimmer, die erst einmal überstiegen werden muss, bis ich den Raum erreiche, der vor nicht allzu langer Zeit einmal mein Jugendzimmer war.

»Hallo, Ma.«

Ein paar Sekunden vergehen, bis sie sich endlich umdreht und mir ein freudiges Lächeln schenkt. »Oh, hallo, Jennifer. Wie war der Urlaub?« Dann widmet sie sich wieder stumpfen Eispickeln, die kein Mensch jemals mehr brauchen wird.

»Ich war nicht im Urlaub, Mutter. Ich war in Therapie. Fast zwei verdammte Monate.«

»Oh, wie schön.« Wieder lächelt sie selig, während sie das kalte Metall auf Hochglanz poliert. »Hat es dir gefallen?«

Ächzend räume ich ein paar Bergsteigerschuhe beiseite und lasse mich auf das Bett fallen. »Es war wundervoll«, hauche ich und schließe die Augen. »Aber das kennst du ja.« Unzählige Versuche hatte man unternommen, um meine Mutter in eine Einrichtung einzusperren. Ein wenig stolz macht mich, dass es niemanden für lange Zeit gelang. Immer wieder fand sie einen Weg, um die Fassade der schwindelerregendsten Gebäude zu erklimmen und um auszubrechen. Sie hätte eine der besten Bergesteigerinnen des Landes werden können. Mit ein wenig Startkapital und klarem Kopf würde sie jeden der Achttausender bezwingen. Zumindest früher einmal. Aber das Schicksal meinte es anders mit uns beiden.

Mit offenem Mund starre ich in alle Richtungen. Sie hat gerade einmal acht Wochen gebraucht, um das Zimmer bis an die Decke mit Kletterutensilien zu füllen. »Hast du genug zu essen?«, frage ich und habe Angst vor der Antwort.

Wieder nickt sie und streichelt den nächsten Eispickel, als hätte er Gefühle und wäre wütend, dass er so lange warten musste, bis sie ihn säubert. »Ja, natürlich. Die Frau von der Stadt kommt alle paar Tage vorbei und sieht nach dem Rechten.« Ihre Augen blitzen vor Freude. »Außerdem haben ein paar Griemsmahler eine Tour gebucht.« Sie zuckt mit den Schultern. »Obwohl, ein wenig komisch waren sie schon. Haben gutes Geld bezahlt, wollten aber einen Blick in dein Zimmer werfen und haben gefragt, wo die Videos gedreht wurden.« Kurz hält sie inne und blickt fragend zu mir. »Weißt du, was sie damit meinten?«

Ja, ich weiß es. Ich weiß es ganz genau. Mit aller Macht muss ich den Gedanken beiseitedrängen. Während sich der Schmerz von einer kleinen Woge zum Tsunami entwickelt, erhebe ich mich, atme durch, gehe zu meiner Mutter und drücke sie fest an mich. »Es ist schön, dich wiederzusehen, Ma.«

Sie erwidert meine Zärtlichkeiten. »Ich freue mich auch, Jenny. Bist du etwa traurig?«

Hastig wische ich die Träne weg, versuche meine Fassung wiederzuerlangen und schüttle vehement mit dem Kopf, als wäre allein der Gedanke daran verboten.

»Gut, dann können wir gleich essen. Bleibst du hier oder musst du später wieder los?«

Ich drücke sie an mich, als würde ich sie nie wieder loslassen wollen. »Heute Abend erst«, flüsterte ich. »Bis dahin haben wir viel Zeit für uns.«

***

Frisch geduscht und den Kopf voller wirrer Gedanken stehe ich vor der Glasfront unserer Holzhütte am Rücken des Griems und starre in das dunkler werdende Tal hinab. Überall sonst wird die Sonne erst in einer Stunde untergehen, doch hier sieht es bereits so aus, als hätte eine unsichtbare Macht ein düsteres Tuch über die Gemeinde geworfen. Etwas weiter südlich kann ich das Vereinsheim erkennen. Wie ein stummer, mich ständig erinnernder Zeuge meines schlechten Urteilsvermögens grinst es mich in den gelb-weißen Farben von Borussia Griemsmahl an. Etwas tiefer, im Tal gelegen, erhebt sich das Bergstadion über die niedrigen Dächer der Stadthäuser, sodass ich die Turmspitzen und verwinkelten Treppenaufgänge schon von weitem sehen kann. Es schimmert im letzten Sonnenschein, der hier und dort durch die grau geschwängerten Wolken bricht. Die Stadt selbst ruht lautlos. Kaum eine Menschenseele treibt sich noch auf den Straßen herum, als würde der Griems in der Nacht lebendig werden und einsame Seelen verschlingen.

Ich knöpfe meinen dünnen Mantel zu. Mich fröstelt es bei dem Gedanken an die düsteren Legenden, die sich um den Berg ranken. Mutter kannte sie alle, jede Geschichten über den Griems, den die

Bergarbeiter früher einmal auf der Suche nach Erz und Bernstein aushöhlten. Die Menschen ließen sich in Griemsmahl nur nieder, weil Arbeit und glitzernde Steine versprochen wurden. Niemand wäre sonst freiwillig in den Schatten des Berges gezogen.

Ich drehe mich um und lege meinen Kopf nach hinten, bis mein Nacken knackt. Die Spitze des Griems ist bereits in Dunkelheit gehüllt. Unzählige Bergleute konnten nicht geborgen werden, weil die Stollen immer wieder einstürzten. Die Menschen haben zu gierig gegraben und mussten mit ihren Leben einen Blutzoll an den Griems entrichten.

Noch heute hört man angeblich die flehenden Schreie der Bergleute und das dumpfe Grollen, wenn man ihm nachts zu nah kommt. Die Seelen der alten Bergleute sind dazu verdammt, bis in alle Ewigkeit um Hilfe zu rufen, bis jemand um Mitternacht den Berg besteigt. Jedoch gelang es noch nie jemanden, den Griems bei Dunkelheit zu nehmen. Selbst Mutter hielt sich vornehm zurück, als ihr Angebote gemacht wurden. Nicht wenige sagen, dass die Stollen noch intakt seien und das Grollen daher komme, dass Gestein auf Knochen male, wie die Steine einer Mühle.

Wer könnte dem Griems seine schmerzhaften Rufe verübeln, so wie die Menschen ihn geschunden haben?

Ich fülle meine Lungen ein letztes Mal mit frischem Sauerstoff und muss mich zwingen, um den ersten Schritt ins Tal zu vollführen. Mein Outfit ist viel zu auffällig, als dass ich es früher auch nur in meinen Träumen getragen hätte. Eine enge Jeans schmiegt sich wie eine zweite Haut an meinen Körper, dazu trage ich ein Top mit viel zu weitem Ausschnitt. Ohrringe und eine glänzende Handtasche komplettieren den Look.

Den Mantel öffne ich erst kurz vor meinem Ziel – dem St.-Irmgardis-Krankenhaus, wo etliche düsterte Erinnerungen zu Hause sind.

Als ich eintrete, muss ich einen Würgereiz unterdrücken. Die dunklen Pfade der Vergangenheit sind mit Dornen übersät und schmerzen. Auch damals wirbelte warme Luft meine offenen Haare durcheinander.

Als sich die automatische Tür schließt, tanzen die glänzenden Locken um mich herum. Wieder habe ich kein Haarband dabei – diesmal allerdings ist es mit Absicht.

Kapitel 8 – Zum Wohle aller

243. Tag vor dem Kuss des Prinzen

Die Dunkelheit hat in Griemsmahl Einzug gehalten. Während in den anderen Teilen des Landes noch Wärme die Menschen umschmeichelt und sie im goldenen Oktober ihre Jacken lieber zu Hause lassen, scheint die Spitze Nadel des Griems die Schneeflocken aus den Wolken schneiden zu wollen.

Ich bibbere und muss in meine Hände pusten, während ich vor der automatischen Eingangstür des St.-Irmgardis-Krankenhauses stehe und versuche, mit einem Band meine Haare zu bändigen. Erneut denke ich an die vor Wut zuckenden Augen von Chefarzt Dr. Thomas Hirsch, als ich vor einigen Tagen mit wüst offenen Haaren mein Praktikum begann. Die tiefe Stimme fuhr mir durch Mark und Bein. Er maßregelte mich vor versammelter Mannschaft, dass man in Krankenhäusern nur mit geschlossenen Haaren seinen Dienst verrichte.

Innerlich zerrissen, ob ich seine durchdringenden, azurlauen Augen unglaublich attraktiv oder zutiefst beängstigend finden soll, brachte ich kein Wort heraus und wagte es nicht, ihm auch nur im Ansatz zu wiedersprechen. Selbst wenn ich die meisten Zeit nur Botengänge erledigen sollte, konnte ich bereits einige interessante Fakten aufschnappen. So führt Griemsmahl, durch die ständig währende Dunkelheit, die traurige Statistik der meisten Drogensüchtigen im ganzen Land an. Von Depressionen und Perspektivmangel gequält, gaben sich ganze Bergbaukolonnen dem Suff oder Schlimmeren hin, als die Stollen endgültig schlossen und sie den Griems in Ruhe ließen. Jene, die konnten, zogen weg. Geblieben sind die Alten, Schwachen und Kranken, und ihre Söhne und Töchter lernten von ihnen.

Sie sind nun meine Aufgabe. Meine Botengänge führen mich besonders in die heruntergekommenen Mehrfamilienhäuser im Westen der Stadt. Methadon, Subutex, Buprenorphin, alles Opiate die den Schmerz der Gefallenen lindern sollen. In den letzten Tagen sah ich mehrmals das hässliche Gesicht der Stadt, weit entfernt und verborgen vor den Augen der Menschen mit ihren sorgsam gepflegten Vorgärten weiter östlich. Auch wenn im Schatten des Griems nur wenige Blumen gedeihen, erwecken sie zumindest den Anschein einer heilen Welt.

Ich favorisiere die Bewohner im Westend – sie spielen keine Rolle und übertünchen die eingerissenen Fassaden nicht mit Schminke und Spachtel.

Durch die unzähligen Wege, die ich zurücklegen musste, habe ich bereits ein paar Kilo verloren. Selbst Martin ist das aufgefallen, obwohl er schwört, dass er auf Frauen mit Rundungen steht. Trotzdem, die Pfunde durch Kälte und Anstrengung loszuwerden, kann bestimmt nicht schaden.

Beim Gedanken an ihn wird mir ganz schummrig. Ich grinse, ohne bestimmten Grund und jeder Schritt wirkt leichter. Eisig und innerlich brodelnd zugleich, als ob Feuer und Eis um das vorherrschende Gefühl kämpfen würden, kann ich keinen klaren Gedanken fassen, wenn ich sein Gesicht sehe. Seit unserem ersten Kuss hat sich nicht viel verändert.

Er hält meine Hand, ich die seine. Wenn wir uns unbeobachtet fühlen, tauschen wir heimlich Zärtlichkeiten aus und während wir gemeinsam den Griems besteigen, habe ich das Gefühl, als würde ich dem Himmel noch ein Stückchen näher sein.

Mein dümmliches Grinsen ist mir so fest ins Gesicht gemeißelt, dass ich es sogar noch auf den Lippen trage, als ich die erste Etage des hässlichen Betonklotzes erreiche. Dr. Hirschs sonore und wohlklingende Stimme hallt bereits durch die Korridore des St.-Irmgardis-Krankenhaus. Ich öffne meinen Mantel, schüttle die Kälte aus den Knochen und warte mit respektvollem Abstand, bis er die Diskussion mit der Frau zu Ende geführt hat.

»… Dorothea, dieser ganze Komplex muss abgerissen werden, wenn wir auch nur ansatzweise neue Kompetenzen nach Griemsmahl ziehen möchten.«

»Vor allem muss es profitabel sein, Thomas.« Der Tonfall der Dame ist hart und erbarmungslos. Ihr Hosenanzug spannt ein wenig, allerdings passt er gut zum schmalen Gesicht und zur modischen Kurzhaarfrisur. Ich kann sogar ein Tattoo mit zwei Namen an ihrem Fußgelenk erkennen. Als sie mich sieht, nickt sie freundlich, dann senkt sie ihre Stimme. Die schneidende Endgültigkeit bleibt. »Wir haben nur diese eine Chance. Erledige deinen Teil und wir erfüllen unseren.«

Ich hole mein Handy hervor und wünsche Martin eine erfolgreiche Trainingseinheit. Mittlerweile hat sein Coach das Pensum noch einmal erhöht. Ich habe den Mann nur einmal gesehen, aber das hat gereicht, um sich ein Urteil zu bilden.

Detlef Zernig, *den Schleifer* nennen sie ihn in der Boulevardpresse. Die markante Glatze und seine cholerische Art lassen niemanden los und verfolgen einen bis in die tiefsten Träume. Er ist ein alter Haudegen mit Bundesligaerfahrung, der die Griemsmahler bis nach ganz oben führen will. Die ersten Spiele wurden haushoch gewonnen, offensichtlich schlugen die Neuverpflichtungen vollends ein. Selbst ich bin jetzt ein Rädchen dieser unaufhaltsamen Maschinerie, begleite Martin zu seinen Spielen und jubel ihm zu.

Während ich auf seine Antwort warte, starre ich aus dem Fenster. Ich werde das Gefühl nicht los, dass mit jedem Sieg in der noch jungen

Saison die Anzahl der Plakate zunimmt. Mittlerweile haben sie sogar vier digitale LED-Wände an den Hauptstraßen platziert. Sie zeigen Szenen der vergangenen Spiele, zur vollen Stunde flimmern Nachrichten über die Köpfe der Menschen hinweg und in den Abendstunden ist das gelb-weiße Emblem von Borussia Griemsmahl allgegenwärtig zu sehen. Eine ständige Mahnung, was in dieser Gemeinde wirklich von Bedeutung ist. Es erhellt die Nacht wie ein Stern am Fußballhimmel, dem die Menschen als Verheißung für eine bessere Zukunft nur folgen müssen. Die Stadt hat kein Geld für die abrissreifen Wohnungen im Westen, aber für riesige LED-Wände haben sich schnell Mäzene gefunden.

»Jennifer!« Dr. Hirschs Ausruf reißt mich aus meinen Gedanken. Mit dieser tiefen, melodischen Stimme hätte er auch Synchronsprecher für Hörspiele oder Fernsehproduktionen werden können. Allerdings wäre es viel zu schade, das markante Gesicht und die hohen Wangenknochen hinter einem Mikrofon zu verstecken. Kein Wunder, dass seine Frau dem Schönheitswahn verfallen ist.

»Wovon träumst du gerade?«, will er wissen, stellt sich neben mich und sieht mit mir aus dem Fenster. Die nahende Dunkelheit wird nur von den flimmernden LEDs unterbrochen.

»Von nichts.«

»Sicher? Es kann von Vorteil sein, wenn man ein wenig über den Tellerrand guckt, obwohl man sich lieber im Schneckenhaus verkriechen möchte.«

Mein sehnsüchtiger Blick auf das Mannschaftsfoto, das gerade haushoch über der Hauptstraße thront, verrät mich endgültig.

»Stimmt, du bist ja mit dem Herrn Mary zusammen«, stellt er wohlwollend fest und klopft mir auf die Schulter, als ob es das höchste ist, was ein Griemsmahler Mädchen erreichen kann. »Dann gehörst du ja sozusagen zum inneren Kreis.«

Das hat noch niemand über mich gesagt. Wegen Martin besuchen Dina und ich sogar die verhassten Fußballspiele und tatsächlich ist mir aufgefallen, dass Chris, Sarina, Karin und die ganze Gang uns bemerkenswert lange in Ruhe lassen. Vielleicht hat Dr. Hirsch sogar recht. Allein die Heuchelei von Interesse sorgt für Akzeptanz. Noch bevor mir klar wird, wie abstoßend ich den Gedanken finde, fährt er fort:

»Das ist übrigens Frau Weller.« Er deutete mit einer ausladenden Geste zu der Dame im Businessoutfit.

Wir schütteln einander die Hände. »Hallo, ich bin …«

»Jennifer Meyer, du bist die Kleine von Martin.« Sie mustert mich von oben bis unten, bis ihr Blick an meiner Bauchpartie hängen bleibt. »Obwohl … Kleine.«

Waren Martin und ich so ungeschickt? Und warum um alles in der Welt wird mein Beziehungsstatus jetzt als Beiname ausgesprochen? Ihre arrogante Distanziertheit kommt mir seltsam bekannt vor und während alle meine Notsirenen auf Alarm schalten, fühle ich mich augenblicklich unwohl. Früher war ich mal ein eigener Mensch. Nicht beliebt, nicht erfolgreich, nicht einmal besonders mittelmäßig, aber zumindest war ich nicht die Kleine von irgendwem.

»Genau«, murmele ich und ziehe den Mantel ungelenk über meine Brust, während ich mein Haupt vor Scham senke.

Erst jetzt kann ich die Tattoos auf ihren frei liegenden Fußgelenken lesen und mir wird eiligst klar, weshalb sich mein Magen verkrampft.

Karin und *Hendrick*.

Meine Lippen formen die Worte lediglich, doch es reicht aus, um Frau Weller ein Lächeln auf das Gesicht zu zaubern. »Ganz genau, du bist mit meinen Kindern in einer Stufe. Ich hörte davon.«

Ihre Stimme hat einen gefährlichen Unterton. Irgendetwas zwischen versnobter Heiterkeit und genervter Pflichterfüllung. Ihre Tochter ist ihr wie aus dem Gesicht geschnitten. Unwillkürlich muss ich über mein blaues Auge streichen. Gemeinheit ist also doch vererbbar.

»Du musst wissen, Dorothea Weller ist die Geschäftsführerin der St.-Irmgardis GmbH, die Trägerin unseres Krankenhauses«, erklärt Dr. Hirsch.

Sie faltet die Hände, als würde sie beten wollen. »Kein Krankenhaus kommt mehr ohne Konzern im Rücken aus.«

Dic beiden lächeln einander an, als würde ich gar nicht existieren und führen ihr Gespräch fort, als sie zum Aufzug schlendern. Ich warte geduldig, während sich die beiden feixend Zeit lassen. Auch ich nutze die Gelegenheit und blicke auf mein Handy. Noch immer keine Nachricht von Martin.

»Früher war einmal geplant, das St.-Irmgardis-Krankenhaus zum größten im ganzen Kreis auszubauen.« Ein Schreck fährt durch meine Glieder, als Dr. Hirsch neben mir steht und wehmütig zum Berg blickt. »Eine ganze Abteilung für Pneumologie war geplant, für die Lungen der Bergarbeiter. Dazu mehrere Operationssäle, ein neuer Anbau, alles sollte schick und edel werden. Ein Hort des medizinischen Wissens, am Fuß des Griems.«

Das helle, fast leuchtende Weiß seines Kittels setzt sich so sehr von der Wandfarbe ab, als würde er nicht hierher gehören. Ich warte ab. Die Sekunden verrinnen so langsam, dass ich meine, den eigenen Herzschlag als tickende Uhr vernehmen zu können.

Wie aus dem Nichts schnippt er mit dem Finger. »Dann brachen die Subventionen weg und mit ihnen der Bergbau.« Dr. Hirsch atmet gegen das Fenster, bis es beschlägt. Mit dem Finger zeichnet er die Umrisse des Griems nach. »Die Pläne waren vom Tisch und seitdem müssen wir in dieser tropfenden Ruine arbeiten und ich hänge hier fest, wie eine Fliege auf Klebstoff.« Er schüttelt mit dem Kopf, wischt das Bild des Griems mit der Handkante weg und wendet sich wehmütig ab. »Ich kann noch so sehr mit den Flügeln schlagen und bin trotzdem hier gefangen.«

Eine Krankenschwester schreitet betont lasziv an uns vorbei und grüßt freundlich. Zumindest das scheint Dr. Hirsch aus seinen Gedanken zu reißen. Er blickt der brünetten Schönheit hinterher, während er unverhohlen auf ihren Po stiert. »Doch nicht mehr lange.«

Die Worte waren nicht für mich gedacht. Ein laut ausgesprochener Gedanke, der im Geheimen bleiben sollte, ungehört von den Ohren der Welt.

»Wieso bewerben Sie sich nicht einfach irgendwo?«, will ich wissen und beiße mir im nächsten Moment auf die Lippe. Solche Fragen stehen mir nicht zu. Doch offensichtlich habe ich einen guten Moment erwischt.

Dr. Hirsch fährt sich durch das volle Haar und sieht mich herausfordernd an. »Weißt du, wie viel ein Medizinstudium kostet und ein Kredit für ein Haus am Stadtrand? Damals waren wir noch nicht in der Niedrigzinsphase und … ach, was erzähle ich dir. Zumindest kann ich hier machen, was ich will.« Er sieht sich nicht einmal um, als er den Flachmann herausholt und sich einen Schluck genehmigt. »Nein, es muss hier klappen.« Der beißende Geruch von Korn liegt für einen Herzschlag in der Luft, bis mich der Arzt weiterführt. »Komm mit, du musst mir bei etwas helfen. Jenny ist doch jetzt auch im Team, oder?«

Ist Jenny das? Mein Gehirn scheint so langsam zu arbeiten, dass die Worte nicht wirklich Sinn ergeben. Also lächle ich schüchtern, wie ich es immer zu tun gedenke, wenn ich nicht weiß, welche Reaktion mein Gegenüber von mir erwartet und schweige eisern, bis ich durch eine Sicherheitstür in Dr. Hirschs Büro geschoben werde.

Er deutete auf zwei abgehende Räume. Bei beiden muss ich trocken schlucken, um meine Haltung zu wahren. In einem Raum scheint er sich ein kleines Schlafzimmer eingerichtet zu haben. Das Bett nimmt fast den kompletten Platz ein, während ein offener Koffer davon kündet, dass er hier öfter nächtigt. Der Geruch von viel zu oft getragener Kleidung und abgestandener Luft schlägt mir entgegen.

»Ich arbeite viel, kann nicht oft zu Hause schlafen«, erklärt er, als es mir nicht schnell genug gelingt, meinen Blick abzuwenden.

Natürlich. Und die Handschellen, die an den Bettpfosten baumeln, benötigt er zum Kuscheln. Manche Lügen sind nur eine Fassade, weil die Wahrheit zu sehr schmerzen würde. Obwohl sie mir so viel Leid angetan hat und immer wieder darauf beharrt, dass alle Auseinandersetzungen meine Schuld sind, tut mir seine Frau plötzlich leid.

»Hier gehe ich meiner Position als Teamarzt nach.«

Beinahe ein wenig stolz treten wir in den zweiten Raum. Gegen ihn duftete der erste nach einer frischen Wiese voller Gänseblümchen. Als hätte man Fäkalien in einem Kochtopf erhitzt, schießt es mir durch den Kopf. Grelles Licht blendet schmerzhaft meine Augen. Als ich die unzähligen Blutkonserven erblicke, wähne ich mich in einem Horrorkabinett.

»Was ist das?«, frage ich mit aufkommender Nervosität und komme nicht umhin, eine verwirrende Faszination zu spüren. Plötzlich ist der Wunsch, Medizinerin zu werden, wieder ganz nah, eines Rufes gleich, der immer stärker wird.

»Eigenblut der ersten Mannschaft«, antwortet er, als wäre es das normalste der Welt. »Auch beim Fußball gibt es Dopingproben. Ich achte darauf, dass keine verbotene Substanz nachgewiesen wird.« Mit routiniertem Schwung lässt er sich auf einen Bürostuhl fallen und rollt gekonnt an seinen Labortisch. »Nimm‘ Platz und lies‘ mir die Daten vor.«

Mein ganzer Körper kribbelt vor Aufregung, während ich die aufgereihten Blutkonserven abschreite. Christofer Breeck, Hendrick

Weller, Simon Gargusch, Mustafa Cem … beim letzten Namen in der Reihe verschlägt es mir den Atem. »Martin Mary«, lese ich und halte inne.

»Das ist sein Blut?«, frage ich und muss mich mit aller Macht zusammenreißen, dass ich die Blutkonserve nicht berühre.

Dr. Hirsch sieht auf. »Ganz genau. Faszinierend, hab‘ ich nicht recht? Und jetzt beeile dich, wir haben noch Einiges zu tun.«

Nur schwerlich kann ich mich von dem Anblick losreißen und nehme vor dem Laptop Platz. Nach einer kurzen Einweisung gebe ich Herrn Dr. Hirsch Daten, Namen und Zahlen durch. Er notiert dies auf den Blutkonserven und macht sich in ein graues ledergebundenes Buch Notizen. Mit einem Schlag komme ich mir unglaublich wichtig vor und tatsächlich wie ein kleiner Teil der Gemeinde. Auf mein Verhalten darf nicht der kleinste Schatten des Zweifels fallen, weshalb ich auch nicht murre, als wir ohne Pause durcharbeiten.

Die Zeit scheint wie im Flug vergangen, als ich an der letzten Zeile des Dokuments angelangt bin. Dr. Hirsch klappt das Notizbuch zu, legt es, wie ein kleines Mädchen ihr Tagebuch, unter sein Kopfkissen und streckt seinen Rücken.

»Gute Arbeit«, sagt er laut, während wir in sein Büro gehen. Zum Dank macht er uns zwei Kaffee.

Auch mein Rücken schmerzt, als würden Nadeln durch die Haut stechen, die Beine sind schwer und knacken bei jeder Bewegung und mein Nacken ist so steif, als hätte eine unsichtbare Macht Blei in die Gelenke gepumpt. Trotzdem bin ich glücklich und schlürfe zufrieden meinen Kaffee.

»Was haben wir gerade eigentlich gemacht?«, frage ich mit freudig strahlenden Augen, während Dr. Hirsch auf seinem Mobiltelefon herumtippt.

»Leistungsoptimierung für die Mannschaft.« Seine Stimme ist gleichgültig, als würde er diese Wunder jeden Tag vollbringen. »Bitte behalte das für dich.« Er zwinkert mir zu und ich kann vorbehaltlos verstehen, warum sich meine Lehrerin damals in ihn verliebte. »Das bleibt unser kleines Geheimnis.«

Ich nicke und schlürfe weiter die köstliche Flüssigkeit, während mich unzählige Fragen martern. Erneut verlassen Worte meinen Mund, so unbedacht, als wäre ich ein kleines Kind. »Solange es nichts Illegales ist.«

»Illegal?«

Dr. Hirsch sieht auf, sein Blick brennt sich flammend in mich hinein. Daraufhin zucke ich verschreckt zusammen und verschütte den Kaffee auf meine Hose.

»Hier ist nichts illegal.« Er redet so schnell, dass sich seine Stimme überschlägt. Nur wenige Lidschläge später hat er seine Emotionen wieder im Griff. Er ringt sich ein Lächeln ab und löscht das Inferno, welches kurzzeitig in ihm loderte. »Am besten vergisst du, was du gerade gesehen hast. Außerdem hast du noch Botengänge zu erledigen, sonst wird es für die Junkies zu spät.« Die letzten Silben spuckt er wie Gift aus.

Mit Nachdruck führt er mich zum Ende seines Büros, drückt mir wortlos die Tüte mit den Ersatzdrogen in die Hände und öffnet das Türblatt.

»Oh, Verzeihung.«

Ich laufe direkt in die Arme der brünetten Krankenschwester. Ein Knopf ihrer Bluse ist bereits geöffnet und sogar mir wird klar, wem Dr. Hirsch gerade eine Nachricht geschrieben hat.

»Bis morgen, Jennifer.« Der Ton ist so eisig wie ein Februarschauer und das Knallen der Tür steuert den Donner bei.

Was habe ich nun schon wieder falsch gemacht? Ich sollte einfach schweigen, Fragen und Aussagen für mich behalten und nichts tun, außer mit den Augen klimpern und nicken.

Es würde mir viel Ärger ersparen.

Kapitel 9 – Die andere Seite

Als ich vor die Tür trete und kühlende Luft in mein Gesicht schlägt, empfängt mich aufgeregtes Raunen und vor Hass zerfressenes Gebrüll.

»Ihr scheiß Bullen! Ihr steckt doch mit denen unter einer Decke!«, flucht ein hagerer Mann mit weißlicher, beinahe bleicher Haut der Menschentraube entgegen.

Ein Streifenwagen steht quer vor dem Krankenhaus, das flackernde, blaue Licht scheint zu der kühlen Sommernacht die passende Farbe spendieren zu wollen. Sofort zücken die Polizisten Schlagstöcke, packen den Mann und werfen ihn unter zustimmendem Johlen der anwesenden Ärzte, Pfleger und Schwestern auf die andere Straßenseite.

Sie brüllen noch etwas von »Platzverbot«, anschließend unterhalten sie sich mit den Angestellten und lachen laut, als einige Patienten aus ihren geöffneten Fenstern applaudieren.

Da der Typ noch nicht ganz das Weite suchen möchte, nähere ich mich der Gruppe und lasse mich von der allgemeinen Heiterkeit anstecken. Mit zwei Pflegern habe ich in den letzten Tagen oftmals meine Pause verbracht. Gregor und Dimitri öffnen die heitere Runde für mich.

»Was ist passiert?«, möchte ich wissen und fixiere den Mann in ausgewaschenen Klamotten und dem viel zu großen Shirt.

»Scheiß Junkies«, lacht Gregor laut und nickt in Richtung des Mannes auf der anderen Straßenseite. »Will einfach keine Ruhe geben und hat Wahnvorstellungen.«

»Immer diese Verschwörungstheoretiker«, ergänzt Gregor und zieht an seiner Zigarette.

Es ist, als würde der junge Mann meinen Blick fesseln. Sein Antlitz hat mehr mit dem eines Skeletts als mit einem menschlichen Wesen gemein. Die dunklen Haare liegen quer und fettig über seinem Gesicht, als würde er die Augen absichtlich vor der Welt verbergen wollen. Verächtlich spuckt er auf den Boden und stößt englische Flüche aus. Bei seinem Akzent kann ich nur die Hälfte verstehen, aber manches davon würde ausreichen, um gestandenen Seemännern die Schamesröte ins Gesicht zu treiben.

Er gibt noch einige Sätze zum Besten, dann trollt er sich und seine Silhouette ist nach wenigen Schritten mit der Finsternis des kleinen Parks verschmolzen.

»Dummer Idiot«, lacht einer der Polizisten mit Schnauzbart und dem Ansatz eines Bierbauchs. »Jedes Mal derselbe Mist.«

Während die Belegschaft mit der Staatsmacht scherzt, verabschiede ich mich von Gregor und Dimitri. Immerhin habe ich noch einen Auftrag zu erledigen und es wäre nicht klug, Herrn Dr. Hirsch erneut zu verärgern. Seine Frau ist bereits der Ansicht, dass ich mit meinen Noten keine Ärztin werden kann, den Weg als Krankenschwester sollte ich mir nicht auch noch verbauen.

Als ich die Hauptstraße verlasse und die flimmernden LED-Lichter der Werbetafeln allmählich ihre Kraft verlieren, scheint die Kälte noch einmal zugenommen zu haben. Mein Atem bildet kleine, weiße Wölkchen, die sofort vom Windhauch erfasst und weit fortgetragen werden.

Ich beschleunige meinen Schritt, um meinen Körper aufzuwärmen und presse die Tüte mit den Ersatzdrogen wie eine Wärmflasche an mich. Lediglich ein paar gelbliche Lampen werfen ihr Licht auf die Straße. Mein Schatten scheint sich mit der Dunkelheit zu vereinen. Als ein Klirren durch die engen Gassen der Bergstadt hallt, bleibe ich wie angewurzelt stehen und sehe mich in alle Richtungen um. Ein dünner Schweißfilm legt sich auf meinen Nacken, jedoch ist er nicht der Anstrengung geschuldet, sondern meiner aufkommenden Unsicherheit.

Ich verfluche mich selbst, dass ich keinen Führerschein besitze und die Medikamente einfach mit dem Auto ausliefern kann. Eine gelernte Arbeitskraft loszuschicken, wäre zu teuer, und ich werde das Gefühl nicht los, dass Dr. Hirsch die Auslieferungen als Strafarbeit oder zumindest als Ritual zum Einstieg in das Praktikum nutzt.

Unter einer Lampe öffne ich die Tüte. Ich zähle lediglich drei Ampullen Methadon für einen Kunden, fülle meine Lungen mit frischer Luft und hoffe, dass der kalte Abendwind mir Mut einflößt. Die Adresse kenne ich nicht, aber die Gegend reicht bereits aus, um einen Knoten in meinem Magen entstehen zu lassen. Mir graut es bei dem Gedanken, dort zu so einer späten Stunde meinen Arbeitstag abzuschließen.

Während ich mich zwinge, um an etwas anderes zu denken, hole ich mein Handy hervor und nehme den schnellsten Weg ins Westend. Für eine Sekunde spiele ich sogar mit dem Gedanken, mir ein Taxi zu rufen, nur leider habe ich nicht mehr als 30 Euro in der Tasche, und diese sollten bis zum Ende des Monats reichen. Mir bleibt also nichts anderes übrig, als allen Mut zusammenzunehmen und mit schnellen Schritten durch die engen Gassen zu hetzen. Auf und ab führt mich die Navigationsapp über das Kopfsteinpflaster. Der Griems hat es den Straßenbauern nicht leicht gemacht, als sie ihre Stadt in das Tal unter seinen Füßen hämmerten.

Während ich mich weiter in regelmäßigen Abständen umdrehe, jagt ein Schauer über meinen Rücken. War da nicht ein Schatten oder spielt mir mein übermüdeter Verstand einen Streich?

Als sich raschelnde Geräusche aus der Dunkelheit erheben, bin ich mir sicher – jemand verfolgt mich. Ich überlege, laut zu schreien, nach Hilfe zu rufen und bringe doch keinen Ton heraus.

Das Display zeigt an, dass mein Ziel nicht weit entfernt ist. Noch einmal lege ich einen Zahn zu, obwohl die Muskeln meiner Beine bereits brennen. Ich ignoriere die kleinen, fortwährenden Stiche in den Seiten, den kaum auszuhaltenden Druck auf meinen Lungenflügeln und den scharfen Schmerz in den Waden. Wieder sehe ich nach hinten. Der Schatten bricht immer mehr aus den düsteren Häuserecken hervor. Gesplitterte Laternen begünstigen sein gemeines Spiel in der Nacht und lassen meinen Puls in ungeahnte Höhen schnellen.

Nur noch wenige Meter sind es bis zum rettenden Haus. Wie in einem beschissenen Horrorfilm jault eine Katze in der Nacht und selbst mein Zufluchtsort sieht aus, als würde hier der nächste Teil eines Splatterfilms gedreht - mit mir in der Rolle des leichtgläubigen Opfers.

Wie von Sinnen drücke ich die Klingeln des heruntergekommenen Gebäudes. Der Schatten ist ganz nah. Ich spüre einen eisigen Atem im Nacken und schneeweiße Finger greifen nach mir. Sein Blick bohrt sich mit stahlblauen Augen in mich hinein. Unter den nebligen Konturen des Griems werde ich sterben – mit ihm als einzigem Zeugen. Hitze schießt mir ins Gesicht, als ich den Notruf wähle und mir ein spitzer Schrei entfährt. Die Hand kommt näher …

Wimmernd verlässt mich die Kraft, meine Knie knicken ein und die Tüte fällt auf den Boden.

»Hey, alles gut?« Wie in Zeitlupe erkenne ich, wie die Hand an mir vorbeigleitet, ein Schlüssel in das Schloss gesteckt wird und die Tür sich öffnet. »Um diese Zeit wird dir niemand Einlass gewähren«, raunt der Schatten und wird langsam zu einem menschlichen Wesen.

Ich erkenne den Typen von eben. Noch immer thront sein englischer Akzent majestätisch über der tiefen Stimme. Die Haare hat er nach hinten gekämmt und von Nahem wirkt seine Haut noch eine Nuance heller. Dazu stechen seine Augen aus tiefen Höhlen hervor und man erkennt, dass die Zeit es nicht gut mit ihm meint. Sein Gesicht wirkt ausgezehrt vom jahrelangen Kampf gegen die Drogen.

Ohne Regung hebt er die Tüte hoch, sieht auf das Adressschild und nimmt sie an sich. »Für die Unterschrift solltest du ins Warme kommen«, grollt er und verschwindet in der Dunkelheit des Flurs.

»Hallo? Sie sprechen mit dem Polizeinotruf. Sagen Sie etwas!« Die weibliche Stimme reißt mich aus meinen Gedanken.

»Entschuldigung, ich bin an die Taste gekommen«, antworte ich, den Blick in die Dunkelheit vor mir gerichtet und lege auf. Mein Herzschlag benötigt ein paar Sekunden, um wieder einigermaßen normal in meiner Brust zu pochen, erst dann kann ich eintreten. Wie von Seilen gezogen, führt es meine Hand an den Lichtschalter.

»Kaputt«, dröhnt es aus der Finsternis.

Nach reiflicher Überlegung komme ich zu dem Schluss, dass der Typ kein Serienmörder ist. Zumindest hoffe ich es inständig, während ich behutsam einen Schritt vor den anderen setze. Außerdem brauche ich seine Unterschrift und ich weiß nicht, vor wem ich mehr Angst habe, vor Dr. Hirschs cholerischen Ausfällen oder den Augen des jungen Mannes.

Ich entscheide mich für die pflichtbewusste Variante, hangel mich durch das Treppenhaus und bin froh, dass ich ohne Unfälle in den Lichtkegel der Wohnung treten kann.

Die Tüte mit der Methadonlösung ist bereits geöffnet. Über einem Bunsenbrenner erhitzt er die Flüssigkeit in einem Löffel, bis sie kleine Bläschen wirft.

»Das Präparat soll man oral verabreichen«, schießt es aus mir hervor und ich wundere mich selbst über den harten Klang meiner Stimme.

Keine Antwort verlässt seine vor Konzentration zuckenden Lippen. Er zieht die Flüssigkeit mit einer Spritze auf, bindet seinen Arm mit einem Gummischlauch ab und blickt mich unverhohlen an, als ob er mich verspotten möchte.

Beim Frühstück hätte ich mir auch nicht träumen lassen, dass ich meinen Abend in einer Junkiewohnung verbringen muss. Während er sich den Schuss setzt, sehe ich mich um. Die Einrichtung ist karg, aber eigentlich ist es recht aufgeräumt. Ein Tisch, vier Stühle, ein kleiner Fernseher, dazu schmiegt sich das Schlafsofa vor den Balkon. Am prägnantesten scheinen die unzähligen Zeitungen auf dem Boden. Eine ganze Wand ist voll von Ausschnitten über Borussia Griemsmahl, ihren Spielberichte, Interviews mit Bürgermeisterin van Cleef, Informationen über das St.-Irmgardis-Krankenhaus und Neuigkeiten über die Stadt. Ein eingeschalteter Laptop wirft bläuliches Licht in den Raum und lässt das Antlitz des Mannes noch frostiger wirken.

Aus Sicherheitsgründen umklammere ich weiterhin das Handy und lese von der Tüte den Namen des Mannes ab.

»Andrew Shay.« Ich beiße mir auf die Lippen und versuche, meine Stimme erneut fest klingen zu lassen. »Sie wissen, dass ich noch eine Unterschrift benötige?« Mit steigender Nervosität halte ich ihm die Papiere hin. »Unterschreiben Sie, dann bin ich sofort weg.«

Er legt die Spritze beiseite und lehnt sich enttäuscht zurück. »Es ist, als ob man einen geblasen bekommt und das Mädchen es nicht zu Ende bringt.«

»Wie bitte?«

»Ich rede vom fucking Schuss«, entgegnet Andrew und erhebt sich scheinbar mühelos. »Sie dosieren nicht richtig, behalten das gute Zeug für sich oder verkaufen es, um die Kohle in andere Projekte zu stecken.«

Ein anderes Bild von Junkies schwebt mir im Kopf herum, während ich beobachte, wie grazil und leichtfüßig er sich bewegt. Ohne auch nur ein bisschen zu wanken, zieht es ihn in die Küche, wo er zwei Tassen Tee zu bereitet. »Sie stecken alle mit drin! So eine Scheiße gelingt einem nicht allein.«

»Okay«, entgegne ich langgezogen und halte ihm den Zettel zum Gegenzeichnen unter die Nase. Dieser Andrew scheint nicht gefährlich, sodass mein Mut mit jeder Sekunde ein wenig mehr wächst.

Anstatt zu unterschreiben, reicht er mir die Teetasse. Ich zögere einen Moment, mein Blick streift den seinen. Eigentlich müsste er von den Ersatzdrogen getrübt sein, doch seine Augen sind so klar, wie ein bodenloser See. Er sieht nicht aus wie ein Junkie, sondern eher wie jemand, der unvorstellbares Leid erlitten hat.

»Du glaubst mir nicht, oder?« Andrew nimmt den Zettel, unterschreibt mit krakeliger Handschrift und stellt sich tief in seine Gedanken versunken vor die Wand mit den aufgeklebten Zetteln. »Niemand tut das, weil sie sich an den Siegen berauschen.« Er trinkt langsam, bedächtig. »Es ist besser als Heroin. Siege und Macht sind die Drogen der feinen Gesellschaft und doch geht es ihnen am Ende um dasselbe, wie dem beschissenen Junkie mit vollgepisster Hose …« Er dreht sich zu mir und lächelt traurig. »… nur um den Rausch.«

Ich nehme einen Schluck und halte inne, als die fruchtige Flüssigkeit meine Kehle hinunterläuft. Die Hitze breitet sich wohlig in mir aus und erwärmt meine durchgefrorenen Glieder. Vielleicht bleibe ich doch noch ein paar Minuten.

Der süßliche Gestank des erhitzten Methadons verfliegt langsam und weicht einem herben Duft. Ich sehe mich in der Wohnung weiter um, streiche mit der Kuppe des Zeigefingers über die unzähligen offenen Medikamentenpackungen.

»Ist das nicht bei uns allen so? Wir wollen nur ein Stückchen Glück.« Meine Stimme ist nicht mehr als ein gedämpftes Flüstern, doch Andrew scheint jede Silbe zu verstehen.

Sein Kopf dreht sich langsam, dann zieht ein Grinsen über sein Gesicht. »Nein, bei den meisten ist es Sex, Macht und Geld. Ich weiß nicht, wie sie es anstellen, aber diesem Arschloch von Dr. Hirsch gelingt es, Medikamente so zu strecken, dass einiges für ihn hängenbleibt.«

Andrew redet sich in Rage, während ich das Bild der Blutkonserven nicht aus dem Kopf bekomme. »Ob es um das gestreckte Methadon geht oder um Krebsmittel – ihm ist alles recht, solange seine Fußballmannschaft aufsteigt und die Kohle stimmt.«

Plötzlich wirkt Andrew wie ein Getriebener, wie jemand, der nicht bei klarem Verstand ist. Nur ein Verrückter würde Dr. Hirsch eines solchen Verbrechens bezichtigen. Mein Leib zuckt unmerklich, als wäre der Gedanke ein Insekt, welches ich einfach abschütteln kann.

Oder steckt in den Aussagen dieses Junkies doch ein Fünkchen Wahrheit? Jetzt bin ich von Sinnen, denke ich mir, während ich weiterhin die Pillen streichle. Von Sinnen und außerordentlich verrückt.

»Die sind zum Abnehmen.«

»Bitte?«

»Die Pillen vor dir. Ich habe versucht sie so zu kombinieren, dass sie eine berauschende Wirkung haben.« Er zuckt mit den Schultern. »Manchmal ist es schwer, die Stimmen im Kopf zum Verstummen zu bewegen. Klappt noch nicht immer. Scheiß ‚H'. Meine Geliebte und mein Tod.« Ein weiteres Mal reißt sich sein Blick von der Wand los und er mustert mich von oben bis unten. »Abnehmen hast du nicht nötig. Siehst hübsch aus.«

Ohne es wirklich bewusst zu tun, streiche ich mir eine Strähne aus dem Gesicht und verkneife mir ein Lächeln. Leider scheinen nicht alle der Meinung zu sein. Obwohl bereits einige Kilos runter sind, ist es keine vier Stunden her, dass Frau Weller ganz anderer Meinung war. Aus einem Impuls heraus lasse ich die Pillen in meine Tasche gleiten.

»Seit wann bist du clean?«

»Zwei Jahre«, haucht er. Sein englischer Akzent bricht deutlicher durch, je leiser er spricht.

»Warst du bei Dr. Hirsch in Behandlung?«

Er schüttelt den Kopf. »Nein, aber meine Mum. Es war Krebs. Sie hat gekämpft, aber irgendwann verloren.« Seine Stimme versiegt. Als würde die Trauer unsagbar schwer auf seinen Schultern lasten, schleicht er zum Fenster. »Es war seine Schuld.« Jedes Wort ist durchzogen von purem, reinen Hass. »*Seine*.«

Dieser Mann braucht Hilfe. Schnellstmöglich.

Ich stelle mich neben ihn und blicke durch das dünne Glas. Der Griems schimmert bläulich durch die Nacht. Ich habe das Gefühl, als ob auch er großes Leid ertragen musste.

Wie wir alle.

Mein Herz ist schwer, als ich die Teetasse abstelle und Andrews Schulter berühre. Wo Worte keine Wirkung mehr zeigen, müssen Taten herhalten. Ein paar Herzschläge vergehen schweigend, dann lasse ich ihn und seine Trauer allein.

Kapitel 10 – Monster

Wie viele Nächte habe in diesem Krankenhaus Dienst geschoben, obwohl ich nur Praktikantin war und am nächsten Morgen die Schulsirene erbarmungslos erklang.

Verdammt, ich wollte diesen Job, ich wollte ihn unbedingt. Alles kommt mir vertraut vor. Jede nicht gegossene Pflanze, der Geruch von Desinfektionsmitteln, bräunliche Wasserflecken an der Decke – einfach alles blieb wie Kletten in meinen Erinnerungen haften und nichts hat sich verändert. Gar nichts.

Die Empfangsdame wirkt zwar überrascht, mich zu sehen, nickt mir aber schulterzuckend zu und wendet sich dann wieder ihren Romanen zu.

Hat auch sie die Videos gesehen? Sich an meiner Hilflosigkeit ergötzt? Ich bin zu dem Entschluss gekommen, dass jeder in dieser Stadt Leichen im Keller besitzt und die besonders scheußlichen liegen unter dem St.-Irmgardis-Krankenhaus vergraben. Ich werde sie alle ans Licht zerren. Sie alle! Hier, wo die Ungerechtigkeit zum Himmel schreit und Verblendung die Menschen zu Zombies machte, hier soll es beginnen.

Mein Weg führt mich zum Aufzug. Acht Sekunden sind es, bis er die erste Etage erreicht. Ich habe nicht viel Zeit. Mit geübten Griffen hole ich eine Flasche billigsten Whiskeys hervor, sprenkle mir ein paar Tropfen auf das Gesicht und nehme einen tiefen Schluck. Anschließend verteile ich einen Großteil auf meiner Kleidung. Zuletzt tupfe ich die alkoholische Flüssigkeit auf meinen Hals, als würde ich ein teures Parfüm auftragen.

Als die Tür mit einem lauten Piepen öffnet, stecke ich die leere Flasche in meine Handtasche und wanke aus dem Aufzug. Zu schade, dass mein Auftritt von niemandem beachtet wird.

Der Korridor ist leer und keine Schritte, kein Stimmgewirr, nicht mal ein Schnarchen wird an meine Ohren getragen. Beinahe ein wenig enttäuscht klopfe ich an Dr. Hirschs Büro. Er wird da sein. Schließlich ist morgen Fußballtraining und der gute Doc hat seine Rolle zu spielen.

»Jennifer?« Überraschung und Argwohn sprechen aus seinem Gesicht. Im Anschluss überprüft er hektisch, ob jemandem meine Anwesenheit auffällt. »Was machst du hier? Meine Frau hat mir erzählt, dass du zurück bist, aber …«

»Vielleicht wollte ich dich sehen«, lalle ich, lehne mich nach vorn und halte mich dabei am Türrahmen fest. »Meinen hübschen McDreamy.«

Dr. Hirsch beugt sich nach vorn und seine Augen funkeln, während er sich ein Lächeln abringt. »Du bist ja völlig betrunken.« Er mustert mich vom Scheitel bis zur Sohle. »Und du hast abgenommen, sieht toll aus.« Noch einmal vergewissert er sich, dass uns wirklich niemand beobachtet. »Komm' rein.«

Es war zu einfach. Jeder wusste, dass Thomas Hirsch kein Schäferstündchen ausließ. Alle, bis auf diejenigen, die wegsehen wollten oder es aus Selbstschutz mussten. Wie seine Frau.

Ohne eine weitere Sekunde zu verlieren, schmiege ich mich an seinen Körper. »Ich habe dich vermisst«, hauche ich in sein Ohr und küsse überschwänglich seinen Hals. Meine Lippen suchen sich einen Weg zu seinem Mund. Erst kurz davor stoppe ich. »Vor den Sommerferien bin ich 18 geworden.« Als ob das von Belang wäre. Jedes meiner Worte ist ein Band aus Verführung. »Es ist noch nicht lange her.«

Einige Sekunden lässt er mich gewähren, dann packt Hirsch meine Schultern und hält mich auf Abstand. »Du bist ja schlimmer, als ich gedacht habe.«

Oh ja, er hat sich auf die Videos einen runtergeholt. In seinen Augen kann ich lesen, wie er es sich ausgemalt hat, mit mir zu schlafen. Wieder und wieder und wieder, bis Fantasie die Grenze der Realität erreichte und die unsichtbare Mauer langsam bröckelte. Doch nun stehe ich vor ihm. Betrunken, hilflos und willig, fast genauso, wie es auf den Videos zu sehen war. Er lechzt danach, mich zu nehmen und nur die porösen Ketten der Vernunft halten ihn noch zurück.

Es wird ein Leichtes sein, sie zu sprengen! Aufgestauter Hass vermischt sich mit purer Vergeltung zu einer ganz eigenen Komposition des Ekels.

»Wir können unsere Instinkte nicht verleugnen«, hauche ich tonlos.

Er schwankt, sieht auf die Uhr, dann streifen seine blauen Augen erneut meinen Körper. Wie oft hat er mich schon innerlich ausgezogen, daran gedacht, fantasiert. »Ich glaube nicht, dass es so eine gute Idee wäre. Immerhin gibt es da ein paar … du weißt schon.«

»Videos?« Ich lache, drehe mich und reibe meinen Po lasziv an sein Becken. »Vielleicht stehe ich ja auf so etwas.«

Ich spüre, wie sein Glied steif wird. Hirschs‘ Arme umschließen meinen Körper, als würden sie ihn besitzen wollen. Seine Küsse werden fordernder und ich schließe die Augen vor Selbsthass.

»Du bist und bleibst eine kleine Bitch«, haucht er gierig in mein Ohr. »Ein schlampiges Dornröschen.«

Als ich mich drehe, schlagen meine offenen Haare in sein Gesicht. »Oh, du hast ja keine Ahnung.«

Manchmal muss man zu dem Monster werden, für das einen die Menschen halten, um sie zu überraschen. Ich küsse ihn langsam und zärtlich. Meine Zunge dringt in ihn ein, massiert die seine, während ich innerlich ein Stückchen mehr breche. Meine geschundene Seele schreit, dass sie endgültig sterben möchte, ich bebe vor Zorn und mein Herz blutet so stark, dass mir schwindelig wird.

Doch ich mache weiter. Ich kann nicht anders. So lautet der Pakt.

Obwohl sich alles in mir wehrt, greife ich seinen Kittel und ziehe ihn zum Bett. Hirschs' vor Lust verzerrtes Gesicht brennt sich in mich hinein, als wäre es mit meiner Netzhaut verschmolzen. Alle mir verbliebene Kraft muss ich aufwenden, um seinem Blick standzuhalten.

Nur mit zwei Fingern kann ich ihn auf das dreckige Laken drücken. Ich schweige für einen Wimpernschlag, als müsste ich den Wert meiner Worte so sorgsam wie meine nächsten Taten bemessen.

»Zieh dich aus«, hauche ich verführerisch und befreie mich vom Top. Während ich unter meinen Rock greife und den Slip hinunterziehe, wiege ich meinen Körper in einer Melodie, die nur ich hören kann. Hirsch hat sich innerhalb von Sekunden mit geübten Handgriffen von seiner Kleidung befreit.

Er liegt in Boxershorts vor mir, sein aufgerichteter Penis zeichnet sich stramm unter dem Stoff ab. Ich löse meinen BH und streichle sein Gesicht mit den aufgerichteten Knospen meiner Brüste, dabei beiße ich mir so fest auf die Lippen, dass ich den metallischen Geschmack des Blutes schmecken kann. Ich küsse ihn voller Leidenschaft und fantasiere, dass ich meine Finger um seinen Hals lege und zudrücke. Vor meinem geistigen Auge japst er nach Luft, bis seine Bewegungen endgültig zum Erliegen kommen.

Der Gedanke lässt mich weitermachen.

Die Kuppen meiner Finger fahren seine Arme hoch und legen Hirschs Gelenke in Handschellen. Ein metallisches Klicken durchzieht den Raum, als sie einrasten. Erst dann ziehe ich seine Boxershorts hinunter und binde sie über seinen Augen fest, ganz so, wie sie es mit mir getan haben.

»Du bist aber eine ganz Böse.« Seine Stimme ist heiser vor Verlangen. »Das habe ich mir schon gedacht, als ich dich zum ersten Mal gesehen habe.«

Ich ignoriere seine vor Begierde zitternde Stimme, hole mein Handy und ein Kondom hervor und ziehe das Gummi über seinen Penis. Dass ich dabei nicht unbedingt zärtlich vorgehe, scheint ihn noch mehr anzumachen. Nun, wenn er auf die harte Tour steht, soll er sie bekommen.

Als seine Eichel in mich gleitet, fällt mein Blick auf das Skalpell auf seinem Bürotisch. Es wäre so einfach, ihm jetzt die kalte Klinge in den Hals zu rammen. Oder mir …

Mechanisch reite ich ihn ab und untermale mein Tun mit dem ein oder anderen Keuchen. Als er gerade auf Hochtouren läuft, bohre ich meine Fingernägel in seine Brust und ziehe sie mit aller Kraft zu seiner Scham herab. Ein langer Schrei wird von den engen Wänden zurückgeworfen.

»Mehr«, stöhnt er, obwohl ein Rinnsal Blut seine Seiten wie ein langsamer Bach hinabläuft. »Fick mich, du kleine Schlampe!« Seine Stimme brennt vor Leidenschaft und Lust.

Noch einmal schlage ich meine Fingernägel in ihn, diesmal nur mit einer Hand, damit die andere das Handy bedienen kann. Sein Gesicht ist unter den flimmernden Halogenleuchten gut zu erkennen. Jedes Details wird eingefangen, wie er bettelt, winselt, mehrmals kurz davor ist, zu kommen, bevor ich mich erhebe und warte, bis er vor Wollust beinahe verrückt wird. Ich nehme mir Zeit, setze mich wieder auf ihm und schenke Hirsch einen tiefen, leidenschaftlichen Kuss. Alles penibel aufgenommen von der HD-Kamera meines Mobiltelefons. Dabei achte ich darauf, dass auch mein Gesicht einwandfrei zu erkennen ist.

Es dauert nicht lange, bis sein Penis in mir zuckt und ich mit gleichgültigem Ausdruck beobachten kann, wie sich sein Antlitz am höchsten Punkt der Lust verzerrt. Ich unterlege seine Keuchlaute mit einem pflichtbewussten Stöhnen, dabei habe ich meine Augen weit geöffnet, der Blick ist eiskalt und voller Hass, meine Mundwinkel bewegen sich kaum.

Es kostet mich Überwindung, dass ich mich an seine Brust schmiege und die Augenbinde entferne. »Das war wundervoll«, seufze ich und spiele das Video vor. »Ich habe jede Sekunde genossen.«

»Was zum Teufel machst du da?« Innerhalb von Sekunden hat er die Welt voller Lust verlassen und schlägt nun in der allzu harten Realität meiner Rache auf. Ich genieße, wie sein Gehirn wieder zu arbeiten beginnt und er erkennt, was gerade auf dem Display flimmert.

»Ich habe doch gesagt, dass ich auf Videos stehe.« Flüchtig hauche ich ihm einen Kuss auf die Wange. »Wenn man etwas Zeit für sich hat, schwelgt man gerne in Erinnerungen.« Meine Stimme ist sanft wie Seide und verklebt seine Gedanken mit süßlichem Honig. Meine Hand gleitet hinab, entfernt das Kondom und streichelt über seine gereizte Eichel.

»Vielleicht kommen ja noch ein paar andere hinzu.«

Er lächelt. Ein untrügliches Zeichen, dass er verkennt, in welcher Gefahr er schwebt. Behutsam, nur mit dem Hauch einer Berührung, küsse ich erst seinen Hals, dann seine Lippen. Als er die Lider wieder öffnet, wischen meine Hände vor seinen Augen über das Display.

»Und zack, in der Cloud.« Erst dann löse ich seine Handschellen. »Mein Handy ist immer so schnell voll, musst du wissen.«

Hirsch reibt seine Handgelenke und murmelt etwas Unverständliches, anschließend sieht er auf sein Telefon. Als hätte der Orgasmus jedwede Begierde aus seinem Körper verbannt, schlüpft er schnell in die Boxershorts und setzt sich räuspernd auf die Bettkante. »Ähm, es war echt schön, dass du hier warst.«

Wenn es nach ihm ginge, wäre ich jetzt schon verschwunden und unsere kleine Episode eine Erinnerung, die man abrufen kann, wenn wieder keine Krankenschwester verfügbar ist. Diesem Gefallen werde ich ihm nicht tun. Nur mit meinem Rock bekleidet, verharre ich in seinem Büro und werfe einen Blick in das angrenzende Labor. Es hat sich nichts verändert. Gut so.

Noch immer hängen die Blutkonserven der Spieler fein säuberlich nach Mannschaftsteilen sortiert an der Wand. Etliche Medikamente sind auf dem Tisch drapiert. Ich kann gar nicht zählen, wie viele Papierberge sich daneben stapeln. Unmerklich schalte ich die Recorderfunktion meines Handys an.

»Sag mal, seit wann bekommen die Spieler deine Medizin?«

Hirsch blickt auf. Argwohn liegt in seinen Augen, zwar tief verborgen hinter der wunderschönen, azurblauen Fassade, aber klar erkennbar.

»Was meinst du?«

»Die leistungssteigernden Präparate.« Ich deute in den Raum. »Seit wann machst du das schon?«

Hirsch erhebt sich. »Ich bin seit fünf Jahren Mannschaftsarzt der Borussia, falls du das wissen möchtest.« Wenige Momente später ist er angezogen und baut sich drohend vor mir auf. »Du solltest jetzt gehen. Es ist spät geworden und ich habe noch eine Menge zu tun.«

Ich bin zu weit gegangen und könnte mich in diesem Moment selbst ohrfeigen. Noch einmal muss ich mich überwinden. »Du hast recht. Aber es ist so kalt draußen«, lalle ich formvollendet, reibe über meine Schultern und erkenne, dass meine Brustwarzen tatsächlich hart sind. Ich schmeiße meine Arme um ihn und schmiege mich an seinen Hals.

Dabei fische ich die Geldbörse aus seiner Hosentasche und halte sie ihm provokativ vor das Gesicht. »Ein wenig Geld für ein Taxi?« Er zögert und ich lege nach. »Komm' schon, ich bin eine arme Schülerin und habe keinen Job.« Mein Schmollmund lässt ihn schließlich nicken.

Ich nehme mir alles. Jeden einzelnen Schein, knapp 200 Euro. Zärtlich reibe ich mir meine Nase. »Hast du noch was für mich? Ich meine, für einsame Stunden.« Bevor er antworten kann, beiße ich behutsam in sein Ohr. »Bitte, Daddy.«

Ich hasse mich dafür.

Und könnte kotzen.

Nachdem die Silben meine Lippen verlassen haben, spüre ich, wie der kümmerliche Rest meiner Seele in tausend Teile zerbricht. Doch ich mache weiter. Ich muss einfach.

Hirsch wiegt den Gedanken sorgsam ab, streichelt über meine nackten Brustwarzen, die wie eine lustvolle Verheißung für ihn sein müssen. Nur mit den Fingerkuppen fahre ich über seinen Schritt und ziehe mein Spinnennetz fester um seinen Verstand.

»Okay, warte hier. Aber danach bist du verschwunden.«

Ich quieke, wie eine Siebenjährige beim Weihnachtsfest. »Danke, Daddy.«

Zur Belohnung bekommt er einen tiefen Kuss, mit so viel Leidenschaft und Lust verwoben, als würde ich ihn nicht abgrundtief hassen. Mein Blick streift erneut das Skalpell. Ein kurzer Schnitt und der Schmerz wäre vorüber. Endgültig.

Doch ich muss stark bleiben. Zumindest noch eine Zeit lang.

Ich kann mich gar nicht schnell genug anziehen, als Hirsch in seinem Labor verschwindet und mir eine Minute später eine der allzu vertrauten Tüten meiner Kurierdienste in die Hände drückt.

»Du kennst dich damit aus?«

Ich nicke. »Aber klar doch.« Alles hätte ich gesagt, um endlich diesen Raum verlassen zu können.

Hirsch öffnet mir die Tür. Nicht aus Höflichkeit, sondern weil er sehen möchte, ob sich irgendwer auf dem Gang herumtreibt. Doch er hat Glück. Keine Seele kann er auf dem abendlichen Korridor ausmachen und nur das ständige Summen der flackernden Halogenleuchten begrüßt die Nacht.

Als er mich mit ruhiger Dominanz aus der Tür drückt, streichelt er meinen Rücken und haucht mir einen Kuss auf den Nacken. Ein Schauer läuft mir über die Haut, trotzdem muss ich lächeln. Seine Finger sind wie Fremdkörper, wie ein Krebsgeschwür auf meinem Leib, dass ich am liebsten herausschneiden würde.

Zum Abschied winke ich, doch sobald die Tür ins Schloss fällt, versiegt mein Lächeln.

Ich fühle mich schmutzig, benutzt und doch stark wie nie zuvor. Diesmal habe ich die Kontrolle. Diesmal bin ich die Spinne, die sorgsam ihr Netz aus Verführung und süßen Versprechungen spinnt. Mein Körper hasst mich, doch mein Verstand frohlockt. Jeder Schritt nährt meine Rache.

Der aufkommende Wind zerrt an mir, als würde er die Sünden der vergangen Stunde wegwehen wollen. Energisch setze ich einen Fuß vor den anderen. Ich will weg von dem Krankenhaus, hinein in die anonyme Nacht, wo Gesichter zu Schattierungen werden und Körper zu nicht erkennbaren Gestalten. Mit jedem Schritt in Richtung Westend fühle ich mich sicherer. Die immer stärker werdenden Zweifel, ob ich zu so etwas überhaupt fähig bin, sind wie die letzten warmen Lüfte des Sommers fortgetragen.

Genau wie in meinem Herzen wird auch die Kälte in Griemsmahl Einzug halten und sich einnisten, wie eine Infektion, die sich langsam und stetig ausbreitet. Ich genieße die kühle Luft um meine nackten Beine, während ich an dem heruntergekommenen Haus sturmklingle.

Es dauert eine halbe Ewigkeit, bis Andrew endlich öffnet.

»Jenny.« Mehr sagt er nicht und guckt mich überrascht an.

»Ja.« Wortlos trete ich ein.

Noch immer ist das Licht im Flur defekt, trotzdem finde ich sicheren Schrittes den Weg vor das Fenster, um die dunklen Umrisse des Griems zu beobachten. Andrew schließt die Tür und stellt sich neben mich. Ohne hinzusehen, drücke ich die Tüte in seine Hand.

Er öffnet sie zaghaft. »Methadon.«

»Diesmal das gute Zeug, glaub mir.« Unsere Blicke treffen sich. Er sieht kräftiger aus, gesünder und noch immer schimmern seine stahlblauen Augen aus der Dunkelheit hervor, als wäre sie nicht von dieser Welt. »Hast du heute Abend Zeit?«

Andrew setzt sich auf sein Schlafsofa. »Alle Zeit der Welt«, knurrt er mit tiefer Stimme. »Ich dachte, du wärst tot.«

Meine Stimme ist kaum mehr als ein Flüstern in einer Regennacht. Ich hauche die Worte gegen die Scheibe, nur für den Griems bestimmt und keine anderen Ohren. »Bin ich doch auch.«

»Wie bitte?«

Ich drehe mich um, meine Stimme wird fester. »Schreibst du noch an deiner Story?«

»Jepp«, antwortet er und bereitet einen Schuss vor.

»Und du hast noch die Kontakte zur Presse?«

»Jepp.« Andrew sieht mich eindringlich an. »Fuck, Jenny. Jeder Idiot in Griemsmahl hat die Videos gesehen. Davon erholt sich niemand so leicht. Viele dachten, du hast dich vor einen Zug geworfen, dir den goldenen Schuss gesetzt oder wärst vom Hochhaus gesprungen. Und jetzt stehst du hier, siehst aus, als würdest du gleich auf den Strich gehen und stellst mir solche Fragen. Was zum Teufel ist los mit dir?«

Kraftlos lasse ich mich neben ihm auf das Bett fallen. »Ich werde dir alles beantworten. Außerdem könnte ich deine Hilfe gebrauchen.« Als wäre es ein Strohhalm, den ich ergreife, um die Worte zu finden, stecke ich mir eine Zigarette zwischen die Lippen. »Aber erst einmal brauche ich etwas.«

Er seufzte auf. »Und was?«

Wie von selbst fällt mein Körper nach hinten und ich starre an die Decke. Noch immer hängt der süßlich-herbe Duft von Drogen und altem Parfüm im Raum. Mit geschlossenen Augen zünde ich die Zigarette an, ziehe den Rauch in meine Lungen und hoffe, dass er das Geschehene verdrängen möge. Geübt nehme ich ihm die Spritze aus der Hand.

»Etwas, dass mich vergessen lässt.«

Kapitel 11 – Gefallene Engel

185. Tag vor dem Kuss des Prinzen

»Himmel, was ist dein Geheimnis?« Dina zupft an mir herum, als wäre ich eine Puppe, dabei kneift sie mir immer wieder ungläubig in die Seiten. »Wie viel hast du abgenommen?«

Ich stehe auf, weil alle anderen aufstehen und setze mich wieder, als meine Mitschüler sich ebenfalls setzen. Es gilt, keine Aufmerksamkeit zu erregen, wir sind auf fremdem Terrain, in Feindesland.

»Keine Ahnung. So fünf oder sechs Kilogramm.«

Amüsiert und mit ein wenig Neid im Tonfall öffnet sie blitzschnell meine Jacke und greift mir unverhohlen an die Brüste. »Und das nicht an den falschen Stellen.«

»Sind vielleicht ein wenig straffer geworden.« Ich muss meine Stimme mit Kraft versehen, damit ich die anderen Menschen im Bergstadion übertöne. »Außerdem gehe ich jeden Tag vom Krankenhaus den Berg hoch, zur Schule und dann wieder zurück.« Ich seufzte laut, schließe die Jacke und juble, als die Borussia in den Strafraum des Gegners gelangt. Zu aller Enttäuschung pfeift der Schiedsrichter Chris zurück. Abseits, wie ich gelernt habe. Alte Männer schimpfen, junge Männer beleidigen sich - nach wenigen Sekunden sitzt die ganze Südtribüne wieder und wir können unser Gespräch fortsetzen.

»Wenn ich für jeden gelaufenen Kilometer einen Euro bekommen würde …«

Dina schmiegt sich an mich. »Was würdest du mit dem ganzen Geld machen?« Ihre lockigen, pechschwarzen Haare kitzeln meine Nase.

Schneekristalle legen sich wie Diamanten auf ihre Schulter und lassen das dunkle Strahlen ihrer Augen noch mehr funkeln.

»Den Führerschein«, antworte ich nach einiger Bedenkzeit. »Gute Entscheidung. Wer will hier nicht weg?« Sie deutet mit der Nase auf jene alten Herren, die früher einmal Bergarbeiter waren und geblieben sind. »Na ja, bis auf die vielleicht.« Dina schnalzt mit der Zunge und setzt sich eine viel zu große Mütze auf, unter der ihr hübsches Gesicht beinahe verschwindet. »Sie hätten ja nichts mehr, wenn man ihnen das Grölen beim Fußball und das Saufen beim Schützenfest verbieten würde.«

»Und wenn, dann waren bestimmt die Ausländer schuld«, ergänze ich, triefend voller Ironie und richte ihre Mütze. »Ist die nicht ein paar Nummern zu groß?«

Peinlich berührt, richtet sie ihre viel zu bunte Kopfbedeckung. Dina lehnt sich zu mir hinüber und möchte die nächsten Worte vor den Ohren der Welt fernhalten. »Ist aus dem Second-Hand-Shop«, flüstert sie und wir bleiben sogar sitzen, als die Borussia einen weiteren Angriff startet. »Der Souvenirladen läuft im Winter nicht sonderlich.« Über dem Gemüt meiner sonst so gutgelaunten Freundin scheint ein dunkler Schatten aufzuziehen. Sie lächelt tapfer, doch ich weiß, wie sehr sie das Thema belastet. »Als ob dieser scheiß Laden schon irgendwann mal gut lief.«

Sie hätte es mir nicht sagen müssen. Sie hätte lügen können, eine Ausrede von einer zu großen Onlinebestellung wäre einfach gewesen. Doch sie sagt die Wahrheit. Etwa hundert Tage ist es her, seitdem ich nach Griemsmahl kam und ich bin für jede Sekunde dankbar, die ich mit ihr und Martin verbringen durfte.

»Was würdest du mit so viel Geld machen?«

Meine Frage lässt das Lächeln in ihr Gesicht zurückkehren und das einnehmende Funkeln ist augenblicklich wieder da. Theatralisch legt sie einen behandschuhten Finger an ihr Kinn. Ihre makellose Haut und der dunkle Teint kommen im Flutlicht besonders gut zur Geltung. Wie eine kolumbianische Tänzerin in einem Wintermärchen, denke ich und schreibe mir eine Gedankennotiz, dass ich noch mehr von diesen Abnehmpillen besorgen muss. Es sticht in mein Herz, dass ich dieses Geheimnis für mich behalte.

Plötzlich öffnet sie wieder meine Jacke und greift erneut an meine Brüste. »Ich würde mir solche machen lassen.«

»Dina …« Peinlich berührt schließe ich erneut die Jacke und wir können uns kaum halten vor Lachen, als den Zehntklässlern hinter uns fast die Augen aus dem Kopf fallen.

»Ich muss öfter zum Fußball«, hören wir einen von ihnen sagen, was uns ein weiteres Grinsen abringt.

Ein kalter Windzug streichelt uns dort, wo unsere Haut nicht von dicken Wollschichten geschützt ist. Der Winter hat endgültig Einzug in Griemsmahl gehalten und bedeckt die Stadt unter einer weißen Schicht, die auf dem Berg wie Puderzucker aussieht. Auf dem Spielfeld ist der Schnee zu Matsch geworden.

Chris fordert den Ball mit allen Mitteln, umkurvt einen Gegenspieler und gewinnt das anschließende Laufduell scheinbar mühelos. Der Schuss geht zwar ein paar Meter über das Tor, doch es brandet trotzdem Applaus von allen Seiten auf. Auch Dina und ich schließen uns an, wobei meine Augen auf Martin gerichtet sind.

Es ist zu einem Ritual geworden, dass wir ihn anfeuern. Erst war es lästig, die Wochenenden im zügigen und maroden Bergstadion zu verbringen, doch mit der Zeit begannen wir, die Momente der Zweisamkeit zu genießen.

Durch die Flutlichter scheint es der einzig wirklich helle Ort in Griemsmahl zu sein. Wenn man von unten gegen den Scheinwerfer blickt, kann man kaum mehr die Umrisse des trotzigen Griems ausmachen. Als hätte die Stadt ihrem Namensgeber zumindest hier ein Schnippchen schlagen können. Lediglich die grünen Netze künden davon, dass dies kein normaler Ort ist und wir alle auf die Gnade des Berges angewiesen sind.

»Hey, Dina. Hey, Jenny.«

Die Stimme reißt mich unsanft aus meinen Gedanken. Wie zwei Rehe, die plötzlich im Scheinwerferlicht eines Autos verharren, starren wir auf Sarina und Karin. In ihren sündhaft teuren Wintermänteln und mit Designerhandschuhen wirken sie hier fehl am Platz.

Wir grüßen so freundlich, dass es beinahe an Lächerlichkeit grenzt und ziehen die Beine so weit ein, dass es schmerzt, als sich die beiden an uns vorbeischieben. Mein Herzschlag setzt für einen Moment aus, und ich versuche, mich keinen Zoll zu bewegen.

Kein böses Wort, kein abfälliger Gesichtsausduck. Sie gehen sogar etwas zur Seite und, wenn ich nicht ganz in meiner eigenen Traumwelt gefangen bin, kann man sogar ein »Danke« von Sarinas vollen Lippen lesen.

»Hast du das gehört?«, will Dina wissen, als die zwei Parfümwolken vom stetig pfeifenden Wind davongetragen werden. »Das geht schon seit drei Wochen so. Warum sind die so nett zu uns?« Sie wiegt den Kopf hin und her. »Na ja, für Sarinas Verhältnisse nett. Also zumindest benimmt sie sich nicht komplett wie eine Bitch. Sie lästert gar nicht mehr so viel. Ob sie unheilbar erkrankt ist?«

»Ist mir auch unheimlich«, gebe ich zu und blicke den beiden hinterher, als wären sie zwei besonders interessante Exponate einer bedrohten Spezies.

Selbstredend nehmen sie auf der Ehrentribüne Platz. Wobei das im Bergstadion heißt, dass die Platzwarte einfach ein wenig Styropor auf die Schalensitze geklebt haben und man Kaffee gereicht bekommt.

»Schau mal, sie sind in bester Gesellschaft.« Dina deutet auf die Leute, mit denen sich Sarina und Karin angeregt unterhalten. »Das ist Bürgermeisterin van Cleef. Daneben, der dicke Typ, ist Sarinas Daddy von der Regiobank.«

»Stimmt. Er hat die Kredite gewährt, für die neuen Spieler der ersten Mannschaft. Das war Bedingung, damit Detlef Zernig überhaupt nach Griemsmahl kommt.«

»Wow.« Dina sieht mich ungläubig an. »Was ist denn mit dir los?«

Ich halte das gelb-weiße Vereinsmagazin in die Höhe. »Lesen kann selbst ich.« Meine Stimme trägt den Hauch von Neid, als ich unsere Vertrauenslehrerin erblicke. »Selbst Frau Hirsch hat es in die High Society geschafft.«

Sie kann gar nicht mehr an sich halten vor Ekstase. Ihre brünetten Haare wirbeln wie wild um sie herum, sie schreit, peitscht das Team nach vorn und winkt überschwänglich in Richtung ihres Mannes, als dieser gerade einen Verletzten behandelt.

Ich wende mich wieder dem Spiel zu, während Dina sich nach allen Seiten umblickt. Sie zieht ihre mit Löchern übersäten Handschuhe aus und greift in die Handtasche. Zum Vorschein kommen zwei Dosen Whiskey-Cola. »Wir sind zwei Mädels aus der tiefsten Provinz. Dann dürfen wir uns auch so benehmen.« Flüsternd drückt sie mir die eiskalte Dose in die Hand. »Außerdem können wir hier nicht mehr so einfach etwas reinschmuggeln, wenn erst das neue Stadion steht und Borussia Griemsmahl gegen Barcelona spielt.«

Die Stimmung ist am Siedepunkt. Nur noch wenige Minuten sind zu spielen. Dröhnend liegen mir die Fangesänge im Ohr. Unter uns zündet jemand Leuchtfeuer, der Qualm legt sich beißend in meine Lungen.

Wir schlürfen unseren Drink, während das Spiel die heiße Phase erreicht. Noch einmal erobert Chris den Ball. Selbst ich erkenne, dass er das Spiel dominiert, getragen vom Gesang der Fans und der Huldigung seiner Mannschaft. Als er gefoult wird und mit schmerzverzerrtem Gesicht am Boden liegt, bricht die Hölle am Griems los. Flüche und Beleidigungen, die ich noch nie im Leben gehört habe, schießen wie spitze Pfeile durch die Luft. Frau Hirsch schimpft an vorderster Front. Ihre helle Stimme brennt sich in unsere Ohren, als wäre jedes Wort mit Säure überzogen.

Dina kann nur den Kopf schütteln und lehnt sich zu mir, um ein weiteres Geheimnis mit mir zu teilen. »Wenn sie auch nur ansatzweise so im Bett ist, kann ich nicht verstehen, dass der Doc in bürokratischer Regelmäßigkeit seine Krankenschwestern beglückt.«

Ich bin froh, dass ich mir das von der Seele reden konnte. Tatsächlich kann man die Uhr danach stellen, wann die eine oder andere Mitarbeiterin in sein Büro gerufen wird.

»Als ob er es als seine heilige Pflicht ansehen würde«, ergänze ich und wir prosten uns zu.

»Tja, alle Typen sind schwanzgesteuert.« Dina hält inne, bevor sie einen Schluck nimmt. Sie sieht mich herausfordernd an. »Oder?«

»Was meinst du?«

»Komm‘ schon, wie lange seid ihr jetzt zusammen? Hat er denn nichts versucht?«

Gemeinsam fällt unser Blick auf Martin. Er hat noch einmal am Muskelmasse und Gewicht zugelegt. Aus dem schlaksigen Gothic, dem man kaum zutraute, dass er auf seinen eigenen Beinen stehen konnte, ist ein durchtrainierter Hüne geworden. Soweit ich das beurteilen kann, spielt er ein tolles Spiel. Zumindest applaudieren die Massen, wenn er wieder mal einen Gegner zu Boden geworfen hat.

Wieder hat Chris den Ball. Er ist so schnell, dass es so aussieht, als würden die gegnerischen Spieler in Zeitlupe laufen. Als er schießt und das Tor trifft, springe ich laut jubelnd auf.

Leider als Einzige.

»Das war Abseits«, flüstert Dina, hält ein Lachen zurück und zieht mich wieder auf die Sitzschale. »Also, ist zwischen euch schon was gelaufen?«

»Nicht wirklich.« Ich wäge die Worte genau ab, lasse mir Zeit mit meiner Antwort. »Wir knutschen viel, halten Händchen, ich mag seine Gesellschaft.«

Schrill ertönt der Schlusspfiff, die Menschen jubeln, schwenken Fahnen, Böller explodieren. Ein Heer aus Gelb und Weiß erhebt sich, vereint und taumelnd im Glücksgefühl des Sieges.

»Du solltest mehr als seine Gesellschaft mögen«, entgegnet Dina, leert ihre Dose in einem letzten, großen Zug und streift mit ihrem Blick meinen Schritt. »Da unten sind einige Sachen von Interesse. Glaub mir.«

Meine Glieder sind von der Kälte so starr geworden, dass sie laut knacken. »Was machen wir jetzt?«

»In die Schule gehen? Mit den anderen feiern?« Dina zuckt mit den Schultern. »Keine Ahnung. Was machen coole Kids an einem Samstagabend?«

Eigentlich war es ironisch gemeint, doch es schwankt Wehmut in ihrer Stimme mit. Natürlich hat sie recht und so langsam gehen uns die Serien aus, die wir am Wochenende staffelweise streamen können.

»Karin hat eine Party in der Schulaula organisiert«, sage ich halblaut und weiß selbst nicht so recht, was ich mit dieser Aussage bezwecken möchte. »Zum Sieg der Herbstmeisterschaft oder so«, meine Stimme wird leiser, während wir von der Masse zum Ausgang geschoben werden. »Martin wird auch da sein, hat er gesagt.«

»Dann werden wir auch gehen.« Dinas Augen funkeln vor Freude. »Immerhin sind wir jetzt Upperclass.« Provokant klimpert sie mit den Augen. »Du bist Spielerfrau, es gehört zum guten Ton, dass wir uns blicken lassen.«

»Meinst du wirklich?«

Ihr ist egal, dass die langsam kriechende Schlange aus Menschen stockt, als sie sich umdreht und mich an den Schultern packt. »Klar. Aber erst gehen wir zu mir und ziehen uns etwas anderes an.«

Ihre Euphorie ist ansteckend. Ich brauche keine Sekunde, um meine Entscheidung zu treffen. »Okay.« Sie strahlt so viel Hitze aus, dass der Winter und der ständig heulende Wind mir nichts anhaben können. »Wie ist das Spiel eigentlich ausgegangen?«

»3:1 für uns.«

»Wir haben also gewonnen?«

Dina lächelt, dreht sich um und deutet mit ihren löchrigen Handschuhen in Richtung der Anzeigetafel. »Jepp.«

»Oh, wie schön.«

Kapitel 12 - Wie immer

Die wummernden Bässe durchdringen mühelos meinen Körper, als ob sie das Herz antreiben wollten.

»Sie ist und bleibt eine Bitch, aber Partys organisieren kann sie.«

Ich habe nur die Hälfte von Dinas Worten verstanden, weiß aber sofort, was sie meint, als sie auf Karin Weller deutet. Sie trägt ein rückenfreies Top, hohe Schuhe und einen knallengen Minirock - wie so ziemlich alle Mädels aus der Gruppe. Selbstverständlich haben sie die Mitte der Tanzfläche annektiert, als wäre es ihr ureigenes Recht, im Mittelpunkt zu stehen. Die Jungs der Fußballmannschaft balzen um sie herum, straffen ihre Rücken, während etliche Elternteile mit hoffnungsvoller Bewunderung Abstand halten.

»Scheiße, ich liebe es!«

Dinas Augen glänzen vor Freude und sie drückt mir noch einen Drink in die Hand. Doch nicht nur sie genießt die Party. Wir wurden nicht einmal schräg angesehen, als wir die Aula der Schule betraten. Ganz im Gegenteil – man begrüßte uns sogar. Also entweder hat eine außerirdische Lebensform Sarina und ihre Gruppe gegen freundliche Klone ausgetauscht oder wir gehören tatsächlich nicht mehr zum Bodensatz der Gesellschaft und sind zumindest so weit aufgestiegen, dass man uns beachtet.

Mir soll es recht sein. Ich kann mit beiden Optionen leben.

Irgendjemand hat Wodka in die Bowle geschüttet und aus den wenigen Flaschen des alkoholfreien Bier ist schnell Hochprozentiges geworden. Jeder Schluck löst ein wohliges Gefühl in mir aus, das erst in freudigen Gesprächen, dann in einem dümmlichen Grinsen mündet. Zu allem Überfluss bewegen Dina und ich uns im Rhythmus der Musik. Wir haben also endgültig unsere Prinzipien verkauft, sind auf einer Party der coolen Kids, trinken Alkohol und ja, es fühlt sich verdammt gut an.

Aus dem Augenwinkel erkenne ich, wie einer der Väter noch ein wenig Wodka in den Punsch gießt. Es scheint allen egal zu sein. Frau Hirsch hat die euphorische Grundstimmung des Spiels noch einmal toppen können und rennt wie ein aufgescheuchtes Huhn laut lallend von Elternteil zu Stadtrat, nur unterbrochen von den kläglichen Versuchen, ihren Ehemann auf die Tanzfläche zu ziehen.

Auch Dina bekommt das traurige Schauspiel mit. »Irgendwie hab' ich Mitleid mit ihr.«

Gemeinsam verfolgen wir, wie unsere Vertrauenslehrerin schließlich aufgibt, allein zu den Mädchen auf die Tanzfläche stößt, um ihre lasziven R'n'B-Bewegungen zu imitieren. Währenddessen hat ihr Mann nur Augen für die neue Referendarin. Er redet mit ihr, lächelt, zufällige Berührungen wechseln sich mit kaum merklichen Gesten zu einer Symphonie der Verführung ab. Er ist gut, spielt seine Karten vermutlich nicht zum ersten Mal auf diese Weise aus.

»Ja, ist echt schade«, antworte ich und winke Martin zu, »sie ist eine so hübsche Frau.«

Dina nickt verstehend. Sie riet mir zum Stillschweigen, als ich seine Affären erwähnte. Kluges Mädchen.

»Hey Hübsche, ich bin Chefarzt im Krankenhaus, gleich hier um die Ecke. Soll ich dir mal meine Skalpellsammlung zeigen?« Sie imitiert ihn gut, verdammt gut sogar.

Ich kann mir ein Lachen nicht verkneifen. »Oh, ein Arzt, das ist ja Wahnsinn.« Ich spinne das Gespräch der beiden Balzenden mit viel zu hoher Stimme und ungesund viel Augenklimpern weiter. »Bei Ärzten werden alle Frauen sofort schwach.«

Wie ein Westernheld legt Dina ihren Arm um meine Schultern. Wir versuchen, abzustimmen, wann die beiden ihre Lippen bewegen. »Das wollte ich hören, Baby. Nur deshalb bin ich Arzt geworden. Ich bin ein Mann und trage einen Kittel, deshalb darf ich alles.«

»Verabschieden wir uns noch von deiner Frau oder gehen wir sofort zu dir?«

»Von mir aus können wir es auch direkt auf der Tanzfläche treiben. Jeder hier ist so dicht, dass es keinen wirklich interessiert.« Sie holt tief Luft. »Außerdem bin ich Arzt. Ich weiß nicht, ob ich das schon erwähnt habe.«

»Was macht ihr beiden hier?«

Natürlich setzt gerade ein langsameres Lied ein, als sich Martin genug mit seinen Jungs beschäftigt hat. Auch er muss das ein oder andere Glas vom Punsch gekostet haben, anders kann ich mir nicht erklären, dass er mein Gesicht mit flachen Händen berührt und meine Lippen küsst.

Meine Knie werden weich. Jeder beschissene Moment in meiner vergangenen Schullaufbahn hat keine Bedeutung mehr, denn mein cooler, netter, sexy Freund küsst mich vor allen Leuten. Auf einer Party. Und das ist kein Traum. Das hier ist die zuckersüße Realität. Noch bevor ich merke, dass mein Magen vor Freude krampft, nimmt er meine Hand.

»Das wollte ich schon die ganze Zeit machen.«

»Warum hast du dann so lange gewartet?«, hauche ich, während jede Faser meines Körpers vor Glück eine eigene Party feiern möchte.

Im Hintergrund johlt die halbe Fußballmannschaft. Selbst Sarina, Karin und die Girlsgang bedenken uns mit interessierten Blicken. Wenn das hier ein Traum ist, möchte ich nie mehr aufwachen.

»Okay, ihr beiden.« Dina umarmt uns beide und schiebt uns an den äußeren Rand der Tanzfläche. »Ich gehe mal für kleine, dritte Räder und ihr beiden Turteltäubchen gönnt euch diesen Tanz.«

Mit einem Augenzwinkern ist sie verschwunden und lässt uns allein, während die Musik und der Alkohol wundervoll meine Sinne betäuben. Martin legt seine Arme um mich. Eng umschlungen pressen wir unsere Körper aneinander.

»Sag' mal, was geht mit dir und diesem Journalisten und Junkie? Wie heißt er nochmal? Andrew?«

Anerkennend zieht sich meine Stirn in Falten. »Keine Umschweife? Eine direkte Frage? Das bin ich von dir gar nicht gewohnt.« Ich lege meinen Kopf an seine Schulter. »Wir reden ab und zu, er ist ein guter Zuhörer. Mehr läuft da nicht.«

»Es ist nur, Vater sagt, dass er verrückt geworden ist, als seine Mutter an Krebs starb und sein Vater auf eine andere Air-Force-Basis wechselte. Er war mal auf unserer Schule. Kannst du dir das vorstellen?«

»Ja, er hat mir alles erzählt. Auch das Dr. Hirsch die Schuld für den Tod seiner Mutter gibt. Angeblich waren die Krebsmedikamente zu niedrig dosiert. Aber wir sind nur Freunde. Glaub mir.«

Martin nickt zufrieden. Für ihn scheint die Antwort zu genügen. Doch da ist noch mehr, ich sehe es in seinen grünen Augen. »Hey, was ist los?«

Er winkt ab, hält im Anschluss meine Hand fester. »Es sind nur meine Eltern. Seitdem ich wieder Fußball spiele und nicht mehr ganz in Schwarz herumlaufe, bin ich Vaters Lieblingssohn. Er gibt sogar in der Mine mit mir an.«

Er atmet schwer, ich kann nur erahnen, welche Tortur er in den letzten Jahren erlebt hat. Einmal war ich bei den Marys zu Hause. Sein Vater arbeitete für das amerikanische Militär, nicht unweit von

Griemsmahl gelegen. Die Basis ist lange fort, geblieben ist der militärische Tonfall. Martin ist der einzige Sohn der Familie und sein Vater wollte einen strammen Kadetten. Die Meinungen über ein erfolgreiches Leben gingen weit auseinander – bis zu diesem Zeitpunkt.

»Und dir?« Mein Blick ist flehend. »Gefällt es dir?«

Seine Augen fixieren einen Punkt in der Ferne. »Ich war letztens mit Vater in der Kneipe. Alle haben mir auf die Schulter geklopft, wollten wissen, wie das Training war, wie Chris drauf ist. Wir haben Freibier getrunken und es war wirklich ein schöner Abend.« Erst jetzt sieht er mich an. »Davon hatten wir nicht viele.«

»Du musst auf dein Herz hören.« Langsam streiche ich über seine Wange und hoffe, dass ich seine Zweifel zerstreuen kann. »Du gehst mit deinem Vater ab und zu in die Mine, ich treffe mich mit Andrew und quatsche.« Ich lege ein Lächeln auf, als ich ihn aufmunternd in die Seiten knuffe. »Es sei denn, du bist eifersüchtig.«

Auch er schenkt mir ein Lächeln. »Es ist nur sehr schön mit dir.« Martin haucht die Worte in mein Ohr, als würde sein Atem mich streicheln wollen. »Wollen wir woanders hingehen?«

Gerade als ich meine Lippen öffne, kreuzen Chris, die Fußballer und die anderen Jungs im Dunstkreis der Macht unseren Weg. Sie klopfen Martin auf die Schultern, er muss dreimal ein seltsam anmutendes High Five vollführen, erst im Anschluss findet die johlende Gruppe den Ausgang.

»Du bist voll angekommen, oder?«

»Ich weiß es nicht.« Martin wirkt nachdenklich, fast schon peinlich berührt, als ob er der gesamten Situation noch nicht vollends Glauben schenken möchte. »Manchmal denke ich, dass es falsch ist, aber der Coach sagt, dass ich Talent habe und, wenn wir stabil bleiben, können wir uns die Fußballinternate im ganzen Land aussuchen.«

»Mit einem Gehalt, wovon die meisten Menschen in deinem Alter nur träumen können.« Ich küsse ihn, will ihm zeigen, dass er kein schlechtes Gewissen haben muss. Und verdammt, auch ich will den Moment genießen. »Du hast vorgeschlagen, dass wir woanders hingehen?«

Er nickt, nimmt meine Hand und führt mich durch die schwere Flügeltür in den Hauptkorridor. Wortlos gehen wir nebeneinander, halten unsere vor Aufregung feuchten Hände. Alkohol und Nervosität lassen mein Herz so laut hämmern, dass ich meine, es pochen zu hören.

Wie von selbst schlendern wir in die Bibliothek. Dieser Ort ist mir so vertraut, dass ich das Gefühl habe, als würde ich mein Wohnzimmer betreten. Ich könnte mir keine bessere Zuflucht vor der Party vorstellen. Gemeinsam setzen wir uns auf die Bank und tauschen nervöse Zärtlichkeiten aus.

Etwas sagt mir, dass er noch aufgeregter ist, als ich es bin. Ich lehne mich zu ihm, küsse seinen Hals und hoffe inständig, meine Berührungen werden ihn und mich beruhigen. Martin atmet durch, als ob er seinen Verstand von der Bürde der Überlegungen befreien möchte.

Anschließend legt er sich langsam auf mich.

Ich habe keine Ahnung, ob ich bereit dafür bin.

Ich habe keine Ahnung, ob man dafür überhaupt bereit sein kann.

Seine Hände sind fahrig, als sie den Weg unter mein Top finden. Es schmerzt einen Augenblick, während er unter den Bügel des Büstenhalters greift und meine Brust zu streicheln beginnt. Irgendwie beruhigt es mich, dass seine Berührungen so unbeholfen sind. Auch für ihn ist es das erste Mal und es ist so gar nicht wie in den Pornos, die Dina und ich lachend angesehen haben.

Ich jauchze nicht vor Freude und auch schwitze ich nicht im Rausch der Ekstase. Wir vögeln nicht neben einem Kerzenmeer im

Schlafzimmer, sondern auf einer viel zu schmalen Bank, während mein rechter Ellenbogen runterrutscht und meine Beine über dem Polster wippen.

Doch solange ich hier mit ihm bin, ist mir alles gleichgültig.

Von draußen erhellt der Mond unsere Körper. Es scheint, als wäre der Griems diesmal gnädig und möchte uns eine Nuance Romantik schenken. Ich spüre eine Berührung seines Atems auf meinem Hals. Er ist sanft und warm, wie die ersten Sonnenstrahlen im Frühling. Martin versucht, unter dem Top meinen BH zu öffnen. Seine Fingerkuppen beginnen am Stoff zu zerren.

»Warte«, hauche ich, richte mich auf und schenke ihm einen tiefen Kuss. Er lächelt peinlich berührt, als ich mein Oberteil entferne und den BH öffne. Auch er zieht sich das Shirt über den Kopf. Meine Finger wandern die Konturen seiner vom Mondlicht angeschienenen Bauchmuskeln ab.

»Du musst in den letzten Monaten aber viel trainiert …«

Ein viel zu nahes Geräusch lässt meine Gedanken abreißen. Ich blicke zum Fenster, wo der Schulhof in der Nacht schläft und die grünen Netze im aufkommenden Wind pendeln.

»Was war das?«

»Bestimmt nur ein paar Raucher«, haucht er und berührt mein Kinn, damit sich unsere Blicke erneut treffen. Er holt zwei Kondome aus der Jeanshose und legt sie auf den Tisch.

Ich nicke ihm zu. Gemeinsam befreien wir uns von unseren Hosen und wieder blickt Martin kurz nach draußen. Aufregung stielt sich in seinen Blick, als er sich auf mich legt. Doch es ist keine Gier, keine Lust auf Sex, sondern etwas anderes. Es umhüllt ihn wie eine düstere Aura, eine zweite Haut.

Erneut ertönt dieses Geräusch und lässt mich aufhorchen. Doch ich sage nichts. Es ist auch mein Moment, den ich in meinen Erinnerungen konservieren möchte, wie eine Kostbarkeit. Ich spüre, wie sich in meinem Kopf ein Unheil zusammenbraut. Irgendetwas lässt mich stocken, meine Bewegungen erlahmen, als ob ich einfach nicht darauf kommen würde, was meine Angst befeuert.

Mit aller mir gegebenen Kraft drücke ich die Zweifel beiseite. Martins Finger finden einen Weg in meinen Slip. Er dringt in mich ein und ich halte den Atem an.

Ein kurzer, stechender Schmerz durchzuckt meinen Leib und wird von einem leichteren, pochenden abgelöst. Martin bemerkt dies und legt sich auf mich. Sein Körper spannt sich an und die Taille meines Freundes wird auf die meine gedrückt. Doch ich spüre keinen Widerstand, nicht der Hauch von Kraft scheint in seinem Penis zu liegen. Der Ausdruck wird seltsam wütend, als er sein Becken energischer durchdrückt, bis es mir Schmerzen bereitet.

»Mache ich etwas falsch?«, hauche ich und küsse seine Wange. »Wenn du möchtest, kann ich auch nach oben.« Meine Worte sind so unbeholfen, wie meine Taten. Mehrmals stoße ich mir meinen Rücken und meine Gelenke, als ich mich neben ihn lege. Ein Griff in seine Short bringt traurige Gewissheit. Heute nicht. Vielleicht morgen.

Beinahe ein wenig erleichtert richte ich mich auf. Meine Brüste schimmern im Mondlicht, während ich seine Seiten streichel. »Hey, wir haben noch viel Zeit und wenn …«

Ein Lachen durchbricht die Szenerie und zerbricht die Idylle mit einem Schlag in unzählige Fragmente. Noch bevor ich reagieren kann, blicke ich in Lichtkegel von Handykameras. Ich sehe mich selbst als handelnde Person, als ein markerschütternder Schrei durch das Gebäude hallt.

»Was zum …« Meine Worte sprudeln nur so aus mir heraus und ergeben keinen Sinn. Hastig ziehe ich mich an, während Martin seine Hose zuknöpft und wutentbrannt zur Fensterfront stolpert.

»Keine Handys, ihr Idioten! Wir hatten es gesagt!« Mit freiem Oberkörper versucht er, das Motiv der Filmenden zu verdecken. Ihr Lachen schmerzt so sehr, dass es mir beinahe das Herz zerreißt, während mein Gehirn in Panik arbeitet.

Ich presse die Lippen aufeinander, um nicht erneut laut zu schreien. Mir steigen Tränen in die Augen. Unfähig, auch nur einen Satz zu sagen, lasse ich mich auf die Bank nieder.

»Hast du das wirklich gemacht, um …« Die Worte verlieren sich im Schluchzen. Von tiefer Enttäuschung gezeichnet, bin ich nicht imstande, weiter zu reden.

Ich schließe gerade meinen Gürtel, als das Licht in der Bibliothek angeschaltet wird. Dinas Kopf fährt von Chris und seinen Jungs zu Martin, dann zu mir. Die Handys der Gruppe wandern wieder in ihre Hosentaschen, sie zünden sich Zigaretten an, klopfen an die Scheibe und ziehen ihre Shirts hoch, sodass man ihre Brustwarzen sehen kann.

Dina baut sich vor Martin auf. Ihr Gesicht ist zu einer Fratze aus Zorn verzogen. »Sag mir bitte, dass das ein Scherz ist.«

»Es ist nur, alle haben Tittenfotos von ihren Mädels gemacht und rumgezeigt.«

Selbst mein von Tränen getrübter Blick erkennt, dass er es ernst meint. Doch es ändert nichts. Eigentlich macht es das sogar noch schlimmer.

Martin zieht sich das Shirt über den Kopf, will meine Hand ergreifen. Ich kreuze meine Arme vor der Brust, sodass er sich vor mir hinknien muss. »Jenny, es ist nur so ein blödes Ritual und hat nichts zu bedeuten.« Sein Blick bohrt sich in mich hinein, die Stimme überschlägt sich vor Aufregung. »Alle machen das. Es ist wirklich nichts Schlimmes!«

»Willst du mich verarschen?« Dinas Kopf ist so rot, als hätte ihr Körper Unmengen Blut in ihre Wangen gepumpt. Sie öffnet ein Fenster zum Schulhof und schreit aus Leibeskräften. Nur halbherzig reagieren die Jungs auf ihre Drohungen. Der Ton ihrer Stimme strotzt vor Verachtung, als sie eine weitere Hasstirade in Martins Richtung loslässt.

Die Stimmen der beiden vermischen sich mit dem Gejohle der Jungs zu einer Symphonie meines Versagens. Mir ist schlecht, ich möchte mich übergeben und nie wieder von der Toilette herunterkommen. Mein Blick fällt auf Martin. Versteht er erst jetzt, was er mir angetan hat? Es sind nie die ganz Bösen, die einen am meisten verletzen, sondern jene, die man in seine Nähe lässt.

»Warum hast du es nicht durchgezogen, Mary?«, erklingt Chris' freudig erregte Stimme durch das Fenster. »Bekommst du keinen hoch?« Die Kommentare der anderen gehen in dieselbe Richtung.

Martin lächelt verlegen, wischt den Gedanken beiseite. »Hat alles seine Gründe«, sagt er vielsagend und widmet sich Dinas Schlägen, die mit zunehmender Dauer kräftiger werden.

Es ist nicht der Hass, der meine Tränen antreibt und die Dunkelheit zurück in mein Herz holt, sondern pure Enttäuschung über mich selbst. Wie konnte ich nur hoffen, dass ein halbwegs normales Leben möglich ist?

»Was ist hier los?« Frau Hirsch reckt die Nase wichtigtuerisch in die Höhe und streckt ihr Kinn hervor.

Es ist Dina, die als erste das Wort ergreift. Ihre helle Stimme übertönt mühelos jedes Geräusch. »Martin hat Jenny hierhin gelockt und sie vor den Jungs ausgezogen, damit sie Videos machen konnten.«

Frau Hirschs träge Augen huschen in Richtung der Fensterfront. Selbst ihr trüber Blick erkennt Chris und seine Entourage.

»Ach, Jungs«, stöhnt sie und stellt sich vor das Fenster. »Ich glaube, da werden wir am Montag noch einmal ein Wörtchen drüber reden. Habt ihr die Videos gelöscht?«

Im Chor singen die Jungs ihr verlogenes Lied und selbst Frau Hirsch dürfte klar sein, dass es bereits jetzt in unzähligen Gruppen und Chats verbreitet wird.

Es könnte ihr nicht gleichgültiger sein. Die Fußballer sind wie Götter. Nein, wie Titanen, denn die Götter hatten Angst vor ihnen.

Frau Hirsch schließt das Fenster und muss sich an den Stühlen festhalten, als sie durch den Raum wankt.

»War das jetzt alles?« Dina brennt vor Zorn. Ein flammendes Inferno voller heiß ausgespiener Worte ergießt sich über Frau Hirsch. Sie blickt nach links. Die Jungs gehen feixend ihres Weges. Sie muss nicht mehr die coole Vertrauenslehrerin sein, um ein Fenster zur Vergangenheit offen zu halten. Der Hauch von Jugend entrinnt ihr zwischen den Fingern.

»Selbstverständlich bekommt er einen Tadel«, zischt sie halblaut in Richtung Martin und seufzt. »Und jetzt atmen wir einmal tief durch, Frau Holofernes.« Sie stapft an ihr vorbei, wie ein kleines Kind, dass sein Zimmer doch aufgeräumt hat und nicht versteht, warum sie immer noch im Fokus steht. »Und jetzt will ich davon nichts mehr hören. Gehen Sie nach Hause, nüchtern Sie aus.«

»Ihr Mann ist gerade mit unserer Referendarin abgehauen.« Dinas Worte treffen wie spitze Pfeile in Frau Hirschs Rücken. »Sie ficken bestimmt gerade. Wie er es immer tut, wenn Sie zu Hause auf ihn warten und sich mit Wein betrinken.«

Die Wunde sitzt tief, Frau Hirsch kann sich kaum bewegen. Nur ihr Brustkorb hebt sich in immer schnelleren Zügen. Als würde die Tollwut mit der gesamten Stärke von ihr Besitz ergreifen, dreht sie sich auf dem Absatz um und schießt auf Dina zu. Sie stoppt abrupt. Ihre Unterlippe zittert. Nicht vor Zorn, sondern weil sie die Wahrheit ausspricht und diese am meisten schmerzt. Drohend stehen sich die beiden Frauen gegenüber.

Frau Hirschs Körper bebt, jederzeit bereit, loszuschlagen. »Wie kannst du es wagen, du kleine …« Ihre Stimme versagt im Hasstaumel. »Deine Eltern sollten betteln, dass es den Jungs gelingt, einen Investor hierher zu holen. Niemand sonst will euren Ramsch kaufen.«

Ihre Worte stehen schmerzend in der Luft, als sie sich umdreht und die Tür mit einem lauten Knall zuwirft.

Einige Herzschläge legt sich schmerzende Stille in den Raum. Selbst das Wummern der Bässe ist verstummt. Bereits als die ersten Silben Martins Lippen verlassen, hole ich Luft. »Jenny, es war nicht meine Absicht. Die Jungs … «

»Geh«, hauche ich kraftlos.

»Ich wollte nur dazugehören.«

»Geh!« Nie hätte ich gedacht, dass ich einmal so viel Hass in meine Stimme legen kann, einem alles auffressenden Feuer gleich, das Besitz von mir ergreift.

Er spürt den lodernden Zorn in mir, senkt den Kopf und verlässt den Raum. Unsere Augen begleiten ihn, als ob wir sicher sein müssten, dass er verschwunden ist. Erst dann atmen Dina und ich durch. Sie lässt sich neben mir fallen. Sämtliche Kraft scheint uns aus dem Körper gesaugt, als Tränen unsere Augen verlassen und wir hemmungslos weinen.

Musik erklingt leise in unseren Ohren. Die Party in der Aula geht weiter. Ein trügerischer Friede, der nicht weiter von der Wahrheit entfernt sein könnte.

Es ist wie immer. Nur alles ganz anders.

Kapitel 13 - Stille Nacht

174. Tag vor dem Kuss des Prinzen

Mein Leben könnte nicht erniedrigender sein. Und damit meine ich nicht die Flut der Videos, die meine blanken Brüste zeigen und meinen Schrei, aus denen ganze Songs geschnitten wurden. Auch nicht die Funkstille zwischen Martin und mir oder das meine Mitschüler mit dem Finger auf mich zeigen und hinter vorgehaltener Hand tuscheln. Wenn man am Heiligen Abend vor der einzigen Notfallapotheke in Griemsmahl steht, die Kälte in einen kriecht und der Blick der Apothekerin so abwertend ist, dass man vor Scham im Boden versinken möchte, dann weiß man, was es heißt, beschämt zu werden.

»30 Kondome bitte.« Mit meinen fingerlosen Strickhandschuhen schiebe ich den 20-Euro-Schein über die Theke und verstaue Wechselgeld und Präservative in meiner Tasche.

»Scheinst es ja nötig zu haben.«

»Wie bitte?«

Eine Antwort wird sie mir schuldig bleiben. Die Apothekerin hat das Fenster bereits geschlossen. Ihre Lippen formen einen dünnen Strich. Ein paar Sekunden hält sie meinem Blick stand, bis sie sich wieder ihren Papieren widmet. Hat auch sie das Video gesehen? Auszuschließen wäre es nicht. Es gibt nichts Viraleres als das Nacktvideo einer Schülerin.

Mein einziger Lichtblick und schwacher Trost ist, dass auch andere Mädels auf Chris und seine Jungs hereingefallen sind und unfreiwillig bei ihrem dämlichen Männerritual mitspielen mussten. Auch dies wurde vergessen. Vielleicht trägt der ständig fallende Schnee dazu bei, die

Sünden der Vergangenheit unter einer Schicht aus Zeit zu verdecken. Sie soll ja bekanntlich alle Wunden heilen, wieso nicht auch jene, die von Menschen begonnen wurden, die man liebte?

Ich ziehe meine Mütze tiefer ins Gesicht. Die dünne Schneedecke knirscht, als ich mit breiten Schritten über sie hinweg stapfe und aus ihr allmählich eine bräunliche Masse aus Matsch und Wasser wird. Nur wenige Menschen sind noch auf den Beinen.

Selbst die Gaststätte »zur Mine« hat heute geschlossen und erst morgen können sich die Bewohner wieder mit Bier und billigem Wein zuschütten.

Wo der Schnee bereits weggeschafft wurde, hallen meine Schritte von den hohen Wänden und dunklen Häusern wider. Selbst die LED-Wände sind von der weißen Pracht bedeckt, sodass gelbliches Licht nur gedämpft auf die Stadt scheint. Die Schneemassen säumen die Straßen wie kleine Schutzwälle und ich muss oftmals ausweichen, um voranzukommen.

Als ich endlich das Krankenhaus erreiche, pocht mein Herz vor Anstrengung und mein Gesicht fühlt sich an, als würde rauer Stoff darüber reiben.

Wie eine Geisteskranke stampfe ich auf der ausgelegten Gummimatte vor dem Eingang, um der Putzkraft nicht noch mehr Arbeit aufzubürden. Bis auf einige Schwestern ist niemand vom Personal mehr zugegen. Lediglich Dr. Hirsch hat sich freiwillig gemeldet und mich für die Schicht an Heiligabend eingetragen.

»Jemanden, dem ich vertrauen kann«, hat er lächelnd gesagt und meinte, mir damit einen Gefallen zu tun.

Vielleicht kann er den vorgespielten Perfektionismus einer längst gescheiterten Ehe nicht ertragen. Ob seine Frau allein unter dem Weihnachtsbaum weilt und eine Flasche Wein nach der anderen leert?

Ich fange an, diese Stadt zu hassen.

Nachdem ich meine Schuhe vom Schnee befreit habe, nehme ich den Aufzug, klopfe an der Tür seines Büros und höre eine weibliche Stimme lachen.

»Daddy, was machst du nur für Sachen mit mir?«

Als Hirsch Sekunden später öffnet, drücke ich ihm mit eiskaltem Blick Kondome und Wechselgeld in die Hand.

»Da bist du ja endlich«, ist seine gehetzte Antwort. Die ausgebeulte Stelle an seiner Hose deutet an, dass es ihm gar nicht schnell genug gehen konnte. »Moment, ich habe noch was für dich.«

Ohne es wirklich zu wollen, zieht sich ein Mundwinkel nach oben. Hat er wirklich an Heiligabend sein Herz entdeckt und will mit einem Geschenk mein Gemüt aufhellen?

»Hier, bitte schön.«

Ich bin zu einer Salzsäule erstarrt, als er mir eine Broschüre über Geschlechtskrankheiten in die Hand drückt.

»Wir reden da gleich drüber.«

Ein mitleidiger Blick streift mich, während eine hübsche Krankenschwester aus seinem Büro stolpert. Sie lehnt sich zu mir. »Hatte ich auch schon mal«, flüstert sie mit tiefstem rheinischen Akzent in mein Ohr.

Hirsch packt die Kondome in seine Kitteltasche und geht zur Seite. »Du weißt ja, was zu tun ist. Einfach die ausgewerteten Daten übertragen, ich mache dann den Rest.« Er schiebt die Krankenschwester an mir vorbei. »Falls du Fragen hast, ich habe das Telefon dabei.«

Ein paar Mal klopft er auf seine Kitteltasche, Sekunden später sind die beiden kichernd im Aufzug verschwunden und ich stehe allein in Hirschs Büro.

Meine Atmung ist gepresst und unregelmäßig. Es ist das einzige Geräusch, das es mit der Stille aufnimmt. Nicht einen klaren Gedanken will mein Verstand fassen. Es ist, als hätte mich ein Güterzug gerammt. Das muss ein Fehler sein. Ein riesig großer Fehler. Ohne wirklich zu wissen, was ich gerade mache, blättere ich das Erzeugnis des Bundesministeriums für Gesundheit durch, bis es mir zu bunt wird und ich mich an meine Arbeit mache.

Wie immer hängen die Blutkonserven in Hirschs Büro fein säuberlich aufgereiht. Mein Magen dreht sich, als ich an der von Martin vorbeikomme. Ich würdige den Beutel keines Blickes und ertappe mich dabei, wie ich ihn am liebsten von der Wand gerissen hätte.

Mehrmals muss ich meine Lungen mit Luft füllen, bis mein Denkvermögen einigermaßen akzeptable Werte erreicht und ich meine Arbeit beginnen kann. Bereits beim ersten Wert stocken meine Finger über der Tastatur, als hätte mich der Schlag getroffen. Diesmal sind keine Abkürzungen zu lesen, sondern Stichpunkte im Klartext.

»Um NADA hervorzukommen, weitere Feinabstimmung mit Zernig erforderlich«, lese ich leise die Stichpunkte von Hirsch vor. »Nur wenige anabole Steroide, sondern eher auf Mischung mit Somatotropin setzen. Wachstumshormone nur bis neuer Verein!«

Dutzende solcher Sätze zieren das komplette Dokument. Mir ist nur allzu bewusst, dass dies nicht für meine Augen bestimmt ist. Daneben finde ich die Werte von jedem Spieler, eingetragen in eine Tabelle. Die Kommentare zu jedem Einzelnen sind mit Kürzeln, wie DZ, für Detlef Zernig markiert. Der Trainer geht mit seinen Spielern hart ins Gericht. Mein Finger gleitet über die Liste, bis ich bei Martin angelangt bin.

»Größe gut, Kopfballspiel nicht wuchtig genug, weiterer Muskelaufbau mit Amphetaminen und HGH erforderlich.«

Es war also kein Zufall, dass sein Bauchmuskeln denen eines Athleten glichen. Mein Herz wird so schwer, dass ich Angst habe, es könnte mich in die Tiefe hinabziehen. Ich sollte weggucken, einfach meine Arbeit machen und froh sein, wenn Dr. Hirsch mir eine Top-Empfehlung schreibt. Doch eine innere Stimme schreit mich an, sie warnt und hadert, bis ich mein Handy heraushole und alles vom Bildschirm abfotografiere. Erst dann beginne ich mit der aufgetragenen Arbeit, während ich tief in meinen eigenen Gedanken vergraben bin.

Natürlich verschafft man sich einen Vorteil, wenn man als 16-jährige den Körper eines Erwachsenen sein eigen nennt, aber es kommt doch auch auf Talent an, auf Willen und Durchsetzungskraft, die Fußballscouts für sich zu begeistern? Ich martere mein Gehirn, Gedanken schießen wie Billardkugeln durch meinen Verstand und doch komme ich zu keiner Lösung.

Die Minuten werden zu Stunden, während ich starr vor dem Laptop hocke und die Daten übertrage. Hinter meinen Schläfen pocht es hartnäckig, bis ich endlich an der letzten Zeile angelangt bin. Als ob ich mich selbst überzeugen muss, dass ich die Fotos wirklich geschossen habe, ziehe ich das Handy aus meiner Tasche.

Fuck! Was ist denn jetzt los? Sieben Anrufe in Abwesenheit, drei Mailboxnachrichten, 34 WhatsApps. Ich wische über das Display, lese Dinas erste Nachrichte und erstarre vor Schrecken. Das Blut sammelt sich in meinem Kopf und hinterlässt ein schwindelerregendes Rauschen. Meine Hände beginnen zu zittern und ich beiße mir so fest auf die Lippe, dass der eisenhaltige Geschmack über allem thront, wie eine gefährliche Vorahnung.

Gerade so schaffe ich es, Dina anzurufen. Sie geht direkt nach dem ersten Klingeln ran.

»Wo bist du?«

»Noch im Krankenhaus«, wispere ich atemlos und so leise, als ob die Stadt jedes Wort mithören könnte. »Ist es wahr?«

»Es tut mir so leid.« Dina stöhnt auf und ich weiß, dass sie die Wahrheit sagt. »Als die Jungs ihn aufzogen, warum er es nicht durchgezogen hat, muss er ihnen das Lügenmärchen von den Chlamydien erzählt haben.«

Die Worte klingen zu unwirklich, als dass ich sie überhaupt glauben kann. »Eine Geschlechtskrankheit?« Mein Lachen tanzt gefährlich nah an der Schwelle zur Hysterie. »Ich bin noch Jungfrau, Dina. Du weißt das.«

»Ja«, haucht sie kraftlos. »Er ist so ein Arschloch. Wahrscheinlich war es sogar als Scherz gemeint, aber es geht rum, wie ein Lauffeuer.«

Mein Blick fällt auf die Broschüre. In einer kleinen Stadt gibt es keine Geheimnisse und gleichzeitig ist jeder Keller voll davon. »Danke, Dina.«

»Wenn du …«

Die letzten Worte bekomme ich schon nicht mehr mit. Noch einen Augenblick sehe ich mir ein paar Nachrichten von Mitschülern an. Einige machen Witze darüber, nur wenige versuchen, mir Mut zuzusprechen. Sogar auf Facebook existieren Memes über meinen Namen in Verbindung mit Chlamydien. Selbst ich weiß, dass es der Todesstoß für meine soziale Stellung ist.

Das Zittern nimmt langsam ab, während ich das Handy ausschalte und auf das schwarze Display starre. Die Sekunden fließen zäh an mir vorbei. Ich will nur noch raus hier.

»Na, wie geht es uns?«

Ich schrecke zusammen und habe das Gefühl, als würde jeder einzelne Knochen meines Körpers knacken und sich auf peinvolle Weise in mein Fleisch bohren.

»Ich habe alles erledigt.« Unsicher blicke ich von der einen Seite des Raums zur anderen.

Dr. Hirsch streicht mit dem Finger über die Broschüre. »So etwas haut einen schon um, oder?« Er wirkt entspannt, seine tiefe Stimme beruhigt mich, während er auf einem Stuhl gegenüber Platz nimmt.

»Ja.« Keine Ahnung, was ich sonst sagen soll. Ich komme mir vor wie die Patientin einer Irrenanstalt und bin nicht imstande, meine Gedanken in Worte zu fassen. »Ich habe nicht mit ihm geschlafen.«

Er nickt verständnisvoll und aus irgendeinem Grund fühle ich mich plötzlich geborgen. »Für die Infektion einer Chlamydia trachomatis muss kein Eindringen stattgefunden haben. Es reicht schon ein Kontakt der Schleimhäute aus.« Dr. Hirsch rückt etwas näher heran, legt seine Hand auf mein Knie. »Wenn du möchtest, können wir einen Schnelltest durchführen. Selbst durch ein paar Tropfen Urin ist es nachweisbar und kann im Frühstadium mit Antibiotika behandelt werden.«

Drang er in mich ein? Trug er noch seine Shorts oder hatte er sie bereits hinabgezogen? Es schmerzt, meine Überlegungen zu fokussieren. Ich wünsche mir nichts sehnlicher, als jeden Augenblick dieser unliebsamen Episode aus meinem Verstand zu bannen. Meine Erinnerungen verschwimmen zu einer breiigen Masse und die Wahrheit hat keine Gültigkeit mehr.

»Ja, gerne«, höre mich sagen, habe im nächsten Moment einen Becher in der Hand und spüre, wie Dr. Hirsch mich zur Damentoilette begleitet. Ich bin wie betäubt, während das Blut wie ein rauschender Fluss durch meine Adern strömt. Nur aus meinem Gesicht weicht es. Es fühlt sich an, als hätte mich eine Achterbahn durchgeschaukelt.

Das Schleudern und der Schwindel wollen einfach nicht nachlassen.

Mein Körper streikt genauso wie mein Verstand, unfähig dazu, Fiktion von Wirklichkeit zu unterscheiden. Ein Wirbelsturm tobt in meinem Kopf und bringt alles durcheinander, was vorher gut und richtig war. Träume ich gerade oder passiert diese Qual wirklich?

»Du bist eine hübsche, junge Frau geworden.« Dr. Hirsch lehnt sich vor der Kabine an das Waschbecken. Der Spalt zur Toilette bleibt geöffnet. »Hätte ich eigentlich nicht von dir erwartet.« Er kreuzt die Arme. »Du kommst immer so lieb und nervös daher. Aber eigentlich hast du es faustdick hinter den Ohren, oder?«

Der Ansatz eines dreckigen Lachens dringt zu mir durch. Das Schwindelgefühl mutiert zu einem unnachgiebigen Hämmern hinter meiner Stirn. Übelkeit erfasst mich wie eine Würgeschlange und drückt mit jedem Wimpernschlag härter zu. Die Stimme von Dr. Hirsch ist ganz weit entfernt, als würde er durch eine dicke Schicht aus Glas zu mir sprechen. Ich schlucke trocken, während ein paar Tropfen Urin im Becher aufschlagen.

»Stille Wasser sind ja bekanntlich tief«, fährt er fort, während ich wie versteinert auf der Toilette sitze. »Ist schon interessant, dass du es warst, der ihn angesteckt hat.«

Durch den dicken Schleier aus Verwirrung, Angst und purem Hass dringt seine Stimme endlich wieder lauter, bis ich sie klar vernehmen kann.

»Ich muss euch wohl nicht sagen, dass es besser ist, wenn Martin sich wieder auf Fußball konzentriert. *Seine* Infektion müsste bald ausgeheilt sein.« Hirschs Blick verfolgt mich, als ich mich erhebe. Er verharrt ein paar Momente, bis ich mich an seinen Körper vorbeiquetschen darf, um mir die Hände zu waschen. Dabei trägt er das Grinsen wie eine Trophäe der Überlegenheit.

»Warte kurz, es dauert nicht lange.«

Er holt den Becher aus der Toilette und verschwindet mit wippenden Schritten. Ich kann nicht einmal einschätzen, ob ihn eine sadistische Ader treibt oder es die Macht ist, die Hirsch den Kick verschafft.

Mein Kopf ist voller Gedanken und fühlt sich bleischwer an. Ich lehne meine Stirn gegen die kühlende Toilettentür und versuche, zumindest im Ansatz klar zu denken. Hat dieses Aas von einem Arzt gerade wirklich ausgeplaudert, dass Martin die Krankheit vor mir hatte? Meine Stirn legt sich in Falten, die Gedanken überschlagen sich in Wellen. Zumindest hätte er eine billige Ausrede, dass er zu nervös war, um mit mir zu schlafen. Wahrscheinlich erzählt er, dass ich es ihm vorher anvertraut hätte. Zusätzlich würde es seine Infektion erklären.

Das kalte Türblatt ordnet meine Überlegungen und schärft meinen Blick. Sollte es wirklich so gewesen sein und wenn auch nur unüberlegt, hat Martin mein Vertrauen benutzt, auf den Boden geworfen und damit die dreckigen Flecken seiner Karriere weggewischt.

Das Klopfen ist so laut, dass es in meinem Schädel hämmert. »Das wundert mich jetzt.« Dr. Hirsch tritt ein, ohne meine Antwort abzuwarten. »In deinem Urin gibt es keine Erreger.« Nachdenklich reibt er sich das Kinn und nur die Kratzgeräusche seines Dreitagebarts erfüllen den Raum. »Nun, vielleicht sollten wir noch weitere Tests durchführen.«

Was nicht sein darf, kann nicht sein.

Hastig nehme ich meine Tasche und presse mich an dem vor Sex riechenden Körper vorbei. Ich will nicht mehr hier sein. Wenn ich ganz ehrlich bin, weiß ich nicht einmal, ob ich überhaupt noch sein möchte.

»Du hast noch keinen Feierabend, junge Dame.« Wie eine göttliche Macht wird die Stimme von Hirsch von den Wänden des Korridors in meine Ohren gedrückt. Ich kann nicht mehr, nicht einmal mehr antworten, schüttle nur mit dem Kopf und nehme die Treppe nach unten. Hier ist alles eng und schmal.

Ich muss hier raus, brauche Luft zum Atmen, zum Denken oder zumindest zum Überleben. Meine Füße tragen mich in eine zufällig gewählte Richtung. Eine neue unberührte, weiße Decke knarrt unter meinen Stiefeln. Die alten Dächer der Fachwerkhäuser ächzen unter den Schneemassen. Nur die riesigen LED-Schilder wurden freigeräumt.

Ohne Frage - alles für den Verein. Das Emblem von Borussia Griemsmahl brennt in meinen Augen wie Feuer. Doch es ist der Slogan, der die Tränen auf meine Wangen treibt. *Für die Stadt, für die Menschen, für Griemsmahl – wir halten zusammen.*

Ich weine oft in dieser finsteren Gemeinde. Selbst die klaren Stimmen hinter den festlich geschmückten Scheiben verhöhnen mich. Ich sehe durch ein Fenster und erkenne, dass niemand lacht, keine Menschenseele singt, sondern vor dem Fernseher gegessen wird. Erst dann wird mir klar, dass die hellen Stimmen vom Lautsprecher unter den LEDs herrühren. Vorgetäuschte Harmonie, um den Schein zu wahren. Hier ist nichts echt. Nicht einmal die angestimmten Lieder unter dem Weihnachtsbaum.

Gepresst atmend trägt es mich tiefer in den Osten der Stadt. Der Gipfel des Griems ist mit Schnee bedeckt. Wie eine schützende Decke hat er ihn eingehüllt, als ob er den grauen Koloss vor der Kälte schützen möchte. Zumindest er verstellt sich nicht, gibt nicht vor, jemand anderer zu sein. Er ist einfach der Griems und erduldet all die Lügen und Intrigen, welche die Menschen Tag für Tag in seinem Schatten spinnen.

Es überrascht mich nicht, als ich plötzlich vor Andrews Wohnung stehe. Kein Licht dringt nach draußen, kein Schmuck kündet von einer Feier. Wahrscheinlich ist er zu seinem Vater gereist und verbringt das Weihnachtsfest auf irgendeiner Air-Force-Basis bei 32 Grad im Schatten, denke ich mir und drücke trotzdem die Klingel. Keine zwei Sekunden später öffnet sich die Tür.

»Man kann dein Geschluchze durch die halbe Gasse hören.«

Das Licht im Flur ist immer noch defekt, sodass ich mich behutsam vortasten muss. Bereits vor der Haustür dringt mir ein allzu bekannter, süßlicher Duft in die Nase. Andrew sitzt am Laptop. Das bläuliche Licht lässt sein Gesicht noch fahler wirken und nur der rote Punkt des Joints zaubert ein wenig Farbe auf seine Haut.

»Scheiß Tag gehabt?« Er sieht mich nicht an, als er die Worte sagt.

Als wäre ich eine Marionette und man würde mir die seidenen Fäden durchschneiden, breche ich auf seinem Bett zusammen. Tränen fließen wie Bäche über meine Wangen und ich weiß noch nicht einmal, warum ich hier bin.

Als er mir den Joint vor die Nase hält, bekomme ich eine leise Ahnung, warum mein Unterbewusstsein mich hierhin gelotst hat. Trotzdem zögere ich.

»Deine Entscheidung.« Andrew nimmt noch einen tiefen Zug und bläst Ringe an die Decke. »Egal, was du gerade erlebt hast, ich bin in deiner kleinen Geschichte nicht der Gute. Von mir bekommst du nicht zu hören, dass Drogen schlecht und die Menschen edel sind. Das solltest du wissen.«

»Es reicht mir schon, wenn man kein Arsch ist.«

Energisch nehme ich den Joint, ziehe tief und sterbe fast an einem Hustenanfall. Andrew lacht, zeigt mir, wie ich am besten den Qualm in meinen Lungen halte und nach wenigen Minuten legt sich eine wohlige Ruhe über meinen Verstand. Es ist wundervoll, die dämpfende Schicht aus Drogen zu spüren, obwohl das Zeug so unangenehm in meinen Lungen kratzt, als würden kleine Tierchen in den Bronchien krabbeln.

Weiterhin sagt er kein Wort, geht die neuesten Berichte zu Borussia Griemsmahl durch und archiviert Fotos auf seiner Festplatte. Ich erkenne mich sogar selbst auf einer Aufnahme wieder, geschossen vor neun

Tagen, als die Welt noch normal war und nicht in einer einzigen Nacht aus den Fugen riss.

Während ich Martins Antlitz erblicke, platzt es aus mir heraus. »Andrew, hast du heute noch etwas vor?«

Abwesend zuckt er mit den Schultern. »Außer versuchen, clean zu werden? Nicht viel. Wieso?«

Meine Stimme zittert, weil mir bewusst wird, wie erbärmlich das alles ist. »Heute ist Heiligabend.«

Übertrieben hektisch sieht er sich um, als ob es im Zimmer Anzeichen dafür geben könnte, schließlich holt er zwei Bier aus dem Kühlschrank. »Nein, wie du siehst, nichts vor.«

Ich hole Luft. Lidschläge später bricht der Damm und ich erzähle ihm alles. Wirklich alles.

***

»Was für ein Stück Scheiße.« Andrew speit die Worte aus, ohne wirklich viel Hass in seine Stimme zu legen. Er ist ruhig, an der Grenze zur Gleichgültigkeit. »Selbst als ich voll drauf war, hätte ich nicht so einen Mist abgezogen. Verdammt, der Typ ist echt krank.«

Kurz überlegt er, ob er sich einen neuen Joint anzünden soll, entscheidet sich schließlich dagegen und holt noch zwei Bier. Dabei wankt er so sehr, dass er gegen den summenden Kühlschrank stößt.

»Wir sollten den Wichser zusammenschlagen.« Er grinst breit, der Gedanke scheint ihm zu gefallen. Dieser beinahe Fremde wird mir unendlich sympathisch. »Am besten heute Nacht noch, um ihm dann den Weihnachtsbaum in seinen Arsch zu schieben.«

Eine Handvoll Kerzen werfen ein beruhigendes Schimmern in den Raum. Das Glühen der Flammen erhellt sein Gesicht und vergoldet das weiße, ausgeblichene Shirt. Seine dunklen Haare glänzen im Schein, während das Blut in seine Wangen steigt, als er von Rachegelüsten phantasiert.

»Gefällt mir«, hauche ich und nippe am Bier. Die Welt um mich herum scheint sich viel zu schnell zu drehen. Mit Kraft beiße ich auf die Zähne und versuche, einen klaren Kopf zu behalten. »Aber ich bin kein Freund von Vergeltung. Leider.«

Andrew breitet die Arme aus. »Willst du mich verarschen? Jeder steht da drauf!« Er nimmt einen Schluck, rülpst laut. »Seit Anbeginn der Zeit machen die Menschen nichts anderes! Sieh dir die Geschichte von Helena von Troja und Menelaos an – Paris hat dem die Alte geklaut und daraufhin einen Krieg angezettelt.«

Wild gestikulierend untermalt er seine Worte. »War das klug – nein! Aber ich wette, König Menelaos hatte so eine Latte, als er mit seinen Kriegsschiffen nach Troja schipperte.« Andrew greift sich in den Schritt. Dieser junge Mann ist nicht schwierig, in seinen Augen liegt die Verkörperung dieses Wortes. »Oder denk an den Papst und die Kreuzzüge. Ihr nehmt mir Jerusalem weg, ich falle in euer Land ein. Das waren pure Rachegedanken!« Er vollführt formvollendet eine Trinkpause. »Und denkst du, dass der Papst schlecht geschlafen hat? Nee, eins seiner Mädels hat ihm einen geblasen und er ist lächelnd eingepennt.«

Seine Worte ergeben absolut keinen Sinn und doch sind sie auf eine tragische, von Drogen umnebelte Weise wahr.

»Du weißt aber schon, dass die Geschichte um Helena von Troja eine Legende ist, oder?«

»Ja«, sagt er langgezogen und seine blauen Augen funkeln dabei, als würden sie die Dunkelheit verdrängen wollen. »Aber darum geht es doch, in jedem Märchen liegt ein Körnchen Wahrheit. Also, was sagst du?«

Verwirrt blicke ich ihn an. »Wozu?«

»Wir hauen diesem Mary-Poppins-Arsch eins auf die Fresse!«

Absichtlich lasse ich ein paar Sekunden verstreichen, um mein Gehirn die Information verarbeiten zu lassen. Auch ich erhebe mich, wanke kurz, bis die Muskeln meiner Beine endlich ihre Arbeit aufnehmen. Mehrmals muss ich die Augen zusammenkneifen, um das verschwommene Ziffernblatt der Wanduhr zu erkennen. »Du willst um 22 Uhr dort klingeln und ihm vor seiner Familie eine Ohrfeige verpassen? An Heiligabend?«

»Nein, du wirst das tun.« Er drückt mir mein Bier und den Mantel in die Hand. »Ist das schlimmer als das, was er dir angetan hat?«

Meine Faust umschließt das Glas der Bierflasche. Ich drücke zu, bis meine Knöchel weiß anlaufen. Plötzlich ist der Schmerz wieder da. »Verdient hätte er es.« Für eine kurze Zeit war er unter der sanften Decke aus Drogen und Alkohol kaum mehr zu spüren, jetzt bricht er vollends durch. »Lass‘ uns gehen.«

Fluchtartig verlassen wir die Wohnung. Ich hake mich bei Andrew ein, ziehe mir Handschuhe und Mütze im Gehen an, während er sich mit offenem Mantel und einem Shirt begnügt.

Zielstrebig führe ich ihn zu Martins Elternhaus, bevor mich Mut und Rausch verlassen. Drinnen brennt noch Licht. Eine leise Melodie ist zu hören und der Duft von gebratener Gans liegt in der Luft, wie die süße Verheißung eines idyllischen Familienlebens. Ich weiß, wie falsch und verlogen das alles ist.

Mehrmals drücke ich die Klingel, bis schwere Schritte auf dem Flur zu vernehmen sind. Nur ein kleines Sichtfenster wird aufgerissen und ich blicke in das schnauzbärtige Gesicht seines Vaters.

»Ja?«

»Ich würde gerne Martin sprechen. Es ist wichtig.« Der Klang meiner Stimme ist stark und strotzt vor Kraft. Ich bin selbst überrascht, wie viel trügerische Kraft mir das Marihuana einflößt.

»Am Heiligen Abend?« Der Bürstenhaarschnitt drückt sich beinahe durch das kleine Fenster. »Bist du von allen guten Geistern verlassen?«, schimpft er im besten militärischen Ton. »Weißt du, wie spät es ist?«

»Wie ich bereits sagte, es ist wichtig.«

Einige Nachbarn öffnen bereits ihre Jalousien einen Spalt breit, um das unverhoffte Spektakel aus erster Hand mitzuerleben.

Morgen werden sie es alle wissen. Wie die zugedröhnte Jennifer Meyer an Heiligabend an der Tür ihres Exfreundes kratzte und um Einlass bettelte. Erbärmlich, armselig, einfach nur traurig, werden sie sagen, jede Emotion gierig posten und dazu dutzende lachende Smileys verwenden.

Doch diese Geschichte schreibe ich und dieses Mal ist die Angst vor der Meute auf meiner Seite. Ich verschärfe meinen Ton, um die perfekte Welt der Marys ein wenig mehr zu stören.

»Es dauert auch nicht lange.«

Endlich gibt er klein bei, aus Angst, dass die Verrückte vor der Tür eine noch größere Show abziehen könnte. Der Ruf nach seinem Sohn gleicht einem Donnergrollen.

Als ich Martin erblicke, muss ich mir ein Lachen verkneifen. Er trägt einen roten Pullover, Gel festigt seine Haare. Vermutlich war er sogar in der Kirche.

»Jenny.« Der pure Schrecken ist in sein Gesicht gemeißelt. Hastig kommt er vor die Tür und lehnt sie hinter sich an. »Was machst du hier?«

Wachsende Panik schnürt meinen Hals zu. Jetzt kommt es drauf an. Mein Leib bebt wie ein Vulkan, kurz vor seinem Ausbruch. Es ist nur ein Wort, das meine Lippen verlässt:

»Warum?«

Wie versteinert steht er vor mir. Er hüllt sich in eisernes Schweigen und dies mit grimmiger Miene. Ich versuche, seinem Blick nicht auszuweichen, bis er endlich redet.

»Es war nur ein Scherz. Ein blöder Witz, den ich beim Training gerissen habe. Ich wollte es korrigieren, aber die Jungs erzählten es schon weiter.« Er nimmt meine Hand, seine Finger brennen wie Feuer auf meiner eiskalten Haut. »Bitte, glaub' mir. Ich wollte niemals, dass es sich so verbreitet.« Er holt tief Luft, seine Wangen glühen vor Aufregung. »Das alles tut mir furchtbar leid. Das letzte, was ich will, ist, dich zu verletzen.«

Jedes seiner Worte pumpt stärkeres Gift in meine Adern. Die Übelkeit wächst, bis sie sich mit blanker Wut vermischt und es nicht mehr auszuhalten ist. In einer Bewegung hole ich aus und schlage zu. Das Klatschen des Aufschlags hallt durch die fein geschmückten Vorgärten der Einfamilienhäuser. Martin taumelt zurück, hält sich die schmerzende Wange. Sekunden vergehen schweigend, bis er sich fängt und meine Schultern ergreifen will.

»Fass' mich nicht an!«, schreie ich aus Leibeskräften und freue mich diebisch, als bei noch mehr Nachbarn das Licht durch die Fensterscheiben bricht.

Wie ein Nichts greift Andrew seine Handgelenke. »Verpiss' dich, du scheiß angepasster Spießer.«

Er wählt seine Worte mit Bedacht, darauf ausgerichtet, den größtmöglichen Schaden anzurichten. Seine stahlblauen Augen schimmern feucht vor Raserei. Es besteht kein Zweifel, dass er bis zum Äußersten gehen würde. Ein kalter Schauer läuft mir über den Rücken.

»Genug! Mit solchen Leuten wollen wir nichts zu tun haben.« Martins Vater speit die Worte voller Abscheu in Andrews Gesicht, schubst ihn zurück, drückt seinen Sohn ins Haus. »Das Flittchen soll zurück zu ihrer verrückten Mutter und uns in Ruhe lassen«, fügt er halblaut hinterher.

Die mittlerweile beträchtliche Anzahl der schaulustigen Nachbarn grüßt er freundlich, wünscht ein frohes Weihnachtfest, danach schließt er die Tür leise. Nach und nach werden die Vorhänge und Jalousien vor die Fenster gezogen. Wir bleiben zurück in der eisigen Dunkelheit, mit dem Griems als unserem stummen Beobachter.

»Scheiß auf den Typen«, poltert Andrew und will seinen Arm um mich legen. »Das hast du gut gemacht.«

Ich weiche zurück. In seinen vor Rage erfüllten Augen sah ich die reine Lust an der Zerstörung; ein verrücktes Blitzen, nur übertroffen von wilder Tobsucht, die er gerade so zurückhalten konnte.

Seine Stimme ist rau vor Kälte und beißendem Qualm. »Soll ich dich nach Hause bringen?«

Das Schneegestöber hat noch einmal zugenommen. Glitzernde Flocken legen sich auf seine kohlrabenschwarzen Haare und lassen sie glänzen. Seine Haut ist weiß, fast durchsichtig, und aus seinen Augen schimmert nicht mehr der schiere Hass, sondern eine Milde, wie ich sie selten gesehen habe.

Trotzdem habe ich Angst und schüttle mit dem Kopf. »Danke, dass du mir zugehört hast.«

Ich drehe mich um und stapfe durch die glanzvolle Schicht. Ab und an kann ich einen Blick durch die beschlagenen Fenster erhaschen. Die neugefallenen Schneekristalle halten Griemsmahl unter der blitzenden Decke gefangen und übertünchen all die Geheimnisse und Lügen. Für einen Abend sind die Intrigen gut hinter geschmückten Türen und aufgesetzten, von Wein beseeltem Lachen verborgen.

Wieso stiehlt sich ein Grinsen in mein Gesicht? Ich bin erschrocken über mich selbst. Andrew hatte recht – Vergeltung ist so süß wie feinster Nektar und macht abhängig wie eine Droge. Ich sollte mich schlecht fühlen und angeekelt sein, stattdessen empfinde ich tiefste Zufriedenheit.

Mit aller Macht muss ich den Gedanken beiseite schieben und schleppe mich weiter, tiefer in die finstere Nacht.

Meine Nase läuft so sehr, dass sich die Haut meiner Oberlippe leicht entzündet hat und meine Kleidung ist klamm vom ständigen Schneefall. Ein zäher Windstoß zerrt an meinen Haaren, drückt auf die nassen Klamotten und meißelt sich wie ein spitzer Pfahl in meine Lungen. Trotzdem genieße ich den kühlenden Wind. Zumindest dieser ist echt, lässt sich nicht manipulieren oder lügt einen an. Er pfeift ein Lied an meinen Ohren, als ich den Bergrücken aufsteige und die Umrisse unseres Hauses erkenne. Stetig dringen die Erinnerungen des Abends zurück an meinen Verstand. Eine warme Träne verlässt meine Wange und ich habe das Gefühl, als würde sie sich einen Herzschlag später zu Eis verwandeln.

Schnell wische ich sie beiseite, trete ein und schließe alle Fenster, die Mutter offen gelassen hat. Es türmen sich alte Schlittschuhe, Kufen, Skistöcke und Kletterausrüstung in den Ecken des Wohnzimmers. Zwei Briefe liegen auf dem ansonsten leeren Tisch. Die wundervoll geschnörkelte Handschrift meiner Mutter fällt mir sofort ins Auge.

Mein Engel,

etwas zu essen ist im Backofen. Es tut mir leid, dass ich dir keine bessere Mutter bin und wir zu wenig Geld haben, um uns Präsente zu leisten. Deshalb habe ich einen Entschluss gefasst. Es soll mein Geschenk an dich sein.

Deine dich liebende Mutter

Als ich den zweiten Zettel mit vor Kälte zitternden Fingern in die Hand nehme, muss ich mich setzen und schließe meine Augen. Sie begibt sich in Therapie. Endlich.

Das Bestätigungsschreiben der Krankenkasse weist den Start bereits Anfang des nächsten Jahres aus. Ein Hoffnungsschimmer in einer düsteren Welt.

Die Kälte hat sich tief in mich hineingefressen, sodass ich mich hastig meiner Kleidung entledige, heiß duschen gehe und einen dicken Jogginganzug anziehe, bevor ich zu meiner Mutter ins Bett krieche und meinen Arm um sie lege.

Sie erwacht aus ihrem Halbschlaf. »Oh, Jenny. Hast du etwas gegessen?«

»Ja«, lüge ich und spüre, wie die Müdigkeit von mir Besitz ergreift.

»Hattest du einen schönen Tag im Krankenhaus?«

»Ja, danke.« Ich will ihr nicht noch mehr aufbürden. Irgendwann werde ich ihr alles erzählen. Ganz bestimmt. Vielleicht.

»Das nächste Mal feiern wir Weihnachten zusammen. Versprochen.«

»Das wäre schön«, haucht sie und ist bald schon wieder im Reich der Träume versunken. »Frohe Weihnachten, Jenny.«

»Danke. Dir auch, Mama.«

Kapitel 14 – Laute Nacht

190. Tag nach dem Kuss des Prinzen

Fast einhundert Tage habe ich gebraucht, damit sie denken, dass von mir keine Gefahr ausgeht.

Brav bin ich zur Schule gegangen, habe gelernt, beobachtet, mich zur Pause allein in die Bibliothek getrollt und meinen Plan geschmiedet, damit die Welt spürt, was ich verspürt habe. Im Verborgenen, abseits ihrer neugierigen Blicke, warf ich mein immer enger werdendes Netz aus und wartete auf den richtigen Augenblick, um es zuzuziehen.

Natürlich war ich die Außenseiterin, bis sich selbst Sarina, Karin, Chris und Frau Hirsch genug das Maul über mich zerrissen hatten und ich meinen Pakt im Stillen verfolgen konnte.

Vieles läuft so, wie ich es mir erhoffe, jedoch ist noch nichts geschafft. Ich muss weiter aufmerksam sein, meine Beine spreizen und auf den richtigen Moment warten.

Wie in der heutigen Nacht.

Es gilt, ein Versprechen einzulösen.

Der Wind pustet mir kalt und klar ins Gesicht, als ich vor dem einzigen Discounter in Griemsmahl stehe. Der gläserne Flachbau der MountainMall zieht sich bis weit hinter das Flüsschen Leere, etwas entfernt vom Rücken des Griems. Er gehört der Familie Gargusch, deren Sohn mit Chris im Fußballteam spielt.

Nicht so erfolgreich und eher als Lückenbüßer, aber er ist im Team. Es ist selbstredend reiner Zufall, dass der Stadtrat bisher immer gegen einen weiteren Discounter im Ort gestimmt hat. Dafür sind die

Schnäppchen rasend schnell vergriffen und manche Familien haben das Glück, immer einen neuen Fernseher oder Computer am Weihnachtsabend unterm Baum zu finden. Selbstredend mit besten Grüßen der Familie Gargusch.

Für diese Information ist noch nicht einmal viel Recherchearbeit notwendig. Es reicht ein Blick in die *Griemsmahler Wochenpost*. Verächtlich hole ich die Zeitung aus meiner Handtasche und lese den Artikel erneut. Zum wiederholten Male zeichnet die Familie Gargusch für den Weihnachtsaward verantwortlich. Am Heiligen Abend werden verdiente Bürger der Stadt mit kleinen Präsenten und Aufmerksamkeiten geehrt.

Natürlich unterstützt vom Bund, da der meiste Einsatz auf ehrenamtliche Tätigkeiten zurückzuführen ist. Dieses Jahr ist der stellvertretende Bürgermeister Hubertus Breeck an der Reihe – schon wieder. Wobei ich nicht denke, dass die anderen Würdenträger leer ausgehen werden. Mit einem breiten Grinsen nimmt er einen Smart-TV entgegen, als Dank für sein unendliches Engagement bei Borussia Griemsmahl, insbesondere für die erfolgreichen Werbungsversuche um den ehemaligen Bundesligaprofi und Erfolgstrainer Detlef Zernig.

Die eine Hand wäscht die andere - in manchen Städten gründlicher als anderswo.

Achtlos werfe ich die Zeitung auf die dünne Schneeschicht vor mir. Sie versinkt ein Stück und das Bild von Hubertus Breeck saugt sich an den Rändern mit Feuchtigkeit voll. Die Schneedecke schimmert in den buntesten Farben. Noch einmal sind Videowände überall in der Stadt hinzugekommen. Borussia Griemsmahl grüßt in diesem Winter vom dritten Platz, nur noch eine gute Halbserie und der Aufstieg wäre perfekt.

Dementsprechend gelöst scheint die Laune der Menschen auf dem Parkplatz. Wie fleißige Ameisen tragen sie paketweise Geschenke aus dem Discounter und wuchten sie in ihre Autos. Sie erwerben die letzten

Besorgungen für das Festmahl oder noch eine Flasche Wein für die Zeit danach.

Ich bin mir sicher, dass auch Frau Hirsch ihre Alkoholvorräte aufgestockt hat. Per Chat versprach ich ihrem Mann, dass dieses Fest etwas ganz Besonderes wird. Die Zusage erschien nur wenige Sekunden nach meinem Angebot.

Obwohl es Mittag ist, scharrt der Griems dicke Wolken um sich, damit nicht ein einziger Sonnenstrahl die Gesichter der Menschen erhellt. Mir soll es recht sein. Auch mein Gemüt ist finster und nur mein Ziel hält mich aufrecht.

Es ist ein Jahr her, seitdem ich meiner Mutter ein Versprechen gab. Ich bin fest entschlossen, es einzulösen. Doch dafür muss ich Ekel und Zorn fortschieben. Bei jeder seiner fiebrigen Berührungen muss ich mich konzentrieren, um Dr. Hirsch nicht auf die Brust zu kotzen.

Noch einmal fülle ich klare Luft in meine Lungen, dann stapfe ich durch den dichter werdenden Schnee in Richtung Krankenhaus. Die Erinnerungen drängen sich auf gemeinste Weise auf. Auch sie drücke ich beiseite und lege ein so gewinnendes Lächeln auf, dass es mir wie die billige Karikatur einer Prostituierten vorkommt. Mein Schritt beschleunigt sich, wieder nehme ich die Treppe, doch vor seinem Büro verlässt mich der Mut.

Ich fange an, zu zittern, kalter Schweiß legt sich auf meine Stirn. Polternd falle ich in die Damentoilette im ersten Stock. Die Gedanken an das letzte Jahr verfolgen mich bis hierhin, als wären sie Dämonen. Fahrig wühle ich in meiner Handtasche und ergreife die kleine Dose, welche mir Sicherheit spendet. Das Koks verteile ich auf dem Toilettendeckel und ziehe es in die Nase. Den Rest reibe ich unter meine Oberlippe. Sekundenbruchteile später trifft mich die Wirkung mit voller Wucht.

Das Blut in meinen Adern ist wie glühende Lava. Zuckende Sterne tanzen vor meinen Augen und mein Herz pocht so wild, dass mein ganzer Körper vibriert.

Nun bin ich bereit, für mein Date am Heiligen Abend. Mit selbstbewussten Schritten verlasse ich die Toilette und klopfe mit der Stiefelspitze an Hirschs Büro an. Er reißt die Tür auf, hat den Kittel bereits abgelegt, in seinen Augen liegen Gier und Vorfreude auf die kommenden Stunden.

»Hallo, Jennifer.«

»Thomas.« Ohne Aufforderung trete ich ein, lege Mantel, Schal und Tasche ab. Meine Bewegungen sind grazil, ein Tanz aus Verführung, jeder Augenaufschlag ein kleines Kunstwerk, alles ist dem einen Ziel untergeordnet. Schwungvoll hole ich einen Piccolosekt aus meiner Tasche und stelle ihn vor mir ab. Ich sorge dafür, dass mein Handy die Szene mit einer ruhigen Melodie untermalt, während ich mein Top abstreife, den Rock herunterziehe und mich herausfordernd an die Wand lehne. Die rot-schwarze Korsage schmiegt sich eng an meine Haut und betont meine Weiblichkeit. Zuletzt öffne ich meine Haare. Wie flüssiges Gold legen sie sich auf meine Schultern.

»Der Sekt ist eisgekühlt. Hast du Gläser?«

Hirsch fährt sich durch das Gesicht und pfeift. »So ein hübsches Geschenk habe ich lange nicht mehr bekommen.« Seine Zunge befeuchtet lechzend seine Lippen. Von maßlosem Verlangen gezeichnet, berührt er meinen Nacken und fährt mit den Fingern die Konturen meines Busens ab.

Ich drücke ihn weg, bücke mich mit der Sektflasche und strecke dabei meinen Po heraus. »Bescherung gibt es später. Also, Daddy – hast du Gläser?«

Er nickt begierig, schlendert zufrieden mit sich und der Welt in sein Büro und kommt mit zwei Plastikbechern zurück. Als würde es mir unsägliche Freude bereiten, lasse ich den Korken knallen und fülle die Becher laut lachend. Dabei landet ein Schwall auf seinem Hemd.

Verspielt zucke ich mit den Schultern und verziehe meine Lippen zu einem Schmollmund. »Tja, Daddy, jetzt musst du den feinen Stoff wohl ausziehen.«

Während er sich provokativ langsam vor mir entblößt, muss ich den pochenden Schmerz hinter meinen Schläfen unterdrücken. Genau vor einem Jahr, genau in so einem Becher musste ich eine Urinprobe abgeben und mich vor ihm erniedrigen. Ein Anflug von Wut ergreift meinen Leib, während ich ihm das Plastikbehältnis reiche.

»Auf ein schönes Weihnachtsfest«, tönt er, stößt mit nacktem Oberkörper an und kippt den Sekt in einem Zug.

Ich streichle seinen Rücken, schmiege mich an ihn und lasse meine Hand über seine Seiten wandern. Dabei küsse ich seinen Hals so zärtlich, dass er es kaum als Berührung wahrnehmen dürfte. Hirsch schließt die Augen und genießt jede Sekunde meiner Behandlung.

»Ich hoffe, du fühlst dich gut?« Meine Stimme ist voller Begierde. Selbst Peitho, die Göttin der Verführung, hätte es nicht besser aussprechen können.

»Wir sollten … sollten …« Noch immer sind seine Lider geschlossen, ein tiefes, zufriedenes Knurren lässt seinen Leib vibrieren.

»… zum Bett gehen? Gute Idee.« Ich hake mich bei ihm unter und stütze ihn auf dem Weg zum anderen Ende des Büros.

Keine Sekunde zu spät, wie sich herausstellt. Ich muss meine Zähne aufeinanderbeißen und all meine Kraft aufwenden, um seinen erschlafften Körper rücklings auf das Bett zu wuchten.

Einige Male wippt der Körper im weniger werdenden Takt, dann dringt ein gleichmäßiges Schnarchen an meine Ohren.

Erleichtert atme ich durch, kippe mein Glas und den Inhalt der Flasche in den Abfluss und spüle kräftig nach. Andrew hat fast drei Monate gebraucht, um an das Zeug zu kommen und mich mehrmals darauf hingewiesen, dass wenige Tropfen ausreichen würden. Nun, vielleicht habe ich es etwas übertrieben. Andererseits hat sich der gute Doc einen längeren Schlaf verdient. Außerdem ist es gar nicht so einfach, gehetzt in High Heels herumzulaufen.

Nachdem ich alles entsorgt habe, Flasche und Becher sicher in meiner Tasche verstaut sind und Dr. Hirsch von Hose und Shorts befreit wurde, stemme ich schwer atmend die Hände in die Hüften.

Zuerst die Arbeit, dann das Vergnügen.

Lasziv schmiege ich mich an seinen nackten Körper, küsse seinen Mund und schieße so viele Fotos, dass mir übel wird, wenn ich daran denke, dass ich die schlechten auch noch aussortieren muss. Mein Gesicht ist mit gespielter Lust und voller Erotik verwoben, während ich auf seiner Taille sitze und weitere Bilder aufnehme. Lustvoll küsse ich seinen Hals, massiere seinen Penis mit federleichten Berührungen und achte immer genau darauf, dass der Doc auf jedem Foto in seiner ganzen Pracht zu erkennen ist.

Zum großen Finale hole ich einen Dildo aus meiner Tasche hervor, drehe den schlaffen Körper und dringe ohne Gleitgel in seinen Anus ein. Ein langgezogenes Knurren kündet davon, dass auch seine Traumwelt nicht unberührt davon bleibt. Ich schieße eine richtige Fotostory. Das Team des Bravomagazins wäre stolz auf mich.

Achtlos lasse ich seinen hilflosen Leib liegen und mache mich auf den Weg in sein Labor. Mit geübten Griffen öffne ich die speziellen Dokumente auf seinem Laptop. Dutzende Nächte habe ich hier gesessen und Daten übertragen, bis ich vor Pein nicht mehr sitzen konnte. Für mich ist es ein Leichtes, die richtigen Ordner zu finden und die Dateien abzufotografieren. Es folgen die aufgereihten Blutkonserven, jeder Winkel seines Büros und alle Dokumente, die mir wichtig oder unwichtig erscheinen. Zuletzt krame ich das Buch mit seinen Notizen hervor.

Es ist beinahe still im Raum, nur meine eigene Atmung ist ein ständiger Begleiter meiner Taten. Wäre da nicht ein kaum merkliches Summen, welches sich enervierend in meine Ohren legt. Wie ein Spürhund gehe ich in die Knie und versuche, den Ursprung des Geräusches zu lokalisieren. Dass ich in Korsage, Strümpfen und hochhackigen Schuhen ein seltsam anmutendes Bild abgebe, ist mir gleichgültig. Versteckt unter Aktenbergen und am Rande des Labors wurde ein kleiner Kühlschrank in die Wand eingelassen. Mehrmals versuche ich, ihn zu öffnen, bis mein Rütteln zu laut wird und ich mich selbst zur Ruhe mahne.

Es ist nicht die Zeit für Fehler und ich habe vor, keine zu machen.

Als Krönung rufe ich mir im System die Krankenakten der Spieler auf. Gemeinsam mit dem Trainer Zernig führt Hirsch penibel Übersicht über die Gesundheitszustände ihrer Goldjungen. Was ich dort lese, lässt die Wut in mir kochen. Martin Marys Erkrankung über Chlamydien wurde einige Wochen vor unserer grausamen Episode in der Bibliothek diagnostiziert.

Dieses Arschloch wusste also ganz genau, was er tat. Eine Ahnung treibt mich tiefer in die Akten. Martin war vor ein paar Monaten noch der Schulgothic, bis er mit Steroiden aufgepumpt wurde und seine coole Seite entdeckte. Er war nicht der Typ, der die Mädchen reihenweise flachlegte. Im Schnelldurchlauf überfliege ich die Akten meiner Mitschüler und fördere Hochinteressantes zutage. Sarina wurde wegen Jugendakne behandelt, ihr Bruder Hendrick hatte eine Vorhautverengung, Simon Gargusch musste wegen Angstattacken behandelt werden.

Alles wissenswert, aber leider nicht die Antwort, die ich mir erhofft habe. Nach und nach gehe ich die meisten meiner Verdächtigen durch, bis die Musik von meinem Handy aussetzt. Verdammt, mir rinnt die Zeit durch die Finger. Meine Playlist habe ich absichtlich mit der Wirkungsdauer der K.O.-Tropfen abgestimmt. In einem letzten, verzweifelten Versuch rufe ich noch einen Namen auf. Ich muss grinsen, als ich die Akte lese.

Mit genügend Fotos auf meiner Speicherkarte ziehe ich Rock, Top und gemütliche Schuhe an, anschließend führt mein Weg mich wieder an Hirschs Bett. Sein Kopf bewegt sich bereits wild auf dem Kissen, als ob sich die Träume langsam auflösen. Mit ein paar Ohrfeigen helfe ich nach, sodass die Blase endgültig zerplatzt.

Langsam öffnet er die Lider. Ich kuschel mich an ihn, als hätte unsere Körper nichts getrennt. Für einen Augenblick scheint er nicht zu wissen, wo er ist, und die Erinnerungen kehren nur mühselig in seinen Verstand zurück.

»Hallo, Hübsche«, flüstert er, während er Mühe hat, sich aufzurichten. »Bin ich eingeschlafen?«

Ich liebkose seine Brust. »Du hast mich auch ganz schön rangenommen«, hauche ich und stehe auf. »Mein Arsch tut jetzt noch weh.«

Hirsch kneift die Augen zusammen. Die Worte sind nicht mehr als ein Flüstern, doch ich verstehe sie. »Ja, meiner auch.«

Während ich mir ein Lachen verkneife, lasse ich den Mantel über meine Schultern gleiten. »Du sahst so süß aus im Schlaf, ich konnte gar nicht anders, als ein paar Fotos zu schießen.«

Mit einem Mal ist er hellwach. »Keine Aufnahmen«, grollt er und seine Augen brennen vor Zorn.

Ich lösche das Feuer, indem ich mich zu ihm hinabbeuge und seine Wangen mit Küssen benetze. »Aber du weißt doch, dass du mir vertrauen kannst. Die Bilder sind nur für mich.« Ich richte mich auf, der Klang meiner Stimme wird rau und erbarmungslos. »Und wo wir gerade dabei sind, hast du noch etwas für mich, um über die Feiertage zu kommen?«

»Das Päckchen dort links.«

Guter Junge, er hat es bereits vorbereitet. »Und als Geschenk?«

Hirsch seufzt auf. »Nimm dir etwas aus meiner Geldbörse.«

Vor seinen Augen nehme ich alles. Insgesamt über 400 Euro.

»Was machst du da?«, schimpft er und erhebt sich. Die Muskeln unter seiner Brust spannen sich vor Aufregung.

»Ich nehme mir mein Geschenk, es ist doch Weihnachten.«

Meine Augen verengen sich zu Schlitzen. »Wenn ich es mir recht überlege, fände ich es großartig, wenn jede Woche Weihnachten wäre.«

»Wie bitte?«

»Ein einfacher Umschlag wäre schön«, flüstere ich zuckersüß und streichle seine Wange. »Du weißt ja, wo ich wohne.«

Sein gellendes Lachen hallt von den Wänden wider. »Du glaubst doch nicht wirklich, dass ich …«

Seine Stimme wird leiser und versiegt schließlich, als ich ihm wortlos das Foto mit dem Dildo in seinem Arsch vor die Augen halte. Nicht einmal das Feuer der Hölle brennt so heiß, wie die Rache einer gekränkten Frau.

Er versteht und nickt zaghaft.

Ruhig nehme ich meine Sachen und hauche ihm einen Kuss auf die Wange. »Frohe Weihnachten, Daddy.«

***

Bereits am frühen Nachtmittag legt sich eine trübe Dämmerung über die Stadt. Der Griems verschluckt den letzten, tapferen Schein der Sonne, der sich durch die Wolkendecke kämpfen wollte und hüllt das Tal in ein milchiges Grau.

Nur noch wenige Menschen sind auf dem Parkplatz der MountainMall zu finden. Einige hetzen regelrecht über den Asphalt, in der Hoffnung, noch die letzte Zutat oder ein vergessenes Geschenk zu erwerben, damit die Tünche auf der heilen Welt keine Risse bekommt. Es sind schwer bepackte Schatten unter defekten Laternen, die die Angst eines nicht perfekten Festes vereint.

Eisblumen in den Fenstern der Fahrzeuge ganz vorn künden davon, dass die Mitarbeiter bereits seit heute Morgen ihren Dienst versehen und sich wahrscheinlich nichts sehnlicher wünschen, als endlich den Weg nach Hause anzutreten.

Ein Schlag aus warmer Luft streichelt meine Haut, während ich den Discounter betrete. Freundlich, aber von Anstrengung gezeichnet, begrüßt mich ein älterer Herr mit Glatze und Vollbart, dazu arbeiten zwei Damen an den Kassen. Leider nicht das, was ich suche.

Ich rümpfe die Nase, öffne meinen Mantel und ziehe mein Top ein wenig tiefer. Erst in der Elektroabteilung werde ich fündig. Der Mann mit Seitenscheitel versucht, sich händeringend einen Bart wachsen zu lassen. Der Flaum in seinem Gesicht ist erkennbarer Zeuge seines Scheiterns.

»Hi, wie geht es?«, frage ich und versuche, mir ein gewinnendes Lächeln abzutrotzen. Diesmal ist es sogar ehrlich gemeint. »Ich suche einen großen, starken Mann, der mir beim Einkaufen hilft.«

»Wie bitte?« Er guckt mir dabei nicht ins Gesicht. Gut so.

Obwohl er einige Jahre älter als ich sein muss, ist seine Stimme so hell, dass er wunderbar im Knabenchor singen könnte. Als ich 50 Euro aus meiner Tasche hole, zieht es seinen Blick endlich nach oben. »Hast du Lust, dir einen Schein extra zu verdienen?«

Hat er. Auch der vollbärtige Marktleiter ist nach ein paar ausgiebigen Blicken in mein Dekolleté und weiteren 50 Euro vollends damit einverstanden. Er schiebt sogar den Einkaufswagen, während ich nur auf die Waren zeigen muss, die der jüngere Mitarbeiter schließlich in das Firmenauto lädt und uns den Berg hochfährt.

Nach einigen gekünstelten Lachern und geschickt abgewogenen Berührungen finde ich alle Einkäufe fein drapiert vor der Rezeption in unserer Hütte wieder. Ich umarme die beiden, ignoriere, dass sie dabei meinen Po streifen und verspreche, ab jetzt öfter mal vorbeizuschauen.

Als der Wagen aufbricht, zieht es mich an den Abgrund des Bergrückens und mein Blick fällt ins Tal. Jemand hat an diesem Abend die hell leuchtenden LED-Wände ausgeschaltet. Man könnte fast von einer Idylle sprechen, so dunkel und ruhig, wie die Stadt vor mir liegt. Es ist eine grausame Illusion, nicht mehr. Ich musste in den alles auffressenden Schlund der Stadt blicken und habe die finstersten Abgründe der menschlichen Seele kennengelernt, bis auch von mir nichts mehr übrig blieb, als ein Teil dieses unsäglichen Zorns. Mit langen Atemzügen versuche ich, den abklingenden Drogen Herr zu werden, horche in die Grabesstille hinein und genieße, wie die weißen Wölkchen meines Atems in der Luft verharren.

Heute Nacht soll meine Vergeltung ruhen. Es gilt, ein Versprechen einzulösen.

»Jenny?« Meine Mutter ist bereits im Vorraum und begutachtet die Einkäufe. »Was ist das alles?«

»Ein kleiner Tannenbaum, Schmuck, ein paar Geschenke und etwas zu essen«, antworte ich und umarme meine Mutter. »Ich habe dir versprochen, dass wir Weihnachten dieses Jahr gemeinsam feiern.«

Ein Lächeln spiegelt die Freude auf ihrem Gesicht wider. Es macht mich unendlich glücklich, dass sie sich erinnert. Ihr Blick huscht über die eingepackten Präsente. Ich erkenne, dass ihre Augen klar blitzen, als würde sie die Schönheit des Moments aus ihrer Lethargie reißen. »Nun, vielleicht sollte ich meine Therapie auch wieder aufnehmen.«

Mir stockt mein Herzschlag. Trotzdem versuche ich, ruhig zu bleiben. »Das hast du letztes Jahr schon versprochen und die Therapie nach einigen Wochen auf Eis gelegt.«

Sie sieht mich an wie schon lange nicht mehr und hält dabei meine Hand. »Bald bricht ein neues Jahr an. Einmal mehr aufstehen, als hinfallen«, haucht sie tonlos.

Ich würde gerne weinen. Sie weiß nicht, was ich vorhabe und was ich schon getan habe. Eigentlich spielt es keine Rolle, doch nun peinigt mich mein schlechtes Gewissen. Endlich wären meine Tränen einmal nicht vergeudet. Doch es gelingt mir nicht.

»Einmal mehr aufstehen, als hinfallen.«

Kapitel 15 – Neuanfänge

167. Tag vor dem Kuss des Prinzen

»Du bist sicher, dass ihr allein klar kommt?«

Meine Mutter nickt und schiebt mich beinahe aus der Hütte. »Nun geh schon, Jenny. Frau Schneider und ich machen uns einen gemütlichen Abend und begießen den Jahresbeginn mit Sekt.«

Als ich an ihr vorbeiblicke, hat ihre Betreuerin von der Stadt Griemsmahl schon die Flasche in der Hand. »Sicher?«, wiederhole ich und komme mir vor wie eine Schallplatte mit Sprung.

Sie drückt mir einen Kuss auf die Wange. »Geh‘ nur, hab‘ ein wenig Spaß.« Sie ist wohl die einzige Mutter, die eine 17-Jährige an Silvester aus ihrem Haus schieben muss. Seit wenigen Tagen ist sie seltsam klar und hat es sogar geschafft, die Verpackungen der Geschenke wie normale Menschen zu entsorgen und nicht *für schlechte Zeiten* aufzuheben.

»Okay. Es wird nicht lang dauern. Ich bin kurz nach Mitternacht ….«

Die letzten Silben rede ich gegen die massige, verschnörkelte Holztür. Noch ein paar Sekunden warte ich und beobachte, wie sich rieselnde Schneeflocken auf meine Haare legen und mit ihnen verschmelzen. Helles Lachen dringt durch das Holz und ich erkenne, dass ich wirklich an diesem Abend unerwünscht bin und einfach das tun sollte, was normale Teenager an Silvester eben tun.

Und da ich keine Ahnung habe, was das sein soll, hole ich mein Handy hervor und erkläre Dina, dass ich nun schon früher bei ihr sein werde. Nur Herzschläge verrinnen, danach erscheint die Nachricht, dass sie gerade fertig mit dem Essen ist und von ihren Eltern an die frische Luft gesetzt wird.

Geteiltes Leid ist offensichtlich halbes Leid und so stapfe ich durch die typisch diesige Griemsmahler Dunkelheit die Bergstraße hinab.

Im kargen Licht der wenigen intakten Lampen erkenne ich glitzernden Raureif. Wie eine Schutzschicht hat er sich über die Blätter und Tannenzweige gelegt. Die spitzen Zacken künden davon, dass sie sich bis zur Selbstaufgabe gegen alles wehren, was ihnen zu nahe kommt. Kurz vor dem Souvenirladen von Dinas Eltern sticht die Leere aus dem Tal hervor. Das kleine Flüsschen ist völlig zugefroren. Es windet sich zwischen den kleinen Fachwerkhäuser, den schmucklosen Bürogebäuden und den übergroßen LED-Wänden, wie eine weiße, fast durchsichtige Schlange. Wer Schönheit sucht, kann sie in Griemsmahl finden, nur leider auch viele anderen Facetten voller dunkler Bösartigkeit.

Gerade will ich mit meinem Handy ein Foto des Tals machen, als mich plötzlich etwas am Kopf trifft und ich vornüber in den Schnee falle.

»Hey, du Romantikerin.« Dinas Locken wippen unter der viel zu großen, bunten Mütze, als sie freudestrahlend auf mich zustürzt. Drohend formt sie mit ihren Händen einen Schneeball. Sie holt aus, wirft mit ganzer Kraft, während ein freudiges Jauchzen über den Fuß des Griems schallt. Im letzten Moment kann ich ausweichen, rolle mich hinter den alten Opel Kadett der Familie Holofernes und bereite meinerseits die Munition für die Schlacht vor.

Fünf Minuten später sind wir beide vom Schnee bedeckt, unsere Herzen pochen wie verrückt und uns bleibt nichts anders übrig, als den Nahkampf zu wagen. Mit einem lauten Schrei stürze ich mich auf Dina. Meiner Attacke hat sie nichts mehr entgegenzusetzen, sodass wir schreiend im Schnee landen und meinen, die nebelumzogene Spitze des Griems ausmachen zu können.

»Du hast gewonnen«, keucht Dina und deutete gen Himmel. »Warst du schon einmal ganz da oben?«

Ich gönne mir ein paar Sekunden der Ruhe. »Ganz oben?«, hechel ich atemlos. »Nur einmal, am Tag als wir hier hingezogen sind. Ma und ich klettern normalerweise nur bis zum letzten Sattel. Und du?«

»Noch nie.«

Ihre Worte lassen mich herumwirbeln. »Du wohnst hier dein Leben lang und warst noch nie auf dem Griems?«

»Du kennst doch die Legenden. Man soll ihn nicht nachts besteigen.« Dina schnalzt mit der Zunge. »Und hier ist doch immer Nacht. Außerdem glaube ich, dass keiner der Dorfbewohner den Griems wirklich mag.«

Wir richten uns auf, legen unsere Köpfe in den Nacken.

»Kann ich nicht verstehen. Für mich wirkt er wie ein alter, trauriger Griesgram, der eigentlich nur in Ruhe gelassen werden will.«

»Na, das lässt sich einrichten.« Dina klopft mir auf die Schulter. »Komm‘, ich lade dich zu einem Eis mit Kirschen ein.«

»Eis mit Kirschen?« Ich meine, mich verhört zu haben.

Sie lacht und hebt die Stiefel höher, als sie es eigentlich müsste, um wieder auf die befestigte Straße zu kommen. »Na in der Mine, natürlich.«

»Die Gaststätte? Da essen doch nur Skatclubs, die über das kommende Schützenfest oder die Borussia reden.«

Sie nimmt meine Hand, schultert ihren Rucksack und zieht mich ins Tal, als ob dieser Ort am heutigen Tag eine magische Wirkung auf sie ausüben würde. »Nicht an Silvester.«

***

Immer noch kann ich es kaum fassen.

Unsere ganze Stufe scheint hier versammelt zu sein. Wo normalerweise Aschenbecher überquellen, alte Männer wehmütig auf Bergbaufotos an den Wänden deuten und sich mit Geschichten aus dem Stollen überbieten, dröhnen jetzt Hip-Hop-Beats über das altbackene Interieur.

»Die verschwinden gleich alle auf die Party«, erklärt Dina, die offensichtlich meinen fragenden Blick richtig deutet und schiebt sich einen riesigen Löffel Eis in den Mund. Obwohl wir in der hintersten Ecke an einem kleinen Tisch sitzen, muss sie fast schreien, um das Stimmgewirr zu übertönen. »Silvesterfeier im Vereinsheim.«

»Dort findet auch alles statt«, antworte ich und bewundere, dass so ziemlich jeder aus der Stufe zugegen ist. Ab und zu werden wir sogar begrüßt. Glücklicherweise sehe ich weder Sarina noch ihre Gang oder die Fußballer.

»Na ja, es ist eine echt hübsche Location.«

Ich weiß, worauf sie hinauswill. »Lass' mich raten, Karin Weller hat die Party organisiert und alle eingeladen, außer uns beiden.«

Dina schiebt die warmen Kirchen in ihrem Becher umher, sodass sie mit dem Vanilleeis zu einer breiigen Masse verschmelzen. »Zu ihrer Verteidigung muss man sagen, dass sie alle Loser nicht eingeladen hat.« Sie lächelt tapfer. »Nur für coole Leute und Fußballer.«

Ich spüre, wie gern sie dazugehören würde. »Weißt du, was die Fußballer angeht, hast du dich nie gefragt, warum sie so erfolgreich sind?«

Dina wischt die trüben Gedanken beiseite und legt gespielt nachdenklich den Löffel an die Lippen. »Mh, weil sie mehr Tore schießen, als der Gegner?«

»Lass' das.« Ich knuffe sie in die Seite. »Du weißt, was ich meine. Keiner in der Liga ist schneller, keiner stärker, fünf Schüler spielen allein in der ersten Mannschaft. Dazu die ganzen Aufstiege, der Hype um das neue Stadion, die Investoren aus China oder den Emiraten. Ist das nicht alles ein wenig viel für Griemsmahl?«

Dina denkt einen kurzen Moment nach. »Na ja, man liest, dass einige Dorfvereine es bis ganz oben geschafft haben.« Sie gönnt sich noch eine Kirsche. »Mit einem finanzstarken Investor im Rücken. Aber du klingst, als hättest du mehr Informationen.«

Noch einmal atme ich tief durch, schiebe mein Eis von mir weg und erzähle ihr die ganze Geschichte von meinem Praktikum im Krankenhaus, Dr. Hirsch, den Blutkonserven und den Fotos auf meinem Handy. Als ich meinen Monolog beendet habe, sehe ich sie eindringlich an.

»Und, was meinst du? Wem soll ich es sagen?«

Dina hat ihr Eis aufgegessen und sich jedes Wort aufmerksam und mit ernster Miene angehört. Plötzlich lehnt sie sich nach vorn und ergreift meine Hand. »Die Erinnerungen solltest du begraben. Am besten unter ganz vielen Schichten des Vergessens.« Noch nie habe ich gesehen, dass ihre Augen vor Aufregung glänzen. »Die Gerüchte gab es immer, aber glaub' mir, wenn etwas davon an die Öffentlichkeit dringt, ist das für uns alle schlecht. Besonders für den Überbringer der Nachricht.« Ihr Griff um mein Handgelenk wird stärker, Besorgnis spricht aus jeder Faser ihres Körpers. Ich kann nur mutmaßen, wie sehr ihr die Sache in der Seele brennt.

»Jenny, vergiss es einfach und rede nie mehr darüber. Glaub mir. Es sind noch eineinhalb Jahre auf der Schule, dann haben wir unser Abi in der Tasche und können gehen, wohin wir wollen.« Erst jetzt zaubert sie wieder ein Lächeln in ihr Gesicht und lässt mein Handgelenk los.

»Raus aus dieser finsteren Stadt, hinein in die Welt! Wir müssen nur noch ein wenig durchhalten und dann wird dieser Ort lediglich ein düsterer Traum sein, den wir ab und zu auffrischen, wenn wir an Weihnachten unsere Eltern besuchen.« Sie klatscht in die Hände. »Möchtest du noch ein paar Kekse?«

Noch bevor ich antworten kann, hat sie die ältere Kellnerin gerufen und bestellt. Die Dame sieht aus, als würde sie hier schon einige Jahrzehnte bedienen. Ihre Lebensfreude, der Glanz in ihren Augen und all die Emotionen sind dabei auf der Strecke geblieben. Dina hat recht. Ich blicke der Frau mit Buckelansatz und toten Augen hinterher.

Wenn ich nicht ewig hier verharren will, sollte ich einfach meinen Mund halten. Es wäre das Beste für alle. Und wenn irgendwann Borussia Griemsmahl gegen Real Madrid in der Champions League gewinnt, soll mir das auch recht sein. Hauptsache, ich komme aus diesem Kaff heraus.

Geschickt lenkt Dina das Thema auf die neuesten Serien bei Netflix und verdrängt damit meine vor Zweifel strotzenden Überlegungen.

Zwei Stunden, vier Radler und etliche Kekse später hat sich das Lokal komplett geleert. Wir sind so in unsere Unterhaltung vertieft, dass uns nicht auffällt, wie sich die Kellnerin mit den toten Augen heranschleicht.

»Ihr müsst jetzt bezahlen.«

Hastig blickt Dina auf die Uhr. »Nur noch eine Stunde bis Mitternacht, komm‘ mit.«

Nur schwerlich kann ich mit ihr mithalten, als wir das Geld in Rekordzeit zusammenwerfen, uns anziehen, die Mine verlassen und schnellen Schrittes ins Westend hetzen.

»Dina, was machen wir hier?«, will ich außer Atem wissen, als wir die noblere Gegend von Griemsmahl erreichen. Die Weihnachtsdekoration der Einfamilienhäuser leuchtet so hell, dass ich fast die Augen zusammenkneifen muss. Es ist, als wollten sich die Nachbarn gegenseitig mit der Lichterflut übertrumpfen.

Sie schweigt vielsagend und führt mich weiter. Ein mulmiges Gefühl macht sich in meiner Magengegend breit. Erst an einem allzu bekannten Gebäude stoppen wir. »Wieso sind wir bei den Marys?«

Sie blinzelt mich aus dünnen Schlitzen an, ein Mundwinkel ist grotesk nach oben gezogen. Endlich bekomme ich meine Antwort.

»Wir nehmen Rache«, haucht Dina scharf und öffnet ihren Rucksack.

Zum Vorschein kommen zwei Flaschen Sekt und zwei Packungen Eier. Die Erkenntnis trifft mich wie ein Schlag.

»Nein!«, schießt es aus mir hervor. Wie von selbst weiche ich ein paar Schritte zurück.

»Ach, komm‘ schon. Aus zuverlässiger Quelle weiß ich, dass seine Eltern heute beim stellvertretenden Bürgermeister Breeck eingeladen sind. Martin ist auf der Party im Vereinsheim, also können wir ihr Haus ein wenig umdekorieren. Verdient hätte er es tausendfach.«

Ohne es mir ansehen zu lassen, muss ich ihr recht geben. Es läuft gut für Martin. Der Gedanke, dass er auf meine Kosten aufgestiegen ist, macht mich rasend vor Wut. Sie drückt mir zwei Eier in die Hände.

Ihre Stimme wird so kalt wie der fallende Schnee. »Hübsche, vielleicht hattest du nie eine faire Chance. Allein für die Heuchelei verdient er ein paar Eier an seiner Scheibe.«

»Was willst du damit sagen?«

»Hast du nie beobachtet, wie er die anderen Jungs ansieht? Ich hätte liebend gern einen schwulen besten Kumpel, aber nicht, wenn er ein absolutes Arschloch ist.«

Eine tiefsitzende Befürchtung quillt langsam an die Oberfläche des Verstehens. Die Zeichen waren da, ich habe sie nur verdrängt.

Dina zieht mich zu sich. »Du willst ihn doch nicht mit einer einfachen Ohrfeige davonkommen lassen, oder?«

Der diabolische Ton in ihrer Stimme gefällt mir gar nicht. Andererseits … vom Gefühl der süßen Rache habe ich noch Tage gezehrt. Vielleicht war es das einzige, was mich über die Weihnachtszeit gebracht hat.

Langsam drehe ich das Ei in meiner Hand. Wenn ich nur noch ein ganz klein wenig der wohlschmeckenden Vergeltung kosten könnte, wäre der Schulanfang in einer Woche halb so schlimm.

Bevor ich den Gedanken zu Ende bringen kann, schleudert Dina ein Ei auf das Haus. Mit einem dumpfen Knall landet es auf dem Fenster und fließt zäh die Scheibe hinab.

»Mach‘ mit, das tut gut.«

Das verzerrte Lächeln überträgt sich auf mich. Wie im Rausch schmeiße ich die Eier an sein Haus. Als die erste Packung leer ist, öffnen wir den Sekt und stoßen mit Plastikbechern an.

»Auf die Rache«, sagt Dina und wirft noch ein Ei.

»Auf die Rache«, wiederhole ich und tue es ihr gleich. »Danke, dass ich dich als Freundin habe.«

Sie sieht mir tief in die Augen und umarmt mich. Jedes Wort wäre jetzt zu viel und würde nicht einmal den Hauch der Wärme schenken, die in meinem Herzen brennt. Dina streichelt mit den löchrigen Handschuhen über meine Wange und haucht mir einen Kuss auf den

Mund. Ihre Lippen sind warm und weich, ein Prickeln fährt über meine Haut.

»Lass' uns unsere Mission beenden«, flüstert sie leise, sodass ich ihren warmen Atem auf meiner Haut spüren kann.

Wir lachen gemeinsam, als die letzten Eier an der Fensterfront zerspringen. Plötzlich bellt ein Hund, ein älterer Herr öffnet die Tür und brüllt uns etwas hinterher.

Vor Panik und Euphorie laut lachend, greifen wir unsere Sachen und rennen davon. Der Schnee wird bei jedem Schritt aufgewirbelt und legt sich klebend auf unsere Mäntel. Eiskalte Luft füllt unsere Lungen. Schon nach wenigen Metern kommt es mir vor, als würden Nadeln über meine Haut fahren. Erst an unserer Schule stoppen wir schwer atmend.

»Hat der uns verfolgt?« Ich benötige einige Anläufe, bis die Worte meine Lippen verlassen. Mein Oberkörper brennt wie Feuer und Krämpfe in den Waden künden davon, dass ich definitiv mehr Sport machen sollte.

»Der alte Mann?« Dina muss sich ein Lachen verkneifen. Es gelingt ihr kläglich. »Ich glaube eher nicht.«

»Der Hund, nicht der Typ.« Ich stimme mit ein und reiße ihr die Sektflasche aus der Hand. Prickelnder Schaumwein läuft über meine Lippen und schießt in meine Nase. Meine Freundin hält sich den Bauch vor Lachen, doch diesmal ist es nicht nur ihre Stimme, die über den Schulhof hallt.

Sofort halten wir inne.

»Hallo?«, rufe ich in die Nacht.

Wir halten uns an den Händen, bis eine Gestalt aus der Dunkelheit tritt. Erst sind es nur grobe Umrisse, die mit jedem Schritt zu einer kaum erkennbaren Silhouette werden. Der Schatten erhebt die Hand, ist nur noch wenige Meter von uns entfernt. Mein Mund ist so trocken, als hätte ich Wüstensand gegessen. Dina und ich umklammern einander, im furchtsamen Schrecken vereint.

»Hallo, ihr beiden.«

Erst beim zweiten Hinhören erkennen wir die Stimme. »Chris?«, entfährt es uns beinahe gleichzeitig.

Unser Mitschüler torkelt aus der Dunkelheit, die Flasche Korn in seiner Hand ist fast leer. Schwankend drückt er seinen Rücken gegen die Mauer und sinkt zu Boden.

»Was macht ihr denn hier?«, lallt er und gönnt sich einen Schluck.

Verdammt, selbst völlig dicht sieht er einfach atemberaubend aus. Die schwarzen Haare liegen perfekt modelliert, als würde er für ein Shooting posieren, dazu geben ihm das fein geschnittene Gesicht und die hohen Wangenknochen etwas Aristokratisches. Wie der Sohn eines Grafen … mit einem ziemlich heißen Körper.

»Wir kommen aus der Mine«, antwortet Dina schnell und wir knien uns zu ihm nieder. »Solltest du nicht auf der Party sein?«

»Die Erste hat vorgefeiert.« Dabei fährt er sich vielsagend über die Lippen. »Ich wollte kurz mal frische Luft schnappen und dann hoch zum Vereinsheim.«

»Zu Fuß?« Ich kann kaum abschätzen, wie viel er getrunken hat, aber in dem Zustand sollte er definitiv nicht noch den halben Berg hochwandern, um sich weiter im Vereinsheim die Kante zu geben.

»Komm‘ doch mit, Dornröschen.«

Erst meine ich, die Worte nicht richtig verstanden zu haben. »Wie bitte? Dornröschen?«

Er lächelt mich selig an. »Blonde Haare, blaue Augen und ebenmäßige Haut - wie Dornröschen.«

Blut schießt mir in die Wangen. Obwohl ich weiß, dass jedes seiner Worte alkoholgeschwängert ist und er sie morgen wieder vergessen hat, fühle ich mich auf eine seltsame Art geschmeichelt.

»Der ist ja völlig dicht.« Dina wendet sich ab, holt ihr Handy hervor, wählt die Nummer des einzigen Taxiunternehmens in Griemsmahl, während ich mich um Chris kümmere. Er macht uns noch weitere Komplimente, bis sie endlich jemanden erreicht.

»Was soll das heißen, sie sind völlig überlastet? Es geht um Christopher Breeck.« Sie rollt genervt mit den Augen. »Wunderbar, in drei Minuten an der Schule.« Seufzend kniet sie sich nieder und reicht ihm eine Wasserflasche aus ihrem Rucksack.

Nur mit größter Mühe gelingt es uns, ihn wachzuhalten, bis das Taxi die Schule erreicht und ein übervorsichtiger Fahrer die kostbare Fracht in sein Auto lotst.

»Das werde ich euch nie vergessen.« Chris hat das Fenster heruntergekurbelt und schreit uns die Worte aus dem Fond entgegen. Sie versickern unbeantwortet in der Nacht. Dabei versucht er, Wasser zu trinken und saut das ganze Taxi ein. »Ihr seid echt in Ordnung«, grölt er und hustet. »Vielen Dank, Dina. Vielen Dank, Dornröschen.«

Schweigend blicken wir dem Auto hinter, bis die roten Leuchten in der Dunkelheit verschwunden sind. Als sich unsere Blicke treffen, ist der Lachkrampf nicht mehr aufzuhalten.

»Dornröschen«, prustet Dina los und fährt mit der Hand über meine lockigen Haare. »Das passt.«

Unsere Stimmen werfen kreischende Echos über den Schulhof. Irgendwann ist es dem Griems zu viel. Unser Lachen versiegt, als ein kaum merkliches Grollen vom Berg ertönt. Gleichzeitig zieht es unsere Pupillen zur nicht erkennbaren Spitze des Berges. Steine schlagen aneinander und raunen bis tief ins Tal. Sie entziehen sich unseren Blicken, doch die dumpfen Schläge sind unüberhörbar. Die grünen Schutznetze über uns erzittern vor Demut.

»Weg hier!«, schreie ich und packe Dina am Kragen.

Wir spurten so schnell, dass wir beinahe hinfallen. Erst hundert Meter weiter verlangsamt sich unser Schritt und wir erkennen, dass mehrere Steine die engmaschigen Netze tief spannen lassen. Noch immer rieselt feiner Sand auf den Boden des Schulhofs und hinterlässt im fahlen Licht eine feine Spur, als würde es regnen.

Ich kann es kaum fassen. Noch vor wenigen Sekunden standen wir an diesem Ort. »Diese Stadt zerfällt vor den Augen der Bewohner.«

»Vielleicht hat sie es verdient«, antwortet Dina und sieht auf die Uhr. »Fuck! Wir müssen uns beeilen, noch zehn Minuten.« Sie atmet durch. »Sollen wir uns ein Taxi nehmen?«

»Heißt du zufällig mit Nachnamen Breeck und würdest eins bekommen?«

»Da hast du auch wieder recht.« Sie zieht die Stirn in Falten und sieht zum Bergrücken. »Also dann, ein wenig Abendsport!«

Mit schnellem Schritt, die stark an leichtes Jogging grenzen, machen wir uns auf den Weg nach oben. Wir biegen an der Passstraße links ab und ignorieren die feierwütige Masse im Vereinsheim so gut es geht. Es ist eine Minute vor Mitternacht, als wir vor Dinas Souvenirladen zum Stehen kommen und uns hastig atmend auf den Knien abstützen müssen.

Meine Finger zittern vor Erschöpfung, während sie die Plastikbecher mit Sekt füllt. Die ersten Raketen steigen aus dem Tal hoch, genau in dem Moment, als der Glockenturm zur Mitternacht läutet.

Unsere Gesichter leuchten in den schillerndsten Farben. Griemsmahl zeigt sich dieses Mal von seiner schönen Seite. Welch ein hinterhältiger Trugschluss, nur eine Maskerade, um die Welt zu blenden.

Die Menschen feiern, jubilieren, Glückwünsche werden durch die Nacht geschrien und hell erleuchtete Geschosse explodieren am Firmament. Ein fröhliches Poltern tanzt durch die einzige Nacht im Jahr, in der die Menschen frohlockend auf den sonst so finsteren Straßen feiern. Heute kann selbst der Griems den Menschen nicht das Licht stehlen. Sie erschaffen es sich selbst und lassen hunderte Sterne am Himmel erleuchten.

Dina und ich stoßen an und umarmen uns.

»Frohes neues Jahr«, schreie ich glücklich.

»Dir auch«, ruft Dina. Ihre Stimme verliert an Kraft und ist so sanft, wie eine zärtliche Berührung. »Mögen wir für immer Loser bleiben.« Sie strahlt vor Freude, als sich unsere Hände berühren.

Ich leere meinen Sekt. »Mit dir bin ich gerne Loser.«

Kapitel 16 – Vertrauen

197. Tag nach dem Kuss des Prinzen

»Und bereit?«, will ich wissen und werfe Martin einen Rucksack mit Kletterutensilien zu.

Er fängt ihn problemlos und sieht unsicher durch die Glasscheibe. Dabei mustert er den Griems mit wachsendem Argwohn.

»Bist du sicher, dass du ihn heute nehmen willst? An Silvester?«

Ein Schweigen entsteht, voller Zweifel und nicht ausgesprochener Angst. Ich meine den hastigen Schlag seines Herzens vernehmen zu können und triumphiere innerlich über die sich überschlagende Frequenz.

»Aber klar doch.« Mit einem kurzen Nicken deute ich zum Himmel. »Bestes Wetter, kein Schnee und bis zum Abend sind wir wieder zurück, und du kannst feiern gehen.« Ich schreite auf ihn zu, bis uns nur noch eine Ellenlänge trennt. »Du hast doch nicht etwa Angst, weil ein wenig Wind aufgezogen ist?«

Sein Duft ist mir so vertraut und doch fremd. Für einen Moment tauchen Fragmente meiner Erinnerungen auf – innige Küsse, verborgene Zärtlichkeiten und aufkeimende Verbundenheit. Alles vergangene Träume, nichts als Lügen und Illusionen eines kleinen Mädchens. Es ist über ein Jahr her und ich darf mich nicht von einer Handvoll schöner Gedanken aus dem Konzept bringen lassen.

Herausfordernd lächelt er auf mich herab und schnaubt verächtlich. »Ich und Angst? Du kennst mich Jenny.«

Ja, das tue ich. Leider viel zu gut.

Wir treten an die frische Luft hinaus. Sofort schlägt uns der eisige Atem des Berges entgegen. Ein dunkles Rauschen dringt an meine Ohren und lässt sie vor Kälte kribbeln.

Wir schließen unsere Jacken, ziehen die Handschuhe an, schultern unser Gepäck und schützen unsere Augen mit einer Gebirgsbrille.

»Kann es losgehen?«, will ich wissen und werfe meinen Eispickel schwungvoll in die Höhe, um ihn in der nächsten Sekunde wieder zu fangen.

»Bereit, wenn du es bist.« Martin setzt seine Mütze auf und schreitet voran.

So viel Enthusiasmus hätte ich ihm gar nicht zugetraut. Zu schade, dass er die Leidenschaft des Bergsteigens aufgegeben hat, um seine Seele zu verkaufen.

Das letzte Stück über den Rücken legen wir schweigend zurück. Der Wind hat noch einmal zugenommen, reißt an meiner Kleidung, zieht an meinen Haaren. Vor der ersten Schrägwand binde ich sie zu einem strengen Zopf zusammen. Die Kälte hat mir selten etwas ausgemacht, heute genieße ich sie regelrecht. Martins Lippen werden spröde, das Blut seiner Venen muss rauschen wie ein reißender Fluss. Trotzdem lässt er sich keine Schwäche anmerken. Nur an seinen langsamer werdenden Schritten kann ich erkennen, dass er den Griems noch nie im Winter nahm und sich Furcht über sein Gemüt breitet.

»Sieht ganz schön hoch aus«, merkt er mit durchdringender Stimme an, als ich ihm den Hüftgurt anlege und mit aller Kraft strammziehe. »Der Schnee bedeckt sogar die Fixpunkte.«

Kurz sehe ich hoch und lege meinen Gurt an. »Ach, die sind doch ganz gut zu sehen.« Meine Stimme ist voller Gleichgültigkeit, als würden wir nur kurz über die Straße zur nächsten Tankstelle schlendern. »Wir legen ein paar Zwischensicherungen an, dann sind wir schnell auf dem ersten Sattel. Von da an ist es ein Kinderspiel.«

Die vor sich hin gemurmelte Antwort erstickt eine pfeifende Böe. Ich muss meine Freude über seine Ehrfurcht verbergen und halte mich im nächsten Moment gleichermaßen zur Ruhe an. Der Griems und ich sind zwar Verbündete und durch einen scheinbar bösen Fluch an diese Stadt gebunden, aber trotz meiner unzähligen Aufstiege bleibt er ein alter Griesgram, dem man Respekt zollen sollte.

Wie Mutter es mir beigebracht hat, ziehe ich meinen Handschuh aus und lege die flache Hand auf das dunkle Geröll. Dieser Moment gebührt nur ihm. Es ist meine Ehrerbietung, meine Bitte, dass ich ihn besteigen darf und gleichzeitig eine unterwürfige Entschuldigung.

»Machst du das immer noch? Was besprichst du eigentlich mit ihm?«

»Ich frage ihn, ob wir klettern dürfen.«

Martin sieht mich an, als hätte ich gerade eröffnet, dass ich eine Außerirdische bin und gleich zurück auf meinen Heimatplaneten muss.

»Wie bitte?«

»Ma sagt immer: Wenn ein Berg sich nicht besteigen lassen will, kannst du es auch nicht. Er hat eine Seele, die es zu besänftigen gilt.« Ich schlüpfe in meinen Handschuh und wende mich an Martin. »Es ist eine Frage des Vertrauens. Ohne Vertrauen ist beim Bergsteigen alles verloren.« Glücklicherweise verdeckt die Sonnenbrille das verräterische Funkeln meiner Augen.

Konzentriert vollführe ich die ersten Schritte, bringe Karabinerhaken an den Fixpunkten an und arbeite mich langsam nach oben. Martin folgt mit etwas Abstand. Dabei nehme ich eine einfache Route mit vorgefertigten Felshaken, sichere sie doppelt und gebe klare Seilkommandos. Martin ist wirklich gut in Form. Mehrmals muss er warten, bis ich die Sicherungsmittel befestigt habe. Mit jedem Griff wird er schneller, sodass wir die erste Wand im Handumdrehen genommen haben.

Auf einer kleinen, flachen Ebene ruhen wir uns aus.

»Wie hast du es nur geschafft, so viele Muskeln aufzubauen?« Provokativ greife ich dabei an seinen Arm.

»Viel Sport, und der neue Trainer hat ein paar gute Methoden auf Lager.«

»Da wette ich drauf.« Gerade so gelingt es mir, den Sarkasmus aus meiner Stimme zu vertreiben.

Wir lassen unseren Blick über das Tal gleiten. Von den Schornsteinen steigt dunkler Rauch auf und verdrängt den Schnee nur an wenigen Stellen.

Griemsmahl ist unter einer weißen Decke begraben, als würde sie die Stadt vor den Augen der Welt verstecken wollen. Düster und einsam liegt die Gemeinde vor uns. Selbst das Bergstadion ist kaum mehr erkennbar, obwohl Dutzende Strahler den heiligen Ort vor der Dunkelheit bewahren sollen.

»Ich hätte nicht gedacht, dass du mir verzeihen würdest.« Der Ton in seiner Stimme zeugt von Ehrlichkeit. Seine smaragdgrünen Augen funkeln, nachdem er die Sonnenbrille abnimmt und nervös an seiner Jacke nestelt. »Das letzte Jahr … es war ganz schön viel. Für uns alle.« Er berührt meine Schulter, wie ein guter Freund. »Verzeihst du mir?«

Es sind noch nicht einmal seine Taten, jedoch lassen die Entschuldigungen mein Gemüt vor Hass brennen. Einfach dahin gehaucht, an einem abgelegenen Ort, wo keine Seele es mitbekommt und es nicht den geringsten Wert besitzt. Worte sind billig und nichts ist vergeben.

»Kein Problem«, lüge ich und wir schütteln uns die Hände.

Innerlich könnte ich kotzen. Was nutzt es, wenn man ein paar Silben murmelt, sich aber doch nichts ändert. Es ist nur der Wunsch nach Absolution, damit man sich selbst besser fühlt und sagen kann, dass man doch einer von den Guten ist. Bullshit! Entschuldigungen sind nutzlos, wenn sie nichts ändern und diese ändert gar nichts.

Ich nehme alle Energie zusammen, um das Lächeln zu wahren. »Es ist nett, dass du das sagst. Wollen wir weiter?«

Wir umarmen uns sogar und während das süßliche Parfüm in meine Nase strömt, beiße ich die Zähne aufeinander. Was für eine Heuchelei. Zumindest gebe ich mich nicht der allzu verlockenden Illusion hin, das Richtige zu tun. Ich will nur meine Rache.

Martin indes wirkt erleichtert. Natürlich, mit einem reinen Gewissen lässt es sich besser klettern. Da die Taten jetzt nicht mehr seine Seele belasten, kann er beschwingt die zweite Wand nehmen. Schneeflocken tanzen um uns herum, während wir uns weiter nach oben arbeiten. Die Sonne bricht durch die bleischweren Wolkendecken und begleitet unseren Aufstieg mit rötlichen Strahlen.

Sie wärmen unsere Gesichter und vertreiben die scharfe Kälte auf der Haut. Wenn man es nicht besser wüsste, würde man am liebsten die dicke Jacke und den Helm vom Körper reißen, um das Wetter zu genießen. Nur die Atemwölkchen künden vom erbarmungslosen Frost.

Griemsmahl verliert sich immer mehr unter uns. Bald sieht es wie die kunstvoll gefertigte Stadt eines Modellbahnbauers aus. Wie aus dem Lehrbuch suche ich mir drei Haltepunkte und löse erst im Anschluss meinen Griff, um nach unten zu sehen.

Martin kommt gut mit, sichert sich vorschriftsmäßig und gönnt sich ebenfalls einen Moment der Ruhe.

»Wunderschön hier, oder?«, ruft er mir zu und strahlt dabei mit der Winteridylle um die Wette. »Wenn die Sonne über die scharfen Kanten der Berge kriecht, wird einem richtig warm ums Herz.«

»Ja, man glüht beinahe.« Mein Gesicht ist wie versteinert. Nur noch wenige Meter sind es bis zum zweiten Kamm. Ich sichere mich, hieve meinen Körper in die Höhe und muss mehrmals blinzeln, als mir der Schweiß in die Augen läuft.

Die Aufregung vermischt sich mit Anstrengung zu einer gefährlichen Komposition, die meinen Puls in ungeahnte Höhen treibt. Auf den letzten Meter wuchte ich das gezackte Steigeisen an meinen Schuhen in den Berg, murmele eine Entschuldigung und habe das Gefühl, als würde der Griems unter mir aufstöhnen. Diesmal sichere ich mich nicht ab und knote das Seil lediglich locker um den Fixpunkt. Mit zusammengebissenen Zähnen ziehe ich meinen Leib über die schneebedeckte Kante.

Nicht einen Herzschlag der Ruhe gönne ich mir, richte mich auf und schlage die Spitze des Eispickels mit voller Wucht in die vom Schnee bedeckte Geröllschicht des Griems. Dumpfe Geräusche erschallen und werden bis tief ins Tal weitergetragen. Sie kommen mir wie hilflose Schmerzensschreie des alten Berges vor. Als das Loch groß genug ist, stemme ich einen Bohrhaken in die Auskerbung und befestigte Martins Sicherungsseil mit einem Karabinerhaken.

»Jenny?«

Gerade rechtzeitig lehne ich mich über die Kante und strecke ihm meinen Arm entgegen. Freudestrahlend sieht er hoch zu mir.

»Du hattest recht, dass ich es nicht bereue und dir vertrauen soll.« Klirrend splittern die Steine, als er sein Steigeisen in den Griems rammt. Dann streckt er die Hand und will sich mit Schwung über die Kante hieven. »Ich war viel zu lang nicht mehr hier oben.«

»Ja … Vertrauen ist wichtig.« Der Wind trägt mein Wispern fort, wie ein Blatt im reißenden Herbstwind. Martin will meine Hand ergreifen. Im letzten Moment ziehe ich sie zurück und genieße, wie sich Panik von einem Herzschlag zum nächsten in seinem Antlitz einnistet.

Ein gellender Ruf wird vom Sturm über den Rücken des Griems getragen und verliert sich in der Weite der Provinz. Schleifende Geräusche von Textilien auf scharfen Kanten drängen an mein Ohr, als Martin abrutscht und sich das von mir geknotete Sicherheitsseil löst. Seine Sonnenbrille fällt in die Tiefe und wird schon bald von der grauen Nebelwand geschluckt. Mehrmals pendelt sein Körper an der dunklen Wand des Griems, nur gehalten von dem Seil in meinen Händen.

»Jenny!« Seine Augen glühen vor Angst, die Stimme ist voller Verzweiflung heiser und rau. »Hilf mir!«

Bäuchlings liege ich über der Kante, kreuze die Arme auf dem Stein und bette meinen Kopf auf den Handgelenken. »Mit dem Vertrauen ist das so eine Sache.« Der Bügel meiner Sonnenbrille bohrt sich in meine Schläfen. Ich ziehe sie ab und atme gedankenverloren durch. »Es ist wie mit den Flügeln eines Schmetterlings. Hat man sie einmal missbraucht, mit den Fingerkuppen berührt, nur um zu sehen, wie weit man gehen kann, sind sie für immer zerstört.«

»Verdammt, Meyer! Zieh‘ mich hoch!«

»War es von Anfang an dein Plan oder war die Idee mit den Chlamydien aus der Not geboren?«

»Was?« Er versucht, sich hochzuziehen. Dabei lasse ich ihn bis zur Kante kommen und gebe dann wieder mehr Seil. Ein weiterer Schrei ertönt, als er sich die Jacke an den schneidend spitzen Kanten des Griems aufreißt.

»Hat er dich infiziert?«

»Jenny, ich …«

»Scheiße, Martin, die Geschlechtskrankheit? Woher hast du sie?« Ich rufe die Worte über das Tal, Stille antwortet. Ich will, dass er es sagt, dass er es zugibt, und gebe noch mehr Seil. »Hast du die Scheiße von ihm?«

Martin klammert sich verzweifelt an das Seil. Sein Gesicht ist puterrot, die Augen feucht vor Panik. »Jenny, was meinst du?«

»Deine Ausrede hatte einen Ursprung.« Ich muss gar nicht so viel Kraft aufwenden, um das Seil pendeln zu lassen. »War er es, der dich infiziert hat?« Ein Stück lehne ich mich nach unten und rede ruhig auf ihn ein. »Selbst ein Idiot erkennt, mit welch schmachtendem Blick du ihn ansiehst. Steht er auch auf dich? Trefft ihr euch heimlich, um Küsse auszutauschen? Wie lange müsst ihr diese Maskerade, dieses Schauspiel aufrechterhalten? Bis eure Fußballkarieren vorbei sind?«

»Bitte, ich weiß nicht, wovon du redest.« Seine Stimme ist dünn, sehr dünn sogar und an der Grenze zum Bruch.

»Von Chris«, schreie ich. »Er ist der einzige, der auch mit Chlamydien infiziert war. Hat er dich angesteckt?«

Martin schüttelt mit dem Kopf, als würde sich sein Verstand davor wehren, die Worte auszusprechen. Erneut lasse ich das Seil im Wind pendeln. Die Gesichtsfarbe ändert ins Feuerrote, Tränen voller Angst und Scham verlassen seine Augen. »Nein! Ich habe ihn angesteckt. Ich war es!«

Der Wind zieht an unseren Jacken und öffnet meinen Zopf. Als wäre es unmöglich, die Haare zu bändigen, schlagen sie wild um mich herum. Wir sind Fremdkörper hier oben und Mutter Natur lässt uns mit ihrem kalten Atem spüren, dass wir nicht länger willkommen sind. Diesmal muss ich ihr wiedersprechen.

Ich will die Wahrheit und ich will sie jetzt und hier!

Mein Griff um das Seil verfestigt sich. »Du hast ihn angesteckt?« Ich muss die Worte rufen, um gegen den pfeifenden Wind eine Chance zu haben. Obwohl ich es nicht sehe, weiß ich, dass Martin zittert.

Er lehnt seinen Kopf gegen das Seil. »Es war bei einer Nutte«, schreit er, ohne mich anzusehen. »Mein Vater war so stolz auf mich, dass ich endlich ein Mann werde, Fußball spiele, eine Freundin habe und die schwarzen Klamotten aus dem Kleiderschrank verbannt habe. Er wollte, dass ich auch in der Beziehung ein echter Kerl werde, wie er es ausdrückte. Also nahm er mich mit.« Endlich sieht Martin hoch. »Es tat so gut, dazuzugehören, mit ihm in der Kneipe einen zu trinken, jemand zu sein, eine Perspektive zu haben und zu hören, wie mein Vater Sohn zu mir sagt.« Speichelfäden legen sich auf das Seil und vermischen sich mit den Tränen, die aus seinen Augen schießen. »Es tut mir leid, Jenny. Ich bin zu weit gegangen. Bisexuelle Fußballer dürfen nicht sein. Wir müssten es geheim halten. Das mit der Krankheit war das erste, was mir einfiel.«

Seine Lippen sind bereits blau angelaufen, als er die Worte formt und der Ton so flehend wird, dass ich mich anstrengen muss, um seine Stimme zu verstehen. »Es tut mir so leid. So unendlich leid.«

Die Dämmerung senkt sich über die spitzen Kanten des Griems und verdrängt jedes Sonnenlicht. Klirrend eisige Luft lässt meinen versteinerten Gesichtsausdruck noch härter wirken. Es kostet mich einige Mühe, um das Handy herauszuholen und die Aufnahme zu beenden.

»Du wirst ab jetzt tun, was ich sage, ansonsten werde ich die Geschichte überall posten. Deine Karriere und die deines Geliebten wären beendet, bevor sie angefangen hat.« Ich lecke über meine spröden Lippen und merke, wie mich allmählich die Kraft verlässt. Das Seil rutscht durch meine Finger, diesmal unabsichtlich. »Außerdem wird es dem Verein bestimmt nicht gefallen, dass ihre Goldjungen zu Prostituieren gehen und sich gegenseitig mit Chlamydien anstecken.«

»Alles, was du willst«, ruft er mit der Kraft der aufkeimenden Hoffnung. »Nur zieh‘ mich endlich hoch.«

Ich lasse ihn noch einige Windstöße schmoren, bis ich Martin mit der Verstärkung des Flaschenzugs hochziehe. Nur noch wenige Ellen trennen uns, als ein metallisches Knirschen wie eine düstere Vorwarnung den Sattel des Berges erfüllt. Erst meine ich, dass die Bergschuhe über den Boden kratzen, doch dann schießt der Bohrhaken aus der Auskerbung.

»Fuck!« Hastig ziehe ich am Seil, versuche, seinen Körper über die Kante zu ziehen, doch es ist zu spät. Das Klirren kommt mir ohrenbetäubend laut vor. Beinahe hätte der gelöste Karabiner mein Gesicht touchiert. Ich stürze auf die Kante zu, im letzten Moment kann ich Martins Jackenärmel greifen. Voller Todesangst sind seine Augen weit aufgerissen. Geistesgegenwärtig gelingt es ihm, seine Steigeisen in die Flanke des Berges zu rammen. Er stützt sich ab und macht einen Satz nach oben.

Die Angst verleiht manchmal Flügel. Mein Atem rasselt so schnell, dass mir schwindelig wird. Ich muss alle mir verbliebene Energie aufwenden, um Martin über den Vorsprung zu wuchten.

Erschöpft liegen wir auf dem Rücken, nicht imstande, auch nur ein Wort zu verlieren. Die Wolken jagen an uns vorbei, als ob sie die Lügen und den Hass nicht ertragen können und die Stadt schnell verlassen möchten. Wie eine graue Wand baut sich die Wetterfront vor uns auf. Bald wird es Regen geben, der die Leere über die Ufer treten lässt. Aus der Ferne grollt Donner über unsere Köpfe hinweg.

»Wir sollten uns hier oben nicht mehr allzu viel Zeit lassen.« Ich stehe auf, helfe Martin schwer atmend auf die Beine. »Wir sind uns einig?«

Der Schock muss tief in seinen Adern sitzen. Ich blicke in ein fahles Gesicht, das vor Aufregung wie in Stein gemeißelt scheint. »Ja, sind wir.«

Beinahe apathisch streift er seine Handschuhe ab und reibt seine Augen. »Was willst du?«

Leider ist dies kein dunkler Traum, aus dem man aufwachen kann. Dies ist die Realität. Ich selbst weiß nur zu gut, wie es ist, wenn man betet, endlich erwachen zu dürfen.

»Oh, da fällt mir Einiges ein. Fürs erste wirst du ausschließlich positiv über mich reden. Sollte mir zu Ohren kommen, dass auch nur ein kritisches Wort deine Lippen verlässt, dann warst du die längste Zeit Daddys Liebling.«

Es ist eine verrückte Klarheit in seinen Augen, die mich aufhorchen lässt. Als ob eine Kosten-Nutzen-Rechnung die schreckliche und zeitgleich wunderbare Lösung aller Probleme darstellen könnte. Noch immer stehe ich am Abgrund, kein Meter trennt mich vom freien Fall. Martins Verstand hat dies zur Kenntnis genommen und zieht nun seine Schlüsse.

»Was wäre, wenn du einfach einen Unfall hättest?«, zischt er und ist dabei nicht imstande, mich anzusehen.

»Ich bin doch schon tot.« Voller Verachtung drehe ich mich zur Stadt und stelle meine Zehenspitzen provokativ an die Kante. Nein, du bist kein Mörder, mein lieber Ex-Freund. Auch wenn es dir logisch erscheint. Nur Zentimeter und es wäre vorbei. Doch das gönne ich ihnen nicht. Weder ihm noch der Stadt, die ihrer gerechten Strafe dadurch entgehen würde.

»Tu es, wenn du möchtest. Ich halte dich nicht ab.« Ruhig blicke ich über meine Schulter. »Du hast diese eine Chance, danach bin ich am Zug.«

Ich kann sehen, wie sein Gehirn arbeitet, wie er abwägt, ob er mit dieser Sünde leben kann. Doch er hat schon zu viele Laster auf seine

Schultern geladen. Endlich stellt er sich neben mich und die verrückte Klarheit weicht einer allzu greifbaren Angst.

»Was soll ich für dich tun?«

Ich lächle in die Stadt hinab. »Nur das, was du am meisten begehrst, was du immer schon wolltest und was dich aufzehrt.«

»Jenny, ich verstehe nicht?«

»Das wirst du.« Ich zwinkerte ihm zu. »Vertrau mir.«

Kapitel 17 – Unnahbarkeit

256. Tag nach dem Kuss des Prinzen

Zufrieden streichle ich über mein brandneues Top und die dazugehörige Weste. Auch mein knielanger Rock mit den dunklen Strümpfen fügt sich herrlich in das winterliche Bild. Es hat schon Vorteile, wenn man jede Woche einen Umschlag mit Geld vom Arzt seines Vertrauens frei Haus zugestellt bekommt.

In den letzten Wochen galt es, meinen Plan zu perfektionieren. Ein unschätzbarer Rückzugsort für dieses Vorhaben war das alte Loserhauptquartier in der Bibliothek. Ich habe daraus mein kleines Rachezentrum gemacht und nicht nur einmal mit dem Gedanken gespielt, mir eine weiße Katze anzuschaffen, die ich grüblerisch kraulen kann, wenn jemand vorbeikommt.

Nur leider bin ich kein Bösewicht in einem Bond-Streifen, sondern die Außenseiterin mit fragwürdiger Vergangenheit. Genau an dieser Stelle soll mein Plan ansetzen, um die nächste Stufe in die Wege zu leiten. Zu meinem Entsetzen muss ich dafür etwas machen, was mir gar nicht behagt: Beliebt werden.

»Ich habe doch gesagt, hier gibt es frischen Kaffee.«

Wie vereinbart, hat Martin die Jungs im Schlepptau. Künstlich überrascht blicke ich hoch und tue so, als wäre ich tief in meinen Hausaufgaben versunken.

»Hallo?«, sage ich so unsicher, wie nur möglich. »Was kann ich für euch tun?«

»Draußen ist es scheiße kalt.« Martin spielt seine ultra-männliche Heterorolle perfekt. An ihm ist ein hervorragender Schauspieler verloren gegangen. »Könnten wir vielleicht einen Kaffee haben? Irgendjemand hat alle Automaten in der Schule geschrottet.«

Tja, wer mag das wohl gewesen sein? Ich hoffe, Martin hat sich den Schmutz von den Händen gewaschen.

Als ob ich von der Situation komplett überfordert wäre, zieht es meinen Blick hilflos in Richtung des Regals. »Ich weiß gar nicht, ob wir so viele Tassen haben.«

»Das wäre echt großartig«, sagt Chris und drängelt sich vor. Sein Blick fällt auf meine Beine, dann aufs Dekolleté.

Auch Hendrick Weller pustet warme Luft in seine Hände und macht sich nicht einmal die Mühe, mir in die Augen zu sehen. »Ja, das wäre echt cool, wenn du uns helfen könntest.«

Ja, seht hin. Glotzt auf meine Beine, starrt mir auf die Titten, soll ich für euch meine Schenkel noch ein wenig mehr spreizen? Es ist ja nicht so, dass ihr meinen Körper im fahlen Schein schon berühren konntet, wie es euch beliebte.

Ich strahle wie die Sonne selbst. »Klar, nehmt Platz und bedient euch. Habe gerade eine frische Kanne aufgesetzt.« Jede Sekunde dieser aufgesetzten Freundlichkeit bereitet mir körperliche Schmerzen. Eigentlich ist es noch nicht einmal geheuchelt, als ich meine Sachen überhastest zusammenraffe und den Raum verlassen will.

»Bleib doch hier«, sagt Martin schnell und schiebt in Richtung seiner Jungs so etwas, wie: »Bei dem Vorbau« hinterher.

Zustimmendes Gemurmel wird nach Chris‘ gierigem Nicken zum einstimmigen Beschluss. Verlegen zucke ich mit den Schultern, fasse meine Kaffeetasse mit beiden Händen und sehe zu, wie die Jungs um mich herum Platz nehmen.

»Bist du in den Pausen immer hier?« Chris sieht sich genauer um. »Wusste gar nicht, dass das hier eine Bibliothek ist.«

Ich lehne mich ein wenig zu ihm. »Ja, hier kann man gut lernen, es ist warm und den Kaffee habe ich von zu Hause mitgebracht.«

»Ohne meine tägliche Ration würde ich sterben.« Hendrick schlürft genüsslich die köstlich duftende Flüssigkeit. »Danke, dass wir hier sein dürfen.«

Schau mal einer an. Wenn sie etwas wollen, können die ja richtig nett sein.

»Zusammen ist es um einiges gemütlicher.« Chris rückt noch ein Stück zu mir heran, als ob er die gerade aufgestellte These augenblicklich bekräftigen will. »Da muss ich mich wohl wieder bei dir bedanken«, haucht er leise und wartet, bis die anderen in einem Gespräch vertieft sind. »Übrigens, wo wir gerade schon beim ‚Danke' sind. War echt cool, dass du keine Anzeige erstattet hast.« Er trinkt nachdenklich. »Ich meine damals, im Vereinsheim. Am Ende war es doch eine ganz coole Nacht, oder?«

Ich schreie und weine innerlich. Ein tiefer Schmerz frisst sich durch meine Seele und hinterlässt nur ein brennendes, alles auffressendes Inferno. Alles in mir ist kurz davor, sich auf Chris zu stürzen, ihn mit meinen langen Fingernägeln die Augen auszukratzen, brennende Nadeln unter seine Lider zu schieben und seinen Mund mit Sekundenkleber zu fixieren. Sofort sind die modrige Feuchtigkeit des Spitzbodens, die frostige Kälte und dieses verdammte Gefühl von kompletter Hilflosigkeit wieder da.

Doch ich lächle - nein, ich grinse verführerisch. »Klar, war 'ne coole Nacht.« Sekunden später möchte ich den dampfenden Kaffee über seine Genitalien schütten. Gerade so kann ich mich zurückhalten. »Außerdem wäre es doch schade, wenn der Tabellenführer nicht munter in den Freitag starten kann.«

Jetzt sind wir auf seinem Terrain. Chris lehnt sich zurück, fühlt sich sichtlich wohl. »Ja, zum ersten Mal. Wir rocken die Rückrunde und dann geht es Richtung Bundesliga.«

Die Jungs haben Fragmente unseres Gesprächs mitbekommen, aber das genügt, um in Jubelchöre auszubrechen.

»Und morgen geht es gegen den Tabellenletzten, oder?« Meine naive Tonlage würde nur noch mit einer Schuluniform und zwei Zöpfen besser rüberkommen.

»Aber klar doch. Die hauen wir richtig weg.« Er platziert seine Hand so geschickt, dass er meinen Oberarm mit den Fingerspitzen streicheln kann.

Martin muss in diesem Moment das Herz bluten. Sein Gesicht ist von Trauer gezeichnet, obwohl er alles tut, dass es nicht so aussieht. Halbherzig beteiligt er sich an einem anderen Gespräch, obwohl seine Aufmerksamkeit uns gilt. Ich kenne das Gefühl, sich in die Falschen zu verlieben, nur zu gut. In diesem Moment bemerke ich, dass sich Chris' Lippen immer noch bewegen.

»… außerdem kommen einige Scouts zu unserem Spiel. Dazu die Investoren aus China oder so.«

»Saudi-Arabien und Russland«, wirf Martin ein. Er scheint erleichtert, dass er eine Möglichkeit gefunden hat, sich an der Konversation zu beteiligen.

Chris scheint das nicht zu gefallen und lehnt sich provokativ zu mir. »Ich kann dir ja schreiben, vielleicht trifft man sich mal.« Locker hält er die Tasse in die Höhe. »Auf einen Kaffee zum Beispiel.« Die Worte sind beinahe nicht zu verstehen und so voller Hingabe geflüstert, dass kein Zweifel an seinen Absichten besteht.

»Vielleicht.« Ich schlage meine Bücher zu, streife mit der Hand seinen Oberschenkel. »Aber leider fehlt dir meine Nummer.«

Als ob der Impuls unweigerlich zum Austausch der Kontaktdaten führt, holt er sein Handy hervor. »Doch, natürlich. Wir haben alle deine Nummer.«

»Ich habe sie gewechselt«, entgegne ich mit ehrlicher Gleichgültigkeit und weiß genau, wie sehr ihn und die Jungs das nerven wird.

Sie bekommen sonst immer alles. Und jetzt haben sie nicht einmal die fucking Handynummer der Dorfschlampe?

Ich stehe auf, lasse die Unterlagen in meinen Rucksack gleiten. »Wir sehen uns morgen?«

»Wieso morgen? Wir haben noch zwei Stunden.«

»Die spare ich mir«, sage ich amüsiert, werfe Chris einen Handkuss zu und drücke Martin meine Lippen auf die Stirn.

Gerade als die Worte meine Kehle verlassen, treten Sarina, Karin und Dina durch die Tür.

»Hier seid ihr alle«, sagt die Chefin der Gang mit einer gehörigen Portion Zorn in der Stimme. »Gibt es hier Kaffee?«

»Dornröschen hat ihn mitgebracht«, ruft Hendrick und gießt sich noch einmal nach. »Saulecker.«

Chris steht eilig auf und schlingt seinen Arm um mich. Seine Berührungen schlagen Einschusslöcher in meinen Verstand. Ich atme durch, um Ruhe zu bewahren, und drücke die Schatten der Vergangenheit tief in den dunklen Abgrund meiner Erinnerungen.

»Aber sie verlässt uns jetzt, weil sie die letzten Stunden schwänzt.«

Ich fange Martins Blick ein. Wie übermächtig muss die Pein sein, wenn er sieht, wie sein bisexueller Geliebter die Finger nicht von Frauen lassen kann. Ist er auch nur ein Spielball, wenn es gerade passt, Chris allein ist und der Alkohol bei ihm die Wahrheit ans Licht lockt? Auf eine groteske Art und Weise tut er mir leid. Wie paradox muss es sein, seine eigene Sexualität zu verleugnen, nur um anderen zu gefallen und in ihr Schema zu passen? Um ihn weiter zu animieren, berührte ich ungesehen Chris' Rücken.

Sarinas Blick schwankt zwischen Unverständnis und Interesse. »Du gehst jetzt?«

»Habe noch was vor«, antworte ich und schiebe mich an der Gruppe vorbei, dabei würdige ich Dina keines Blickes. Schnell schreibe ich eine WhatsApp-Nachricht. »Genießt den Kaffee.«

Ich wandle auf dem schmalen Grat zwischen hysterischem Lachen und krampfhaftem Weinen, als ich über den Schulhof schreite. Die Blicke der unteren Stufen sind mir sicher. Das Klackern meiner Absätze übertönt sogar ihr Stimmgewirr. An der Schwelle des Parkplatzes bleibe ich stehen, hole noch einmal mein Handy hervor und tue so, als ob ich einen Videoanruf tätige.

Das Geheimnis des Besonderen liegt in der Rarität. Ich wette, nicht nur Chris fragt sich, mit wem ich da gerade telefoniere. Vor allem, weil er nicht einfach nachfragen kann. In Wahrheit schalte ich lediglich die Frontkamera an und will sichergehen, dass ich die Blicke meiner Mitschüler auf mir vereine.

Mit verschränkten Armen blicken sie mir hinterher, zu Teilen erkenne ich Neid und eine Nuance Anerkennung. In den letzten Wochen habe ich noch einmal abgenommen, sodass ich mit meinen wallenden, blonden Haaren und der schlanken Figur dem Ideal eines pubertierenden, unsicheren Fußballers entsprechen sollte. Wie einfach ist es, den Menschen den Kopf zu verdrehen, wenn man nur dieses Ziel sein eigen nennt?

Noch immer zerreißen sie sich das Maul, als ein schwarzer Mercedes SLK um die Ecke schießt, den Bordstein hochjagt und vor mir zum Stehen kommt.

»Hi.« Andrew trägt auch an diesem grauen und von Nebel durchzogenen Februarmorgen seinen Ledermantel. Das Verdeck ist offen, vereinzelte Schneeflocken legen sich auf das Sitzleder des Cabrios, bis sie mit der Wärme verschmelzen. Er wirkt ausgezehrt und kraftlos.

»Hast du einen Kater?«, will ich genervt wissen und steige ein. »Du weißt, dass wir heute viel vorhaben.« Ich drehe mich noch einmal um und jubiliere innerlich. Jeder hat den Auftritt gesehen, nun können sie sich das Maul zerreißen und den Mythos des geheimnisvollen Dornröschens weiter spinnen.

»Waren nur ein paar Whiskeys.« Sein amerikanischer Akzent umweht jede Silbe. »Außerdem musste ich mich wieder an mein Auto gewöhnen.«

Erst jetzt fällt mir die unsichere Fahrweise auf. »Wie lange ist es her, seitdem du das letzte Mal hinter einem Steuer gesessen hast?«

»Ein paar Jahre.«

»Jahre?« Ich sollte schockiert sein, aber seine Ehrlichkeit beruhigt mich.

»In Deutschland lassen sie Drogensüchtige ungern Auto fahren«, erklärt Andrew und nimmt eine scharfe Rechtskurve. »Außerdem ist es echt schwierig, die realen Passanten von den ganzen Einhörnern und Drachen zu unterscheiden, wenn man drauf ist.« An einer Ampel kommt er zum Stehen und würgt den Wagen ab. »Erst als ich clean war, hat mein Dad ihn wieder für mich angemeldet.«

»Wo ist er gerade?«

»Wer?«

»Der General, natürlich.« Für einen Moment scheint es so, als würde Andrew den Gedanken begraben wollen. Kein Wunder, wenn jede Erinnerung ihn wieder zum Ausgangspunkt seiner Trauer führt, will man nicht mehr in der Vergangenheit weilen oder sie einfach mit Drogen vergessen machen.

»Keine Ahnung«, antwortet er nach einer gefühlten Unendlichkeit. »Er macht immer noch amerikanischen Militär-Geheimdienst-Scheiß. Ich glaube mittlerweile bei der Defense Intelligence Agency, irgendwo in Südamerika.«

Ich gehe nicht weiter darauf ein, aus Angst, vergessene Narben wieder aufzureißen. Uns ist klar, dass es nur der Schmerz ist, der uns vereint und manchmal leidet man am besten schweigend.

Nach wenigen Minuten hat er den Wagen besser unter Kontrolle und hält unter einer der riesigen LED-Wände. Die Nachrichten des Morgens flimmern in großen Lettern über die Hauptstraße, während das Logo der Borussia aus Griemsmahl selbst jetzt am oberen Rand zu erkennen ist.

Andrew schaltet den Motor aus und atmet tief durch. Es scheint ihn Überwindung zu kosten, sich an mich zu wenden. »Jenny, dein Plan ist schon verdammt krank. Aber es könnte klappen.«

Andrew wirkt eigentlich nicht wie jemand, der verschwenderisch mit Lob umgeht und ich fühle mich seltsam geschmeichelt. »Hast du alles, worum ich dich gebeten habe?«

Ohne Hast sieht er sich um, öffnet den Kofferraum und wirft eine Tasche zwischen meine Füße. »Alles da.«

Ich überprüfe meine Bestellung, werfe zwei nicht ganz legale Abnehmpillen ein und drapiere eine Line des komplett illegalen Koks auf die Mittelkonsole. Mit einem 200-Euro-Schein ziehe ich mir das weiße Pulver in die Nase und lehne meinen Hinterkopf gegen das Leder. Nur gut, dass die Umschläge vom Doc immer pünktlich eintreffen. Die Wirkung tritt bereits ein, als ich mir eine Zigarette anzünde.

Es kommt mir so vor, als würde mein Gehirn explodieren. Die ganze Last der dunklen Gedanken von Rache und Vergeltung sind von meinen Schultern genommen. Ein kurzer, verführerischer Zustand des kompletten Glücks erhebt sich und lässt mich etwas spüren, was ich schon lange nicht mehr erleben durfte: Zufriedenheit. Die Wagen um mich herum werden langsamer, kommen zum Stillstand und vereinen sich mit der matschigen Straße zu einem einzigen, wundervollen Körper. Das Schmatzen des bräunlichen Schneematschs klingt für mich wie die schönste Komposition. Jeder Atemzug lässt meine Euphorie wachsen, bis mich meine kommende Aufgabe nicht mehr innerlich zerreißt.

»Alles gut?«, möchte Andrew wissen und berührt sanft meine Schulter. »Der erste Rausch vorbei?«

»Ja«, wisperte ich und trage im Rückspiegel mein Make-up und den roten Lippenstift auf. Meine Hände sind so ruhig wie selten, während ich dem Arzt meines Vertrauens eine Nachricht schreibe. »Lass uns loslegen.«

***

Wenn sich die Sonne für einen Augenblick durch die Wolkenschicht kämpft und ihre Strahlen dem Schnee eine glitzernde Oberfläche verleihen, könnte man fast annehmen, dass Griemsmahl eine normale

Stadt sei. Ich weiß es besser, habe in ihren dunklen Schlund gesehen und in die Abgründe ihrer Seelen. Jetzt ist es an der Zeit, selbst zum Monster zu werden.

Aus Gewohnheit binde ich meine Haare zu einem Zopf zusammen, bevor ich das Krankenhaus betrete und sich die trockene, warme Luft in meine Lungen drückt. Zorn und Freude wüten gleichzeitig in meinem Körper, sie bekämpfen einander und unterstreichen meine eigene Unfähigkeit, etwas Wahres spüren zu können. Soll ich glücklich sein, da mein Plan in die nächste Phase übertritt oder mich vor Abscheu krümmen, weil ich ihn wiedersehen muss?

Meine Gefühle verschließe ich hastig in meinem zersprungenen Herzen und lege ein Lächeln auf. An seinem Büro angekommen, klopfe ich zaghaft an die Tür und stecke mir ein Kaugummi zwischen die Lippen. Hirsch öffnet sofort. Er hat auf mich gewartet, steht im Türrahmen und blickt so kalt auf mich herab, als würde er dem eisigen Wetter Konkurrenz machen wollen.

»Jennifer.«

»Ich wollte mich bei dir entschuldigen«, platzt es aus mir heraus. »Mir ist klar, dass ich nicht ganz normal bin und auf kranke Sachen stehe.« Meinen Blick zieht es betreten zu Boden, verlegen kaue ich auf meiner Unterlippe. »Das mit dem Geld war eine blöde Idee und auch die mit den Videos. Ich habe alles gelöscht.« Zärtlich streichle ich seine Schulter. »Die Zeit mit dir habe ich immer sehr genossen. Vielleicht können wir uns mal ein Hotel nehmen.« Meine Fingerspitzen berühren seinen Arm, touchieren den Handrücken. »Nur du, ich, eine Sauna und ein Whirlpool. Wie klingt das?«

Seine Gesichtszüge entspannen sich. Erleichterung spricht aus seiner Stimme. »Das klingt wirklich nett.« Hirsch sieht sich auf dem

Korridor um. Es verleiht ihm eine trügerische Sicherheit, dass kein Mensch zugegen ist. »Ich bin froh, dass du das sagst.«

Er umarmt mich, streichelt mit dem Daumen über mein Kinn. »Dir ist ja ganz kalt. Willst du nicht reinkommen und dich ein wenig aufwärmen?«

Mit der flachen Hand führt er mein Gesicht und dringt mit der Zunge in mich ein. Ich massiere die seine, streichele über seinen Schritt und bemerke, wie Blut in seinen Penis gepumpt wird.

»Nur zu gerne.«

Gefangen in fiebriger Lust nimmt er meine Hand, will mich in sein Büro führen, als ihn ein schriller Ton aus seiner Traumwelt reißt.

»Mist! Feueralarm.« Hirsch sieht sich um, Türen werden aufgestoßen, Patienten, Ärzte, Schwestern und Pfleger finden sich wenig später auf den Korridoren wieder. Angespannte Gespräche erfüllen die Luft, während Hirsch mich wegdrückt. Über allem thront der nervenzerreißende Alarm.

»Du solltest gehen«, entfährt es ihm schroff und atemlos. »Ich muss die Patienten evakuieren lassen.«

Bevor er die Tür schließt, drücke ich das Kaugummi in die Verriegelung und falle zurück. Erst im letzten Moment kann er meinen Arm greifen. Ich schmiege mich an meinen Retter.

»Danke schön.«

Für einen Herzschlag ist er entzückt und würde die Jungfrau in Nöten am liebsten an den Haaren zu seinem Bett zerren, zumindest wenn ich die Beule in seiner Hose richtig deute. Schließlich besinnt er sich und bemerkt die unzähligen Menschen auf dem Flur. »Gerne. Und jetzt sieh zu, dass du hier herauskommst. Wir schreiben.«

Ruhig schließe ich mich dem Strom an, der sich wie ein menschlicher Wasserschwall auf die engen Ausgänge zubewegt.

»Nicht die Aufzüge benutzen!«, erklingt es in klarer Regelmäßigkeit vom Personal.

Ich nehme die Treppe ins Erdgeschoss, drücke mich im unteren Flur an den Flüchtenden vorbei, nur um auf der gegenüberliegenden Seite wieder nach oben zu gehen. Andrew wartet bereits vor Hirschs Büro.

»Warum hat das so lange gedauert?« Ein gereizter Unterton umweht meine Worte wie ein scharfkantiger Wind. »Ich habe den Typen sogar geküsst.«

Er lehnt sich gegen das Türblatt und öffnet es. »Du hast noch ganz andere Sachen mit ihm gemacht, also stell' dich nicht so an.«

Im heillosen Durcheinander beachtet uns niemand, sodass ich ungesehen den Kaugummi aus der Verriegelung wieder in meinen Mund stecken kann, während die Tür hinter uns zufällt. Nur der schrille Alarm ist Zeuge unseres Einbruchs. Ich sehe mich um. Das wäre geschafft, jetzt nur noch …

Eine Sekunde der Unachtsamkeit lässt mich gegen Andrews Schulter stoßen. »Was ist los mit dir?«, zische ich leise.

Er ist wie erstarrt, unfähig sich zu bewegen. Seine Hände hängen schlaff neben seinem Körper, den Kopf hat er leicht gesenkt, als hätte man bei einer Marionette alle Fäden durchgeschnitten und nur noch ein einziger würde die Puppe daran hindern, umzukippen.

»Andrew?« Ich baue mich vor ihm auf, nehme seine Hand. »Alles in Ordnung mit dir?«

»Auf dem Stuhl dort habe ich unzählige Stunden verbracht.« Einen Mundwinkel zieht er traurig nach oben. »Ich habe die Hand meiner Mutter gehalten, als wir auf die Ergebnisse gewartet haben. Jedes Mal haben wir gebetet, dass sie besser sein mögen als die letzten.« Glasige Augen lassen erkennen, wie tief er in der Vergangenheit gefangen ist. »Leider war es nie so.«

Um ihn wieder in diese Welt zu führen, nehme ich sein Gesicht in beide Hände. »Ich weiß und das war bestimmt schrecklich. Ich habe meinen Vater nie kennengelernt, er ist abgehauen, als Ma mit mir schwanger war. Für ihn empfinde ich gar nichts. Deshalb vermag ich nicht zu sagen, wie es ist, wenn man jemanden verliert, den man von ganzem Herzen liebt.« Ich schüttle seinen Kopf, rede mich in einen Rausch. Erst jetzt fällt mir auf, wie hart ich zupacke. »Wenn es stimmt, was du sagst, hast du hier und jetzt die Gelegenheit, um etwas zu verändern. Aber dafür brauche ich dich. Andrew, hast du mich verstanden?«

Meine Worte sickern erst langsam zu ihm durch. Etliche Lidschläge vergehen schweigend, bis sich Schärfe in seinen Blick legt und die stahlblauen Augen vor Wut aufblitzen.

»Legen wir los.«

»So habe ich das gerne.«

Während er mit gezielten Handgriffen Unterlagen und Patientenakten fotografiert, führt mich mein Weg direkt zu Hirschs Kühlschrank in seinem Labor. Beim Zahlenschloss probiere ich erst sein Geburtsdatum, dann das seiner Frau. Es folgen das Gründungsjahr der Borussia, die Postleitzahl von Griemsmahl, seine Telefonnummer, als letztes tippe ich sogar das meine ein. Immer wieder blinkt das rote Licht des Kühlaggregats so provozierend auf, als ob es mich verhöhnen wollte.

»Fuck!«, entfährt es mir.

»Kein Erfolg?« Andrew steckt sein Handy in die Innentasche seiner Lederjacke. Offensichtlich hat er genug Beute gemacht. »Lass mich mal.« Die überall hängenden Blutkonserven reflektieren das Neonlicht, sodass sein Gesicht von einem rötlichen Ton erfasst wird. Seine Augen liegen so tief in den Höhlen, dass man sie beinahe nicht mehr erkennen kann und nur ein dunkler Schatten dort zu sehen ist, wo sonst das Stahlblau funkelt.

Seine Finger tippen wie im Wahn. Ein durchdringendes Piepen legt sich einen Augenblick über die Sirene, im Anschluss erlischt das rote Licht und gibt sich geschlagen.

»6 – 1 – 7 – 7 – 8 – 5 – 6 – 7.«

»Bitte was?«

»P – A – S – S – W – O – R – T«, gluckst Andrew. »Eins der meisten Passwörter in Deutschland. Übrigens direkt nach ‚ficken01', ‚Hallo' oder ‚asdf'.« Er öffnet den Schrank und ein Schwall kalter Luft lässt uns zusammenzucken. »Wenn man ein Junkie ist, lernt man viele Wege, um an Stoff zu gelangen. Wusstest du, wo die meisten Wohnungsschlüssel versteckt sind?«

Die Präparate tragen lediglich Nummern, keine Namen. Ich schüttle mit dem Kopf und öffne den Rucksack. Gut, dann muss ich bei allen mein spezielles Dornröschenflavour hinzufügen.

»Die meisten Schlüssel liegen beim Nachbarn.« Andrew fährt mit der Zunge über seine Lippen. »Wenn man eine Bude knackt, kann man in die nächste meist reinspazieren.«

Manchmal vergesse ich, dass seine Vergangenheit genauso düster ist wie die meine. »Ich brauche noch ein paar Minuten, dann sind wir hier raus.« Trotz der Drogen zittern meine Finger wie Espenlaub. Endlich verstummt die dröhnende Sirene und hinterlässt ein dumpfes Pochen hinter meinen Schläfen.

Meine Hände formen Fäuste. Ich drücke sie so fest zusammen, dass sich der Schmerz in meinem gesamten Körper ausbreitet. Es dauert etliche Herzschläge, bis ich mich beruhige und die Spritze aus meiner Tasche holen kann.

»Sag' mal, hast du morgen schon was vor? Wir könnten etwas essen gehen oder uns betrinken.«

Die Frage trifft mich wie ein Schlag. »Du hast ein interessantes Timing. Aber sorry, morgen bin ich damit beschäftigt, ein cooles Mädchen zu werden.«

»Das hast du doch schon einmal versucht«, entgegnet Andrew und sieht mit dem Anflug von Nervosität zur Tür. »War nicht so erfolgreich, oder?«

»Diesmal läuft alles anders.« Ich ziehe die Spritze auf. »Ganz bestimmt sogar.«

Kapitel 18 – Märchen

119. Tag vor dem Kuss des Prinzen

Kälte hat mir selten etwas ausgemacht, aber das Warten lässt meinen Verstand in den Wahnsinn abgleiten.

Es ist fast fünfzehn Uhr, in der Mitte des eisigen Februars, und noch immer stehe ich vor dem verschlossenen Schulgebäude und warte darauf, dass meine Mutter endlich von ihrer Therapie zurückkehrt. Wieso muss ich ausgerechnet heute meinen Schlüssel vergessen? Zu allem Überfluss ist Dina auch noch krank oder sie benötigt Zeit für sich. Beides wäre nur allzu verständlich. Ihrer Familie droht die Zwangsräumung. Unzählige aufmunternde Worte habe ich an sie gerichtet und doch hilft nicht ein einziges, um ihre Situation zu verbessern.

Wenn ich auch nur ein wenig Geld hätte, ich würde es ihnen geben. Aber leider reicht es bei mir nicht einmal für einen wärmenden Kaffee in der Mine. Und so drehen in der eisigen Kälte die Schneeflocken ihre wundervollen Pirouetten um mich herum und legen sich auf meine Winterjacke, als würden sie mich zum Tanz auffordern. Das Akkubild meines Handys wechselt mittlerweile ins tiefe Rot, sodass ich mich mit meinen Schulunterlagen und den Mangakritzeleien beschäftige.

Immer wieder fällt mein Blick auf den Griems. Drohend thront er über der Schule, es sieht aus, als wäre er ständig bereit, mit einem großen Brocken das ganze Gebäude dem Erdboden gleich zu machen.

Ich weiß, dass es anders ist. Nicht umsonst steckt die Stadt Millionen in die Sicherung des Berges. Der ausgehöhlte und seiner Schätze beraubte Koloss ist ein Bär ohne Zähne. Vielleicht trotzt er uns deshalb jeden noch so kleinen Sonnenstrahl ab, als ob er die Menschen für ihre Schandtaten bestrafen wolle. Schon am Mittag legt sich ein grauer Schleier über die Stadt, der mit jeder Minute eine Nuance dunkler wird.

Das trübe Licht reflektiert auf der höher werdenden Schneedecke und schmerzt in meinen Augen. Nach mehreren Stunden hat sich der kühle Atem des Winters in mir eingenistet. Ich sehne mich nach dem warmen Kuss der Sonne, sogar eine Kerze würde mir jetzt reichen.

Als ob mein stummer Wunsch zur Realität geworden wäre, durchbrechen zwei Scheinwerfer das triste Grau und lassen mich im Lichtkegel innehalten. Sie sind so hell, dass ich meine Augen zusammenkneifen muss und eine Hand schützend vor das Gesicht halte. Wenige Meter vor mir stoppt der brandneue Geländewagen. Motorengeräusche verstummen und die letzten Auspuffgase heizen den Tanz der Schneeflocken noch einmal an.

»Dornröschen?«

Behutsam stehe ich auf, meine Glieder sind vor Kälte so steif geworden, dass sich eine dumpfe Taubheit in mir ausbreitet.

»Chris?« Ich muss immer noch schmunzeln, wenn ich so genannt werde und kann kaum glauben, dass sich dieser Spitzname für mich durchgesetzt hat. »Was machst du hier?«

Selbst im Winter ist seine Haut von der Sonne gebräunt, wahrscheinlich mit freundlicher Unterstützung des Griemsmahler Sonnenstudios. Die schweren Stiefel lassen den Schnee unter seinen Schritten knirschen und zerstören die Vollkommenheit der weißen Pracht. Er strahlt eine glückliche Zufriedenheit aus, wie es Menschen tun, die mit sich im Reinen sind. Sein Lächeln ist ansteckend.

»Der Coach und ich waren noch etwas essen«, antwortet er, stellt sich neben mich und nimmt ungefragt mein Mathematikbuch. »Die wichtigere Frage ist doch, was machst du hier, in der Kälte?« Er blättert durch meine Kritzeleien. »Verdammt, die sind gut!«

»Ich warte auf meine Mutter, habe meinen Schlüssel vergessen.« Gerade als ich mein Buch aus seinen Händen reißen will, stoppen meine harschen Bewegungen. »Findest du wirklich?«

»Klar.« Seine Stimme scheint aufrichtig. Mit wachsendem Interesse lässt er die Zeichnungen auf sich wirken. »Ich stehe auf Mädchen mit riesigen Augen, in denen man sich verlieren kann.« Sein Blick streift mich. »Genau wie du sie besitzt.«

Blut sammelt sich in meinen Wangen und lässt sie erröten. Obwohl meine Füße so kalt sind, dass ein Kribbeln meine Beine hinaufwandert, steht mein Brustkorb in Flammen. Ich antworte nicht und beobachte einfach nur, wie er die gezeichneten Mangas in den Ecken meines Mathebuchs lobt.

Als er es mit einem lauten Knall zusammenklappt, schrecke ich zusammen.

»Lust auf einen Kaffee?«

Will er mich verarschen? Ich bin mir noch nicht einmal sicher, ob Chris weiß, wie mein Nachname lautet. Schnell muss ich den Impuls unterdrücken, meine Gedanken laut auszusprechen, obwohl ich ihm das zu gerne an den Kopf geworfen hätte. Mein überaus diplomatischer Verstand einigt sich schließlich auf ein einfaches: »Klar.«

»Cool.« Er führt mich zum Wagen, hält mir sogar die Tür auf. »Aber wir trinken nicht den billigen Mist aus der Mine, sondern richtigen Kaffee.«

»Okay«, antworte ich kurz angebunden und grüble, was er damit meint. Andererseits würde ich jetzt beinahe jede Chance annehmen, um der klirrenden Kälte zu entkommen. Ich entspanne mich in dem

Moment, als sich das warme Leder an meinen Körper schmiegt und ich von wohliger Wärme umschmeichelt werde.

Mit schlafwandlerischer Sicherheit steuert Chris den Wagen durch die engen Gassen Griemsmahls. Der Schnee lässt die Grenze von Straße und Bürgersteig verschwimmen, doch er fährt so sicher und sanft, dass die Erschöpfung des Tages durch die Oberfläche meines Verstands bricht. Die hauchdünnen Vibrationen der Fahrt wiegen meinen vor Kälte erschöpften Geist. Unbeholfen muss ich ein Gähnen unterdrücken.

»Wie geht es deiner Mutter?«

Augenblicklich schlage ich die Augen auf. »Wie bitte?«

»Deiner Mutter Irene, wie geht es ihr? Ich habe gehört, sie ist in Therapie.«

»Ja«, gebe ich zu und kann meine Überraschung nicht verbergen. »Wie kommst du darauf?«

»Unsere Mannschaft hat im letzten Sommer bei ihr einen Bergsteigerkurs absolviert.« Er seufzt auf. »Teambuilding, vertrauensbildende Maßnahmen und so weiter. War echt cool.«

Ich durchforste meine Erinnerungen nach einem Fragment dieser Information. Vergebens. »Hat sie nie erwähnt.«

»Schade.« Chris nimmt Fahrt auf, umkurvt einen kleinen Hügel und kommt plötzlich vor einer gusseisernen Schwingtür zum Stehen. »Grüß' sie bitte, wenn du sie siehst.«

Mit einem Druck auf das Display des Bordcomputers gibt das Tor den Weg frei. Sekunden später verschlägt es mir den Atem. Geschützt von dichten Tannen und hohen Büschen liegt die Villa der Breecks ganz am Ostende der Stadt. Sofort beschleicht mich das Gefühl, als wäre die Macht des Griems hier versiegt und Sonnenstrahlen würden die Fassade des Gebäudes erhellen. Selbst vom Rücken des Berges kann man nur schwerlich auf das riesig anmutende Grundstück der Familie spähen. Zu viele Bäume versperren die Sicht und halten die Villa sicher vor den Augen der Welt verborgen.

»Hier wohnst du?« Die Begeisterung kann ich kaum kaschieren.

Chris stellt den Wagen ab und hält mir die Tür auf. »Schon seit drei Generationen. Meiner Familie gehörten einige Schürfrechte und Stollen, bis ...« Seine Stimme stockt, während es seinen Blick nach oben zieht. Selbst arrogante Fußballkapitäne haben also Sehnsüchte und Träume.

Still stelle ich mich neben ihn.

Auch meine Pupillen zieht es zum Griems. »... bis nichts mehr da war«, vollende ich leise seine Gedanken.

Er nickt zustimmend, sein Gesicht ist von nachdenklicher Trauer gezeichnet. Gerade möchte ich ihn umarmen, sein Gesicht berühren, doch ich stehe einfach nur da und warte, bis er sich wieder gefangen hat.

»Aber das ist lange vorbei. Es war die Hochzeit von Griemsmahl, damals war noch alles gut. Die Leute hatten Geld, eine Perspektive und eine Zukunft. Viel ist davon nicht geblieben.« Er lächelt betrübt. »Wenn ich bitten dürfte, Fräulein Meyer.«

Als die Tür aufschwingt, empfängt uns ein mir unbekannter Mann. Als erstes fällt mir die glänzende Glatze des Herrn auf. Sie wirkt wie poliert, fügt sich aber gut in das scharf geschnittene Gesicht. Er trägt einen feinen Anzug, der bestimmt mehr kostet, als wir im Monat zur Verfügung haben. »Guten Abend, Christofer. Wie war das Gespräch mit dem Coach?«

»Gut, danke Vic.«

Die beiden klatschen sich ab, dann räuspert er sich bedeutungsschwanger und vollführt eine einladende Handbewegung. Mir kommt es vor, als wäre ich eine Lady aus dem 18. Jahrhundert. Sofort wächst in mir der Wunsch, das Bad zu besuchen, um mich frisch zu machen.

»Jennifer, das ist Victor Saliz. Er ist der Assistent meines Vaters, Chauffeur, Ratgeber …«

»… und manchmal auch Kindermädchen«, fügt er lächelnd hinzu, während wir uns die Hände reichen und er sogar eine leichte Verbeugung andeutet. »Es freut mich, deine Bekanntschaft zu machen.«

Mit jeder Bewegung spannen seine Muskeln unter dem Stoff des Jacketts. Er ist kaum größer als ich, allerdings habe ich das Gefühl, als würden die Nähte des Anzugs jede Sekunde bersten.

»Darf ich eure Jacken nehmen?«

Die Silben sind akzentuiert ausgesprochen, ich fühle mich augenblicklich fehl am Platz. Einen nicht geringen Anteil trägt auch die herrschaftliche Empfangshalle mit der wuchtigen Treppe dazu bei. Bilder der Ahnen und altertümliche Waffen prangern an den Wänden, als wäre die Villa tatsächlich aus einer anderen Zeit gefallen.

Ich kann mich gar nicht sattsehen, bis seine tiefe Stimme von der Empore ertönt. »Das kann der auch gut allein.«

»Mein Vater«, erklärt Chris und lehnt sich flüsternd zu mir, während der dickliche Mann scheinbar mühelos mehrere Stufen auf einmal nimmt. »Er muss immer alles unter Kontrolle haben, deshalb ist sein Büro auch oben, damit er uns alle beobachten kann.«

Herr Breeck ergreift energisch meine Hand. »Du weißt, dass ich lediglich den Ausblick liebe. Guten Tag, Hubertus Breeck.«

»Jenny Meyer«, entgegne ich leicht eingeschüchtert. »Ich glaube, ich habe Sie letztes Jahr gewählt.«

»Oh, wie wundervoll!« Sein Grinsen geht beinahe ins Groteske. Dabei weiß ich nicht, ob sein Gesicht wahre Freude widerspiegelt oder ob dies nur die strahlende Maske eines Politikers ist. »Ich freue mich immer, wenn Christofer so charmanten Damenbesuch mitbringt.«

Hubertus Breeck will meine Hand gar nicht mehr loslassen. Erst Chris gelingt es, uns beide zu trennen.

»Danke, Vater, wir kommen allein zurecht.« Genervt findet sein Blick den meinen. »Kaffee?«

Ich nicke schüchtern und folge Chris anstandslos in die auf Hochglanz polierte Küche, während er mit wenigen Gesten die Aufteilung der Villa erklärt und sogar ein paar Anekdoten ihrer Geschichte zum Besten gibt. Wir besichtigen den Keller mit dem riesigen Pool, werfen einen Blick in die Sauna, gehen in den Wintergarten und füttern die Koikarpfen im beheizten Teich. Es wundert mich, dass Chris dabei nicht arrogant oder selbstherrlich wirkt, sondern als wäre es ihm fast peinlich, und die Menschen würden erwarten, dass man sie herumführt. Der Ton seine Ausführungen ist routiniert, beinahe gelangweilt, sodass man meinen möchte, er spule das Programm nicht zum ersten Mal ab.

Vor einer riesigen Kaffeemaschine stoppt die Tour. Während Chris duftende Kaffeebohnen einfüllt und das Monstrum zu arbeiten beginnt, fühle ich mich von dem opulenten Glanz erschlagen.

»Probier' mal«, fordert Chris, als die Maschine pfeifend ihren Dienst beendet.

Nach einem Schluck hasse ich ihn dafür. Ich werde nie mehr normalen Kaffee trinken können, ohne an dieses Ambrosia, diesen Nektar der Götter denken zu müssen.

Mein Verstand setzt für eine Sekunde aus. »Scheiße, ist der gut.« Sofort legen sich meine Finger über die Lippen, als würden sie die Worte wieder einholen können. »Sorry.«

»Kein Problem«, lacht Chris und deutet nach oben. »Komm', ich zeige dir den Rest und mein Zimmer.«

***

Das anfangs mulmige Gefühl ist komplett verlorengegangen. Stundenlang redeten wir in seinen Gemächern, tranken Kaffee und aßen Gebäck, bis der Schatten des Griems mit der Nacht eins wurde. Während draußen die Lichter zu leuchten begannen, lästerten wir über so ziemlich alles und jeden. Mit der Zeit wuchs meine Verwunderung.

Ist das wirklich der selbstverliebte Chris, der die Hände nicht von seinem Smartphone lassen kann oder steckt hinter der unglaublich hübschen Fassade, gut geschützt unter Dutzenden Schichten von Oberflächlichkeit und Arroganz, ein sympathischer Mensch mit einem verwundbaren Herzen?

»War bestimmt nicht leicht für dich. Noch so ein Neuanfang, mitten im Abi.«

Eine Decke wärmt meine Beine, während ich es mir auf einer Chesterfieldcouch gemütlich mache. »Ich bin es gewohnt«, gebe ich zu und leere meine Kaffeetasse. »Außerdem habe ich ja Dina und am Anfang noch Martin.«

Chris sitzt gegenüber, spielt mit einem kleinen Fußball und wird plötzlich ganz ernst. »Ach, vergiss den Typen. Er wollte uns beweisen, dass er dazugehört, und wir haben ihn auch noch ermutigt. Das war echt scheiße.« Seine Worte klingen beinahe wie eine Entschuldigung. »Glaub mir, du bist ohne ihn besser dran.« Er wirft den Ball hoch und fängt ihn, ohne hinzusehen. »Außerdem bist du viel heißer, als er es ist.«

»Danke schön.« Eine schamhafte Beklommenheit schleicht sich in meine Stimme. »Ich bin es nicht gewohnt, so viele Komplimente zu bekommen.«

»Dann solltest du mit den richtigen Typen rumhängen. Jemanden, der dich so behandelt, wie es dir gebührt – wie eine Prinzessin.«

Ein Kloß verfestigt sich in meinem Hals und drückt sich unweigerlich nach oben. Heute Mittag beschlich mich das Gefühl, als würde mein Körper der Taubheit anheimfallen, jetzt kann ich gar nicht mehr still sitzen, rutsche von einer Position in die nächste und meine feuchten Hände streichen alle paar Sekunden eine Strähne aus meinem Gesicht.

»Ich bin bestimmt kein Dornröschen. Eher Aschenputtel, ohne das Happy End.«

Chris lehnt sich nach vorn, sein Blick dringt so tief in mich ein, dass ich ihm Glauben schenken möchte. »Für jeden gibt es ein Happy End. Vertrau‘ mir.«

Sekunden vergehen, in denen wir uns einfach nur ansehen. Warum zum Teufel werde ich nervös? Weshalb kribbeln meine Hände so stark, als wären meine Armen eingeschlafen?

Ich weiß nicht, wie viel Zeit vergangen ist, als ein schallendes Klopfen durch den Raum dringt. Chris und ich zucken zusammen, unsere Hände berühren sich zufällig. Gerade so kann ich den Impuls unterdrücken, meine Finger über seine Haut gleiten zu lassen.

Erst als ich mich zum Fenster drehe, ist dieser kleine Traum vorbei und wandelt sich in allzu finstere Realität. Mit überraschtem Ausdruck klopft Martin an die Glasscheibe.

»Shit! Das hatte ich beinahe vergessen.« Chris vollführt einen Satz zur Fensterfront. Dabei sieht er auf seine Designeruhr. »Sorry, Jenny.«

Martins Sprung ins Zimmer ist von Leichtigkeit gezeichnet. »Wir waren zum Playstationspielen verabredet. Oder komme ich ungelegen?« Er senkt den Kopf, kreuzt die Arme und ich erkenne, dass ihm die Situation mindestens so peinlich ist wie mir. Es ist das erste Mal, dass wir uns seit der Ohrfeige außerhalb der Schule sehen. Ich hätte gut darauf verzichten können.

Hastig erhebe ich mich, schlüpfe blitzschnell in meine Schuhe. »Dann will ich euch beide nicht stören.«

»Warte!« Wie ein Gentleman hält Chris mir die Tür auf und wirft Martin einen eiskalten Blick zu, der sogar mir einen Schrecken über die Haut jagt. »Bei dem Wetter gehst du bestimmt nicht allein vor die Tür. Ich fahre dich.«

Ohne an Martin ein weiteres Wort zu verlieren, hilft Chris mir in die Jacke und geleitet mich zum Wagen. Für einen Moment komme ich mir wirklich wie eine Prinzessin vor. Mein Verstand schreit mich an, dass das alles nicht real ist. Morgen wird er wieder der alte, selbstverliebte Fußballstar sein. Gerade deshalb sollte ich den Moment genießen, rede ich mir ein. Immerhin wird nicht jedes Mädchen vom tollsten Typen der Schule nach Hause gefahren … nur Prinzessinnen.

»Sorry, das mit Martin. Ich habe nicht drüber nachgedacht.«

»Kein Problem«, hauche ich und schmiege mich tiefer in den Sitz. Die Wärme durchströmt meinen Körper und mich fröstelt es jetzt schon, wenn ich daran denke, dass Mutter bestimmt wieder alle Fenster geöffnet hat. »War halb so schlimm.«

Als wäre der Griems nur ein kleiner Hügel, nimmt der SUV die einspurige Straße problemlos. Ich habe sogar das Gefühl, als müsste Chris auf die Bremse treten, um nicht wie ein Pfeil den Berg hochzuschießen.

Sicher kommt der Wagen vor unserer Hütte zum Halt. Der Kontrast zur Villa ist mir so peinlich, dass ich wünschte, wir würden in einem größeren, schöneren Haus wohnen. Leider gehen meine Wünsche selten in Erfüllung. Oder etwa doch?

Ich drehe mich zu ihm. Eigentlich will ich meine Worte geschickter wählen, doch sie sprudeln aus mir heraus, wie ein nicht aufzuhaltender Wasserfall. »Chris, warum bist du so nett zu mir und in der Schule so ein Arsch?«

Er versteht nicht. »Die Schule ist wie ein Dschungel. Wunderschön und brutal zugleich. Manchmal muss man taff sein, um zu überleben.« Seine warmen Augen lösen etwas nicht Gekanntes in mir aus. »Oder man ist so wie du: Klug, cool, interessant, dann muss man nicht taff sein, sondern einfach nur durchkommen. Irgendwann wird die Schule vorbei sein und dann bist du am Zug, Prinzessin.«

Die Sätze lassen mein Herz hüpfen. Völlig in meinen Gedanken versunken, steige ich aus. Ein bitterkalter Wind zerrt an meiner Kleidung, doch es ist mir gleichgültig. »Danke«, ist das einzige Wort, was meine Lippen verlässt. Dann schließe ich die Tür und bin mit meinen Gedanken allein.

Manchmal braucht es keinen Prinzen, hoch auf einem weißen Ross, sondern einen Fußballer im dunklen SUV.

Kapitel 19 – Das Fieber

257. Tag nach dem Kuss des Prinzen

»Hi, habt ihr noch einen Platz für mich?«

Das Bergstadion ist zum Bersten gefüllt. Einigen Zuschauern bleibt nur der Stehplatz, um dem Geschehen folgen zu können. Doch das ist nicht mein Ziel, ich habe eine ganz spezielle Gruppe im Auge.

»Bitte was?« Die Nerds aus der unteren Stufe sehen mich an, als würde ich sie auf Klingonisch ansprechen. Wobei sie das bestimmt besser verstehen könnten.

»Das Dornröschen«, flüstert einer ehrfürchtig und ich vereine unsichere Blicke auf mir.

»Zwischen euch ist noch ein Platz frei und das Spiel beginnt gleich«, ergänze ich, als die Stille sich schmerzend ausdehnt.

Ich gehe einfach blind davon aus, dass sie alle meine Videos gesehen haben und sich nun vorstellen, wie sie es mit mir treiben. Zumindest bei den Jungs dürfte das ungefähr hinkommen. Wobei mich auch die Mädchen in der Runde mit offenem Mund mustern.

»Außerdem kenne ich jemanden unten an der Bude und hatte gehofft, ihr helft mir.« Mein strahlendes Lächeln scheint ihre Unsicherheit wegzuwehen, die beiden Pappkartons mit Würstchen, Bier, Popcorn und Cola tun ihr Übriges. Alles gesponsert vom Geld meines Lieblingsdocs.

Kurz wird sich abgestimmt, dann darf ich endlich in ihrer Mitte Platz nehmen und spüre, wie mich zwei Jungs flankieren und sie heimlich Selfies mit mir schießen.

Ich scheine eine lokale Berühmtheit zu sein. Nicht im positiven Sinne, aber bei Autounfällen bleibt man ja auch stehen. Der Zweck heiligt die Mittel.

»Wir können auch gemeinsam ein paar Fotos aufnehmen«, schlage ich vor und habe bereits das Handy von jemandem in der Hand. Sollen sie die sozialen Netzwerke ruhig mit unseren Selfies fluten. Es kann mir nur recht sein.

Der Platz ist nicht zufällig gewählt. Nur wenige Meter neben der improvisierten VIP-Tribüne gelegen, muss jeder, der in diesem baufälligen Stadion auf den teuren Plätzen sitzen möchte, an mir vorbei. Selbstverständlich lässt sich die High Society bis zum Anpfiff entschuldigen. Immerhin müssen wichtige Gäste bewirtet werden.

Mit einem lauten Tosen vollführt Chris den Anstoß. Papierschnipsel fliegen durch die Luft und werden vom aufkommenden Frühlingswind auf das satte Grün getragen. In den ersten Märztagen scheint der Winter vergessen und selbst der Griems vereint am heutigen Tage nicht allzu viel bösartige Ruhe in sich. Ob er weiß, was ich heute vorhabe und uns deshalb ein paar Sonnenstrahlen schenkt? Ich bilde mir gern ein, dass ich seine Verbündete bin und er mit Wohlwollen auf mich herabsieht.

Es sind bereits fünf Minuten gespielt, als die Vertreter von Stadt und Verein aus den Katakomben treten. Obwohl man das Alter des Stadions nicht verbergen kann, haben Karin und ihr Team alles gegeben, um die alte Dame herauszuputzen. Mit Farbe ist es ihnen gelungen, die abblätternde Fassade zu übertünchen. Banner in Weiß und Gelb wurden über rostige Stellen gehängt. Sogar jetzt noch zupft der Vater von Simon Gargusch die Werbung der MountainMall zurecht und grüßt die Gruppe der Entscheidungsträger mit einer peinlichen Unterwürfigkeit.

Die Anspannung ist ihnen ins Gesicht geschrieben. Sie tropft aus jeder Pore und ergreift von ihnen Besitz. Ihre Gesichter glänzen vor

Schweiß. Ich erkenne Alois Konz, Sarinas Vater und Chef der örtlichen Regiobank, wie er eine Gruppe arabisch aussehender Geschäftsmänner auf ihre Plätze geleitet. Knapp dahinter erscheinen Dorothea Weller in ihrem typischen Hosenanzug und der stellvertretende Bürgermeister Hubertus Breeck. Als Vater des Kapitäns hat er heute die besondere Aufgabe, jene Scouts zu ihren Plätzen zu führen, die bald schon seinen Sohn unter Vertrag nehmen könnten. Wenn ich die unzähligen Klemmbretter und Tablets richtig deute, stehen seine Chancen gar nicht so schlecht.

Selbstverständlich bringt sich auch Frau Hirsch mit ein, sie redet ununterbrochen und voller Euphorie mit der überregionalen Presse und auch Bürgermeisterin Victoria van Cleef lobt die Vorzüge der Stadt als neuen Stern am Fußballhimmel. Mit anderen Worten: Alles was Rang und Namen hat, ist in diesem Stadion versammelt, um den Sieg gegen den Tabellenletzten zu bejubeln.

Eines muss man dem Verein und der Stadt lassen, sie haben an alles gedacht. Na ja, an fast alles.

Es vergehen fünf ereignislose Minuten, bis Sarina, Karin und ihre Gang in Sichtweite kommen. Nur von Dina und dem Doc fehlt jede Spur. Schon von weitem machen die Zuschauer für die Ladys Platz, während ich in Ruhe mein Popcorn genieße und absichtlich meine Beine ausstrecke.

Das Bergstadion hat sich in einen Hexenkessel verwandelt. Chris spielt sich in einen Rauch, bereits zweimal hat er den Pfosten getroffen. Ein Meer aus Vereinsfarben brüllt seinen Namen, als wäre er der Heiland. Jener gottgewordene Sohn der Stadt, der alles zum Guten wendet. Die Musikkapelle der Freiwilligen Feuerwehr unterlegt das Tosen der Massen mit aufheizenden Musikstücken, peitschende Trommeln begleiten jede gelungene Aktion. Es scheint, als würden die Menschen um mich herum Feuer fangen. Nur ich und der Griems halten mit trotziger Ruhe dagegen.

»Er macht ein gutes Spiel heute.«

Unnatürlich übertrieben zucke ich zusammen. »Oh, hallo Sarina.« Eifrig ziehe ich die Beine an meinen Körper. »Ja, er ist brillant. Unsere Borussia knallt die sicherlich heute ab.« Meine Worte sind sorgsam gewählt. Ich komme mir fast albern vor, mit gelb-weißem Schal, Wasser und Popcorn, doch ihr scheint der Stil zu gefallen.

»Wusste gar nicht, dass du auf Fußball stehst.«

Ich ringe mir ein Lächeln ab. »Ich war mal mit einem Fußballer zusammen, da bleibt eine Menge hängen.«

Karin greift ungefragt in die Popcorntüte eines jüngeren Mädchens neben mir. »Irgendwas musst du richtig gemacht haben, er lobt dich seit Wochen, als wäre er immer noch in dich verknallt.«

Die Erinnerung an unsere kleine Episode am Silvestertag erfreut mich. Der Griems und ich müssen in luftiger Höhe gute Arbeit geleistet haben.

Karin nimmt die komplette Tüte an sich, ohne das Mädchen überhaupt eines Blickes zu würdigen. »Und Chris mag deinen Kaffee.«

Er steht noch auf ganz andere Dinge, jagt es mir durch den Kopf und ich neige ihn schüchtern zu Boden. »Freut mich immer, wenn ich helfen kann.«

Obwohl die Gang schon eine ganze Weile die Sicht auf das Spielfeld versperrt, sagt niemand ein Wort. Jeder weiß, wie wichtig der goldene Jahrgang für die Stadt sein könnte. Sie sind wie Engel, wunderschön und unantastbar. Nur ihre Flügel fehlen und ihre Seelen sind schwarz.

Sarina lässt ihren Blick über die jüngeren Nerds streifen. »Willst du mit rüberkommen? Wir können noch ein hübsches Gesicht gebrauchen, um die arabischen Investoren von dieser Ruine abzulenken.« Ihre

Schönheit ist ohnegleichen, aber jede Silbe, die ihre geschwungenen Lippen verlässt, tropft vor Verachtung. Ich kann nur mutmaßen, wie oft sie sich ausgemalt hat, endlich Griemsmahl zu verlassen, um die Metropolen dieser Welt zu dominieren. Doch dafür braucht man Geld. Ein neues Krankenhaus, mit ihrer Mutter als Geschäftsführerin, würde das Problem im Handumdrehen lösen. Sie würde jede Grenze überschreiten, um sicherzustellen, dass Investoren den Fußballstandort Griemsmahl für sich entdecken.

Es hängt alles zusammen …

»Klar, sehr gern. Die halbe Stadt hat meine Brüste gesehen, wieso nicht auch ein paar Besucher aus Saudi-Arabien.«

Sarina hilft mir hoch. »Ich mag deine Einstellung«, flüstert sie erfreut und geht voran.

Als die Gang endlich meine Nerds passiert, drücke ich dem Mädchen mein Popcorn in die Hand, die Jungs rechts und links von mir bekommen noch ein Küsschen auf die Wange und wenige Momente später befinde ich mich im VIP-Bereich neben Sarina und Karin.

Ich kann es kaum fassen. Die ganze Gruppe redet mit mir, als wäre ich tatsächlich ein menschliches Wesen und keine stumme Zeichnerin, die zufällig mit in der Stufe weilt. Mehr noch, es scheint, als würden die Mädchen auffällig meine Nähe suchen. Was ein paar positive Einflüsse von Martin, Chris und den Jungs bewirken können, wundert und erschreckt mich zu gleichen Teilen. Beliebtheit ist ein groteskes Spiel, wer oben ist, kann gar nicht mehr verlieren.

»Was ist denn heute mit den Idioten los?«

Die derben Worte von Karin wollen so gar nicht in das damenhafte Antlitz passen. Ich unterdrücke ein Schmunzeln, pflichte ihr bei und konzentriere mich im Anschluss auf das Spiel.

Gebannt starren die Zuschauer auf ihre modernen Gladiatoren. Sie brüllen ihre Spieler nach vorn, verlangen Tore und Unterhaltung, jedoch scheint an diesem Tag gar nichts zusammenpassen zu wollen. Pässe gehen ins Leere, Laufduelle werden verloren und sogar ihr Superstar Christofer Breeck wirkt heute seltsam fahrig. Als nach einer halben Stunde Mustafa Cem, einer der routiniertesten Spieler, gegen Simon Gargusch ausgewechselt werden muss, sollte auch dem letzten Fan klar sein, dass der Tag sich anschickt, in den Gedächtnissen der Menschen haften zu bleiben.

Der Tabellenletzte drückt die Borussia in die eigene Hälfte und die Heimspieler agieren wie von einem Fieber gepackt. Sie schleppen sich über das Spielfeld, ihre Herzen pumpen so heftig, dass sich die roten Gesichter scharf von den Trikots abheben. Selbst von der Tribüne erkennt man die Schweißausbrüche. Ein älterer Spieler übergibt sich am Spielfeldrand, während die vereinte Presse in beflissenem Pflichtbewusstsein Fotos schießt.

»Was zum Teufel geht hier vor?« Sarina erhebt sich wie viele andere. Flüche dringen durch das Bergstadion am Fuß des Griems, volle Becher landen auf dem Spielfeld. Der Schiedsrichter lässt trotzdem weiterspielen, untermalt von einem gellenden Pfeifkonzert.

Alle springen auf, richten ihre Wut auf die erschöpften Spieler, nur ich bleibe sitzen und beobachte die Szenerie. Ein hauchzartes, fast nicht erkennbares Lächeln legt sich auf meine Lippen.

Niemals hätte ich darauf gewettet, dass der Geräuschpegel noch einmal zunehmen könnte, doch als Chris ausgewechselt wird, werde ich eines Besseren belehrt. In keiner Schlacht hätte es lauter sein können, selbst der Zusammenbruch der Zivilisation würde nicht so schwer wiegen wie dieses Ereignis. Langsam erhebe ich mich, stimme halbherzig in die Beschimpfungen der Mädchen ein und erlebe, wie eine Stadt zerbricht.

Coach Zernig fährt sich über das glänzende Gesicht. Einem wilden Tiger in Gefangenschaft gleich, treibt es ihn von einer Ecke in die andere. Scheinbar mühelos durchbricht seine Stimme das Chaos.

»Wo ist Hirsch?«

Er schreit die Worte in Richtung Tribüne. Hubertus Breeck, Alois Konz und Bürgermeisterin van Cleef verschaffen sich Zutritt zur Trainerbank. Sie schwitzen aus allen Poren, trinken literweise Wasser und versuchen, die Panik aus ihrem Blick zu verdrängen. Das Stadion gleicht einem Tollhaus. Immer mehr Spieler der Borussia brechen würgend auf dem Spielfeld zusammen. Der Gegner hat keine Probleme damit, Tor um Tor zu schießen. Selbst Martins aufopferungsvoller Einsatz führt zu nichts. Auf halber Strecke zur Ersatzbank hält er sich den Bauch, bis sich sein Mageninhalt auf den Rasen ergießt.

Ich genieße dieses schauderhafte Theaterspiel und damit bin ich nicht allein. Journalisten aus der ganzen Republik filmen jede einzelne Verfehlung, bannen sie auf Zelluloid und machen sie im Internet unsterblich. Vor meinem gestrigen Auge flimmern die Schlagzeilen des morgigen Tages auf, in Großaufnahme und mit Hunderten Kommentaren wütender Fans garniert.

Ich empfinde kein Mitleid, keine Reue und zünde mir in Ruhe eine Zigarette an, als sogar Sitzschalen auf das Spielfeld fliegen. Der Rauch wird langsam über die Köpfe der Menschen getragen und erreicht die Nerds. Auch sie filmen fleißig mit ihren Handys. Wahrscheinlich streamen sie sogar live ins Internet, damit noch mehr Leute an der Schmach von Griemsmahl teilhaben können.

Nach etlichen bangen Minuten der Unsicherheit zieht es die örtliche Polizei neben das Spielfeld. Ich kenne ihre Gesichter, kein einziges kann ich jemals wieder vergessen. Die Übelkeit beißt sich wie eine giftige Schlange in meinem Unterleib fest. Diesmal wird es nicht ausreichen, ein paar Leute zu schmieren und Gefallen einzufordern. Dafür werde ich sorgen. Mein Pakt bindet mich daran, mein kurzes Leben dafür zu verwenden, ihres zur Hölle zu machen.

Der spitze Pfiff des Schiedsrichters soll die Ouvertüre zu meinem neuen Stück sein. Wieder ist Griemsmahl meine Bühne, doch in dieser Aufführung werde nicht ich das Opfer sein.

Ein flüchtiger Blick auf die Uhr verrät mir, dass wir noch nicht einmal bis zur Halbzeit gekommen sind. Die Drogen wirken erstaunlich gut. Andrews Dealer hat Ahnung von dem Zeug, das er verkauft.

Händeringend versuchen die Oberen der Stadt, die Situation zu beruhigen. Ein unmögliches Unterfangen, wie sich herausstellt. Reporter rufen wilde Spekulation auf das Spielfeld, Investoren verlassen vor Zorn schnaubend die Tribüne, der Trainer wütet, kurz vor dem Nervenzusammenbruch, Spieler liegen zitternd auf dem Boden und von den Tribünen peitscht ihnen blanker Hass entgegen.

Ich liebe jeden einzelnen Moment.

Kurz vor der Eskalation tritt Bürgermeisterin van Cleef vor die Tribüne. In ihrer sonst so selbstbewussten Stimme hat sich eine unsichere Nuance eingeschlichen, ein verzweifelter Klang voller Unterbrechungen und Aussetzer, der sie auf eine gewisse Weise sogar sympathisch erscheinen lässt.

»Meine lieben Freunde, liebe Griemsmahler …« Der Pöbel möchte sich nicht beruhigen. Er wollte ein Schlachtfest gegen den Tabellenletzten sehen, eine Machtdemonstration. Stattdessen bekommen sie eine Schmach eines nicht gekannten Ausmaßes zu spüren.

Sie haben sie verdient.

»… bitte, so hört mir doch zu.« Die verzweifelten Versuche der Bürgermeisterin münden in hilfloses Gebrabbel.

Meine Augen verengen sich zu Schlitzen. Sie wird doch nicht etwa auch ein paar hilfreiche Substanzen vom Doc erhalten haben? Klar, der Stress ist groß, Ritalin ist der Lieblingswachmacher von Studenten und effektiver als Dutzende Tassen Kaffee. Reicht der Verrat so weit?

»Anscheinend ist die Mannschaft einem Magen-Darm-Virus anheimgefallen. Noch heute werden wir mit den Offiziellen der Liga abstimmen, ob das Spiel wiederholt wird.« Sie muss sich den Schweiß von der Stirn tupfen. Sirenen heulen im Flutlicht. Die Wagen der Einsatzkräfte tauchen das Bergstadion in ein flackerndes Blau. »Ich möchte an alle Menschen mit medizinischer Ausbildung appellieren, dass sie uns zur Seite stehen. Immerhin sind und bleiben wir Griemsmahl. Von einem Rückschlag lassen wir uns nicht unterdrücken.« Die Worte der Bürgermeisterin dröhnen in meinen Ohren. Sie fängt die Leute, obwohl sie selbst kaum stehen kann. »Denkt immer daran: Für die Stadt, für die Menschen, für Griemsmahl – wir halten zusammen.«

Am Ende brandet doch noch verhaltender Applaus auf. Ich klatsche demonstrativ und möchte mich an Sarina vorbeischieben.

»Wo willst du hin?«, blafft sie mich an, als wäre es Majestätsbeleidigung jetzt zu gehen.

Wie es sich für die Königin der Stufe gehört, senke ich mein Haupt. »Ich habe ein Praktikum im Krankenhaus absolviert und Dr. Hirsch ist nirgends zu sehen. Vielleicht kann ich helfen?«

Anerkennendes Nicken in der Runde. Selbst Karin klopft mir auf die Schulter.

Schwungvoll holt Sarina ihre Autoschlüssel aus der Tasche. »Gute Idee, Dornröschen. Mein Porsche steht draußen vor der Tür. Ich fahre dich.«

»Und was ist mit mir?«, will Karin wissen und wendet sich fragend an die anderen Mädchen.

Sobald der Blick meiner Mitschüler Sarina trifft, geben sie den Weg frei. So weit reicht der Einfluss ihrer Familie bereits. Beliebtheit und Hass sind gefährliche Währungen, wenn man über beide bestimmt.

Wir drehen uns kurz um. Während ich beobachte, wie ihr Vater Alois seine Krawatte lockert und schließlich zu Boden sinkt, schreit Sarina über meine Schulter: »Vielleicht kannst du hier helfen. Jenny muss zum Krankenhaus.«

Auch für Hubertus Breeck scheint es zu viel zu sein. Der sonst so stilsichere Mann würgt heftig. Er ist fest entschlossen, den Strahl aus Bratwurststückchen und Bier mit Unterlagen zu stoppen, doch seine Bemühungen sind nicht von Erfolg gekrönt. Im Gegenteil - die hellbraune Masse spritzt in alle Richtungen und ruiniert die feinen Anzüge und hochgeschlossenen Mäntel der Gäste. Ein weiteres Motiv für die Fotografen und eine Gedankennotiz an mich selbst.

Ich komme mir vor, als wäre ich auf einem Schlachtfeld. Zu gern hätte ich beobachtet, wer noch heimlich Aufputschmittel nimmt, doch Sarina zieht mich energisch weiter. Eins muss man ihr lassen, sie macht nichts ohne Leidenschaft. Schnurstracks verlassen wir das Stadion. Ihren Porsche hat sie auf einem Behindertenparkplatz abgestellt, sodass sie schnell Gas geben kann.

Ich komme mir vor wie in einem Raumschiff beim Start. Sarina nimmt die engen Kurven so schwungvoll, dass die Reifen quietschen. Sie fährt ihr Auto, wie sie lebt – als ob ihr die Straßen gehören würden. Selbst der bräunliche Schneematsch kann sie nicht aufhalten. In jeder Kurve spritzt etwas auf die Kleidung von Unbeteiligten.

»Finde ich echt cool, dass du helfen möchtest.«

Ich kann gerade noch so ein: »Klar«, rausdrücken, bevor Sarina vor dem Haupteingang zum Stehen kommt. Das Heulen der Sirenen liegt bereits wie ein Bote drohenden Unheils in der Luft. Sie hat es tatsächlich vollbracht, vor den Einsatzwagen am Krankenhaus zu sein.

»Viel Glück, Dornröschen!«, ruft sie mir hinterher.

Ich winke zum Abschied und eile zur Rezeption. Zum Glück kennt die Dame mich noch. »Hi, kann ich helfen? Ich hatte vor einiger Zeit ein Praktikum hier und …«

»Jennifer Meyer«, haucht die Rezeptionistin tonlos. Meine nächtlichen Besuche bei Dr. Hirsch wurden also doch bemerkt. Sie sieht mich argwöhnisch von oben bis unten an. Meine Fankleidung scheint sie zu beruhigen. »Wegen des Spiels haben wir zu wenig Ärzte, Schwestern und Pfleger. Zu allem Überfluss ist Dr. Hirsch wie vom Erdboden verschluckt.« Die Wand aus blauen Lichtern kommt näher. »Du weißt noch, wo alles ist?«

Ich nicke abgehetzt.

»Gut. Komm' mit, Kindchen. Das wird eine lange Nacht.«

***

Als die Sonne so weit am Griems vorbeigewandert ist, dass das Licht die Dunkelheit aus den Krankenzimmern vertreibt, benötige ich ein paar Herzschläge, um mich zu vergewissern, dass dies kein Traum ist.

Bleiern schwer hängt die Müdigkeit in meinen Gliedern. Die ganze Nacht bin ich von Krankenzimmern zur Notaufnahme gehetzt, habe

Verbände gewechselt und Betten bezogen, Getränke gereicht und am Telefon allzu neugierige Reporter abgewimmelt. Jedermann sah meine aufopferungsvolle Arbeit, lobte mich und die Sünden der Vergangenheit waren ganz schnell vergessen. Selbst Sarina, Karin und die Mädchen der Clique drückten mich an sich und weinten in meinen Armen.

Doch die größte Aufgabe des Tages wartet in den frühen Morgenstunden auf mich, während sich Ruhe über das St.-Irmgardis-Krankenhaus legt. Obwohl jeder Muskel sich davor scheut und Ekel in mir aufzieht wie eine fiebrige Nässe, setze ich mich zum schlafenden Chris und kuschel mich an seinen Arm.

Minutenlang muss ich mich zwingen, an seinem Bett zu wachen, während er seinen Rausch ausschläft und die Geräte zur Herzüberwachung ein monotones Piepen in den Raum werfen. Die Nachtschwester erkennt in mir seine Freundin und ich kann nichts anderes tun, als zu lächeln und zu versuchen, einen heuchlerischen Glanz in meine Augen zu legen.

Oftmals überkommt mich in der Dunkelheit der Drang, ein Kissen auf sein Gesicht zu drücken, so lange, bis er keine Frauen mehr schänden, keine süßen Lügen mehr versprechen kann. Es verlangt mir alles ab, dies nicht zu tun.

In so einem Tod würde keine Strafe liegen. Ich muss mich an den Plan halten. Selbst jetzt, ohne Ruhe und am Ende meiner Kräfte. Nur das Kokain hält mich wach und auf Kurs.

»Hey, Dornröschen.«

Verschlafen reibe ich meine Augen und erblicke sein verlogenes Gesicht. Es ist dasselbe Antlitz, das ich damals erkannte, als die Welt verschwamm und aus meinem lodernden Herzen ein kalter Stein wurde. Dasselbe Gesicht, aus dem ein Lachen drang und die Aufforderung an seine Mitspieler, dass mich alle nehmen könnten.

Ich hasse es, wenn er mich so nennt. Ich hasse es, wenn mich irgendjemand so nennt. Doch ich darf nicht hassen. Ich muss Zuversicht verbreiten und lege meine Hand auf seinen Arm, auch wenn meine gebrochene Seele weint.

»Hey, Chris. Sorry, ich bin eingeschlafen. Geht es dir besser?«

»Jetzt schon«, nuschelt er erschöpft. »Du warst die ganze Zeit hier?«

Ich richte mich auf und dehne meine Muskeln. Dabei knackt es so laut, als wären sie mit den Sehnen verwachsen. Alles pocht und schmerzt, sodass ich mich anstrengen muss, um nicht ins Nachbarbett zu fallen.

»Chris, du bist wach!«

Noch bevor ich mich umdrehen kann, fällt Chris' Mutter in seine Arme. Dann umarmt sie mich, obwohl wir nie ein Wort miteinander gewechselt haben.

»Nenn' mich Marta«, sagt sie schluchzend und nimmt auf dem Stuhl Platz, auf dem ich die Nacht verbracht habe. »Das ist wirklich nett von dir, dass du auf unseren Christofer aufgepasst hast.« Sie holt ein Taschentuch hervor und tupft die Feuchtigkeit von ihren Wangen. »Auch meinem Mann ging es nicht gut.«

In wenigen, präzisen Sätzen erklärt uns die attraktive Frau, was passiert ist. Das Landeskriminalamt hat die Ermittlungen aufgenommen, Hubertus Breeck kommt, wie alle anderen, schon wieder auf die Beine und Dr. Hirsch wurde in seinem Mercedes gefunden - völlig zugedröhnt und ohne eine Erinnerung an die gestrige Nacht. Zusätzlich war er nicht allein, doch das Mädchen konnte sich absetzen, bevor es der Polizei gelang, sie aufzugreifen. Etliche Würdenträger der Stadt und beinahe alle Fußballspieler wurden in umliegende Krankenhäuser eingewiesen.

»Man vermutet eine seltene Form des Magen-Darm-Virus«, fügt Frau Breeck beflissen hinzu und wird nicht müde, zu betonen, dass es vielleicht auch das Pontiac-Fieber sein könnte, ausgelöst durch Legionellen im Wassersystem der Gemeinde.

Bei jeder weiteren Silbe krallen sich meine Finger fester in die Bettdecke des Krankenbetts. Ein seltener Virus? Das Pontiac-Fieber? Wollt ihr mich alle verarschen?

Sekunden später wird mir klar, dass die Maschinerie bereits angelaufen ist, um das Ganze zu vertuschen. Unter dem Mantel des Schweigens kann man bequem leben. Wahrscheinlich sind noch in der Nacht die Offiziellen des Verbands geschmiert worden, ein Wiederholungspiel wird angesetzt, die Investoren werden erneut eingeladen. Schwamm drüber. Alles halb so wild.

Das Rad dreht sich weiter, und die nervigen Ermittlungen des LKA werden mit etwas Zeit und noch mehr Geld im Sand verlaufen. Man kennt sich, man schätzt sich und diese Episode wird bald beendet sein.

Ich halte den Atem an. Bei einem Stich ins Wespennest gehen die Arbeiter weiter ihren Jobs nach, nur die Soldaten schwärmen aus, beschützen die Königin und suchen den Feind.

Das bin nun ich.

Mir wird heiß und kalt zugleich. Das Fieber wird nicht ausreichen, um alles zu Fall zu bringen. Ich muss bis zum Ende gehen. Bis ganz zum Ende.

»Entschuldigen Sie vielmals, aber ich möchte hier raus.« Wie wahr.

»Natürlich.« Überschwänglich verabschiedet mich Frau Breeck. »Vielen Dank noch mal.«

»Hey Dornröschen«, Chris lächelt gewinnbringend, wie er es bereits bei Dutzenden Mädchen getan hat. »Kann ich mich in den nächsten Tagen bei dir revanchieren? Bei einem Abendessen zum Beispiel.«

»Das wäre schön.« Ich presse meine hinter dem Rücken liegenden Fäuste fest zusammen, bis es schmerzt. Die Pein erfasst meinen Körper.

Nur so gelingt es mir, dass ich nicht auf das Krankenbett springe und ihm vor den Augen seiner Mutter jedes perfekt liegende Haar einzeln ausreiße. »Wie wäre es bei mir? Meine Ma ist noch in Therapie und wir hätten die Berghütte für uns.«

»Nur zu gern.« Der lüsterne Glanz in seinen Augen ist unverkennbar. Wie ein Jäger, der seine Beute im Fadenkreuz ruhig grasen sieht. Schwach, hilflos und unwissend, was als Nächstes passieren wird.

Ich hätte die Dosis erhöhen sollen.

Leise verabschiede ich mich und renne prompt Sarina in die Arme. Es ist schwierig, in dieser Stadt nicht auf Menschen zu treffen, die man hasst.

Sie drückt mir die Tageszeitung in die Hände und stellt den Kaffee ab. »Süße, du siehst ganz müde aus.« Auch unter ihren Augen liegen tiefsitzende Ringe, so groß wie Wagenräder, doch diesmal bin ich nicht so dumm, und kein Wort verlässt meine Lippen. »Du hast hier so viel gearbeitet. Soll ich dich nach Hause fahren?«

Ich nicke schwach. Mehr ist auch nicht nötig, meinem Ziel bin ich einem Stück näher gekommen.

Heute Nachmittag werde ich mit Andrew sprechen und die Berichte über den gestrigen Abend lesen. Mein Blick streift die Schlagzeile, die in großen Lettern von der Zeitung prangert. »Das Bergstadion ist immer einen Besuch wert.«

Wie wahr.

Kapitel 20 – Etwas beginnt, etwas zerbricht

54. Tag vor dem Kuss des Prinzen

»Dich sieht man mittlerweile jedes Wochenende hier. Hat das einen bestimmten Grund?« Dina tippt mit dem zerrissenen Zeigefinger des Handschuhs auf ihre Nase. »Ich finde das schon heraus, Hübsche.«

Ich seufzte theatralisch und beginne, mit mir zu ringen, ob ich den wahren Grund meiner häufigen Besuche im Bergstadion preisgeben möchte. »Die Atmosphäre gefällt mir und die Leute sind nett«, entgegne ich schließlich und sehe mich demonstrativ um.

Es ist nicht die Wahrheit, aber auch keine Lüge. Solange ich mir über meine eigenen Gefühle nicht im Klaren bin, sollte ich sie auch niemandem auf die Nase binden. Besonders nicht Dina; sie hat mit dem bevorstehenden Zwangsverkauf des Souvenirladens schon genug Last auf ihren Schultern ruhen.

»Es ist aber nicht wegen dem da, oder?« Es hätte keinen Weg gegeben, die Worte mit mehr Abscheu auszuspucken. Nur ein kurzes Kopfnicken deutet an, dass sie Martin meint.

Wie von selbst zieht sich mein Gesicht zusammen, als hätte ich in eine besonders saure Zitrone gebissen. »Wegen dem? Nein. Auf keinen Fall.« Ich stupse sie an der Schulter an. »Wie gesagt, mir gefällt es einfach.«

»Tja, wenn das so ist …« Dina öffnet eine Audiodatei auf ihrem Handy, Trommelwirbel dröhnt mir aus dem uralten Modell entgegen, während sie umständlich in ihrer riesigen Tasche kramt. »… wo habe ich es denn …?« Ein kaputter Regenschirm, Tampons und Vitaminbonbons fallen auf den feuchten Tribünenboden und rieseln in die Kapuze der Dame vor uns. »… dann wird dir das hier noch besser gefallen! Herzlichen Glückwunsch!«

Ein erschöpfter Glanz liegt in ihren Augen, als sie mir das fein verpackte Paket unter die Nase hält. Die letzten Nächte mussten unendlich hart für sie gewesen sein, trotzdem hat sie an meinen Geburtstag gedacht.

Nur mit Mühe kann ich meine Tränen zurückhalten. »Nach meiner Mutter bist du die einzige, die mir persönlich gratuliert hat.«

Sie drückt mir das Geschenk in die Hände. »Pinnwandeinträge und Nachrichten kosten auch Zeit. Also, stell dich nicht so an.«

Viel zu hastig ziehe ich die Handschuhe aus, sodass sie ebenfalls die Kapuze der Frau vor uns streifen.

Diesmal wird es ihr zu bunt. »Was soll das?«

»Sorry«, antwortet Dina sofort und bietet der Dame ein Vitaminbonbon an. »Sie feiert ihren ersten Geburtstag in Griemsmahl.«

Ich nehme die Beschwichtigungsversuche schon gar nicht mehr wahr und reiße das Papier ab. Zum Vorschein kommt eine wundervolle Kette, an der ein goldenes Herz glänzt. Sogar im trüben Licht der kaum erkennbaren Sonne funkelt die Gravur auf dem edlen Metall. »Dornröschen«, lese ich laut vor.

Dina kann sich kaum ein Lachen verkneifen. »Da du ja jetzt bei allen beliebt bist, brauchst du auch den passenden Schmuck dazu.«

Ich umarme meine Freundin und würde sie am liebsten nie mehr loslassen. »Danke schön.«

»Hey, ihr beiden, stören wir?«

Es ist kurz vor Spielende, als sich pünktlich zum Schlussjubel Sarina und Karin wieder auf ihren Plätzen einfinden.

»Alles Gute zum Geburtstag, Dornröschen.«

Beinahe wäre mein Mund heruntergeklappt. Vor etlichen Monaten wusste sie nicht einmal, dass ich existiere und jetzt, da Chris mich mag, bin ich plötzlich das coole Dornröschen mit der taffen spanischen Freundin. Klischees und Stereotypen habe ich immer gehasst, aber mit manchen kann man erstaunlich gut leben.

»Vielen Dank«, antworte ich, ziehe meine Beine zum Körper und ertappe mich dabei, dass ich noch nicht einmal überrascht bin, als Karin uns beide im Vorbeigehen an sich drückt.

»Tolles Spiel heute, oder?«

Wir nicken überschwänglich.

Die Borussia führt mit 5:0, Chris hat drei Tore geschossen, sogar der Wind pfeift an diesem Apriltag etwas milder durch das Stadion. Selbst in Griemsmahl kann man die Vorboten des nahenden Sommers nicht mehr von der Hand weisen. Eine wohltuende Routine schleicht sich in jene Gemüter der Menschen, die sogar Sarina und Karin milde stimmt.

»Es dauert nicht mehr lange, dann sitzen wir auf der VIP-Tribüne neben unseren neuen, besten Freundinnen«, haucht Dina vorsichtig, als die beiden uns passiert haben, und blickt ihnen wehmütig nach. Ich weiß, dass sie es halb im Scherz meint, trotzdem erkenne ich Sehnsucht in ihrer Stimme.

Wie eine Dame in einem Schwarz-Weiß-Film, fächere ich mir übertrieben Wind ins Gesicht. »Ich werde niemals zur Upper Class gehören und dort sitzen.« Doch als ich sehe, wie Sarina und Karin lachen, werde ich nachdenklich. »Komisch, oder? Wir haben nur noch ein Jahr und wenige Monate auf der Schule und plötzlich merken alle, dass es nach Griemsmahl noch ein anderes Leben gibt.«

Dina drückt mich an sich. »Sie sind eigentlich gar nicht so übel, oder? Klar, Karin kann eine Bitch sein und die halbe Stadt hat Angst vor Sarina, aber sie tun auch eine ganze Menge für die Gemeinde.«

Unsere Blicke treffen sich. Gegenseitig lesen wir den Schock aus unseren Augen.

»Wir verteidigen die beiden Oberzicken doch nicht etwa?«

Erschrocken und mit weit aufgerissenen Lidern fasst Dina meine Hände. »Doch, das tun wir. Wir sind infiziert!«

Unser Lachen geht mit dem Schlusspfiff einher und vermischt sich mit dem Jubel der Griemsmahler zu einem ohrenbetäubenden und doch wohltuenden Lärm.

»Wollen wir noch in die Mine gehen?«, schlägt Dina vor. »Eis mit heißen Kirschen schmeckt am besten, wenn es draußen kalt ist.«

»Klar, gleich. Ich wollte mich nur bei Christofer verabschieden.« Viel zu stürmisch packe ich meine Freundin am Ärmel und ziehe sie zum Gitter vorm Spielfeldrand. »Dauert nur eine Sekunde.«

Mit gekreuzten Armen und einem grüblerischen Lächeln im Gesicht gesellt sich Dina zu mir. »Was habt ihr beiden in letzter Zeit? Seitdem er dich nach Hause gefahren hat, scheinst du ihn gar nicht mehr zu hassen.«

»Ich hasse niemanden«, sage ich schnell und so gleichgültig wie nur möglich. »Das liegt mir nicht im Blut.«

Die gemächliche Aufbruchsstimmung wandelt zum tosendem Jubel, als Chris zum Triumphmarsch in die Fankurve aufbricht, sich sein Trikot vom Oberkörper reißt und einen Blick auf seine vor Schweiß glänzenden Bauchmuskeln freigibt.

Selbst Dina vergisst für den Augenblick ihre dunklen Gedanken. »Okay, das würde ich auch nicht hassen können«, gibt sie schmunzelnd zu und lehnt sich an das Gitter.

Er klatscht seine Fans ab und reckt die Faust in die Höhe, sodass die Muskeln unter seiner Haut wie gesponnener Stahl spielen. Allein seine Ausstrahlung könnte ein Stadion zum Kochen bringen. Kein Wunder, dass Bundesligisten und Investoren ihre Scouts entsendet haben.

»Hey, Dornröschen.« Blut steigt in mein Gesicht, als sich Chris gegen das Gitter lehnt, sich unsere Hände berühren und er so tut, als hätten wir alle Zeit der Welt. »Hallo, hübscheste Spanierin von Griemsmahl. Alles in Ordnung bei euch?«

Jetzt muss sogar Dina lächeln. »Solltest du dir nicht etwas anziehen? An deinen Nippeln kann man Jacken aufhängen.« Sie mustert ihn genüsslich von oben bis unten.

Chris lehnt sich zurück, spannt die Bauchmuskeln an. »Gefällt es dir?«

Sie winkt ab. »Hab' schon Bessere gesehen.« Ich weiß, dass es eine Lüge ist, Dina ist sich der Tatsache ebenfalls bewusst und wahrscheinlich ahnt es sogar Chris. Uns allen ist es egal.

»Euch wollte ich sowieso noch sprechen.« Er schüttelt widerwillig ein paar Hände, ohne auch nur einen Zentimeter von unserer Seite zu weichen. »Gleich gebe ich eine kleine Poolparty bei mir zu Hause. Und da heiße Mädels bei mir immer willkommen sind, wollte ich fragen, ob ihr schon etwas vorhabt?«

Mein Herz setzt für einen Takt aus. Die Kombination seiner Worte ergibt keinen Sinn. Hat der beliebteste Schüler und Hoffnungsträger der Stadt uns gerade als heiß bezeichnet und uns obendrein zu einer seiner legendären Poolpartys eingeladen?

»Danke für die Einladung.« Dina reagiert blitzschnell und mit geringschätzendem Tonfall. »Wir sehen, ob es heute Abend passt.«

Dankbar, dass Dina da ist und ich unfähig bin, auch nur einen Ton über meine Lippen zu bringen, nicke ich stumm.

»Cool. Ich muss ohnehin noch einkaufen und würde euch beide abholen.« Chris kommt so nah an das Gitter, dass ich den herben Duft seiner Haut riechen kann. Seine Hand scheint zu glühen, als er mir sein Trikot gibt. »Happy Birthday, Dornröschen.«

Mein Mund ist staubtrocken, als hätte ich tonnenweise Wüstensand geschluckt. Ich will mich bedanken, doch es ist nur ein peinliches Röcheln, das meiner Kehle entringt.

»Wir müssen jetzt gehen.« Erneut springt Dina in die Bresche und zieht mich in weiser Voraussicht zum Ausgang, bevor noch irgendwelche Neandertalerlaute meine Lippen verlassen.

Ist das ein Traum? Seine Stimme wirft in meinem Kopf ein wohlklingendes Echo und lässt jede Zelle tanzen. Auch wenn Griemsmahl noch so kalt und dunkel ist, manchmal schenkt einem die Stadt wundervolle Momente des Glücks, dass man sie greifen möchte und für immer in seinem Herzen tragen will.

***

»Schön, dass es geklappt hat.«

Wie versteinert sitze ich neben Dina auf dem Rücksitz von Chris' SUV und versuche, so cool und unnahbar wie möglich zu wirken. »Klar, wir konnten es gerade so dazwischenschieben. Du hast echt Glück.«

Was rede ich da für einen Schwachsinn? Wieso klingen Arroganz und Selbstverliebtheit bei Sarina immer so einfach und bei mir, als wäre ich nur die Karikatur eines Mädchens, das sich interessant machen will.

Dina legt beruhigend ihre Hand auf mein Bein und schüttelt mit dem Kopf. »Wir wollten ihren Geburtstag ruhig feiern. Schön, dass du für Jenny gleich eine ganze Party schmeißt.«

Chris scheint der Gedanke zu gefallen. »Gar kein Problem. Für meine Retterinnen an Silvester würde ich doch alles tun.«

Wieder rettet sie die Situation. Ich ergreife ihre Hand und drücke sie dankbar. Wo Worte keine Gültigkeit haben, müssen Taten herhalten, um Gefühle auszudrücken.

Chris sieht in den Rückspiegel und fängt meinen Blick ein. »Für unser Dornröschen ist kein Aufwand zu groß.«

Obwohl die halbe Stufe mich mittlerweile so nennt, habe ich mich nie wie eine Prinzessin gefühlt. Heute ist es anders. Ich sitze auf dem Rücksitz eines todschicken Wagens, werde vom heißesten Typen der Schule chauffiert und er hält uns beiden die Tür auf, als wir bei Gargusch an der MountainMall einen Zwischenstopp einlegen.

Mit Chris durch die Gänge zu schlendern, fühlt sich anders an, erhabener. Beinahe scheint es, als würde tatsächlich eine imaginäre Krone sein Haupt schmücken und jeder vom Glanz seines Ruhms kosten dürfen, der mit ihm reist. Er trägt die Aura der Verantwortung wie einen federleichten Mantel. Die ganze Mall scheint auf ihn fixiert zu sein und darauf erpicht, dass der Spielmacher der Borussia zufriedengestellt wird.

Herr Gargusch höchstselbst lässt es sich nicht nehmen, Chris und Gefolge seine Aufwartung zu machen. Und so kommt es, dass ich zum ersten Mal ein Einkaufszentrum verlasse, ohne bezahlen zu müssen. Der Prinz von Griemsmahl scherzt mit den Angestellten, als sie Schnaps, Knabbereien, Becher, drei Tops, zwei Hosen, Bikinis und neue Handschuhe für Dina und mich im Kofferraum verstauen. Plötzlich ist es gar nicht mehr so schlimm, dass mich alle Dornröschen nennen und einem Adelstitel gleich, der um mich weht, wie der nächtliche Duft des Frühlings.

»Jetzt, wo wir alles haben, sinnt es den Damen nach einer kleinen Feierlichkeit?«

Im Geist trägt er immer noch seine Krone. Das Bild von ihm wandelt sich mit jedem Tag ein wenig mehr. Er ist der würdige Herrscher der Stadt, bereit, seine Untertanen in neue Ära zu führen.

»Aber klar doch«, sage ich und fasse es nicht, dass mich seine Anwesenheit und die Geschenke zu einem dümmlichen Grinsen bringen. »Solltest du als Gastgeber nicht schon da sein?«

Mit einer vielsagenden Handbewegung winkt er ab. »Karin und Sarina haben das schon unter Kontrolle. Ist nicht die erste Fete, die wir feiern. Außerdem habe ich keine Lust, von den ganzen Leuten aus der Oberstufe Telefonnummern zu sammeln, damit sie in Kontakt bleiben können.«

Wenn er solche Sätze sagt, klingen sie nicht nach Arroganz, sondern nach entwaffnender Ehrlichkeit. Ein mulmiges Gefühl nistet sich in meiner Magengegend ein, während wir das gusseiserne Tor passieren und Chris uns vor den Säulen der herrschaftlichen Villa die Tür aufhalten möchte. Sofort sind zwei ältere Mitschüler zur Stelle und verwickeln ihn in ein Gespräch, sodass wir ein paar ungestörte Sekunden Zeit haben, bevor wir in die Arena treten.

»Die Oberstufe ist hier? Sarina und Karin? Dazu noch Martin?« Ich bin kurz vor einer Panikattacke. Meine Finger bohren sich in die Tüten der neu gekauften Kleidung. Die Welt um mich herum dreht sich schneller, als sie sollte, und meine Stirn glänzt vor nervöser Aufregung.

»Ganz ruhig«, flüstert Dina und lehnt sich zu mir. »Genieß‘ es einfach. Immerhin haben wir auch ein wenig Spaß verdient und Chris hat uns persönlich abgeholt.« Sie löst den Gurt und drückt mich an sich. »Wenn der Goldjunge etwas sagt, hat Griemsmahl zu gehorchen, oder?«

Nur Momente später werden die Türen geöffnet und uns schlägt der Lärm einer ausgelassenen Party entgegen. Wir werden mit Lächeln und Drinks begrüßt, Sarina und Karin schreiten aus der Schwingtür, herzen erst Chris, dann uns beide, als hätten wir bereits im Kindergarten einen Freundschaftpakt geschlossen. Dinas Theorie trifft so genau zu, dass es beinahe unheimlich ist. Karin und Sarina haken sich bei uns ein, während Chris mir seinen Arm anbietet.

Ein Gefühl der Wärme und Geborgenheit durchflutet meinen Körper. Wie eine Droge ergreift sie von meinem Verstand Besitz und hinterlässt mit jedem Schritt mehr Glücksgefühle. Wenn es sich so anfühlt, beliebt zu sein, kann ich Martin fast schon verstehen. Meine Erkenntnis ist unter dicken Schichten des Hasses vergraben und wird noch tiefer hinabgedrückt, als mein Ex-Freund wie aus dem Nichts vor mir steht.

Chris nimmt Jubelstürme entgegen und versucht, zu Wort zu kommen, als Martin sich zu mir beugt und fast schreien muss, damit ich ihn verstehe.

»Es ist schön dich zu sehen, Jenny.«

»Ebenfalls.« Hauchzart, als würde ihn eine Brise des Windes streicheln, berühre ich seine Schulter und lasse mich im Anschluss von Chris bereitwillig in die Massen der Feierwütigen ziehen. Martin bleibt verdutzt zurück.

»So ist es richtig«, pflichtet Dina mir bei und ist sofort wieder im Gespräch mit Karin und Sarina versunken.

Noch immer wähne ich mich in einem Traum, aus dem ich niemals erwachen möchte. Die Party ist im vollen Gange, der Rhythmus der Musik ergreift mich und lässt alle Sorgen verschwinden. Dina und ich wiegen unsere Körper im Takt der anderen, als wären wir nicht die Außenseiter, sondern ein Teil von etwas Größerem.

Die Stunden vergehen rasend und während die Zeit an uns vorbeifliegt, steigt der Alkoholpegel rasend. Chris wird von seinen Gästen so sehr vereinnahmt, dass Dina und ich im feierwütigen Pulk untertauchen und das Haus auf eigene Faust erkunden können. Unsere Drinks werden nachgefüllt, sobald sie leer sind, auf jeder Ebene gibt es etwas zu entdecken. Wir kommen gar nicht mehr raus aus dem Staunen. Ein Cateringservice tischt feinste Köstlichkeiten auf, in dunklen Ecken knutschen Pärchen in wilder Ekstase, die Musik pulsiert aus dutzenden Lautsprechern und überall leuchten die Augen der Gäste vor Lebenslust. Die Feierlichkeiten im alten Rom hätten nicht dekadenter sein können.

»Ich liebe es!« Es scheint, als habe mein Hirn ausgesetzt.

Händchenhaltend pressen wir uns zwischen erhitzten Körpern durch, jegliche Zweifel sind wie fortgeblasen und einer knisternden Obsession gewichen, dieses Leben zu unserem zu machen.

»Fuck! Wenn ich gewusst hätte, was die anderen jedes Wochenende machen, hätte ich mich in der Schule nuttiger angezogen«, scherzt Dina und leert ihr Glas. »Außerdem fange ich an, Chris richtig zu mögen.« Sie ist mir so nah, dass ich ihre erhitzte Haut spüre. »Du weißt schon, so richtig zu mögen.«

Irgendetwas schwingt in ihrer Stimme mit, das ich nicht zu deuten vermag. Eine sorgsam gehütete Emotion, die sie nur preisgibt, weil Alkohol und Endorphine wie im Rausch durch ihre Blutbahnen jagen.

»Hat hier irgendjemand was von nuttig gesagt?«

Dafür, dass der Bass in unseren Ohren wummert, beweist Chris erstaunlich gute Ohren. Zu gern lassen wir ihn in unsere Mitte und uns vom Gastgeber in den Keller führen, wo helle Freudenschreie die Räume erfüllen. Jede Minute in seiner Nähe steigert unser Ansehen auf beängstigende Art und Weise. Dina und ich werfen uns glückselige Blicke zu. Seine Hände ruhen mit einer zärtlichen Dominanz auf unseren Taillen und ich bin versucht, meinen Kopf gegen seine Schulter zu lehnen.

»Also, ich weiß nicht, wie ihr das seht, aber ich brauche jetzt eine Abkühlung.« Chris reißt sich das Shirt vom Leib und zum zweiten Mal an diesem Tage spielen meine Hormone verrückt. Eine Schweißperle sucht sich windend einen Weg seine Bauchmuskeln hinab und der Duft von Erfolg benebelt meine Sinne.

Mit einem martialischen Schrei springt er in das kühlende Nass und faltet die Hände zum Gebet. »Ach, kommt schon, das wird euch gut tun.«

Im Pool schwimmen leere Plastikbecher und Luftmatratzen. Ausgelassen werfen sich Mitschüler Bälle zu, ganze Wodkaflaschen werden über ihren Körpern ausgeleert.

»Wir sollten das nicht machen«, haucht Dina in mein Ohr. In ihren Augen jedoch brennt genau dieselbe Leidenschaft, welche unsere Vernunft auf wundervolle Art verstummen lässt.

»Nein, sollten wir nicht.« Ich schwanke gewaltig. Es ist doch nur ein wenig Spaß, nur ein ganz klein wenig. »Sollen wir es trotzdem tun?«

Dinas verschmitztes Grinsen besiegelt unseren Plan. Unsere Herzen schlagen wild, während wir uns auf der Toilette umziehen und mit den neu gekauften Bikinis in den Pool springen.

Ich kann es kaum glauben. Vor nicht allzu langer Zeit habe ich mich in die hinterste Ecke der Umkleidekabine verzogen und jetzt trinke ich im Bikini Wodka-Lemon und schmiege mich mit Dina an Chris' gestählten Körper.

Sarina und Karin folgen uns wenige Herzschläge später. Wir toben wie Kleinkinder, zufällige Berührungen streifen unsere Haut und meine Hand streichelt Chris' durchtrainierten Bauch. Mir ist gleichgültig, dass drei Mädels um ihn herumschwirren wie die Motten um das Licht. Hauptsache, ich bin bei ihm.

»Sag' mal, deine Eltern betreiben doch den Souvenirladen oben am Griems, oder?«

Ich kann die körperlichen Schmerzen fast spüren, die Karins Worte bei Dina auslösen. Was für eine Pein es sein muss, an die reale, kalte Welt da draußen erinnert zu werden, wenn man in einem Kokon aus Glückseligkeit feiert und es dem Alkohol gerade gelungen ist, den Schmerz zu betäuben.

Fragend setzt sie den Becher am Beckenrand ab. »Ja, wieso?«

»Mitte Juni ist die traditionelle Saisonabschlussparty der Borussia im Vereinsheim. Passend zum Bergstadion wollten wir die Dekoration herrichten.« Sie breitet die Arme aus und jeder spürt, wie stark das Feuer in ihr lodert. »Postkarten überall, Miniaturen des Berges, alte Fotografien, jeder kommt in Tracht.« Sie redet so schnell, dass sie vor Begeisterung Luft holen muss. »Wenn wir schon auf dem Griems feiern, sollen wir es auch richtig machen. Ihr habt doch bestimmt ganze Kisten mit dem Zeug.«

Dinas Stimme gewinnt an Stärke. »Ja, haben wir.« Jetzt gönnt sie sich doch einen Schluck. Einen sehr großen wohlgemerkt. »Aber ich weiß nicht, wie lange meine Eltern das Geschäft noch ihr eigen nennen. Es läuft leider …«

»Aber das ist doch großartig«, wirft Karin ein, legt ihren Arm um meine Freundin und geleitet sie weg. Sarina folgt augenblicklich. »Das ist ein riesiger Auftrag. Die Vereinskasse ist randvoll. Es soll bestimmt nicht zu eurem Schaden sein. Immerhin …«

Die Worte verlieren sich im Stimmgewirr und wilden Plätschern des Wassers. Ich blicke den dreien nach, als sie mit Handtüchern ihren Körper bedecken und tief im Gespräch versunken den Raum verlassen.

Noch einmal sieht Dina sich um. Ich recke den Daumen in die Höhe und freue mich so sehr, dass es schwerfällt, ihr nicht zu folgen und sie zu herzen.

»Da wären es nur noch zwei.« Chris lehnt sich an den Beckenrand und zieht mich zu ihm. Der Duft seiner Haut vermischt sich mit dem Chlorgeruch und versetzt mich in eine nicht gekannte Trance. Langsam streichelt er mit den Fingern über meine Lippen. Ich habe das Gefühl, als würde meine Haut in Flammen stehen. »Du hast noch kein Geschenk erhalten«, wispert er mir ins Ohr und küsst meinen Nacken.

Meine Atmung setzt aus. »Dein Trikot.«

»Das reicht nicht.« Die Sekunden dehnen sich zu einer Ewigkeit, als er meine Lippen zu den seinen führt und mich zärtlich küsst.

Ist das die Realität oder ein Traum? Gut und Böse haben in diesem Moment keine Gültigkeit mehr, ich wähne mich einer nicht gekannten Begeisterung nahe, die alle Bedenken über Bord wirft. Martin, Frau Hirsch und alle Qualen der vergangenen Monate sind ganz weit weg und wirken winzig.

Ich könnte schreien vor Glück und vergesse beinahe, zu atmen.

»Du bist so wunderschön«, flüstert er mir ins Ohr und hält dabei meine Hand. »Mein Dornröschen.«

Röte steigt mir ins Gesicht, mein ganzer Körper kribbelt. Es muss Magie sein, die mich stärker in seinen Bann zieht. Ich schmiege mich an Chris und für diesen einen Herzschlag ist die Welt perfekt … bis ich Dinas Gesicht erfasse.

Ihr Blick ist von solcher Trauer gezeichnet, beinahe könnte man meinen, dass die Schergen der Hölle selbst sie gepeinigt hat.

Die tropfnassen Locken streicheln schwungvoll ihre Schultern, als sie sich umdreht und energisch den Raum verlässt.

»Dina!«, entfährt es mir und ich haste fluchtartig aus dem Wasser.

»Bleib doch noch, Hübsche!« Chris' Worte hallen in meinem Kopf nach, während ich durch den Flur des Kellers laufe. Von Dina fehlt jede Spur. Keuchend ziehe ich Jeans und Top über meinen feuchten Bikini und stürze die Treppe hoch. Die Party ist noch immer in vollem Gang. Vom Alkohol beseelt, liegen sich Schüler der Oberstufe in den Armen. Aus den Boxen pulsieren melancholische Songs, während sie schief und voller Inbrunst die Texte mitgrölen. Das Gesicht meiner Freundin kann ich auch hier nirgendwo ausmachen.

»Habt ihr Dina gesehen?«, will ich, an Karin und Sarina gewandt, wissen. Vor den beiden liegen eine Handvoll vollgekritzelte Blätter, vermutlich haben sie sich direkt an die Planungen gemacht.

»Ist gerade raus«, antwortet Sarina. »Hat sich schnell angezogen und ist in die Kälte.«

Mein Blick fällt auf die Eingangstür. Noch immer ist sie offen. Ein eisiger Windzug streichelt meine feuchte Haut. Dazu gesellen sich Schneeflocken, die wild umhertanzen und nach wenigen Herzschlägen nasse Flecken auf dem Teppich hinterlassen. Spielt uns das Wetter einen gemeinen Streich oder bin ich es, die den Verstand verloren hat?

Sofort setze ich ihr nach und kann gerade noch erkennen, wie ihre Silhouette in der Dunkelheit verschwindet. »Dina!« Mein Ruf bleibt ungehört.

Im Laufen und mit nackten Füßen schlüpfe ich in die Stiefel. Dabei verliere ich das Gleichgewicht und muss mich mit den Händen auffangen. Wie unzählige scharfe Kanten bohrt sich der Asphalt in meine Handflächen. Der frisch gefallene Schnee legt sich in die Wunden und mein Blut malt die weiße Pracht rot.

Ich rappel mich auf und hetze ihr hinterher. Dina ist beinahe schon an der Leere, als ich sie endlich erreiche. »Was zum Teufel ist los mit dir?«

Ihr Blick ist so kalt, dass meine aufgerissenen und vor Schnee bedeckten Hände keine Rolle mehr spielen. »Das fragst du mich?« Sie seufzt und sieht zum Griems hoch, als ob er ihr helfen könnte. »Wieso nimmst du mir auch das?«

»Was meinst du?«

»Chris! Wieso musst du auch ihn haben? Reicht es dir nicht, dass du plötzlich bei allen beliebt bist und dich jedermann Dornröschen nennt?« Sie mustert meinen vor Kälte zitternden Körper und speit mir die Worte entgegen. »Mit deinen perfekten, blonden Haaren, der makellosen Haut und deinen wunderschönen Titten merkst du nicht einmal, wie scharf alle auf dich sind.«

Dina schlägt die Hände vor das Gesicht. Es verschlägt sie einige Meter zum rauschenden Fluss. Für einen Moment habe ich Angst, sie könnte die Böschung hinabspringen. Zu dem leisen Wimmern legt sich eine Träne auf ihre Wange. Gott, was habe ich getan? Konnte ich wirklich so blind sein und die Zeichen nicht erkennen?

»Ich bin hier geboren«, flüstert sie so leise, dass ich Mühe habe, sie zu verstehen. »In diesem beschissenen Krankenhaus, in dieser beschissenen Stadt. Immer war ich die komische Außenseiterin, die ihre Wochenenden im Souvenirladen verbringen musste. Niemand hat mich beachtet und dann kommst du.« Sie vollführt eine Pause, sodass jedes Wort tiefe Wunden auf meiner Seele hinterlassen kann. »Und dann kommst du, verdrehst Martin den Kopf, sorgst dafür, dass die ganze Stufe über dich redet und wickelst auch noch Chris um den Finger.«

Ich weiß nicht mehr, was ich fühlen soll. Mein Herz pumpt so heftig, dass ich die Schläge bis unter meinen Hals spüre. Vorsichtig will ich auf sie zugehen, ihre Hand ergreifen, doch sie schlägt sie weg.

»Weißt du, was das für ein Gefühl ist? Du bist ein paar Monate hier und bekommst die Freunde, die Anerkennung und jetzt auch noch Chris.«

»Dina, wieso hast du nichts gesagt?«

»Weil er für uns beide unerreichbar war«, schreit sie mir voller Zorn entgegen. »Bis zum heutigen Tag, bis du kamst und alles an dich gerissen hast. Scheiße, Jenny, ich kannte Chris schon im Kindergarten. Ich hätte diejenige sein sollen, die ihn heute küsst. Es war mein Happy End! Stattdessen muss ich betteln, dass unser Laden überlebt. Das ist einfach nicht fair!«

Auch meine Wut wächst. »Ich habe nichts an mich gerissen, sondern genauso gelitten wie du. Es ist einfach so passiert. Kannst du dich nicht einfach ein wenig für mich freuen?«

»Und wer freut sich für mich?«, zischt Dina und dreht sich in die Dunkelheit. Schneeflocken landen auf ihrem schwarzen Haar und verleihen ihm einen märchenhaften Glanz. Die Tränen auf ihren Wangen sind kaum mehr aufzuhalten. Jede Silbe ist so zerbrechlich und leise, dass ein Windhauch sie davontragen könnte. »Würdest du dich freuen, wenn ich mit Chris zusammenkomme?«

Ich schweige. Einen Moment zu lange. »Ich will doch nur glücklich sein.«

Dina nickt. »Ich auch«, haucht sie und dreht sich um. »Viel Glück euch beiden.«

Der Schnee knirscht, als sie mich verlässt. Ich blicke ihrer Spur hinterher, möchte etwas schreien, sie aufhalten, doch kein Wort verlässt meine Lippen. Aus ihren Konturen wird langsam ein Schatten und als dieser mit der Dunkelheit eins wird, fühle ich mich zum ersten Mal seit langer Zeit wirklich allein.

Kapitel 21 – Verborgene Sehnsüchte

309. Tag nach dem Kuss des Prinzen

»Tut mir leid, dass es so gelaufen ist.«

Ich presse den Hörer fester an mein Ohr und führe den Rasierer gekonnt über die nackten Beine. Heißer Dampf umschmeichelt mich im heimischen Bad und noch immer winden sich Wassertropfen über meinen Körper. Ich trage nichts außer einem Handtuch, das ich mir wie einen Turban um den Kopf gebunden habe. Heute muss alles perfekt sein. Jeder Fehler wäre fatal und würde Ereignisse auslösen, die ich nicht mehr kontrollieren kann.

»Kein Problem.« Beinahe gleichgültig verlassen die Worte meine Lippen und ich bin genau darauf bedacht, dass die scharfen Klingen des Rasierers nicht in mein Fleisch schneiden. »Damit hatte ich gerechnet. Genauso schnell, wie das Skandalspiel von Griemsmahl den Weg in die Medien gefunden hat, war es auch wieder verschwunden. Die Verantwortlichen sind gut vernetzt und die ganze Region würde profitieren, wenn ein Investor den Verein bis in den Profifußball führt.«

Andrew lacht am anderen Ende der Leitung. »Man könnte fast meinen, dass die ganze Liga beschissen werden will.«

»So ist es.« Mit warmem Wasser spüle ich den Rasierschaum von meinen Beinen und creme meinen nackten Körper mit einer duftenden Lotion ein.

Andrew blättert in seinen Unterlagen. »Das Nachholspiel ist bereits terminiert, die Geldgeber und Scouts wurden neu eingeladen …«

»… und offiziell waren es die bösen Legionellen aus dem Gletscherwasser des Griems.« Ich spucke die Worte beinahe, als wären sie es nicht einmal wert, dass man sie formuliert. »Sie sagten, dass ein Vogelschwarm oben am Griems an einer Krankheit krepiert und deshalb der Erreger ins Wassersystem gelangt ist. Was für eine Lüge. Eine beschissene, geniale Lüge.«

Dass Frau Breeck bereits einen Tag nach dem Spiel mit dieser wunderbaren Idee aufwarten konnte, lässt mich vermuten, dass sie tiefer im Netz aus Korruption und Gier agiert, als ich es vermutet habe. Gut so, dann werden meine heutigen Taten nicht so schmerzen.

Ganz ohne Folgen ist meine kleine extra Dosis für ihre Mittelchen allerdings auch nicht geblieben. Ein finsteres Lächeln umspielt meine Lippen, wenn ich an die vergangenen Wochen denke.

In Griemsmahl regiert der Argwohn. Das Spiel ist gerade einmal zwei Monate her und obwohl sich alle Beteiligten erholt haben, laufen immer noch Ermittlungen, Schuldzuweisungen sind an der Tagesordnung, Vereinsmitglieder haben sich auf offener Straße verprügelt, bis Trainer und Stadtrat ein Machtwort sprachen. Es ist ein brüchiger Frieden, der Griemsmahl derzeit beherrscht, und ich habe vor, noch mehr Risse in die glückliche Fassade zu schlagen.

Andrews genervtes Seufzen am anderen Ende der Leitung lässt mich aufhorchen. »Selbst meine Artikel sind im Sande verlaufen.« Ich blicke auf die Cover der unzähligen Zeitungen neben der Toilette. Der Wasserdampf hat das Papier gewellt und ausgeblichen, trotzdem kann man die Schlagzeilen noch gut erkennen.

»Falsches Spiel in Griemsmahl!«

»Nur die Spitze des Griems-Berges?«

»Bürgermeisterin van Cleef dementiert Einmischung in Ligabetrieb!«

Die oberste Zeitung nehme ich zwischen spitze Finger und lese mir die Einleitung noch einmal durch. »Du kannst echt unglaublich gut schreiben.«

»Thanks. Gelernt ist gelernt«, antwortet Andrew. »Ich habe überlegt, ob ich vielleicht wieder die Journalistenschulde besuchen sollte.« Er räuspert sich. »Jetzt, wo ich beinahe clean bin, dürften meine Artikel auch wieder Sinn ergeben.«

»Auf jeden Fall«, pflichte ich ihm bei. Andrew war mir in den letzten Monaten eine große Stütze. Er ist einer der wenigen Menschen in dieser gottverlassenen Stadt, die ich glücklich sehen möchte. »Du hast es echt drauf und mit dem Geld von deinem Daddy dürfte es doch kein Problem sein, oder?«

Eine Pause entsteht, in der etwas Unausgesprochenes plötzlich laut hörbar wird. »Andrew? Alles in Ordnung?«

Wieder dieses langgezogene Seufzen. »Leider sehen das nicht alle so.«

»Was soll das heißen?«

»Tja, sagen wir mal so: Seitdem ich wieder für die ein oder andere überregionale Zeitung aus Griemsmahl berichte, habe ich eine Menge neuer Freunde gewonnen. Eingeworfene Fenster, ein dutzend Drohbriefe, gefolgt von Sturmklingeln mitten in der Nacht und Anfeindungen auf offener Straße.« Er schnalzt mit der Zunge und ich kann beinahe spüren, wie er gerade am Fensterrahmen lehnt und auf die dunkle Straße starrt. »Plötzlich bin ich ein bekannter Mann. Selbst mein Methadonprogramm ist eingestellt worden.«

»Scheiße, Andrew.« Ich sacke auf der Toilette zusammen und ignoriere die Kälte, die sich von den Kacheln auf meinen gesamten Körper ausbreitet. »Zieh‘ in eine andere Stadt, du hast mir schon genug geholfen.«

»No way, Sweetheart. Wir trocknen diesen ganzen, korrupten Sumpf aus, bis nichts mehr übrigbleibt, außer die hässliche, vom Matsch besudelte Wahrheit und drücken sie jedem ins Gesicht.«

»Das hast du schön gesagt.«

Endlich lacht er. »Findest du? Vielleicht wird aus mir doch noch ein richtiger Journalist.«

Ich nicke, obwohl mir bewusst ist, dass er es nicht sehen kann. Langsam kühlt das kleine Badezimmer aus. Als stumme Zeugen richten sich meine Brustwarzen auf und ein eisiger Schauer legt sich auf meine Haut. Ich fülle meine Lungen mit Luft. Ein Blick auf die Uhr verrät mir, dass es bald soweit ist.

»Mir gefällt nicht, was du heute vorhast.« In Andrews Stimme liegt eine nicht greifbare Unsicherheit, als würde Sorge jeden Ton bestimmen. »Gibt es keinen anderen Weg?«

»Nein, leider nicht.« Ich erhebe mich, fixiere mein eigenes, verschwommenes Spiegelbild und wische über die vom Nebel beschlagene Fläche. »Danke, dass du an meiner Seite bist.«

»Bis zum Ende. Versprochen.« Wieder räuspert er sich, dieses Mal jedoch klingt es so, als wäre seine Stimme kurz davor zu versagen. »Und Jenny – happy Birthday!«

»Ich sollte mich jetzt sputen. Bye«

Mit Berührungen, die Federstrichen gleichen, fahren meine Fingerspitzen über meinen Körper. Lange habe ich den Gedanken an den heutigen Tag beiseitegeschoben und so tief in meinem Unterbewusstsein vergraben, dass ich ihn am liebsten vergessen hätte.

»Nur eine beschissene Nacht«, rede ich mir selbst Mut zu und richte mit meinen langen Fingernägeln die unregelmäßige Linie Koks auf den Kacheln vor dem Spiegel.

Heute muss ich dem Teufel in seine finstere Fratze blicken und dabei auch noch lächeln. Die Dämonen der Vergangenheit, die ich bisher tief in meiner Seele verstecken konnte, treten nun unwiederbringlich ans Tageslicht. Abgrundtiefer Selbsthass vermischt sich mit dem Anflug von Schwäche zu einem Inferno aus Gefühlen. Ich zittere, als ich das Kokain in meine Nasenlöcher ziehe und auf den alles fortwirbelnden Rausch warte. Ruhiger werdend zünde ich mir eine Zigarette an und lasse mich neben der Toilette nieder.

Sollen die Dämonen nur kommen. Ich bin vorbereitet.

***

Drei Tage habe ich gebraucht, um unsere Hütte einigermaßen wohnlich aussehen zu lassen. Dutzende Kartons mussten dafür unter das Vordach weichen. Alles für diesen einen Moment.

»Guten Abend, Jenny.« Chris lächelt so breit, dass ich Angst habe, seine Haut könnte reißen. »Danke, für die Einladung.«

Er drückt mir zwei Flaschen Wein in die Hand und ein kleines Präsent, dann küsst er formvollendet meine Wange. »Happy Birthday, Dornröschen.«

Ich muss einen Reflex unterdrücken, um ihn nicht in die Weichteile zu treten. Stattdessen lächle ich, berühre sanft seine Schultern und bedanke mich artig.

Chris hat sich wirklich herausgeputzt. Er trägt einen Anzug, das Hemd ist weit geöffnet und zeigt seine braungebrannte Haut. Das schwarze Haar hat er mit Gel in Form gebracht, dazu zeugt sein gewinnbringendes Lächeln von Selbstbewusstsein und Vorfreude auf den kommenden Abend.

Ob er später auch noch lächeln wird?

»Möchtest du es nicht öffnen?« Chris setzt sich auf meinen Sessel und schlägt die Beine übereinander. »Ich bin mir sicher, dass es dir gefallen wird.«

»Das ist so nett von dir«, quieke ich wie ein kleines Kind am Weihnachtsabend und reiße die Verpackung in Fetzen, obwohl ich ihm das zerknüllte Papier lieber in sein Maul gestopft hätte. »Eine Kette!«, jubiliere ich so wahrhaftig wie möglich und halte sie gegen das Licht. »Und wie schön sie funkelt.«

»Eigentlich ein Collier.« Wie selbstverständlich nimmt er es an sich und legt es um meinen Hals. »Die Südseeperlen aus Tahiti sind etwas ganz Besonderes, tragen einen zarten Roséschimmer und der Verschluss ist mit funkelnden Diamanten besetzt«, wispert Chris, seine Lippen berühren mein Ohr.

Ich lehne mich zurück und drücke den Po an seinen Schritt. Nicht leicht zu erraten, was er will. Wie einem Esel seine Karotte habe ich es ihm vor die Augen gehalten. Zwei Monate musste ich mit aller Vorsicht auf diesen Abend hinarbeiten.

Ich habe mir Zeit gelassen, Spannung aufgebaut, sie ins Unendliche gesteigert und ihn dann wieder fallenlassen. Es war, als würde ich mein Spinnennetz immer weiter um ihn spannen, seine Begehrlichkeiten bestärken und sie mit den nächsten Handlungen zunichtemachen. Mit hauchzarten Berührungen am Arm, kaum merklichen Zärtlichkeiten und einem Lachen im richtigen Moment, habe ich seine Sinne so weit gereizt, bis Chris mir täglich Nachrichten zukommen ließ und seine Gier ins Unermessliche wuchs.

Meine Taktik ging auf und so verbrachte ich die letzten beiden Monate im Epizentrum der neuen Macht in Griemsmahl. Sarina, Karin, Martin, Hendrick, Simon Gargusch, sie alle nahmen mich in ihrer Mitte auf, wohlwissend, dass auch nur ein böses Wort Chris verärgern würde.

Nur eine betrachtete mich mit größtem Argwohn.

»Musst du heute nicht bei deiner Freundin sein?« Ich entferne mich absichtlich schnell von ihm, lehne mich gegen das Regal und spiele mit den Weingläsern.

»Dina ist unterwegs.« Chris folgt mir wie ein Jagdhund, dabei berühren sich unsere Hände. »Sie hat Karten für ein Konzert geschenkt bekommen und besucht es mit Sarina und Karin.« Er öffnet den Wein und schenkt uns beiden ein. »Aber das weißt du ja bereits. Immerhin haben die beiden als erstes dich gefragt, ob du sie begleiten möchtest.« Seine Augen funkeln bei diesen Worten, als würde er den Sternen Konkurrenz machen wollen.

Ich darf auf keinen Fall den Fehler machen, ihn zu unterschätzen. Die hübsche Maskerade des erfolgreichen Fußballers spielt er zu gut, als dass man annehmen könnte, dass dies schon all seine Fähigkeiten wären.

»Was für ein Zufall, dass Dina gerade heute Karten für ein Konzert geschenkt bekommen hat.« Ich erhebe das Glas und blicke ihm dabei tief in die Augen. »Dann haben wir den ganzen Abend für uns. Cheers!«

Das helle Klirren ist das einzige Geräusch im Wohnzimmer. Er nimmt einen großen Schluck, stellt das Glas ab und baut sich vor mir auf. Sein Zeigefinger streichelt behutsam über meinen Arm. »Tja, was machen wir denn nur mit der ganzen Zeit?« Er kommt näher, die Hitze seiner Haut lässt die meine förmlich brennen. »Wie wäre es, wenn du mir das Schlafzimmer zeigen würdest.«

»Oder wir trinken und reden.« An seinem Gesichtsausdruck erkenne ich, dass er normalerweise keine Ablehnung gewohnt ist. Ich fasse seinen Kragen und stelle mich auf die Zehenspitzen, sodass unsere Lippen nur wenige Zoll trennen. »Wenn ich zu viel Alkohol getrunken habe, gibt es keine Grenzen mehr für mich.« Meine Stimme ist ein Band aus Verführung. Zärtlich fahren meine lackierten Fingernägel über seine Seiten, während ich mir auf die Lippe beiße und die Worte in sein Ohr hauche. »Gar keine Grenzen.«

Chris' Augen glühen vor Leidenschaft. Er will mich. Jetzt und hier würde er am liebsten seinen Schwanz herausholen, mich von hinten nehmen und dabei an meinen Haaren ziehen, damit er den Takt kontrollieren kann. Ich sehe, wie sein Verlangen wächst, wie es Besitz von ihm ergreift und seinen Verstand in einen Nebel aus Lust entführt.

»Noch ein wenig Wein? Ich würde ein weiteres Glas nehmen.«

Er trinkt so schnell, dass es mir beinahe unheimlich ist. Nur wenige Sekunden hat er die Gier unter Kontrolle, dann bestimmt die Aussicht auf hemmungslosen Sex sein Handeln. Als er Platz nimmt, kippe ich ein paar Tropfen von Andrews Geheimzutat in Chris' Glas. Die durchsichtige Flüssigkeit ist geruchslos und löst sich sofort im Rotwein auf.

Stundenlang rätselten Andrew und ich, welche Droge sich am besten für unsere Zwecke eignen würde. Am Ende fiel die Wahl auf die klassische Vergewaltigungsdroge Butyrolacton. Wahrscheinlich dieselbe, welche sie mir einflößten. GBL löst Euphorie aus, ist angstlösend, steigert die sexuelle Stimulation, senkt die Hemmschwelle und nach einiger Zeit macht es das Opfer müde und schläfrig. Zusätzlich ist es nach 24 Stunden nicht mehr im Blut nachweisbar und von den Erinnerungen bleiben nur noch schemenhafte Gebilde, die zusammenhanglos im Kopf verweilen, während riesige Lücken dazwischen klaffen.

Ich setze mich neben Chris und lege meine Hand auf seinen Oberschenkel. Wie zufällig kreisen meine Fingerkuppen über den dünnen Stoff seines Anzugs, während ich ihm ein Gespräch aufzwinge. Wir reden über die Borussia, seine Zukunftspläne, wie schwer es sein muss, die Last einer ganzen Stadt auf seinen Schultern zu tragen und über Dutzende andere Sachen, die sofort meine Erinnerungen verlassen, nachdem ich adäquat geantwortet habe.

Eine gepflegte Konversation ist nicht mein Ziel – ich will sehen, wie er langsam in das dunkle Loch aus Drogen und Lust abgleitet, bis von ihm nichts mehr übrig ist, außer einer willenlosen Puppe, bei der ich nur an den richtigen Fäden ziehen muss.

Immer wieder füge ich seinem Glas ein paar Tropfen GBL hinzu, streichele seinen Nacken, hauche Küsse auf seine Wange und lasse Chris' Blick auf meinen halterlosen Nylons ruhen, die unter meinem viel zu kurzen Rock hervorschimmern. Wenn seine Hose sich genug gespannt hat, suche ich wieder Abstand, fülle Wein nach oder schneide ein neues Thema an, auf das er sich konzentrieren muss.

Das Netz ist gesponnen, genug Gift fließt durch die Adern meines Opfers, es fehlt nur noch, dass ich ihm den Todesstoß versetze. Als er etliche Momente braucht, um die zweite Flasche zu öffnen, weiß ich, dass es nun soweit ist.

In einem ungesehenen Moment hole ich mein Handy hervor und schreibe eine Nachricht. Nur Minuten später klingelt es an der Tür.

»Erwartest du noch wen?«

Ich kann seine Frage kaum mehr verstehen, Chris' Pupillen rasen fahrig, seine Bewegungen sind zögerlich. Nichts hat dieser Mann mehr mit dem taffen Spielführer der Borussia gemein.

Ohne ein Wort zu verlieren, öffne ich die Tür, geleite den Gast hinein und setze mich wieder neben meinen Peiniger.

»Martin!« Chris muss aufstoßen. »Was machst du hier?«

»Ich habe ihn eingeladen«, antworte ich und gebe den Neuankömmling ein volles Glas mit wenigen Tropfen Butyrolacton. »Ich dachte, du freust dich. Immerhin seht ihr euch zu selten so, wie ihr möchtet.«

Mein Blick klebt auf Martin. Sein Gesicht ist wie aus Stein, keine Regung ist zu erkennen, als er ansetzt und den Wein in einem Zug leert. Trotzig hält er mir das Glas hin. Ich kann mir ein Lächeln nicht verkneifen, während ich es fast bis zum Rand fülle und meine Lippen zwei Worte formen:

»Braver Junge.«

Er versteht sofort, lässt sich auf den Sessel gegenüber nieder und behält sogar seinen Mantel an.

»Martin konnte meine Einladung nicht ausschlagen, zu unserer Party zu stoßen«, flüstere ich verheißungsvoll und fahre mit der Hand durch Chris‘ Haare. Ich küsse seinen Hals, beiße in seine Haut und lasse Martins eiserne Miene nicht aus den Augen. »Immerhin ist es erst die richtige Mischung, die einer Party die richtige Würze verleiht. Findest du nicht?«

Zärtlich streichele ich mit den Fingern über Chris‘ Lippen. Martin sieht regungslos dabei zu, wie ich mit der Zunge in ihn eindringe und dabei den Gürtel öffne. Sein Penis ist bereits zu voller Größe aufgerichtet, als ich seine Hosen hinabziehe. Ich sorge dafür, dass es so bleibt und streichele seinen Schwanz, bis Feuchtigkeit an der Spitze schimmert.

Chris scheint in einer anderen Welt zu sein. Er sitzt auf dem Sofa, als würde nur noch sein Gewicht das Herunterrutschen verhindern. »Fuck, ist das geil!«

Er würde mir alles beantworten. Jedes noch so dreckige Detail einer unfassbaren Tat, die er eigentlich mit ins Grab nehmen wollte. Der richtige Zeitpunkt ist gekommen. Die Falle schnappt zu.

»Woher hattest du die Drogen?«, will ich mit fester Stimme wissen. »Von Hirsch?«

»Alles vom Doc.« Er nickt schwach, unterdrückt einen Lachkrampf und reibt unkoordiniert über sein Gesicht, als könne er die Betäubung wegwischen. »Man muss nur sagen, was man haben will und er besorgt es.«

Andrew hat Recht behalten. Alles finanziert, weil er den richtigen Patienten falsche oder zu wenige Medikamente verschrieb. Wie Andrews Mutter. Ich brenne vor Zorn, versuche trotzdem, ruhig zu bleiben und küsse Chris zärtlich auf die Wange, während ich meinen Ex fixiere.

»Willst du ihn? Er gehört dir.«

Martins Blick schwankt zwischen Verstörung und einer gierigen Genugtuung. Wie oft musste er schon mitansehen, dass sein Schwarm ein anderes Mädchen küsst, seine Finger in ihren Slip schiebt oder sie mit zu sich nimmt, obwohl es seine Lippen sein sollten, die er zärtlich berührt. Jede Emotion, jeder Blick schreit danach, er hasst und liebt ihn zugleich. Unendlich schwer muss es gewesen sein, als Chris auch noch mit Dina zusammenkam. Wie ein ständig schmerzender Dorn, für den es keine Heilung, keine Möglichkeit gibt, ihn zu ziehen.

Ich küsse Chris noch einmal, diesmal mit so viel Leidenschaft und Inbrunst, dass man meinen könnte, ich würde ihn nicht verabscheuen. »Fußballer dürfen nicht schwul sein«, flüstere ich. »Selbst in der heutigen Zeit, selbst hier. Egal ob bisexuell oder nicht.« Fortwährend fahre ich mit den Fingerspitzen über Chris' Eichel. Jede Sekunde wird mehr Blut in seinen Penis gepumpt.

Er stöhnt vor Lust, drückt mir seine Taille entgegen, die ich energisch wieder auf das Sofa presse. Ohne Martin aus den Augen zu lassen, streichle ich über das Bändchen, übe gehörig Druck auf den Schaft aus und variiere meine Zärtlichkeiten. »Und jetzt sitzt dieser Mann hier, unfähig, sich zu bewegen und ihr beide habt so viel zu verlieren, wenn ihr nicht tut, was ich sage.«

Ich genieße es vielleicht ein wenig zu sehr, die Fäden an dieser Marionette zu zupfen.

Martins Kinn bebt vor Wut. Er krallt seine Hände so tief in die Lehnen des Sessels, dass die Knöchel fahl anlaufen. »Und jetzt willst du ihn vor meinen Augen ficken?«

»Nein.« Das Blut rauscht wie ein reißender Fluss, als ich mich erhebe und einen Schluck Wein trinke. Sie sind wie Wachs in meinen Händen und ich erhöhe die Hitze. »Ich bin nicht diejenige, die heute Nacht brennen wird, ich gieße nur Öl ins Feuer und sehe den Fackeln zu, wie sie sich an ihrem Flammenspiel ergötzen.«

»Was willst du?«

Ich stelle das Glas ab und zücke mein Handy. »Du wirst ihn ficken. Jetzt und hier.« Meine Stimme ist wie flüssige Seide, die ihn umschließt und nicht mehr loslässt. »Ansonsten wird eure Story veröffentlicht. Jeder geheime Fick auf der Schulhoftoilette, die Sache mit den Chlamydien oder dein Besuch bei einer Nutte.« Ich halte inne, lasse meine Worte wirken. »Einfach alles. Deine Karriere wäre vorbei und die von Chris gleich mit. Also, zieh‘ dich aus und vögel‘ ihn, verdammt.« Mit diesen Worten richte ich die Kamera auf Martin. »Und wenn ich bitten darf, mit viel Leidenschaft. Wir wollen doch, dass es hübsch aussieht.«

Martin versteht. Er macht sich gar nicht mehr die Mühe, zu protestieren. Jeder Widerspruch wäre sinnlos.

Der Trotz in seinen Augen schreit mich wütend an. Die Kleidung fällt trotzdem. Seine ausgeprägten Muskelpartien strotzen vor Kraft, jedoch sind es die Narben vom Gürtel seines Vaters, die mich innehalten lassen. Jeder trägt sein Paket, rede ich mir ein und presse meinen Kiefer aufeinander.

»Brauchst du Starthilfe?«, will ich wissen und zeige mit dem Handy auf seinen schlaffen Penis.

»Bestimmt nicht von dir.«

»Gut. Sorge dafür, dass ihr beiden hiervon etwas nehmt.« Die vorher sorgsam unter dem Sofa drapierte Papiertüte landet direkt neben Martin.

»Was ist das?«

»Ein paar leistungssteigernde Substanzen. Damit müsstet ihr euch auskennen.« Provokativ zwinkere ich Martin zu und verpasse ihm einen Klaps auf seinen nackten Hintern. »Es wäre doch schade, wenn der Film nach wenigen Minuten vorbei wäre. Für meinen Directors Cut brauche ich Laufzeit. Also, strengt euch an!«

Er schließt die Augen und erkennt, dass er verloren hat. Innerlich könnte ich jubilieren, mahne mich aber zu einer angestrengten Ruhe. Mit der rechten Hand packt er seinen Penis so hart, dass es mich beim Anblick fast schmerzt.

Martin schweigt beflissen, während er Chris von seinem Anzug befreit. Seine einzige Regung ist das stetige Zucken der Wangenmuskeln. Nur die Augen meines Ex-Freundes glänzen vor Aufregung. Er muss innerlich vor Zorn brodeln. Gut so, soll er nur nachfühlen, wie ich gelitten habe.

Die Anstrengung steht ihm ins Gesicht geschrieben, als sein Schwanz endlich steif ist. Mit der Kamera halte ich voll drauf, erfasse ihre Gesichter und brenne jede Emotion auf den Speicher in der Cloud.

»Bist du zufrieden?«, zischt Martin, kurz bevor er in Chris‘ Anus eindringt.

»Nein.« Zur Bekräftigung schüttle ich mit dem Kopf. »Unter der Zeitschrift liegen Kondome. Die Sache mit den Chlamydien muss sich nicht wiederholen, oder?«

Fast widerwillig zieht er sich das Gummi über seinen Schwanz. Man kann ihm ansehen, wie sehr er sich konzentrieren muss, damit er hart bleibt. Trotzdem spüre ich auch in seinem Blick eine boshafte Nuance der Genugtuung, dass der Mann, der ihn jahrelang nur in den dunklen Ecken der Schule treffen wollte, nun hilflos vor ihm liegt. Chris‘ Gesicht ist seltsam verzerrt, als wäre nur noch ein Teil von ihm auf dieser Welt. Auch dieses Gefühl ist mir wohlbekannt.

»Bereit?« Martin nickt. Eine Schweißperle läuft seine Stirn hinab, ob vor Aufregung oder Anstrengung, kann ich nicht sagen und es ist mir vollends gleichgültig. »Und Action!«

Kapitel 22 – Krieg gegen alle

Der Qualm meiner Zigarette steigt zum Griems empor und verliert sich in der milden Aprilnacht. Zufrieden lehne ich am Geländer vor dem Abgrund und blicke hoch zu dem Berg, der alle dunklen Geheimnisse und schrecklichen Sünden der Bewohner bewahrt.

Die Nacht ist bereits weit fortgeschritten. In wenigen Stunden wird es der Sonne gelingen, zumindest ein paar Strahlen durch die dicken Wolkenschichten zu pressen, die sich an der Spitze der Bergkette stauen. Doch noch regiert die Dunkelheit und mit ihr das dumpfe Grollen des Griems, das nur während der Stille in der Dunkelheit zu hören ist.

Ich weiß, es ist das Gestein, welches vom Menschen erst zerstört wurde und nun in den unzähligen Stollen aneinander mahlt. Doch es könnten auch die hilflosen Rufe der Bergleute sein. Vor meinem geistigen Auge sehe ich sie in der Finsternis zum Griems marschieren, um ihm todesmutig seine Schätze zu entreißen. Nur mit Spitzhacke und einem nassen Tuch um ihre Münder bewaffnet, sind sie zu weit vorgedrungen. Der Griems hat den Menschen ihre Schandtaten nie verziehen.

Das haben wir gemein.

»Seid ihr beiden Hübschen endlich soweit?«

Alle Türen stehen offen, sodass Martin und Chris zusammenzucken, als sie meine Stimme vernehmen. Fast ein wenig apathisch ziehen die beiden sich an, reden nur wenig miteinander und versuchen, immer noch ihre Atmung zu kontrollieren. Schon jetzt wissen sie nicht, wie ihnen geschah und die riesigen Lücken, die in ihren Erinnerungen klaffen, schüren eine nicht gekannte Angst. Ich weiß, was sie gerade durchmachen und wie es ist, wenn nur Fragmente der Vergangenheit ein nebulöses Bild formen. Wie in einem Puzzle, in dem die meisten Teile fehlen und man händeringend versucht, sich zu erinnern, wie die heile Welt des Motivs einmal ausgesehen haben muss.

Noch ein paar Minuten vergehen, bis sie endlich in die Nacht treten. Chris ist immer noch ganz benommen und muss von Martin gestützt werden.

»Warum hast du das getan?«, flüstert mein ehemaliger Freund. Sein Gesicht ist so weiß, dass man meinen könnte, kein Blut würde durch seine Adern fließen. Die blauen Venen seiner Arme treten hervor und noch immer lassen die Drogen den massigen Körper zittern. Obwohl ich es nicht sollte, suhle ich mich in dem Anblick der gebrochenen Hünen vor mir.

»Alles hat einen Sinn«, antworte ich und schnippe die Zigarette über den Abhang. »Wenn mir etwas passieren sollte, landen das Video und alle gesammelten Unterlagen mit Audiokommentaren der Direktorin bei jeder noch so kleinen Dorfzeitung.«

Chris strafft sein Kreuz. Die Lebenskraft fließt nur mühselig in seine Muskeln zurück. Er kombiniert schneller als Martin und stellt die alles entscheidende Frage: »Was willst du, Dornröschen?«

»Zuerst einmal hörst du auf, mich so zu nennen.« Ich atme aus, spule meinen lange zurechtgelegten Text ab. »Des Weiteren möchte ich einfach eure Freundin sein.« Ich grinse die beiden breit an. »Eure beste Freundin.«

Die Jungs wechseln verständnislose Blicke. »Du willst was?«

Meine Stimme ist so kalt und schneidend wie ein rauer Wintersturm. »Ihr werdet dafür Sorge tragen, dass ich im ganzen, beschissenen Griemsmahl das beliebteste Mädchen der Stadt werde. Das heißt, bei jeder Gelegenheit positiv über mich reden, mich zu jeder Party einladen und mir jeden Wunsch von den Augen ablesen. Habt ihr beiden Zuckerpuppen das verstanden?«

Sie nicken zögerlich, doch sie nicken.

Meine Finger legen sich um das Perlencollier. Mit einem Ruck reißt die Kette. Meine Hand schwebt über der Finsternis des Tals. Ich spüre, wie die feinen Perlen meine Haut streicheln und wie der Druck allmählich nachlässt, dabei peinige ich die beiden mit gleichgültigem Ausdruck in den Augen und achte genau darauf, dass sie jeden Moment verfolgen.

Still verlieren sich die glänzenden Perlen in der Schwärze des Abgrunds. »Gut. Und jetzt geht.«

Wie geprügelte Hunde schleichen sie zu Chris‘ SUV. Martin setzt sich ans Steuer und als der Wagen gemächlich den Rücken des Berges hinunterfährt, breche ich zusammen. Lange habe ich durchgehalten, nicht wissend, ob mein Körper über diesen Druck Herr sein kann.

Ich habe die beiden doch einmal gemocht, vielleicht sogar mehr, aber davon ist nichts mehr übriggeblieben, außer tiefer, brennender Furor.

So hat mich das Schicksal also werden lassen, zu einem Monster, das Menschen zum Outing zwingt und ihre geheimen Wünsche gegen sie verwendet. Ich hasse mich und doch beherrschen mich diese Gefühle von Genugtuung und Zufriedenheit. Foltert man die Folterknechte oder ist man ein besserer Mensch und verzeiht die Schandtaten?

Die Überlegungen fressen sich in meinen Geist und umschlingen ihn, als würden sie ihn nie mehr loslassen wollen. Mehrmals schlage ich gegen das Geländer. Der Schmerz frisst sich in meine Knochen, bis er mich wieder klar denken lässt. Sie waren es, die mir das angetan und mich gezwungen haben, den Pakt mit mir selbst einzugehen. Wochenlang habe ich mit mir gekämpft, bis die Zweifel so groß wurden, dass sie einen erdrückten und nichts mehr übrigblieb, außer dem unausweichlichen Ende. Ich muss weitermachen. Das bin ich mir schuldig.

Das Feuer der Streichhölzer erhellt für einen Augenblick die Nacht, während ich mir eine Zigarette anzünde und auf den Fingernagel etwas Koks fülle. Ich stelle mich schützend vor den Wind, während ich das Pulver in die Nase ziehe und erkenne, wie ein Kribbeln durch meinen Leib jagt. Herzschläge später erfasst es auch mein Gewissen und die Reue ist wie fortgeweht.

Wie versprochen sollte ich Andrew eine Kopie der Videos zukommen lassen, damit er unsere gesammelten Werke, Unterlagen und Fotos aufbereiten kann. Ich zücke mein Handy und wähle seine Nummer. Zu meiner Überraschung erreiche ich nur die Mailbox.

Sofort werden meine Überlegungen von finsteren Gedanken überrannt und meinen Blick zieht es in Richtung Westseite des mit Dunkelheit gefüllten Tals. Erst meine ich, dass mein Verstand mir einen Streich spielen will, doch dann wird die düstere Ahnung zur allzu schrecklichen Realität.

Ein kleiner orangefarbener Punkt, aus meiner Perspektive nicht mehr, als ein Stecknadelkopf, züngelt in der Nacht hervor. Mit offenem Mund lasse ich das Handy sinken und blicke mich um. Keine Sirene, kein Blaulicht, die Dunkelheit wiegt die Stadt in einer trügerischen Sicherheit. Mein Herz setzt aus, als ich erkenne, dass der orangefarbene Punkt größer wird.

Sofort haste ich los.

Während ich im Schuppen das klapprige Fahrrad meiner Mutter ergreife, wähle ich den Notruf und berichte, was ich gesehen habe. Ich trete wie verrückt in die Pedale, ignoriere den stechenden Schmerz in meinen Beinen und das stärker werdende Pochen zwischen den Schläfen.

Das schrottreife Fahrrad überträgt jeden Stein, jede Unebenheit der Bergstraße und lässt meine Muskeln beben. Leid und Angst bilden eine boshafte Komposition der Unwissenheit. Sie treibt mich weiter an. Der Griems beschleunigt meinen Höllenritt, sodass der Wind an meinen Haaren zerrt und sich zwischen meine nackten Beine legt. Obwohl eben noch milde Temperaturen herrschten, beginne ich zu zittern.

Warum erklingen keine Sirenen in der Nacht und weshalb bricht das blaue Licht der Einsatzfahrzeuge nicht schon längst die Schwärze?

Mit jedem Meter wächst die grausame Gewissheit, dass es sich nicht um einen Irrtum handeln kann. Die Flammen des baufälligen Mehrfamilienhauses züngeln bereits meterhoch in den Nachthimmel. Hitze schlägt mir entgegen und drückt die Kälte mit einem Mal aus meinen Knochen. Ich lasse keuchend das Fahrrad fallen und sprinte zur Eingangstür.

»Andrew!« Meine Stimme wird vom Rauch erstickt. Er legt sich beißend in meine Lunge, wie Hunderte Messer, die in mir wüten.

Die graue Wand aus Qualm lässt jeden Laut versickern und versagt mir, auch nur einen Meter weit zu sehen. Verzweifelt beuge ich meinen Rücken, werde von einem Hustenanfall in den nächsten getrieben und komme nur schwerlich voran. Mit zusammengekniffenen Augen taste ich mich an der Wand entlang, bis endlich der metallische Knauf durch meine Hände gleitet. Er ist so heiß, dass ich aufschreie. Selbst durch den stickigen Nebel drängt der Geruch von verbranntem Fleisch in meine Nase. Ich muss einen Würgereiz unterdrücken und habe das Gefühl, als würde eine unsichtbare Macht jeglichen Sauerstoff aus meinen Lungen pressen.

Vom Schmerz geschüttelt, muss ich das Metall mit dem Stoff meines Tops umwickeln, bevor es mir möglich ist, die Tür zu öffnen. Mir wird schwindelig, beißender Rauch drückt mir Tränen in die Augen und jeder Atemzug gleicht einem Kraftakt.

»Andrew«, rufe ich erneut gegen die dröhnende Flammenwand an. Die Hitze lässt mein Gesicht glühen und sengt meine lockigen Haare an. Ich kämpfe mich weiter in die Wohnung, unfähig, auch nur einen klaren Gedanken zu fassen. Alles brennt, das stickige Inferno scheint überall zu sein und mich verschlingen zu wollen.

Schon nach wenigen Sekunden geben meine Beine nach. Noch einmal will ich seinen Namen schreien, doch der Qualm schluckt jeden Laut. Die Schwäche zwingt mich auf alle Viere, bis mein Kopf gegen etwas Weiches stößt.

Mehrmals muss ich blinzeln, um zu sehen, dass es sein Bett ist, wo wir in der Vergangenheit die Stunden mit Gesprächen über Hass und Liebe füllten. Meine Kraft versiegt beinahe, während ich mich aufrichte, um über die Matratze zu blicken.

Tatsächlich. Seine helle Haut wirkt so rot, als würde sie mit dem Feuer verschmelzen wollen. Dunkle Schatten tanzen auf seinem Körper und vereinen sich mit den gierigen Flammen zu einer einziger Gestalt, die ihn mit Haut und Haaren verschlingen will.

Mit den letzten Reserven gelingt es mir, seinen Körper vom Bett zu ziehen. Den dumpfen Aufschlag seines Kopfes auf dem Boden höre ich selbst inmitten der Flammenwände. Ich schleife ihn durch die Tür, dabei fangen meine Nylons Feuer und brennen sich in meine Beine. Tränen verlassen meine Augen. Es ist die pure Todesangst, die mir einen letzten Energieschub gewährt. Obwohl ich selbst über den Boden robbe, schleife ich Andrews Körper hinter mir her. Eine Ewigkeit später habe ich endlich den Asphalt erreicht. Noch einige Meter gelingt es mir, ihn zu ziehen, bis ich schließlich rücklings auf der Straße zusammenbreche.

Himmel und Hölle toben in meinem Gemüt, während ich den ersten Atemzug an der frischen Luft vollführe. Mein Brustkorb pulsiert so schnell, wie ich es nie für möglich gehalten hätte. Völlig entkräftet, erlaube ich mir trotzdem keine Ruhe und drehe mich zu Andrew.

»Hi, Dornröschen«, flüstert er schwach. »Happy Birthday.«

Mir fällt nicht nur ein Stein, sondern ein ganzer Geröllhaufen vom Herzen. Erneut kullert eine Träne über meine Wange, doch diesmal ist nicht der Rauch schuld.

»Ich habe gedacht, du wärst tot.«

Andrew lächelt, hält meine Hand. »Das Heroin hat es nicht geschafft und so ein kleines Feuer schon mal gleich gar nicht.«

Als ich ihn in Sicherheit weiß, geben meine Arme nach. Lächelnd fällt mein Kopf auf seine Brust. Doch meine Atempause währt nur wenige Sekunden.

Obwohl der Qualm die nächtlichen Straßen in ein undurchsichtiges Grau hüllt, kann ich die Person auf der anderen Straßenseite gut erkennen. Zumindest meine ich, dass dort ein breitschultriger Mann in dunkler Kleidung auf uns herab blickt. Haben die giftigen Dämpfe so sehr meine Sinne vernebelt? Ich versuche, meinen Blick zu schärfen, reibe mir die Augen und kann mich auf wackelige Beine stellen. Langsam dreht sich der Schatten und verschwindet nach wenigen Lidschlägen in der Dunkelheit.

Schließlich muss ich den Anstrengungen des Tages ihren Tribut zollen und klappe neben Andrew zusammen.

»Was war das?«, will er hustend wissen.

»Der lange Arm von Griemsmahl.« Mein Blick schießt in alle Richtungen. Niemanden scheint unser Schicksal zu interessieren. »Waren noch andere Menschen im Haus?«

Andrew kann sich gerade so aufrichten. »Nein, ich war der einzige.«

Kraftlos ergreife ich seine Hand. »Fällt dir etwas auf?«

»Keine Sirenen, keine Feuerwehr, keine Polizei.«

Noch einmal hole ich mein Handy hervor und melde, dass sich die Feuersbrunst auf umliegende Häuser ausgebreitet hat. Dies entspricht zwar nicht der Wahrheit, lockt die Einsatzkräfte aber hoffentlich auf die Straße.

Andrew legt sich amüsiert zurück auf den Asphalt. »Ich bin mir sicher, die Freiwillige Feuerwehr sitzt beim nächsten Spiel auf der Ehrentribüne.«

»Und bekommt wahrscheinlich einen neuen Leiterwagen oder so etwas in der Art«, stimme ich ihm zu und lege mich neben ihm. »Du bist hier nicht mehr sicher.«

Die Wucht des Feuers hat noch einmal zugenommen, als wir uns inmitten des Chaos ansehen. Unsere Gesichter sind von den Flammen gezeichnet, die Hautpartieren mit den geschmolzenen Nylons schmerzen, noch immer habe ich das Gefühl, als würde meine Lunge explodieren und trotzdem schleicht sich ein Lächeln auf mein Gesicht.

»Du auch nicht. Ich muss dich in Sicherheit wissen.«

Er streichelt meine Finger, als nach einer gefühlten Ewigkeit die Einsatzkräfte eintreffen. Andrew wird sofort in den Rettungswagen geschoben und besteht darauf, dass man ihn nicht ins St.-Irmgardis-Krankenhaus überführt.

Zum Abschied hebt er schwach die Hand. Ich tue es ihm gleich und beobachte aus sicherer Entfernung, wie Brandbekämpfer, Polizisten und Notärzte ihre Arbeit mit einer beruhigenden Routine versehen.

Sie. Alle. Sind. Schuldig.

Alle.

Noch immer lodert das Feuer vor meinen Augen und taucht mein Antlitz in ein dunkles Rot. Sie wollten Andrew mundtot machen, ihn aus dem Spiel drücken und nahmen dafür sogar seinen Tod in Kauf. Doch sie haben einen Fehler begangen. Die wichtigste Figur haben sie vergessen, weil sie im Verbogenen agierte. Bis heute.

Ich werde mich rächen. Jetzt mehr denn je.

Kapitel 23 – Am Scheideweg

Eine Stunde vor dem Kuss des Prinzen

»Dina, hör mir zu. Bitte.«

»Ich wüsste nicht, was wir zu bereden hätten.«

Die hasserfüllten Worte schmerzen wie Hunderte Nadelstiche. Dina dreht sich auf dem Absatz um, ihr Dirndl streift meinen Rock. Das Rascheln des Stoffs erfüllt die Ruhe vor dem Vereinsheim.

Schnell setze ich ihr nach, fasse ihren Oberarm. »Seit sechs Wochen reden wir nicht mehr miteinander. Wie oft soll ich nachts an deine Tür klopfen oder mich in der Schule neben dich setzen, damit du mir endlich zuhörst.«

Der Verzweiflung nahe schüttelt Dina mit dem Kopf, sodass ihre schwarzen Haare um sie herumtanzen. »Du verstehst es immer noch nicht, oder?«

Wir beide starren uns an. Es sind tiefe, verwundbare Blicke, die wir tauschen, erfüllt von Leid und Hoffnung. Trauer hat sich in ihren Blick geschlichen. Und als ob das nicht ausreichen würde, glitzern ihre Augen, als würden die Tränen nur darauf warten, dass sie die nächsten Worte spricht.

»Ich war schon immer verliebt in ihn.«

Plötzlich verstehe ich. Es gleicht der schlimmsten Folter, jahrelang in seiner Nähe zu sein und doch zu wissen, dass die Träume auf grausamste Art und Weise nur eines sind – Wunschdenken, das niemals in Erfüllung geht.

Die Partymusik wird auf einmal lauter gedreht und legt sich betäubend in unsere Ohren.

»Gehen wir ein Stück?«

Zu meiner Überraschung nickt sie und folgt mir den schmalen Bergweg hoch. Vom Aussichtspunkt aus geht es steil nach unten. Obwohl der Mond in dieser Sommernacht hell scheint, öffnet sich unter uns nur das schwarze Tal. Der Bass wummert selbst hier durch unsere Körper, als würde er die ganze Stadt in die rhythmischen Klänge einbeziehen wollen. Es scheint, als wäre es das erklärte Ziel des DJs, das Vereinsheim zum Einsturz zu bringen. Karin und Sarina müssen mit ihrer Arbeit zufrieden sein. Die ohnehin schon aufgeheizte Stimmung ist dem Siedepunkt nahe. Die Mannschaft der Borussia genießt ihre Abschlussfeier in vollen Zügen.

Auch Dina hat einen großen Anteil daran und arbeitete mit ihnen Hand in Hand, während ich meine Zeit mit Chris verbrachte.

Es freut mich ohnegleichen, dass der Großauftrag den Souvenirladen ihrer Eltern vorerst retten konnte. Wäre da nicht diese Distanz zwischen uns, einem riesigen Krater gleich, den ich nicht zu überwinden vermag. Jeden Tag hat sich die unsichtbare Wand weiter aufgebaut und eine Mauer aus Kälte zwischen uns erschaffen. So schön die vorsichtigen Küsse mit Chris und die heimlichen Berührungen auch waren, Glück ist nichts, wenn man es nicht teilen kann. Das ist mir schmerzlich klar geworden.

»Seid ihr zusammen?«

Die Frage kommt aus dem Nichts und doch habe ich mit ihr gerechnet. Unsägliche Angst ergreift Besitz von mir, dass eine Antwort alles zerstören könnte.

»Ich weiß es nicht.« Der Ton ist kraftlos, schwach und von Unsicherheit gezeichnet.

»Aber du wünschst es dir?«

Es liegt nicht an der warmen Juninacht, dass ich meine Nase hochziehen muss. »Dina, es tut mir unendlich leid. Ich kann nichts dafür, dass ich mich in ihn verliebt habe. Aber egal, was passiert, ich will dich nicht verlieren.« Langsam vollführe ich einen Schritt auf sie zu. Ich will sie an mich drücken, in Stille mit ihr weinen, und ihr versprechen, dass alles so wird, wie früher, doch ich weiß, dass dies ein Wunsch bleiben wird, der niemals in Erfüllung geht. »Wenn du willst, sage ich Christofer, dass ich kein Interesse an ihm habe. Dann kannst du …«

»… und ich bin für alle Zeiten die Freundin, die dir deine große Liebe verboten hat«, speit sie voller Verachtung und wendet sich ab. »Du verstehst es einfach nicht. Wie oft habe ich dir gesagt, dass ich ihn toll finde, dass ich ihn verstehen kann, bei der ganzen Last, die er auf seinen Schultern trägt. Und dann kommst du, schnippst einmal mit dem Finger und bekommst Martin, wirst zum wunderschönen Dornröschen und als ob das noch nicht reichen würde, klaust du mir Chris.« Sie muss sich am Geländer abstützen. Ihre Tränen fallen lautlos in die Tiefe. »Doch das alles wolltest du nicht verstehen. Sieh es ein, Jennifer. Du bist eine beschissene Freundin.«

Ein Schluchzen wird weit ins Tal hinuntergetragen, so voller Pein und Schmerz, dass es mein Herz bluten lässt. Vorsichtig, als würde das kleinste Geräusch sie verschrecken, nähere ich mich und lege meine Hand auf ihre Schulter.

»Wieso hast du nichts gesagt?«

Sie richtet sich auf, ihr Blick ist feurig, die Stimme voll Hass. »Manche Sachen sollte man nicht aussprechen.«

Ihre Haare schlagen mir ins Gesicht, als sie sich umdreht und davonstapft.

Ich wage noch einen letzten Versuch. »Dina!«

»Wage nicht, mir hinterherzulaufen!« Die Stimme hallt wie ein mahnendes Echo vom Berg wider, als die Dunkelheit ihren Körper längst umschlossen hat.

Von Tobsucht gepackt, trete ich gegen das Geländer und rutsche ab, sodass Metall über mein nacktes Bein streift und die Brüstung in die Tiefe stürzt. Der Schmerz lässt mich einen Moment innehalten, dann schreie ich voller Rage dem Griems meinen Unmut entgegen.

»Warum?« Ruhe antwortet mir. »Warum kann sie sich nicht für mich freuen!« Der Ton versiegt und wird bald schon von den wummernden Bässen geschluckt.

Habe ich nicht auch ein kleines Stückchen vom Glück verdient? Musste ich nicht genug leiden? Ich kann Dina verstehen, jede Handlung, die Enttäuschung, ihren Schmerz und weshalb blanke Wut ihre Urteilsfähigkeit vernebelt. Aber auch ich will Verständnis und verdammt noch mal – endlich glücklich sein.

Von wilder Rage gepackt, laufe ich trotzig zum Vereinsheim und reiße die Tür auf. In Ekstase tanzen Mitschüler um die Spieler des Fußballvereins, als ob allein die Aura ihnen ein kleines Stück vom Ruhm garantieren würde. Tabletts mit Bier und Shots werden ausgegeben, um die von Alkohol geschwängerte Hitze noch mehr anzureichern. Die Fenster der festlich geschmückten Berghütte sind beschlagen und die schwül-heiße Luft steht schwer im Raum.

Niemand scheint sich daran zu stören. Meine Mitschülerinnen haben die Dirndl weit geöffnet und die Jungs sind spendabel, in der Hoffnung, dass ihnen noch tiefere Einblicke gewährt werden. Eine gefährliche Mischung aus Alkohol und Begierde liegt in der feuchten Luft.

»Hast du deinen Disput mit Diana klären können?« Chris legt seinen Arm und mich und muss schreien, damit ich ihn verstehe.

»Nicht wirklich, ist aber auch egal.« Ich unterdrücke meine Wut mit aller mir verbliebenen Macht. »Hast du Lust, zu tanzen?«

Er drückt mir ein Bier in die Hand und lässt einige Tropfen einer mir unbekannten Flüssigkeit im Glas verschwinden.

»Was ist das?«

»Nur ein wenig zum Spaß haben. Das trinken alle hier. Ist so etwas wie Schnaps.«

Scheiß auf Dina, auch ich habe verdient, glücklich zu sein. Wir stoßen an und küssen einander. Der DJ spielt einen langsamen Song und als ich meine Stirn zärtlich an seine Brust lege, wähne ich die Schmerzen der Vergangenheit ganz weit weg. Ich habe meinen Prinzen gefunden, mein ganz persönliches Happy End. Auch wenn der Weg mit Steinen gepflastert war, so ist das Ziel doch jede Pein wert gewesen.

»Hallo und einen wunderschönen Abend, liebe Griemsmahler Mädels und Jungs!« Karins vor Freude sich überschlagende Stimme übertönt das Stimmgewirr mühelos. Das Mikrofon pfeift auf, als würde es die Menschen zur Ruhe mahnen. Noch einmal schenkt Chris mir einen Kuss, dann zieht es unsere Blicke Richtung Bühne. Von Sarina und Dina flankiert, wartet Karin geschickt ab, bis ihr auch der letzte Besucher seine volle Aufmerksamkeit schenkt.

»Um kurz vor Mitternacht möchte ich die Gelegenheit wahrnehmen, um mich bei den Leuten zu bedanken, ohne die dieser Abend nicht möglich gewesen wäre.« Zustimmende Rufe ertönen aus dem Publikum. Alles ist eng, stickig und mir ist so heiß, dass der Schweiß in Strömen hinabläuft. Doch das ist alles gleichgültig, denn er streichelt meine Hand. Mein Prinz.

Es könnte schöner nicht sein.

»Als erstes bei meiner lieben Freundin Sarina, die weder Kosten noch Mühen gescheut hat, damit wir feiern können.«

Wie auf Kommando brodelt die Menge, klatscht und jubelt ihrer Königin entgegen. Ich könnte schwören, dass sogar einige in Ehrfurcht das Knie beugen.

Karin hebt die Hand und lässt den Pöbel verstummen. »In diesem Jahr zum ersten Mal im Orgateam dabei und direkt eine große Stütze ist uns Dina Holofernes gewesen.« Karin animiert die Menschen zum Klatschen. »Natürlich habe auch ich meinen bescheidenen Teil dazu beigetragen.« Sie verbeugt sich und versucht, ihr Handeln mit einem berührten Gesichtsausdruck zu hinterlegen. Es misslingt ihr vollends.

Der Applaus brandet auf und ist so intensiv, als ob ein Erdbeben das Vereinsheim erschüttern würde.

»Und bevor wir auf die Leute zu sprechen kommen, denen wir diese wundervolle Feier überhaupt zu verdanken haben, möchte ich alle an die Abiparty im nächsten Monat erinnern. Der Abschlussjahrgang hat alle Schüler herzlich dazu eingeladen. Aber vergessen wir nicht den wahren Grund, warum wir heute hier sind.« Wieder eine Pause, die Spannung steigt ins Unermessliche, jedermann hängt an Karins Lippen, als würde von ihnen eine hypnotische Wirkung ausgehen. Als sie Luft holt, meine ich, das aufgeladene Knistern körperlich spüren zu können.

»Liebe Spieler, Trainer und Betreuer, vielen Dank für diese geile Saison!«

Das Vereinsheim gleicht einem Tollhaus, Musik wird aus den Boxen gepresst, so laut, dass es sich mit der Jubelorgie zu einer infernalen Geräuschkulisse entwickelt.

Gerade so dringt Karins Stimme durch die Massen. »Und jetzt feiern wir! Und denkt alle dran: Für die Stadt, für die Menschen, für Griemsmahl – wir halten zusammen.«

Selbst in einer Gladiatorenarena würde es nicht wilder zugehen. Jeder will die Ikonen der Stadt berühren, mit ihnen ein Selfie schießen, um aller Welt zu zeigen, wie sehr man die jungen Helden vergöttert. Ich werde mehrmals beiseite gedrängt und nur Chris‘ starken Armen ist es zu verdanken, dass ich nicht im trampelnden Pulk untergehe.

Er schützt mich wie ein strahlender Ritter in gelb-weißer Rüstung. Seine Lippen berühren mein Ohr, als er sich behutsam an mich drückt.

»Sollen wir verschwinden? Oben ist es ruhiger.«

Ich nicke mit glänzenden Augen und Schwindel erfasst mich. Chris geleitet mich sicher durch die Massen. Mein Körper fühlt sich taub an, als wäre nicht mehr ich die Herrin meiner Sinne. Ich möchte tanzen, lachen und weinen zugleich. Die Emotionen prasseln auf mich wie ein biblischer Regenguss ein. Kein Gedanke hat noch einen Sinn und gleichzeitig scheine ich alles zu verstehen. Ich folge ihm blind und kann mir keinen Besseren vorstellen, der mir den Weg bereitet.

Es ist ein Wohlgefühl, als Chris eine Seitentür öffnet, wir eine schmale Treppe emporsteigen und den Dachboden des Vereinsheims erreichen. Unmittelbar nachdem er die Tür geschlossen hat, höre ich mein eigenes Herz schlagen. Dies ist mein Moment, meine Geschichte, mein Märchen. Und es ist wundervoll. Obwohl das Bier eine stärkere Wirkung entfaltet, als ich angenommen habe, fühle ich mich in seinen Armen weich gebettet und wohl.

»Ich habe mich lange auf diesen Abend gefreut«, flüstert er und streicht meine blonden Locken aus dem Gesicht. »Wollen wir uns hinlegen?«

Noch bevor ich reagieren kann, führt Chris mich zu alten, gestapelten Teppichen. Sie bilden das Himmelbett für den Prinz und seine Prinzessin. An keinem Ort der Welt würde ich lieber sein als hier mit ihm.

Er berührt mein Gesicht mit seinen Fingerspitzen und fährt über das Herz an meiner Halskette, welche Dina mir geschenkt hat.

»Du bist so wunderschön«, flüstert er mir ins Ohr und hält dabei meine Hand. »Mein Dornröschen.«

Kapitel 24 – Das Mädchen im Spiegel

1. Tag nach dem Kuss des Prinzen

Nur langsam erwache ich.

Die finstere Traumwelt will mich noch nicht gehen lassen und hält mich fest umschlossen. Mühselig muss ich mich durch die klebrige Oberfläche der Realität kämpfen, bis ich sie endlich durchbreche. Obwohl ich die Augen öffne, bleibt der sumpfige Teich meiner Träume an mir wie Pech haften. Es dauert, bis ich wahrnehme, wo ich bin. Die Erinnerungen kriechen nur widerwillig zurück, als würden sie mich schützen wollen. Während ich mich aufrichte, flackern Bilder der vergangenen Nacht mit voller Wucht vor meinem geistigen Auge auf und wollen einfach keinen Sinn ergeben. Ich fühle mich wie in Trance.

Ein paar Herzschläge lang versuche ich, einfach nur meine Atmung zu kontrollieren, dann beginnt mein Verstand zu arbeiten und eine beklemmende Panik erwächst dem löchrigen Film meines Gedächtnisses.

Was zum Teufel ist letzte Nacht passiert?

Schweißgebadet fahre ich mit spitzen Fingern meinen Körper ab. Kein Unterschied ist zu bemerken, nicht hier, nicht an meinem Leib und trotzdem ist irgendetwas anders. Der beißende Geruch von Alkohol legt sich in meine Nase, meine Haut scheint zu kleben, als hätte ich in Sirup gebadet und mit jeder verstreichenden Sekunde bebt mein Körper stärker.

Fragmente der gestrigen Nacht blitzen auf. Ich schlage die Hände über mein Gesicht und presse die Augen aufeinander, als ob ich die vergangenen Stunden mit purer Willenskraft ungeschehen machen könnte. Die Erinnerungen dürfen nicht von mir stammen. Sie wirken fremd, als würde mir jemand davon berichten.

Die aufkommende Furcht niederkämpfend, lasse ich meine Finger tiefer gleiten. Meine Hände zittern, als ich durch meine Schamlippen fahre, meinen Arm hebe und die klebrige Flüssigkeit vor meinen Augen verreibe. Blut und ein verkrusteter Schleim legen sich um meine Finger und treiben den Puls so sehr an, dass ich hastig Luft in meine Lungen ziehe.

Nein. Dies kann nicht sein. Das ist nicht möglich. So etwas passiert nur in den Nachrichten und nie einem selbst.

Beklommen verlasse ich mein Bett, schaffe es gerade so auf die Toilette und übergebe mich vor die Kloschüssel. Mein Körper will das Gewicht meines Körpers nicht mehr tragen. Kraftlos schleife ich mich zur Toilette. Meinem Leib ist schneller klar, was mir passiert ist, als meinem Geist. Ich spucke bittere Galle, vermischt mit Bier, Essensresten und kleinen Brocken. Eine dicke, bräunliche Masse tropft von meinen Lippen. Tränen füllen meine Augen, während der Magen krampft und den nächsten Schwall der bitteren Flüssigkeit nach oben drückt. Meine Finger umkrallen die Klobrille, bis ich nur noch trocken würge und Speichelfäden sich mit Nasensekret vermischen.

Ich breche weinend neben der Toilette zusammen. Dicke Tränen quellen unter meinen Lidern hervor und rennen über meine bleichen Wangen. Immer mehr Bruchstücke der vergangenen Nacht finden langsam den Weg ans Tageslicht. Mit jeder Minute wächst die bange Furcht, dass es kein Traum war, kein Ausschnitt aus einem Horrorfilm.

Die Bilder in meinen Kopf sind echt, flackern auf und verlieren sich in Schwärze, nur um im nächsten Moment von neuem, grausamerem Stückwerk ersetzt zu werden. Ich erkenne Chris‘ schallendes Lachen, Simon Garguschs breite Nase und Mustafa Cems angestrengtes Grinsen.

Die Spieler der ersten Mannschaft mühen sich auf mir ab, Schweißperlen tropfen auf meine Haut, in meine Augen und doch bin ich zu schwach, um sie wegzuwischen.

Sie benutzen meine Vagina, meinen Mund und meinen Anus. Sie lassen nichts aus, feuern sich gegenseitig an, während ich hilflos in helle Blitze starren muss. Ein stechender Schmerz in meinem Unterleib zieht langsam meinen Torso hoch und hinterlässt ein kaum auszuhaltendes Pochen zwischen meinen Schläfen.

Die Erkenntnis trifft mich wie ein Schlag: Es waren keine Blitze, die vor meinen Augen zuckten, sondern Fotos und Videos, welche meine Hilflosigkeit für immer festhalten sollten.

Am liebsten hätte ich so laut geschrien, dass es ganz Griemsmahl erschüttert hätte, doch kein Ton verlässt meine Lippen. Zu tief sitzt der Schock, als dass ich mich jetzt bewegen könnte. Warum ist Mutter nicht hier? Warum wechsle ich mit Dina kein Wort mehr? Meine Pupillen rasen im Badezimmer umher, suchen nach etwas, was ihnen Halt verleiht und finden nichts, was mir im Ansatz helfen könnte.

Ich fühle mich schmutzig, benutzt und schäme mich für meine eigene Dummheit. Wie konnte ich nur denken, dass Chris mich tatsächlich mag?

Tränen und Speichel tropfen in langen Fäden auf die Kleidung von letzter Nacht. Schemenhafte Erinnerungen tauchen auf, in denen mich drei oder vier Arme in ein Taxi hievten. Mir war kalt, so unendlich kalt und ich wollte nur nach Hause. Davor liegen nur die Dunkelheit, Schmerz und Bilder von unsäglicher Qual.

Meine Erinnerungen hängen in Fetzen, doch es ist das, dessen ich mich nicht entsinnen kann und das mich erschauern lässt. Inständig hoffe ich, dass ich mich irre, doch mit jedem Bild, das den Weg zurück in meinen Verstand findet, sinkt die Hoffnung, und eine düstere Vorahnung wird zur grausamen Realität.

Es fühlt sich an, als würde es Stunden dauern, bis ich endlich aufstehen kann. Ich hangele mich an der zugestellten Wand entlang, trete über Schlittschuhe und Kufen, stolpere mehrmals über Skistöcke und kann mich gerade so am Türrahmen festhalten. Noch immer ist mir so übel, dass mein Magen krampft, doch nur noch beißende Magenflüssigkeit legt sich schmerzend in meine Speiseröhre. Ich muss etwas tun, mich bewegen, einen klaren Kopf bekommen. Schnell greife ich zum Handy. Nur eine einzige Nachricht ist auf dem Display zu sehen.

Sie kommt von Dina.

»Das hätte ich nicht von dir gedacht«, prangert es mir in Großbuchstaben entgegen. Es folgt ein Link zu einer Sexplattform. Alles in mir wehrt sich, auf die Adresse zu klicken. Mir ist klar, dass danach alles anders sein wird. Eine innere Ahnung weiß bereits, was nun passiert, welches Elend ich erleide und welche Wunden es in meiner Seele hinterlassen wird. Doch ich kann nicht anders. Ich muss die riesigen Löcher meiner Erinnerung mit Antworten füllen.

Als das Video startet, ergreift eine schmerzende Taubheit von mir Besitz. Jegliche Farben wurden aus meiner Welt gestrichen. Ich bin mir sicher, dass ich die Person auf dem Video bin, obwohl ich nur das Aussehen mit ihr teile.

Ich sehe eine fremde, junge Frau, die verstört und schutzlos in die Gesichter der Meute blickt. Simon Gargusch drückt seinen Penis in ihren Mund und gibt dem Mädchen eine Ohrfeige. Die Jungs jubilieren um ihn herum, heizen ihn an, während ein weiterer Spieler ungelenk seine Eichel in ihre Scheide schiebt. Chris steht etwas abseits, hält ein Bier in seiner Hand und redet mit einem Mitspieler, als wären sie Gäste einer

Cocktailparty. Die Kamera fährt an ihn heran, er grinst, dann kniet er sich zu dem jungen Mädchen.

»Hast du Durst, Dornröschen?«

Sie lächelt unsicher, nickt und antwortet undeutlich. Jede Handlung ist von Schwäche durchzogen. Sie lacht hysterisch und grinst grotesk, während sich ein Spieler in ihrem Gesicht ergießt.

»Gargusch, du bist ekelhaft.« Chris schüttet Bier über ihr puppenhaftes Antlitz und gibt ihr einen Klaps auf die Wange. Nur Herzschläge später ist der Kapitän selbst an der Reihe, holt seinen Penis hervor und presst ihn zwischen ihre Lippen. »Da wollte jemand einmal mit Stars vögeln«, schreit er und johlt. Das Mädchen lacht mit, ohne überhaupt zu verstehen, was gerade mit ihr geschieht.

Dann bricht das Video ab und mit ihm endet mein bisheriges Leben. Das Zittern ist versiegt und einer rohen Wut gewichen. Ich weiß nicht mehr, was falsch oder richtig ist und empfinde Mitleid mit dem armen Ding in dem Video. Was für ein Teufelszeug haben sie ihr eingeflößt, dass sie so apathisch grinst und diese Tortur jauchzend über sich ergehen lässt?

Nur gut, dass mir so etwas nie passieren würde.

Niemals.

Ein Schock fährt durch meine Glieder, als das Mädchen plötzlich in unserem Badezimmer steht. Im Spiegel erkenne ich, wie erschöpft sie aussieht, wie tot ihre Augen sind. Sie erinnern mich an tiefe Abgründe eines Brunnens. Am liebsten hätte ich sie an mich gedrückt, ihr gesagt, dass alles gut wird.

Doch wir wissen beide, dass es eine Lüge ist.

Ich will weinen, doch ich habe keine Tränen mehr. Mein Verstand spielt mir einen Streich. Es zieht mich zum Bett, obwohl ich mir sicher bin, dass andere Dinge geklärt werden sollten. Die junge Frau braucht meine Hilfe. Ihre Augen schreien mich an, dass ich Himmel und Hölle in Bewegung setzen muss, um ihr beizustehen.

Schnell ziehe ich meine Schuhe an, nehme die Tasche und will das Haus verlassen. Irgendjemand muss doch melden, was diesem Mädchen gestern wiederfahren ist. Die grausigen Höllenqualen dürfen nicht ungesühnt bleiben. Auch wenn sie in dem Video verstört grinst und alles mit sich machen lässt – dies kann nicht mit rechten Dingen zugegangen sein. Vermutlich war sie naiv und geriet durch falsche Versprechungen in die Hände ihrer Peiniger. Sie streuten Sand in ihre Augen und bereiteten mit Akribie und süßen Lügen den Weg in diese Hölle vor.

Die Polizei sollte das wissen. Jeder sollte das wissen.

Armes, dummes Mädchen.

***

Schweigend bohrt sich der Blick des Polizisten in mich hinein. Ganze zweimal hat er sich das Video angesehen, es mit voller Lautstärke laufen lassen und sogar eine Kollegin zu sich gerufen, um ihr seine Gedanken mitzuteilen.

Als er endlich mein Mobiltelefon über den Tisch schiebt, fühle ich mich so elend, dass ich nicht mehr hier sein möchte.

Und damit meine ich nicht die Polizeiwache.

»Ja, das sind Sie«, brummt er gleichgültig.

Habe ich gerade richtig gehört? Schlafe ich noch und Chris wiegt mich sicher in seinen Armen? Ich bete zu allen existierenden Göttern, dass ich aus diesem Albtraum erwachen möge.

»Natürlich bin ich das«, schimpfe ich und lehne mich nach vorn. »Sie sehen doch, was passiert ist.«

Der ältere Mann mit dem Schnauzbart wiegt seinen Kopf in alle Richtungen. »Was ich sehe, ist ein Mädchen, das mit Christofer Breeck, dem Mustafa und dem Simon ein wenig Spaß hat.« Die Uniform spannt über dem Bauch und auch seine Koppel ächzt im letzten Loch. »Scheint mir nicht so, als würde ihnen das missfallen.«

»Andere wären froh darüber«, ergänzt die Polizistin.

Ihre kalten Augen lassen mich erzittern, obwohl Hitze in der Griemsmahler Polizeistation steht. Erkenne ich etwa Neid in ihren Blick? Sie ist gerade einmal ein paar Jahre älter als ich, wischt sich den Schweiß von der Stirn und blickt auf ihr Handy. Die Frau scheint sich tatsächlich an dem Anblick zu ergötzen.

»Wissen Sie, Frau Meyer …« Der Kriminalhauptkommissar räuspert sich. »… Sie sind nicht die erste, die es sich nachher anders überlegt.«

Anders überlegt…

Jedes Wort aus dem Mund dieses Mannes ist wie blanker Hohn, einem Messer gleich, das er mir die Brust rammt und mit jedem Atemzug die Klinge ein wenig mehr dreht.

»Ich kenne den Chris schon, seitdem er ein kleiner Bube war und der tut keiner Fliege was zuleide. Mustafa ist zwar ein Heißsporn, aber der macht auch nichts. Sie wissen ja, wie die Türken manchmal sind.« Der Polizist holt Luft, klappt die Akte zu und wirft mir einen versöhnlichen Blick zu. »Wie schon gesagt, das passiert auf Partys manchmal, dass man zu viel trinkt und am Ende spielen die Erinnerungen ein wenig verrückt. Vor allem, wenn man mit der Freundin im Zwist liegt, wie Sie sagten.«

Nicht ein Laut will meine Kehle verlassen. Die Willkür der Polizei zieht mein ohnehin finsteres Gemüt weiter in den Abgrund der Dunkelheit. Meine Seele ist nicht mehr als ein Scherbenhaufen voller schwarzer Splitter, die niemand mehr zusammenfügen vermag. In einem letzten, verzweifelten Versuch sehe ich zur Polizistin.

Sie ist doch eine Frau, müsste sie mich nicht verstehen? Zumindest ein bisschen …?

Genervt stößt sie ein Stöhnen aus, ihr Handy gleitet in die Hosentasche. »Nun, wenn ein Arzt nachweisen könnte, dass Sie Drogen im Blut hatten, wäre das etwas anderes. Gehen Sie zu Dr. Hirsch, der kann Ihnen weiterhelfen.«

Wiederwillig raunt der Polizist seiner Untergebenen etwas zu und greift zum Telefonhörer. »Ich mache Ihnen einen Termin, dann sehen wir weiter. Die Kollegin wird Sie begleiten.«

Es ist, als hätte mich eine unbekannte Macht in Watte gepackt. Jeder Ton dringt gedämpft in meine Ohren, alles wirkt abgemildert und nur halbherzig von den Sinnen weiter an meinen Verstand getragen. Jede Berührung, jedes Lächeln, jede Geste passiert nur mit größter Mühe die Schranke zu meinem Bewusstsein. Meine Schritte kosten Kraft, als ob lähmendes Gift durch meine Adern fließen würde.

Auf der Fahrt redet die Polizistin zwar mit mir, aber ich verstehe kein Wort. Die Welt rutscht immer mehr in die Farblosigkeit hinab. Alles wirkt grau und leblos, als würde mein Gehirn Stück für Stück die Freuden des Lebens davontragen und nur einen grauen Nebel zurücklassen.

»Jennifer? Hören Sie mich?« Dr. Hirsch muss mehrmals an meinen Schultern rütteln, bis sich mein Blick fixiert. Das St.-Irmgardis-Krankenhaus kommt mir am frühen Sonntagmorgen seltsam verwaist vor und so leise, dass die Stille fast ohrenbetäubend ist.

»Wir führen jetzt ein paar Tests mit Ihnen durch. Die junge Dame in Uniform bleibt selbstverständlich an Ihrer Seite.«

Im Behandlungsraum fällt meine Kleidung erneut. Ich spüre meinen Körper nicht mehr, empfinde weder Kälte noch Wärme und sehe mich selbst als handelnde Person, nicht imstande, das Mädchen mit den blonden Locken zu warnen oder einzugreifen. Stattdessen muss ich ohnmächtig dabei zusehen, wie in einer makaberen Fernsehshow ihre Tortur fortsetzt wird.

Sie legt sich auf den gynäkologischen Stuhl, spreizt die Beine und lässt alle Abstriche, Untersuchungen und Fragen über sich ergehen. Nach einer halben Stunde sitzt sie mit der Polizistin im Wartezimmer, jeglicher Emotion beraubt und starrt mit leerem Blick auf eine Zeitschrift.

Herzschläge werden zu Stunden und bald schon verliert der Tag seine ewige Schlacht mit der Nacht und Griemsmahl wird von Dunkelheit ergriffen.

»Wart ihr nicht zusammen?«

Ich drehe mich zu der Frau. »Was?«

»Du und Christofer Breeck, ihr seid doch ein Paar, oder irre ich mich? Bei den letzten Spielen der Borussia habt ihr euch geküsst.«

Mein Magen rebelliert auf schmerzhafte Weise, wenn ich nur daran denke, was ich alles für ihn getan hätte, nur um in seiner Nähe zu sein. Ich antworte nicht. Warum auch? Jedes Wort wäre verschwendeter Atem.

Die Polizistin scheint das nicht so zu sehen und setzt sich zum ersten Mal an diesem Tag neben mich. Der Ton birgt eine sanfte Milde. »Weißt du, Typen können manchmal Idioten sein. Aber das ist leider nicht illegal und kein Grund, etwas zu erfinden, um ihnen zu schaden.« Sie seufzt und lehnt ihren Kopf gegen die Wand. »Glaub mir, ich habe es versucht. Es bringt absolut nichts, die Wahrheit kommt irgendwie immer ans Licht.«

Ich möchte schreien. Mein Gesicht ist eine Studie der Wut. Worte voller Hass brennen mir auf der Zunge und möchten hinausgeschrien werden. Bin ich verrückt geworden oder ist die ganze Stadt von Sinnen? Es ist wie ein ständig währendes, unangenehmes Kitzeln. Um alles in der Welt soll es endlich aufhören, weil ich nicht lachen will und nicht mehr weinen kann.

Als Dr. Hirsch endlich das leere und mittlerweile düstere Wartezimmer betritt, zuckt ein nervöses Lächeln um seine Wangen. »Jennifer, ich habe leider eine schlechte Nachricht für dich.« Mitleidig sieht er mich an, legt kurz eine Hand auf meine Schultern und wirft noch einen Blick in seine Unterlagen. »Die Testergebnisse waren nicht zu verwenden. Wir haben derzeit ein Problem mit unserer Qualitätssicherung und der Verunreinigung von medizinischem Gerät.« Er klappt die Akte zu, ringt sich einen aufmunternden Blick ab. »Aber ich kann dir versprechen, dass wir das so schnell wie möglich in den Griff bekommen werden. Frau Weller und die St.-Irmgardis GmbH haben bereits jetzt entsprechende Maßnahmen ergriffen. Sie suchen immer gute Leute, ich meine, nur wenn du noch immer Krankenpflegerin werden willst.«

Ich lausche ihm gespannt, wie eine Bogensehne, die jede Sekunden reißen könnte. Mehrmals muss ich die Sätze im Geist wiederholen, damit sie Sinn ergeben.

Pflegerin? Vor nicht allzu langer Zeit wollte ich noch Krankenschwester werden und davor Ärztin. Dies alles haben sie mir ausgeredet. Wie klein wollen sie mich noch machen?

Ich halte es nicht mehr aus. Das unterdrückte Lachen platzt aus mir heraus. Nur mit größter Mühe kann ich mich zur Konzentration mahnen. »Selbstverständlich.«

»Großartig. Wir hätten dich gerne hier.«

Es ist ein vergiftetes Angebot, um mich ruhigzustellen. Nicht mehr und nicht weniger.

Nachdenklich schnalzt er mit der Zunge und wirft noch einen Blick in die Unterlagen. »Wir könnten die Tests selbstverständlich auch wiederholen, aber die meisten Substanzen sind bereits 24 Stunden nach der Einnahme nicht mehr nachweisbar. Also …« Seine Ausführungen schließen mit dem langgezogenen Wort.

Das war es. Endgültig.

Ich erliege dem ständigen Pulsieren und der Lachlust und jauchze lauthals auf. Mein Herz ist vor Trauer gebrochen, meine Augen sind tot und doch entrinnen Laute der Freude meinen Lippen. Ich bin verrückt geworden. Zumindest hoffe ich das, anders ist es nicht möglich, meine Reaktion zu erklären.

Ich spüre die Blicke auf mir und schlage rasch die Augen nieder. Sie sollen nicht auf die zerstöre Seele blicken dürfen.

»Hier ist eine Krankschreibung für die nächsten drei Wochen.« Dr. Hirsch drückt mir Zettel in die Hand, allerdings nehme ich seine Stimme kaum mehr war. »Danach ist nur noch die Abschlussfeier. In den Sommerferien wächst Gras über die Sache.«

Es scheint mir, als würde ich unter der Wasseroberfläche ein Dasein fristen, während über mir das wahre Leben stattfindet. Meine Gefühle überwältigen mich, spülen jegliche Zweifel beiseite. Nicht die Menschen sind krank, ich muss es sein. Irgendetwas stimmt nicht mit mir. Immer noch von Lachkrämpfen geschüttelt, lasse ich den Schein zu Boden gleiten und drücke mich an den beiden vorbei.

Glücklich, dass diese unappetitliche Episode nun beendet ist, strahlt die Polizistin vor Freude. »Dann kann ich also Herrn Kriminalhauptkommissar van Cleef sagen, dass dies alles ein Irrtum war?«

Van Cleef …

Wie die Bürgermeisterin von Griemsmahl. Welch ein Zufall, dass die beiden denselben Namen tragen.

Jetzt gibt es endgültig kein Halten mehr. Mein verzerrtes Lachen dringt durch die Korridore und ich bleibe ihnen eine Antwort schuldig, als ich den Raum verlasse.

Hier gibt es nichts mehr für mich, außer Folter und Qual. Ich zweifele an meinen Verstand, an meinen Erinnerungen und an dieser beschissenen Welt. Die Menschen haben es tatsächlich geschafft, sie haben Dornröschen gebrochen. Oder war ich es selbst? Wenn sich Dummheit mit Sehnsucht paart, ist dies eine gefährliche Mischung.

Neben dem Krankenhaus suche ich mir eine dunkle Ecke. In dieser Stadt gibt es davon Tausende. Als hätten die letzten Meter jegliche Kraft aus meinen Gliedern gesaugt, breche ich zusammen. Der Schmerz wird übermächtig.

Ich schwitze, obwohl sich Kälte in mir einnistet.

Mir ist übel, obschon ich mich nicht übergeben kann.

Ich will weinen, aber keine Tränen verlassen meine Wangen.

Menschen schlendern über die Hauptstraße, doch ich bin allein auf dieser Welt. Ganz allein.

Kapitel 25 – Schatten der Vergangenheit

365. Tag nach dem Kuss des Prinzen

Ich hasse, dass ich hier nie allein bin.

Sie alle wollen die Saisonabschlussparty nicht ohne ein Bild mit mir verlassen, um es wie eine Trophäe in den sozialen Medien zu präsentieren. Kein Wunder, habe ich mich doch bei Make-up und Kleiderauswahl selbst übertroffen.

Das Glühen der Flammentonnen erstrahlt auf meinem Gesicht und vergoldet das helle Kleid. Mein Haar glänzt im Schein und ich öffne meine Lippen mit Bedacht, um nicht zu viel Aufmerksamkeit zu verschenken. Seit Monaten halte ich meine Handynummer unter Verschluss, wie ein kribbelndes Geheimnis und wecke damit Begehrlichkeiten.

Ich versuche, jedem in der Oberstufe gerade so viel Freundlichkeit zukommen zu lassen, das er mich sympathisch findet und gerade so wenig, dass mich noch die Aura des Geheimnisvollen umweht. Mit den Jungs flirte ich, die Mädchen suchen den Kontakt. Als auch noch Chris und sein Team als meine Entourage dienen, spürt sogar Sarina den eisigen Hauch der Gleichgültigkeit. Sie wurde zwar nicht vom Thron gestoßen, aber er wackelt gewaltig und die Waagschale kippt schleichend zu meinen Gunsten.

Chris hält mich im Arm, führt mich durch seine Villa, während wir gemeinsam die Gäste begrüßen, als wären wir ein Paar. Ein Jahr ist es nun her, seitdem er mein Herz in Stücke riss und nichts mehr übrigblieb, außer dem Pakt und meinem Wunsch nach Vergeltung. Meiner Rache bin ich so nahe, dass ich die Hitze des Fegefeuers spüren kann. Jede Faser meines Körpers schreit danach, endlich den Plan zu vollenden, doch dafür muss ich die feiernden Massen auf meiner Seite wissen.

Noch nicht. Noch ein wenig Geduld.

Als ich Chris an der Taille berühre, zuckt er vor Schreck zusammen. »Bleib schön bei mir«, flüstere ich herausfordernd und erkenne blanke Angst in seinem Ausdruck.

Es ist wie ein Tanz der Begierde, wenn ich zärtlich seine intimsten Stellen berühre, sodass jeder sieht, wie weit ich zu gehen imstande bin. Voll furchtsamem Respekt halten Mitschüler und Vereinsmitglieder Abstand. Wenn ich mit Chris so verfahren darf und dabei noch Sarina ins Gesicht lache, wie groß ist Dornröschens Macht wirklich?

Ich bin unantastbar, mir gehört die Clique und im letzten Moment entscheide ich über Eingeladene und Ausgestoßene. Dornröschen ist verrucht und berüchtigt. Wenn sie mich schon nicht lieben, dann sollen sie mich wenigstens fürchten.

Ich selbst habe dafür gesorgt, dass der Saisonabschluss nicht im Vereinsheim, sondern hier in der Villa der Familie Breeck stattfindet. Selbst Karin musste mir zustimmen und nur von Dina vernahm ich leisen Protest. Die Borussia aus Griemsmal steht immer noch auf den vorderen Rängen, sodass Chris keinen Grund sah, die Party nicht auszurichten. Trotz des kleinen Rückschlags beim Tabellenletzten ist das Interesse der Investoren ungebrochen.

Mehr noch, die Stadt hat ihre Bemühungen noch einmal verstärkt. Kein Störgeräusch soll die konzentrierte Ruhe beim triumphalen Marsch in die Oberliga beeinträchtigen. Nur noch wenige Spiele, dann ist der Aufstieg perfekt und für Griemsmahl wird es Geld regnen.

Ich indes habe meine eigenen Gründe, um hier zu sein. Auch wenn es Andrew besser geht, liegt er immer noch im Krankenhaus. Natürlich konnten weder Polizei noch Feuerwehr ein Fremdeinwirken erkennen, sodass eine defekte Mikrowelle als Auslöser des Feuers herhalten musste. Unter all den Gedanken, den Lügen und dem Mummenschanz, den sie sich ausgedacht haben, gehört diese Fabel zu meinen Lieblingen.

Eine defekte Mikrowelle … unglaublich.

Sie werden bald von ihrer eigenen Medizin kosten, dafür werde ich Sorge tragen.

»Gefällt dir die Party?«, will Chris wissen und nippt voller Bedacht an seinem Bier. Anscheinend ist ihm die Lust auf exzessiven Alkoholkonsum vergangen. Er sieht sich um, entdeckt Simon, Cem und Martin. Ein sehnsüchtiger Blick folgt.

»Geh‘ ruhig«, fordere ich ihn auf. Jeder hat uns gesehen, die Nachricht dürfte verstanden worden sein. »Ich wollte ohnehin noch mit Sarina reden.«

Chris scheint ein ganzer Brocken vom Herzen zu fallen, als er sich endlich von mir entfernen darf. Betont lässig gebe ich ihm einen Klaps auf den Hintern und frohlocke, wie die jüngeren Mädchen meine Taten mit anerkennenden Blicken quittieren. Sie winken mir scheu zu, suchen unauffällig meine Nähe. Angst und Ruhm sind mächtige Instrumente, um die Menschen zu führen.

Ich habe vor, sie beide auf gemeinste Art und Weise zu spielen, doch für dieses Stück muss ich allein sein - und dies geht am einfachsten in einer riesigen Gruppe.

Ich lächle wie die Grande Dame einer Charityveranstaltung, während ich mich auf die ausladende Treppe begebe und mir das Mikrofon reichen lasse. Mit einer Handbewegung verstummt die Musik und ich bade in Aufmerksamkeit der Anwesenden.

Die Stille breitet sich aus wie eine Krankheit. Sie infiziert die Menschen um mich herum, bis auch der letzte Angst hat, einen zu lauten

Atemzug zu tätigen. Mein Publikum hält seine Gläser fest, erstarrt, um keine unnötige Bewegung zu vollführen. Es fürchtet die Ruhe, doch während sie wie eine unbarmherzige Aufpasserin um die Leute weht, ist sie meine Verbündende.

Karin und Sarina tauschen mit offenen Mündern missmutige Blicke und doch fehlt das letzte Quäntchen Mut, um durch die alkoholgeschwängerte Luft zu stapfen und mir das Mikrofon aus der Hand zu reißen. Jede weitere Sekunde zieht sich unendlich und steigert die knisternde Spannung, bis ich meine Stimme erhebe und die Ruhe endlich bricht.

»Es war ein langes und entbehrungsreiches Schuljahr für die meisten von uns.« Ich hole tief Luft und achte darauf, dass alle an meinen Lippen hängen. »Und auch unser geliebter Verein Borussia Griemsmahl musste einige Rückschläge verkraften.« Zustimmendes Gemurmel untermalt meine emotionsgeladene Stimme. »Auch diese Brocken haben wir aus dem Weg geräumt und mit vereinten Kräften geschafft, was nur wenigen Städten vergönnt ist: Uns ist es gelungen, eine Gemeinschaft zu schaffen, auf die wir mit Stolz blicken können.«

Einige klatschen, alle nicken zustimmend. Der Mob lechzt nach mehr. Ich schenke ihnen die Selbstbeweihräucherung, nach der sie sich so sehr sehnen.

»Doch auch ein starkes Kollektiv wird von herausragenden Stützen getragen. Seit Jahren schon engagieren sie sich für das Wohl der Stadt. Sie haben unzählige Partys organisiert, schenken jedem ein offenes Ohr und auch unsere Abschlussfete in wenigen Tagen ist auf ihr Herzblut zurückzuführen. Sarina, Karin und Dina, würdet ihr bitte hochkommen?«

Wilder Applaus brandet auf, viele rufen ihre Namen, Videos werden gedreht. Ich begrüße jede von ihnen mit Küsschen und einer Umarmung. Die Ausdrücke von Sarinas und Karins Gesichtern gleiten ins

Versöhnliche. Sie haben ihren Aufritt bekommen, diesmal sogar mit einer Anmoderation, die vor schleimiger Unterwürfigkeit nur so trieft.

Die beiden flankieren mich und winken ihren Fans zu, während ich Dina fest an mich drücke.

Halte deine Freunde nahe, doch deine Feinde noch näher.

Ich will sie gar nicht mehr loslassen, mein Arm ist fest um ihre Hüfte geschlugen, als ich erneut das Wort ergreife und vollends auf die Tränendrüse drücke. »Auch wenn ich leider nur ein Jahr in eurer warmen Mitte zubringen durfte, so habt ihr keine Gelegenheit ausgelassen, um mir den richtigen Weg zu weisen. Jeden von euch durfte ich tief in mein Herz schließen. Vielen Dank dafür, das werde ich euch nie vergessen!«

Niemand ahnt, was die Worte wirklich bedeuten, als ich sie, den Tränen nahe, ins Mikrofon schluchze. Niemand, außer einer Person.

Dina legt ihre Hände auf die meinen und drückt zu. Sie lehnt sich zu mir und während die Masse voller Rührung jubelt, brennt ihr heißer Atem auf meiner Haut.

»Ich weiß nicht, was du vorhast, aber wenn du noch einmal deine rot lackierten Finger an meinen Freund legst, werde ich sie dir brechen.«

Ihr Lächeln ist so zuckersüß, dass es jedem Mann den Kopf verdreht hätte. Wir umarmen uns innig.

»Vergessen wir aber nicht unseren Lieblingsverein und vor allem Christofer Breeck. Der Grund, warum wir nächstes Jahr aufsteigen und weshalb wir hier sind!«

Abgeklärt wie ein Politiker betritt er die Treppe. Ich lege meine Finger auf seine Wange und drücke ihn an mich, dabei sehe ich Dina direkt in die Augen. Nicht einmal das Höllenfeuer brennt so heiß wie ihr Blick. Als ich ihm einen flüchtigen Kuss auf die Lippen hauche, habe ich das Gefühl, als würde sie mich erwürgen wollen. Sofort. Vor allen Leuten.

Ich nehme ihre Hand, im Anschluss die von Chris und führe sie zusammen.

»Und jetzt lasst uns feiern und auf unsere wunderschöne Stadt das Glas erheben. Auf Griemsmahl!«

Der Ruf der Menschen erschallt ohrenbetäubend im Festsaal. Als die Musik wieder einsetzt, lassen sich die vier immer noch auf der großen Treppe feiern, nehmen Glückwünsche entgegen und schießen Fotos. Ich ziehe mich lächelnd nach oben zurück.

Endlich allein.

Mein Weg führt mich vorbei an einigen Pärchen, die sich in den Schutz der Dunkelheit zurückgezogen haben, um Intimitäten auszutauschen. Stöhnen und Keuchen dringen an meine Ohren, doch auch das versiegt im nächsten Korridor.

Den Weg zu Hubertus Breecks Büro würde ich auch im Schlaf finden. Unzählige Male bin ich meine nächsten Handlungen mit Andrew durchgegangen. Es fehlen nur noch wenige Mosaiksteinchen für das schreckliche Gesamtbild, das die Stadt ohne ihre Maskerade zeigt. Heute will ich es zusammensetzen.

»Andrew, bist du da?«, will ich in mein Handy wissen.

»Auf meinem Posten, Mylady.« Seine Stimme klingt noch etwas kraftlos, doch sie ist voller Euphorie. »Bist du drin?«

»Gleich, ich muss …«

Bevor ich sein Büro betrete, sehe ich mich noch einmal um. Für eine Sekunde habe ich das Gefühl, als würde mich ein Schatten verfolgen. Klirrend kalte Luft umschmiegt meine Beine, doch als ich herumwirbele, ist die Silhouette verschwunden und nur ein Windzug lässt die Vorhänge vor einem Fenster tanzen.

»Jenny? Alles in Ordnung?«

»Ja, ich dachte nur … nicht so wichtig.« Meine Hand ruht einen Herzschlag über der Türklinke, bis ich genug Kraft finde. Zu meiner Erleichterung lässt sie sich problemlos nach unten drücken. »Ich bin drin. Wieso hat er die Tür nicht abgeschlossen?«

»Warum sollte er?«, entgegnet Andrew amüsiert. »Es ist sein Haus und der Einzige, der ihm gefährlich werden könnte, liegt mit einer schweren Rauchvergiftung in einem Krankenhaus, etliche Kilometer entfernt.« Er räuspert sich, als wäre das Folgende besonders wichtig. »Außerdem ist es nicht selten, dass solche Machtmenschen einen Gottkomplex entwickeln. Ihre Selbstwahrnehmung ist unerschütterlich, sie fühlen sich unangreifbar, begehen dadurch Fehler. Man kennt es von Ärzten, Richtern, Piloten … oder Einbrechern.«

»Ja, verstanden. Ich bin vorsichtig.«

Nur mit dem Displaylicht meines Handys suche ich den wuchtigen Schreibtisch vor der Fensterfront. Obwohl mein Herz wild pocht, lasse ich meinen Blick schweifen. Die Einrichtung wirkt edel und gut ausgesucht, Dutzende Exponate aus aller Herren Länder schmücken den Raum und zwei Chesterfieldsofas komplettieren den feudalen Eindruck. Dazu liegt ein wohlduftender Geruch von Zigarrenrauch in der Luft. Der Unterschied zu unserer zugigen Hütte könnte nicht größer sein.

»Echt schön hier.«

»Konzentrier‘ dich«, mahnt Andrew mich an. »Hast du den Laptop gefunden?«

»Ja.« Ich muss nicht lange suchen, er steht direkt auf dem Schreibtisch. »Bevor ich ihn hochfahre, einfach den USB-Stick einstecken?«

»Ganz genau.«

»Und das klappt?«

»Natürlich. Das Passwort wird umgangen und die Festplatte kopiert. Die Händler im Darknet sind erschreckend vertrauenswürdig. Du willst gar nicht wissen, wie viele Bitcoins ich dafür hinblättern musste.« Am anderen Ende der Leitung höre ich ihn tippen, während vor meinen Augen unzählige Ziffern über den Monitor rauschen. »Such‘ in der Zeit in den E-Mails nach Anhaltspunkten. Das Programm müsste sie gleich öffnen.«

Tatsächlich erkenne ich nach wenigen Sekunden, wie Dokumente, Ordner und E-Mails auf den Stick kopiert werden. Dank Andrews Hilfe weiß ich, wonach ich suchen muss.

»Fuck!« Ich will etwas sagen, doch die Worte bleiben mir im Hals stecken.

»Was gefunden?«

»Er schreibt regelmäßig mit Schiedsrichtern und Offiziellen des Verbands.«

Andrew kann sich ein Lachen nicht verkneifen. »Bestimmt geht es dabei nicht um schmackhafte Rezepte fürs Abendessen.«

»Es scheint, als ob die halbe Liga will, dass Borussia Griemsmahl aufsteigt. Sogar die Verantwortlichen der anderen Teams lassen ihre besten Spieler zu Hause«, schnaube ich verächtlich.

»Für eine Entschädigung in entsprechender Höhe, nehme ich an? Die ganze Region würde einen Aufschwung erleben und jeder will sein Stück vom Kuchen abbekommen.« Sein Atem beschleunigt. »Die Drogen für Spieler und Verantwortliche sind also nur eine kleine Zusatzversicherung. Ich bin mir sicher, Stadt und Verein sind bald pleite. Alles hängt davon ab, dass ein Investor schnellstmöglich einsteigt. Dafür müssen der Aufstieg und eine perfekte Präsentation für Krankenhaus, Stadion, Infrastruktur her.« Er stößt ein Seufzen aus. »Eine Gruppenvergewaltigung stört nur das idyllische Gesamtbild.«

Mit weit aufgerissenen Augen durchforste ich die E-Mails, bis ich den morgigen Tag vor genau einem Jahr erreiche. Die Silben sprudeln nur so aus mir heraus, als ich seine E-Mail vorlese.

»*Liebe VvC, lieber Alois, liebe Dorothea, lieber Thomas,*

auch ich habe die Videos der gestrigen Nacht gesehen und nachgeforscht. Die Kleine ist ein Niemand, mit einer debilen Mutter und Vorerkrankungen in der Familie. Sie gibt Bergsteigerkurse am Griems. Könnt Ihr Euch das vorstellen?

Sie haben ja beinahe schon das Label ‚verrückt' auf der Stirn stehen. Es müsste ein Leichtes sein, die Sache zu regeln.

Wir sollten allerdings dafür Sorge tragen, dass so etwas nicht noch einmal vorkommt. Ich rede heute Abend noch mit Christofer.

Beste Grüße,
Hubertus

PS: VvC, bitte sag' Deinem Bruder Bescheid, falls die Kleine wider Erwarten auf der Wache auftaucht. Danke schön.«

Der Ton meiner Stimme wird leiser, bis jede Kraft aufgezehrt ist. »Es steckten alle mit drin. Alle.«

»Sogar die Bürgermeisterin Victoria van Cleef und ihr Bruder, der Kriminalhauptkommissar. Nun ergibt es einen Sinn.«

Ich hämmere auf die Tastatur. Ihre E-Mails gehen noch weiter. Jede Antwort ist von Hohn und Spott gezeichnet. Vor Wut mahlen meine Zähne aufeinander. Ich war nur eine Spielfigur, ein Niemand, der zur falschen Zeit am falschen Ort war und in ihren Augen nie etwas anderes als ein Fremdkörper, infiziertes Fleisch, das weggeschnitten werden muss. Am eigenen Leib werden sie erfahren, wie gefährlich diese Krankheit werden kann.

»Als Nächstes folgen Absprachen mit der Familie Gargusch und der MountainMall«, zische ich.

»Dass der Stadtrat Geschenke erhält und dafür keinen weiteren Markt genehmigt, ist ein offenes Geheimnis.«

Ich nicke, obwohl Andrew es nicht sehen kann. »Ja, aber es geht viel tiefer. Nicht nur die Stadt und der Verein sind pleite, auch das St.-Irmgardis-Krankenhaus steht kurz vor dem Kollaps. Gestützt werden sie von der Mall.«

»Und helfen könnte nur, wenn ein Investor ein völlig neues Gesundheitszentrum baut«, lacht Andrew und tippt wie von Sinnen auf den Tasten seines Laptops. »Du hast wirklich in ein Wespennest gestochen.«

»Da ist noch mehr …«

Die Geräusche auf dem Flur sind so laut, dass selbst Andrew es mitbekommt. Stimmen vereinen sich mit betrunkenem Poltern zu einer schaurigen Kulisse. Die Staubflocken tanzen im Licht des Displays und werden mit jedem meiner gehetzten Atemzüge aufgewirbelt.

»Jenny, dir rennt die Zeit davon. Mach, dass du weg kommst.«

Meine Pupillen kleben am Bildschirm, als würde er eine hypnotische Wirkung innehaben. »Nur noch ein wenig. Der USB-Stick ist bei 60 Prozent.« Schwere Schritte sind vom Flur aus zu hören. Jemand öffnet die Türen auf dem Gang.

Der Schatten ist ganz nah.

»Das reicht«, blafft Andrew. »Los jetzt! Ich brauche noch Zeit, um alles aufzubereiten, so wie du es haben willst.« Während ich zur Tür starre, ist seine Stimme sanft wie Seide. »Hast du wegen der anderen Sache schon eine Entscheidung getroffen?

»Nein.«

»Jenny, ich bitte dich …«

»Ich muss Schluss machen.« Es bleibt keine Zeit für Gefühle. Nicht für mich. Nicht für meinen Entschluss und meinen Pakt mit mir selbst.

Hastig packe ich meine Sachen zusammen. Ich spüre, dass Bösartigkeit hinter der fein verzierten Holztür lauert. Wie von selbst weiche ich zurück. Für einen kurzen Moment ist es so still, dass ich mein eigenes Herz schlagen höre. Es ist die trügerische Ruhe vor dem Einbruch des Orkans. Wir sind nicht so weit gekommen, um jetzt von ihm fortgeweht zu werden.

Ich schere mich einen Dreck um mein geliehenes Kleid oder Anstand und Moral, als ich das Fenster öffne und mich in einen Busch fallen lasse. Spitze Äste bohren sich in meine Haut und der Duft von Rosen drängt mir in die Nase.

Die Qual unterdrücke ich voller Zorn, während ich mich auf dem Rasen abrolle. Obwohl ein stechender Schmerz meinen Fuß durchzieht und sich langsam einen Weg meine Nervenbahnen hinaufsucht, zwinge ich mich auf die Beine. Jemand übergibt sich wenige Meter neben mir, ein Pärchen knutscht auf einer Schaukel im Garten, niemand von ihnen beachtet meine Pein. Gut so, es ist wie immer, nur das ich diesmal die Einsamkeit selbst wähle.

Meine Augen füllen sich mit Tränen und verschleiern mir den Blick. Für so einen Mist habe ich jetzt keine Zeit. Ich beiße mir auf die Lippen und unterdrücke das Humpeln, während ich mich vom Grundstück entferne. Jeder Schritt ist eine einzige, kleine Folter, doch das ist mir gleichgültig. Nur noch wenige Meter und ich …

»Sie wollen die Festlichkeiten schon verlassen?«

Als hätte mich ein Güterzug gerammt, werde ich umhergewirbelt. Aus der Dunkelheit blitzen mich die wachen Augen von Victor Saliz an. Die Glatze, der feine Anzug, seine ganze Art wirken seltsam vertraut.

»Ich muss morgen früh raus«, entgegne ich so schnippisch wie möglich und will mich losreißen.

Doch seine Finger bohren sich wie Schraubstöcke in meinen Arm. »Christofer hat sich so über Ihre Anwesenheit gefreut. Die gesamte Familie Breeck hat mir aufgetragen, ein besonderes Augenmerk auf Sie zu haben, Frau Meyer. Immerhin kann so viel passieren, da sollte man auf der Hut sein.« Er strahlt eine Aura des Respekts aus, der ich mich nicht entziehen kann. Es wäre dumm, diesen Mann zu unterschätzen. »Und während wir so schön plaudern, wie geht es Ihrem Getreuen Andrew? Erholt er sich langsam im nahegelegenen Marianenhospital? Zimmer 223, wenn ich nicht irre?«

Ich könnte mich selbst dafür ohrfeigen, dass ich so lange gebraucht habe, um ihn wiederzuerkennen. Der Schatten bei Andrews Wohnung, das Feuer, immer wenn ein kühler Hauch über meine Haut strich, war es Victor Saliz. Nicht schwer zu erahnen, in wessen Auftrag er handelt.

»Entschuldigen Sie mich.« Jedes weitere Wort wäre eines zu viel. Die Stadt schreckt vor nichts mehr zurück und ich bin in ihr Fadenkreuz geraten.

Es ist wie eine Erlösung, als er mich endlich der Freiheit übergibt. »Schlafen Sie gut, Frau Meyer, und grüßen Sie ihre Mutter von mir. Passen Sie auf sie auf. Die Tage in Griemsmahl können sehr dunkel werden.«

Das ist mir bekannt. Nur zu gut.

***

»Mutter?« Ich bin überglücklich, dass sie seit ein paar Tagen aus der Therapie zurück ist und in ihrem Bett ruht.

»Jennifer.« Überrascht reibt sie sich den Schlaf aus den Augen. »Schon zurück? Wie war die Party?«

»Dir geht es gut?«

Sie richtet sich auf. »Natürlich.«

»Du musst die Stadt verlassen. Heute noch.« Erleichtert schließe ich alle offenen Fenster, ziehe die Vorhänge zu und spähe in die warme Sommernacht. Der Griems ist unter dem Sternenhimmel klar zu erkennen. Er wacht über uns wie ein grauer, schlafender Riese, der nichts mit der Ungerechtigkeit der Welt zu tun haben will. Ein kaum hörbares Knirschen wird von ihm ausgehend in das Tal geworfen. Kaum einer vernimmt es, nur jene, die genau hinhören, erkennen sein Wehklagen. Er leidet immer noch.

Ich sehe zum funkelnden Sternenhimmel und der grauen Spitze, die wie eine Nadel in die Höhe ragt. »Mutter, ich werde bald tot sein.«

»Du wirst was?«

Tränen erfüllen meine Augen. Ich lasse mich auf das Bett nieder. Meine Stimme ist brüchig, doch keine weitere Sekunde will ich meine Seele mit der Wahrheit belasten und einsam die Schrecken der Vergangenheit behüten. Ich erzähle ihr alles.

Einfach alles.

Kapitel 26 – Nur noch weg

29. Tag nach dem Kuss des Prinzen

»Atemberaubend«, flüstert meine Mutter und streicht mit der Hand so zärtlich über das Kleid, als würde es unter ihren Fingern zerbrechen können.

Voller Unsicherheit drehe ich mich vor dem Spiegel. »Ich will nicht gehen.«

»Das wirst du, Jennifer.« Mit den Fingerspitzen fährt sie über den bordeauxroten Stoff, richtet meine Hochsteckfrisur und lacht mich an. »Das Taxi ist bereits bestellt und es wäre doch ein Jammer, wenn den anderen dieser Anblick verwehrt bleiben würde.«

Das Mädchen dort im Spiegel kommt mir fremd vor, obwohl sich das wundervolle Kleid atemberaubend an ihren Körper schmiegt. Es fühlt sich an wie eine zweite Haut und doch erscheint es mir falsch, sich festlich anzuziehen. Es gibt keinen Grund dazu.

Gar keinen …

»Es ist nicht einmal meine Abiparty, sondern die des Abschlussjahrgangs«, protestiere ich, doch der Tonfall wird milder. Zu schön fließen die Wellen des Kleides an meiner Taille herab. Der Stoff raschelt bei jeder Bewegung und erzeugt ein Hochgefühl, dem ich mich nicht entziehen kann.

»Zu dem ihr alle eingeladen wurdet«, erwidert meine Mutter scharf.

Das sanfte Knistern des Stoffs legt sich wohltuend in meine Ohren und beruhigt meine Nerven. Seit drei Wochen war ich nicht in der Schule und selbst die letzten Tage habe ich mich mehr in der Bibliothek vergraben, als am Unterricht teilzunehmen.

Meine Mutter spürt meine Unsicherheit, nimmt meine Hände und drückt sie sanft. »Jennifer, ich weiß, dass etwas in der Schule nicht stimmt und dass du derzeit nicht gerne in dieser Stadt bist.« Sie atmet tief, jeder Atemzug fällt ihr schwer. »Mir ist bewusst, dass ich nicht so für dich da sein kann, wie du es brauchst und verdienst. Du sollst wissen, dass mir das sehr leid tut.« Ihr Körper zittert wie Grashalme in einem Sturm, während sie sich an mich drückt. »Deshalb ist es wichtig, dass du Spaß hast und dein Leben lebst. Hörst du?«

Ich nicke tapfer und lüge, weil ich erkenne, wie viel es ihr bedeutet, dass zumindest einer von uns ein unbeschwertes Leben führen kann. Keine Ängste, keine Zwangsstörungen, keine Sorgen oder Nöte. »Ja, Ma. Dann gehe ich wohl auf die Party und versuche, ein wenig Spaß zu haben.« Innerlich will ich schreien, weinen, mich in ein dunkles Loch verkriechen und nie mehr die Augen öffnen - doch ich muss stark sein, ich will stark sein.

Für sie.

Als die Stille zerrissen wird und es an der Tür scheppert, zucke ich zusammen.

Meine Mutter haucht mir aufmunternd einen Kuss auf die Wange. »Na komm‘ schon. Wird nicht so schlimm werden.«

Ich bete, dass sie recht behält

***

Gerne würde ich sagen, dass der Druck nachlässt, jedoch wäre dies eine infame Lüge. Nur eine weitere, die sich zu den unzähligen anderen gesellen würde, die am Fuß des Griems mit voller Inbrunst ausgesprochen wurden.

Nur das abschätzende Stieren meiner Mitschüler verrät noch, welche Abscheulichkeiten sie mir angetan haben. Ab und zu sehe ich, wie schnell ein Mobiltelefon gezückt wird, wenn ich vorbeischreite. Vermutlich hat noch nicht jeder meinen nackten Körper aus allen Perspektiven sehen können. Selbst durch die Musik erreichen Wortfetzen meine Ohren.

»Ich habe gehört, wie sie 40 Kondome gekauft hat. Was für eine Schlampe!«

»Sie soll es auch mit der anderen Mannschaft getrieben haben.«

Dass die Kondome nicht für mich waren, sondern für Dr. Hirsch, spielt keine Rolle mehr. Die Wahrheit ist manchmal so uninteressant, dass man lieber eine Lüge erzählt.

An der Grenze zur Angst suche ich freundliche Gesichter unter meinen Mitschülern. Ich finde nicht ein einziges. Sie alle haben geschwiegen, es still verurteilt oder sich gar auf meine Hilflosigkeit einen runtergeholt. Jene verstohlenen Blicke brennen sich in mich hinein, wie ein loderndes Brandzeichen. Als ob nicht schon ein imaginärer scharlachroter Buchstabe auf meinen Kleid leuchten würde.

In der stillen Hoffnung, dass ich nicht gesehen werde, drücke ich mich an die Wand des prachtvoll geschmückten Vereinsheims. Nur um die Tür nach oben mache ich einen großen Bogen. Es ist die pure Tortur, nach nur einem Monat wieder hier zu sein, obwohl die Bruchstücke meiner Erinnerungen immer noch kein vollständiges Bild ergeben wollen. Mein Herz pocht bis zum Hals, während ich ein Wasser bestelle und genau darauf achte, dass die Flasche vorher verschlossen war.

Still und beobachtend lasse ich die Zeit vorbeistreichen. Aus meiner dunklen Ecke heraus erkenne ich Chris und seine Jungs. Sie scherzen, grölen, recken die Becher in die Höhe und tanzen, als ob sie in der großen Halle in Walhalla ihren Tod begießen würden. Jede ihrer Handlungen wirkt unbeschwert, von Leichtigkeit getragen und so voller Lebensfreude, dass mich Ekel überkommt. Ihr Leben geht weiter, während meines in Scherben liegt.

Meine letzte Hoffnung ist Dina.

Die letzten Wochen habe ich nur in dem Glauben durchgehalten, dass ich endlich mein Herz bei ihr ausschütten kann. Wir hatten uns geschworen, beste Freundinnen zu bleiben und besonders jetzt brauche ich sie, um nicht vollends zu zerbrechen. Nach einem Monat müsste der Groll zwischen uns verflogen sein, hoffe ich inständig und halte nach ihr Ausschau.

Erst als die Party bereits voll im Gang ist, betritt sie mit Sarina und Karin den Raum. Die drei sind in wunderschöne Kleider gehüllt. Wellen von erlesenen Stoffen begleiten ihre Schritte. Sie umspielen ihre Körper und betonen ihre Reize.

Dinas schwarze Locken rahmen in formvollendeten Strähnen ihr atemberaubend geschminktes Gesicht ein. Ein düsterer Eyeliner gibt ihren Augen eine geheimnisvolle Würde, der man sofort verfällt. Die Kleider müssen ein Vermögen gekostet haben. Eine Freundschaft mit Sarina zahlt sich eben aus.

Das Trio will einen ganz speziellen Auftritt ihr eigen wissen und so spielt der DJ eine Fanfare, Lichtstrahler begleiten ihren Weg und die Massen klatschen bei jedem Schritt. Die Königin der Oberstufe winkt und verteilt Luftküsse. Nachdem jeder seinen Respekt bekunden durfte, schreiten Sarina und Karin für ihre obligatorische Rede zur Bühne. Dina wartet brav.

Dies ist meine Gelegenheit.

Die Schritte sind so vorsichtig, als könnte der Boden unter meinem Gewicht zusammenbrechen. Hauchzart berühre ich ihre Schulter, während Sarina zu ihrem Monolog ansetzt.

»Jenny?«, haucht Dina, als hätte ich sie aus einem fabelhaften Traum gerissen. Ihre Miene versteinert im nächsten Augenblick. »Wie geht es dir?«

Kein Geplänkel, keine Zeit für Höflichkeiten, meine geschundene Seele lässt es einfach nicht zu. »Ich vermisse dich.«

»Letztens sah es so aus, als würdest du gut allein zurechtkommen.«

Mein Tonfall wird flehend und zu laut, als dass ich die Sache behutsam regeln könnte. »Dina, sie haben mir Drogen eingeflößt, ich war nicht bei Sinnen. Du musst mir glauben. Vertrau' mir!«

»Ich muss dir glauben und soll dir vertrauen?« Sie versucht, den Gedanken wie eine lästige Klette abzuschütteln. »Als ich dir mein Herz ausgeschüttet habe, hatte ich gehofft, dass *du* mir glaubst. Doch statt Vertrauen musste ich jeden Tag auf dem Schulhof mitansehen, wie eure Gefühle füreinander stärker wurden.« Sie schüttelt den Kopf, der Tonfall nimmt an Intensität zu. »Denkst du, ich habe eure lächerlichen Versuche nicht mitbekommen, alles unter dem Mantel der Heimlichkeit zu vertuschen? Jeder Kuss, unzählige Gesten und Berührungen, wir alle haben es gesehen. Mir brach es dabei das Herz, Jenny! Mein verdammtes Herz!«

Alles um mich herum dreht sich viel zu schnell. Ein dünner Schweißfilm legt sich über die Haut und meine Stimme wird dünn wie

Spinnfäden. »Ich war nicht ich selbst. Sie haben das mit mir gemacht. Bitte, glaub mir.«

»Nein, die Zeit der Bitten ist vorbei. Du hast dich wie eine Schlampe benommen und die Quittung dafür erhalten.«

Sarinas Rede verstummt, alle Augenpaare sind auf uns gerichtet. Selbst das Stimmgewirr im Hintergrund setzt aus.

Es kostet mich Überwindung, die Worte endlich auszusprechen. »Dina, ich wurde vergewaltigt.«

Ihr Gesicht ist von frostiger Gleichgültigkeit gezeichnet, als sie sich umdreht. Kein Schmerz auf dieser Welt könnte mich so hart treffen wie ihre Geste. Hundertmal habe ich unser Treffen im Geiste durchgespielt. Niemals ging es so aus. Was im Traum noch völlig logisch erschien, ergibt plötzlich keinen Sinn mehr.

Die Menschen starren mich an, als wäre ich eine Aussätzige, eine Pestkranke, die vor die Tore der Stadt getrieben werden muss. Ich spüre, wie irgendetwas in mir zerbricht. Auch das letzte Fünkchen Hoffnung ist erloschen.

Das Schweigen meiner Mitschüler rauscht so schmerzhaft in meinen Ohren, dass ich zu zittern beginne. Ein Kribbeln ergreift Besitz von mir und hinterlässt eine dumpfe Taubheit. Geflüsterte Worte stechen wie hundert Messerstiche und beinahe bin ich dankbar, als Sarina das Wort ergreift und ihre schrille Stimme markerschütternd durch das Vereinsheim hallt.

»Wie dem auch sei: Selbstverständlich möchte ich Diana Holofernes und Chris Breeck nicht unerwähnt lassen. Auch sie haben einen großen Teil dazu beigetragen, dass ihr heute Abend feiern könnt!«

Ich meine mich verhört zu haben. Spielt mir mein Verstand einen Streich? Das kann nicht sein. Das darf nicht sein!

Händchenhaltend betreten die beiden die Bühne. Sie nehmen lächelnd die Gratulationen entgegen. Als sich ihre Lippen berühren, wähne ich mich in der Hölle. Nein, schlimmer. Die Hölle lässt einen keine Hoffnung mehr spüren.

Als Jubel aufbrandet, küssen sie sich erneut und meine Welt wird in Stücke gerissen. Übrig bleibt nur der längst vergangene Traum eines unglücklichen Mädchens. Für einen kurzen Augenblick durfte ich vom Glück kosten. Doch das ist vorbei. Ein für alle Mal.

»Kommen wir nun zur Krönung unseres diesjährigen Königspaares. Ihr habt abgestimmt, wer Bergkönigin und Bergkönig werden soll …«

Sarinas Stimme wird leiser, bis ich sie kaum mehr wahrnehme. Ich wurde geschlagen, belogen, ausgenutzt, zur Schau gestellt, als ich am verwundbarsten war, verleumdet und vergewaltigt. Doch die schlimmste Sünde hat Dina auf ihre Schultern geladen, als ihr meine Pein gleichgültig wurde. Meine Grenzen sind erreicht. Endgültig.

Der kalte Hauch des Todes umweht mich. Fühlt es sich so an, wenn man stirbt? Soll er mich doch holen, schlimmer vermag die Hölle nicht zu sein.

Die lachenden Gesichter meiner Mitschüler drehen sich schneller und schneller. Eine alles aufzehrende Gier nach Sensationen und Skandalen ist ihnen ins Gesicht geschrieben. Ihr Kichern übertönt die Musik und schwillt zu einem ohrenbetäubenden Orkan an. Einige drehen sich peinlich berührt weg, andere starren mich unverhohlen an.

Es ist zu viel, einfach zu viel. Die Muskeln wollen mir nicht mehr gehorchen und meine Glieder geben nach. Ich falle tief und verliere mich in Dunkelheit. Alles wird in Schwärze getaucht, dunkler als eine Nacht jemals sein kann.

Ich will nie mehr aufwachen. Nie mehr.

Kapitel 27 – Die Rache der Prinzessin

399. Tag nach dem Kuss des Prinzen

Der Schatten lässt sich Zeit, bis zur allerletzten Nacht.

Aus meinem Versteck kann ich die meterhohen Flammen gut erkennen. Sie brennen sich in meine Augen, auf dass ich für immer dieses Bild im Kopf haben werde, wenn ich an diese Stadt denke. Wie ein Leuchtfeuer züngeln sie meterhoch in den Abendhimmel und hinterlassen von der Holzhütte nichts weiter außer schwarzer Asche. Dieses Spiel in der Dunkelheit erreicht den traurigen Höhepunkt. Mutter wird es das Herz brechen, wenn sie erfährt, dass ihre Sammlung ein für alle Mal dem Feuer übergeben wurde.

Mir nicht.

Ich hatte schon früher mit einem Besuch des Schattens gerechnet. Dass sich Victor Saliz bis zur Nacht des Abschlussballs Zeit ließ, kann nur eines bedeuten: Sie haben Angst vor mir!

Vermutlich wollten sie ihre Goldkinder nicht mit diesem bedauerlichen Unfall belasten. Borussia Griemsmahl hat es auf den ersten Platz der Tabelle geschafft. Nur noch zwei Relegationsspiele und der Aufstieg ist perfekt. Da gibt es Wichtigeres als den tragischen Flammentod einer Außenseiterin, die ein paar Jungs den Kopf verdreht hat und in ihrem selbstgewählten Refugium ein einsames Dasein fristet.

Während die Flammen mein Gesicht rot anstrahlen und ihre dunklen Umrisse auf der steinernen Haut des Berges tanzen, ziehe ich mir den Rest des Kokains in beide Nasenlöcher. Die Zigarette danach ist zu einem beruhigenden Ritual geworden. Hier, in einer kleinen Höhle im Schoß des Griems, fühle ich mich sicher.

Er ist mein letzter Verbündeter in dieser Stadt. Auch ihn haben sie geschändet, bis der letzte wertvolle Stein aus seinem Inneren geraubt war. Nun dient ein verschütteter Eingang zu einem alten Stollen als mein Zufluchtsort. Tagsüber habe ich meine Vormachtstellung in der Schule ausgebaut, die hitzigen Sommernächte habe ich im Schutz des Berges verbracht. Darauf achtend, dass ich vor den Augen der Welt im Verborgen blieb, besuchte ich unsere nahegelegene Hütte lediglich für das Nötigste. Alles Wichtige habe ich mitgenommen. Es ist nicht viel.

Nur das bordeauxrote Kleid meiner Mutter hüte ich wie eine Kostbarkeit. Es soll am heutigen Abend meine Rüstung sein und mich vor all dem Hass und den Lügen schützen, die wie eine einzige Wand gegen mich aufbranden werden.

Es mag ein grotesker Anblick sein, als ich mich meiner Kleidung entledige und in das wundervolle Kleid schlüpfe. Ein warmer Windzug legt sich um meine nackten Schultern und lässt den Stoff meines Kleides rascheln. Mühsam kämpfe ich die Erinnerungen beiseite.

Für sie ist kein Platz in dieser grausamen Welt. Ich schminke mich im grellen Schein meines Handys, frisiere meine Haare, so gut es geht, und lege als krönenden Abschluss Parfüm auf meine helle Haut.

Der Griems ist der einzige Zeuge, wie ich im Abendkleid meine Hölle verlasse. Unserer brennenden Hütte schenke ich keine Aufmerksamkeit. Dass sich weder Feuerwehr noch Polizei mit ihren Wagen den Berg hinaufquälen, wundert mich nicht.

Wie im Bann eines unsichtbaren Seils werde ich an den Abgrund gezogen. Mein Blick schweift über die Stadt. Allerorts leuchten die LED-Wände und künden von den heroischen Siegen der Borussia. In allen Formen und Größen sind noch einmal etliche hinzugekommen. Nichts soll dem Zufall überlassen werden, wenn sich die Investoren die Klinke in die Hand geben, um endgültig vom Konzept der Stadt überzeugt zu werden.

Während sich der Zigarettenrauch mit dem Qualm der brennenden Hütte vereint, bestelle ich ein Taxi. Ich genieße den Ausblick über die Stadt, mahne mich zur Ruhe lege mir als letztes jene Kette an, die Dina mir geschenkt hat. Das Herz mit dem schwungvollen Dornröschenbuchstaben scheinen auf meiner Haut zu brennen, als wäre das Metall in Säure getunkt. Minuten später erhellen zwei Scheinwerfer die Nacht.

»Zum Rathaus«, sage ich kurz angebunden und lächle so verführerisch, dass es den Fahrer beinahe vom schwächer werdenden Feuer ablenkt.

»Was ist denn hier passiert?« Er nimmt mich von oben bis unten in Augenschein. »Hast du schon die Feuerwehr gerufen?«

»Natürlich. Wenn man sich auf etwas verlassen kann, dann doch auf unsere Brandschützer. Sie kommen gleich.« Ich werfe ihm zweihundert Euro und eine Handvoll Münzen auf den Beifahrersitz. Mein letztes Geld. Dort, wohin ich gehen werde, brauche ich es nicht. »Zum Rathaus bitte.«

Einige Sekunden vergehen schweigend, bis der Fahrer dem Ruf des Mammons erliegt und den Wagen in Bewegung setzt. Auch am Rathausplatz strahlen mir die Taten der Borussia entgegen, jederzeit bereit, die Menschen daran zu erinnern, welche Mächte hier herrschen. Andrew lehnt an einer Litfaßsäule, die Hände tief in den Taschen seines Mantels vergraben.

»Warten Sie hier.«

»Mädchen, wenn du zum Fest willst, das findet im Vereinsheim statt und da bist du echt spät dran.«

Ich steige aus und lehne mich an der Tür der Fahrerseite tief hinab. »Keine Angst, ich komme nicht zu spät.«

Selbst in dieser lauen Sommernacht will der Griems die Stadt daran erinnern, dass er als erster hier war und verschlingt die letzten Lichtstrahlen. Wären die Lampen nicht, würde ich durch komplette Finsternis waten.

Meine Schritte werden weit über den Rathausplatz getragen, als ich mit gerafftem Kleid das Kopfsteinpflaster meistere.

»Jetzt bist du doch zu Dornröschen geworden.« Er lächelt gewinnend und vollführt einen kurzen Schritt auf mich zu. Will er mich umarmen, mir gar ein Küsschen auf die Wange drücken?

Ich drehe mich zur Seite. Nichts soll meinen Pakt und mich ins Wanken bringen. Nicht einmal Andrew. »Hast du alles besorgt?«

»Sure.« Schwungvoll holt er sein Handy hervor und kopiert die Daten. »Ich bin bereit. Bist du es?«

»Kann man für so etwas bereit sein?«

»Jenny, du musst das nicht tun.«

»Doch«, hauche ich gedankenverloren in Richtung Griems. »Ich bin es mir schuldig. Glaub' mir, es gibt keinen anderen Ausweg.«

Plötzlich greift er nach meinen Schultern. Seine Berührungen sind zärtlich, fast vorsichtig, als wäre ich aus Glas und könnte jeden Moment in Hunderte Teile zerspringen. »Doch, den gibt es, wir haben das besprochen.« Er sieht mich eindringlich an, seine Stimme schwankt vor Emotionen. »Ich will dich nicht verlieren.«

Als würde die Zeit langsamer laufen, lehne ich mich zu ihm und hauche einen Kuss auf seine Wange. »Danke, für alles, Andrew. Leb' wohl.« In einer Bewegung wirbele ich herum und schreite mit federnden Schritten zum Taxi. Noch nie ist mir etwas so schwer gefallen.

»Ich werde alles vorbereiten. Ob du es willst, oder nicht.«

Seine Stimme hallt über den Marktplatz und klammert sich wie der letzte Rest Realität an meinen kaputten Verstand. Zu gerne würde ich ihm recht geben, ihm mehr Zeit schenken, tief im Inneren weiß ich jedoch, dass nichts meine in Scherben zerbrochene Seele zu kitten vermag.

»Zum Vereinsheim.« Meine Stimme ist so hart wie geschliffene Diamanten und lässt nicht den Hauch eines Widerspruchs zu.

Griemsmahl zieht an mir vorbei. Ein allerletztes Mal.

Schon von weitem vernehme ich die wummernde Musik. In ihrer besten Kleidung entleeren eine Handvoll meiner Mitschüler ihren Magen und halten sich stützend am Geländer fest.

»Bist du nicht die Kleine aus den Videos?«, will der Fahrer wissen, als er mir die Tür aufhält. Offensichtlich hat diese Frage eine ganze Weile unter seinen Nägeln gebrannt.

So stilvoll wie möglich steige ich aus, meine Hand schlängelt sich um seinen Hinterkopf und packt zu. Ich gebe ihm einen Vorgeschmack auf das Kommende und schenke ihm einen tiefen Kuss.

»Ja, ich bin Dornröschen.«

Den verdutzten Fahrer lasse ich links liegen und schreite direkt auf den Eingang zu. Mit jeder weiteren Person, die unverhohlen auf mich deutet und mir zuwinkt, verstummen die Gespräche der draußen stehenden Raucher, bis sie mich plötzlich alle erspäht haben. Als würde der Himmel vor dem drohendem Unheil warnen wollen, setzt ein leichter Nieselregen ein.

Eine Traube der unteren Jahrgänge flankiert meinen Auftritt. Es ist den Nerds aus der Technik zu verdanken, dass die Scheinwerfer auf mich gerichtet sind, während ich den ersten Schritt in das Vereinsheim vollführe. Sie überreden den DJ, eine andere Musik zu spielen, es wird geklatscht und gejohlt. Anscheinend ist unsere kurze Episode beim Fußballspiel noch nicht in Vergessenheit geraten. Für sie tut es mir leid, aber auch das wird meinem Plan keinen Abbruch tun. Ein Wirbelsturm trifft alle, nicht nur die Schuldigen.

Anders als vor einem Jahr quetsche ich mich diesmal nicht am Rand entlang, in der Hoffnung, mit der geschmückten Wand zu verschmelzen. Ich will, dass jedermann in mein Antlitz blickt und sieht, was sie aus mir gemacht haben.

»Hey, ihr Hübschen!«

»Jenny, wo bist du so lange gewesen?«, will Sarina wissen, als ich die Tanzfläche betrete und mir ein Drink gereicht wird.

»Hatte zu tun.« Ein Lächeln huscht über meine Lippen, ich nippe am Wodka-Tonic und begrüße Chris, Martin und die Jungs vom Verein. »Es ist schön, euch alle zu sehen.«

Alois Konz samt Gattin, Frau und Herr Weller, Hubertus Breeck mit seiner Marta, die Familie Gargusch, sogar Thomas Hirsch und meine Vertrauenslehrerin Martina wollen Zeugen sein, wie sich der goldene Jahrgang der Stadt anschickt, um Legendäres zu leisten und Griemsmahl in der gesamten Republik zur Unsterblichkeit zu verhelfen.

Gut so. Ich habe mir zu viel Mühe gegeben, als dass einer von ihnen die Show versäumen könnte. Dabei wäre es einfach gewesen, die Reißleine zu ziehen. Genau wie bei Sarina oder Karin hat mich auch meine Beliebtheit durch das Abitur getragen. Ich bin mir sicher, Frau Hirsch hätte mir die Lösungen sogar auf die Haut tätowiert, wenn sie nicht zufällig in einer privaten WhatsApp-Gruppe gelandet wären.

Sie riskieren alles für ein höheres Gut. Wir sind fast gleich, nur dass ich dazu bereit bin, bis zum Äußersten zu gehen.

***

In den nächsten Stunden könnte man fast meinen, die tonnenschwere Last auf meinen Schultern würde nicht existieren. Vor den Augen der Eltern, Lehrer und Mitschüler spiele ich das unbeschwerte Dornröschen bravourös.

Es ist ein Genuss, dabei zuzusehen, wie Thomas Hirsch und sogar Chris meine lasziven Bewegungen in Augenschein nehmen, obwohl ich noch immer die Fäden ihrer Strippen in den Händen halte. Nur Dinas feurigem Blick entgeht nichts. Voller Argwohn verfolgt sie jeden meiner Schritte, als würde ich Arsen in den Punsch kippen wollen. Ich gebe ihr keinen Grund zur Besorgnis. Noch nicht.

Karin treibt es kurz vor Mitternacht auf die Bühne. Die Musik verstummt, eine knisternde Spannung ergreift von den Anwesenden Besitz. Nur ich bin ganz ruhig. Es gibt nichts mehr, was ich verlieren kann.

Die Gesichter der Feiernden präge ich mir haargenau ein. Sie sollen die letzten Minuten ihrer trügerischen Illusion genießen.

»Liebe Eltern, Lehrkräfte, Förderer, Freunde und Mitschüler des Michael-Ende-Gymnasiums.« Karins Stimme strotzt vor Bedeutungsschwere. »Jeder Weg endet einmal, und für uns Schüler ist es nun an der Zeit, nach vorn zu blicken, ohne unsere Vergangenheit zu vergessen.«

Wahre Worte, liebe Karin.

»Denn wie sagte schon Johann Wolfang von Goethe: ‚Zwei Dinge sollen Kinder von ihren Eltern bekommen - Wurzeln und Flügel.‘ Wer könnte besser dieses Credo vertreten als unsere diesjährige Bergkönigin und unser geschätzter Bergkönig.« Von einem meiner geliebten Nerds bekommt sie zwei Umschläge gereicht. Unmerklich nickt mir der Junge mit den Aknenarben zu. »Wie immer durfte der Abschlussjahrgang über das Königspaar abstimmen, nur diesmal sollte sich die Überraschung in Grenzen halten.«

Höfliches Lachen raunt durch den Saal. Sarina bringt sich bereits in Stellung, richtet ihr Kleid, trägt noch einmal Lippenstift auf. Sie wäre die richtige Wahl. Doch was ist schon richtig, in einer Welt aus Falschheit. Kein Tauber ist so taub, kein Blinder so blind, als dass man dieses Unrecht nicht erkennen könnte.

Mit feierlichem Ausdruck in den Augen öffnet Karin den ersten Umschlag. »Unsere diesjährige Bergkönigin ist … fuck … Jennifer Meyer.«

In Zeitlupe verrutscht ihr Gesicht und wandelt sich zu einer Maske aus Bestürzung. Einige Mitschüler jubeln, viele sind fassungslos. Ohne mich umzusehen, schreite ich auf die Bühne. Sarinas hasserfüllter Blick bohrt sich in mich hinein, doch es liegt noch etwas anderes in ihren Augen. Ich erkenne einen Schmerz, so tief und voller Qual, wie es nur sein kann, wenn einem etwas Wichtiges aus dem Herzen gerissen wurde. Leider ist mir das Gefühl allzu wohlbekannt.

Die Proklamation von Christofer Breeck als Bergkönig geht im Stimmgewirr unter. Ich hake mich bei dem verdutzten Chris ein und winke meinem Hofstaat entgegen. Danach nehme ich das Mikrofon an mich. Sie sollen wissen, wer ihren Untergang besiegelt hat.

»Für die Stadt, für die Menschen, für Griemsmahl – wir halten zusammen. Normalerweise benutzt ihr diesen Leitspruch gerne am Ende einer Rede, doch ich muss ihn zuerst nennen, denn wie jede gute Geschichte beginnt auch meine am Anfang mit einer naiven Hoffnung."

Ich hole Luft, erkenne den Glanz in ihren strahlenden Gesichtern, vom Glauben getragen, dass der morgige Tag besser sein möge als der heutige. Dieses Mal nicht.

»Meine Geschichte handelt von einem verängstigen Mädchen, dass nur dazugehören wollte«, hauche ich leise ins Mikrofon und blicke dabei zu Martina und Thomas Hirsch. »Sie suchte Hilfe bei denjenigen, die einschreiten sollten, wenn Ungerechtigkeit regiert. Nicht nur, dass ihr stummer Schrei ungehört blieb, ihre Hoffnung, Heilerin zu werden, wurde mit Steinen beworfen, bis von ihrem Selbstbewusstsein nichts mehr übrig blieb, außer ein grauer Schatten und eine alles aufzehrende Angst vor denen, die sie eigentlich beschützen sollten.«

Mein Blick fängt Martin ein. »Gerade als sie dachte, dass es das Gute im Menschen wirklich gibt, stieß man sie fort und verletzte sie tief und mit giftiger Klinge.« Sein Mund steht offen, das Gesicht ist fahl. »Jemand, brach ihr Herz zum ersten Mal. Doch selbst die tiefen Wunden in ihrem Fleisch sorgten nicht dafür, dass sie fiel. Es war die Lüge über eine schreckliche Krankheit, welche das Mädchen in die Knie zwang und ihren Glauben an die Liebe zerbrechen ließ.«

Daneben stehen seine Jungs vom Fußball. Ich fixiere sie mit Tränen in den Augen, muss mich dabei anhalten, dass meine Stimme stark genug ist, damit sie Gehör findet.

»Während Griemsmahl eine Lüge lebte, zog sie sich in den Schatten zurück. Meine Geschichte handelt von der Hoffnung eines Mädchens, erkannt zu werden und das dafür bereit war, alles zu tun. Sogar sich selbst zu verraten. So lebte sie diese Lüge mit, wohlwissend, dass die Grenze zwischen Loyalität und Unrecht bis zur Unkenntlichkeit verschwommen war.«

Ich schließe die Augen und atme durch. Die Bilder in meinem Kopf vereinen sich zu einem grausamen Film. Als sich meine Lider öffnen, versuche ich, die Stadtoberen mit meinem von Tränen geschwängerten Blick zu fixieren. »Während sie wegen euch immer mehr zu etwas wurde, was sie hasste, verlor sie sich auf diesem Weg selbst. Nur die Kinder der Reichen und Mächtigen wurden beschützt, nicht aber das angstvolle Mädchen, das sich Nacht für Nacht in den Schlaf weinte und dessen Hoffnung langsam versiegte wie Regen auf den durstigen Feldern.«

Chris' Arm beginnt zu zittern. Er weiß, dass er nun an der Reihe ist. Ich streichle zärtlich seine Hand, als wären wir noch zusammen. Langsam, wie in Zeitlupe, drehe ich mich und halte sein Gesicht fest, sodass er mich ansehen muss.

»Ein falscher Prinz stahl dem Mädchen ihre Jungfräulichkeit. Er versprach ihr, sie zu seiner Prinzessin zu machen, doch es war eine List, um sie vor aller Augen zu demütigen und das ganze Dorf an ihrer Qual teilhaben zu lassen.« Mein Lächeln erfüllt den Raum, ich berühre Chris' bebende Wange. »Für den falschen Prinzen war es nur ein Spiel, ein Zeitvertreib, um in das am Boden liegende Mädchen noch mehr Dolche zu schlagen. Die Menschen wollten ihr nicht nur Leid zufügen, sie wollten sie zerstören, mundtot machen, damit das Königreich sein Verlangen nach Gier endlich stillen konnte.«

Ruhig und mit Tränen auf den Wangen lehne ich mich nach vorn und hauche ihm einen Kuss auf die Wange. Während ich wieder zum Publikum blicke, hindert ein Schweinwerfer die Bürgermeisterin und ihren Bruder daran, das Vereinsheims zu verlassen.

»Das Mädchen reckte ihre dürre und blutende Hand, doch niemand ergriff sie. Mehr noch, man schlug sie weg und trat auf den wehrlosen Körper ein, bis kein Mucks mehr von ihr ausging. Die Obrigkeit wollte, dass dieses Ärgernis aus dem Weg geschafft wurde. Und so demütigte man sie noch, indem man ihr Arbeit anbot. Nicht als Heilerin, wie sie es sich einst wünschte, sondern als Putzkraft, da sie zu mehr nicht imstande sei.

Das ohnehin schon gebrochene Mädchen sehnte sich nach der Ruhe des Todes, damit die Schmähungen und Schläge endlich verstummen mögen.«

Als letztes fällt mein Blick auf das Mädchen, dass ich einmal meine beste Freundin nannte. »Selbst dieser Wunsch wurde ihr nicht erfüllt, denn der Dolchstoß, der ihre Seele endgültig brach, kam nicht von einem Feind, sondern von ihrer besten Freundin, die wie eine Schwestern für sie war. Sie verleugnete das Mädchen und ließ sie einsam und voller Leid sterben.«

Es ist Punkt Mitternacht, als ich mit tränenüberströmtem Gesicht mein Handy nehme. Der Schmerz der Stille ist beinahe greifbar und dauert so lange an, bis sich das Läuten der Kirchenglocken in das Vereinsheim schleicht.

»Innerhalb von nur einem Jahr gelang es der Stadt, das Mädchen sieben Mal zu brechen und ihr jegliche Hoffnung auf ein besseres Leben zu rauben. Die Bewohner sahen zu, wie sie litt, um Hilfe schrie und vor aller Augen zu Grunde ging.« Mit zitterndem Finger starte ich das Programm auf meinem Handy. »Dies ist der Dank des toten Mädchens.«

Ein buntes Meer aus Klingeltönen erhebt sich zu einer wunderschönen Symphonie der Rache. Erst ungläubig, dann mit wachsender Nervosität holen die Anwesenden ihre Handys hervor und überzeugen sich selbst von ihren Schandtaten.

Martina Hirsch dreht sich mit hasserfülltem Ausdruck zu ihrem Mann, als sie die Videos von mir und dem Doc sieht. Chris lässt sein Mobiltelefon fallen. Er scheint es nicht zu verkraften, sich selbst erkennen zu müssen. Schlagartig verlassen die Bürgermeisterin und Alois

Konz den Raum. Jedes noch so schmutzige Detail flackert ihnen gerade von den Displays entgegen.

Ob es um die von Dr. Hirsch gefälschten Medikamente geht, sein Dopingprogramm, die Machenschaften der Regiobank, geheime Absprachen mit der MountainMall und den Sportfunktionären, das befohlene Stillschweigen der Polizei oder den versuchten Mord an Andrew und mir – ich lasse nichts aus, stelle alle Dokumente und E-Mails online, sodass die Habgier für jedermann offen daliegt.

Ein kalter Schauer läuft über meinen Rücken, als ich eine dunkle Präsenz spüre und sich Victor Saliz in den Vordergrund drängt. Er will beenden, was er begonnen hat. Seit Mitternacht ist es zu spät dafür. In diesem Spiel ist mein Leben nicht mehr von Belang, meine Schuld ist getilgt. Andrew überflutet zeitgleich Zeitungen, Webseiten, Magazine, Polizei und Fußballoffizielle mit unseren gesammelten Daten.

Doch damit ist längst noch nicht Schluss. Ein Handy war an diesem Abend noch stumm. Dina funkelt mich an, als würde das Fegefeuer in ihrem Blick brennen. Ich nicke ihr zu, schreite von der Bühne und streife ihre Schulter so sanft, als würde sie ein Windhauch küssen. Ich will ihr zeigen, was es heißt, Schmerz zu empfinden.

Draußen begrüßt uns ein stärker werdender Regen. Mich zieht es wieder zu dem Aussichtspunkt, wo unsere Freundschaft zerbrach. Die Tropfen machen mein Kleid schwer und jeden Schritt zu einer Tortur. Immer mehr Leute folgen uns, ihre Anschuldigungen werden von der steinernen Haut des Griems zurück ins Tal geworfen, bis auch ihre Rufe im Regen verstummen.

Das vormals gelb-weiße Lichtermeer ist einem bunten Ensemble fleischlicher Lust gewichen. Gebannt starren die Bewohner der Stadt auf die riesigen LED-Wände, wo sich nackte Körper in wilden Verrenkungen über ein wehrloses Mädchen hermachen. Noch immer erlaubt mir mein

Verstand nicht, zu erkennen, dass es sich dabei um mich handelt. Lautsprecher geben jedes Detail ihrer widerwärtigen Tat wieder. Das Stöhnen der Fußballspieler dröhnt über die Dächer der Stadt.

Die Bilder wechseln sich mit den Videos von Dr. Hirsch und mir ab, dazu flackern Dokumente und E-Mails ihrer Sünden über die riesigen LED-Wände. Andrews Einbruch ins Rathaus muss von Erfolg gekrönt gewesen sein. Diesmal wird eine Vertuschung die Leute nicht zum Schweigen bringen.

Zu den Bildern der nackten Haut gesellt sich Blaulicht. Die ersten Polizeisirenen hallen bereits durch das düstere Tal.

»War das dein Ziel?« Dina steht nur wenige Zoll vor mir, während zu meinen Füßen der Abgrund klafft. Ihre Stimme bebt vor Erregung. »Sie alle vorführen und ihre Träume zerstören?«

»Es ist nur ein Spiegel«, hauche ich, nur für sie hörbar. »Wir suchen uns unsere Höllen selbst aus.«

»Du hättest einfach gehen können, Jennifer! Verdammt, wir waren glücklich hier.«

»Glücklich?« Die letzte Nachricht gilt ihr, dann lasse ich mein Handy fallen. Dort, wo ich hingehen werde, brauche ich es nicht. »Nennst du das Glück?«

Sie holt ihr Mobiltelefon hervor und spielt das Video von Chris, Martin und mir ab. Ihre Gesichtszüge wirken verzerrt, als würde sie händeringend an der Lüge festhalten wollen.

Das Blut ist aus ihrem Kopf gewichen, ihre Lippen zucken vor Wut. »Was zum …«

»Es ist nur eine Illusion von dem, was du Glück nennst. Nichts ist wahr in dieser Stadt. Keine Freundschaft, keine Liebe, sogar die Wettkämpfe waren lediglich ein Trugbild, um die Täuschung aufrechtzuerhalten.« Ich nehme ihre eiskalten Finger und lege sie auf die

Kette an meinem Hals. »Alles war eine Lüge. Nur ein Luftschloss, für eine falsche, naive Prinzessin.«

»Wieso konntest du nicht einfach sterben?«, schreit sie mir durch den Regen entgegen. Sie schubst mich nach hinten, reißt an meinem Kleid.

Ich lasse sie gewähren. Meine Kräfte versiegen, ich habe genug gekämpft. Die Fersen ragen bereits über den tiefschwarzen Abgrund. Kleine Steine fallen hinab und werden vom Dunkel augenblicklich verschluckt.

Ein letztes Mal blicke ich über ihre Schulter. Dutzende Handys filmen uns. An vorderster Front Victor Saliz. Er wird seinen Auftrag in dieser Nacht nicht beenden müssen.

»Warum bist du nicht krepiert?«, schreit sie aus Leibeskräften und ihre Augen funkeln vor purem Hass.

Mein Fuß schwebt über dem dunklen Schlund. Gerade so halte ich mich an Dina fest, komme ganz nah an sie heran. »Ihr habt mich doch bereits getötet.« Meine Worte besitzen die Endgültigkeit eines Todesurteils.

Als sich meine Finger lösen, wird auch die Kette um meinen Hals gesprengt. Sie verfängt sich in ihren Fingern. Dina hat sie mir einst geschenkt und ich dachte, unsere Freundschaft würde ewig währen.

Dieses Geschenk möchte ich ihr zurückgeben.

Ich schließe die Augen und falle. Ein letztes Mal muss der Griems als mein Verbündeter herhalten. Er soll mir den größten aller Gefallen gewähren und als Kulisse meines Todes dienen. Die Dunkelheit umarmt mich wie ein Geliebter und verliert ihren Schrecken. All die Grausamkeiten und Schandtaten bleiben hier, während es mich in die Tiefe hinabzieht. Der Regen kühlt mein Gesicht und spült alle Zweifel fort.

Mein Pakt ist erfüllt. Die Angst wurde mir genommen und durch eine Leichtigkeit ersetzt, als würde ein einziger Flügelschlag meine Freiheit bedeuten.

Freiheit … was für ein seltsames Wort.

Epilog – So etwas wie Glück

»Zwei Bier, eins davon alkoholfrei.«

Der Ausdruck in den Augen der Thekenfrau schwankt zwischen Unverständnis und ehrlichem Interesse, mir zu helfen.

Mein Spanisch scheint doch eingerosteter, als ich es anfangs für möglich hielt. Nach einigen Versuchen versteht die Dame, was ich zu bestellen versuche, reicht mir die beiden Flaschen und erhält für ihre Mühen ein paar mexikanische Pesos extra.

Nachdem ich die Strandkneipe verlassen habe, treffen mich die Strahlen der Sonne wie eine einzige, weiße Wand aus Hitze. Einige Mexikaner drehen sich feixend zu mir um. Wahrscheinlich haben sie selten so einen weißen Europäer gesehen.

»Sonnencreme kaufen«, murmele ich zu mir selbst, setze die dunkle Brille auf und achte darauf, dass der Strand meine Füße nicht verbrennt.

Wie auf Stelzen hüpfe ich von einem Bein aufs andere springend zum Strand und genieße, wie das kühlende Nass meine Haut umspült. Weiße Gischt brandet auf und legt sich salzig auf mein Gesicht. Einige Dampfer ziehen weit am Horizont ihre Bahnen, nur wenige Badegäste tollen auf der glitzernden Oberfläche des rauschenden Meeres. Ihre freudigen Rufe werden leiser und langsam von den herannahenden Wellen geschluckt. Ich gönne mir einen Schluck Bier und sehe den Fischern bei ihrer Arbeit zu.

Der Kontrast zum dunklen Griemsmahl könnte nicht stärker sein.

Während ich durch das Wasser den Strand entlanglaufe, der Sand sich zwischen meine Zehen presst und ein wohliges Gefühl mein Herz umschließt, blicke ich zum kleinen Vorort von Tijuana, der innerhalb von wenigen Monaten mein neues Zuhause geworden ist. Über meinem Kopf donnern die Flugzeuge der Air Force hinweg. Im Tiefflug verschmelzen die kleinen Punkte mit der Sierra de San Pedro Mártir, während sich ein langgezogenes Rauschen in meine Ohren legt.

Nur wenige Meilen entfernt, steigen die Kampfpiloten für die Übungsflüge auf und benutzen die Bergkette als natürlichen Trainingsparcour. Für einen Moment bleibe ich stehen und beobachte, wie die Flieger eine weiße Spur am wolkenlosen Himmel hinterlassen.

Ich hätte nie gedacht, dass ich mich mit Vater einmal versöhnen würde, doch nachdem die Verhaftungswelle Griemsmahl erfasst hat und ich mit meiner außergewöhnlichen Bitte an ihn herangetreten bin, war es der Wunsch nach Frieden, der uns beide einte.

Er besorgte die Pässe, falsche Identitäten und achtete penibel darauf, dass der amerikanische Segelschiffer es mit seiner Passagierliste nicht so genau nahm. Manchmal hat es Vorteile, wenn Daddy ein hochrangiger General der Defense Intelligence Agency ist.

Ohne es wirklich zu wollen, hat sich ein Lächeln auf meine Lippen gestohlen. Kann es wirklich sein, dass ich nach unendlich langer Zeit tatsächlich …

Nein, der Gedanke verbietet sich. Nicht nachdem, was ich erlebt habe. Trotzdem grinse ich immer noch wie ein grenzdebiler Glücksritter, als ich die beiden kleinen Strandhäuser erreiche. Vielleicht ist Häuser zu viel gesagt, Hütten würde es eher treffen.

»Hallo Irene, wo geht es hin?« Sie packt den klapprigen Jeep bereits für die zweite Tour am heutigen Tag. Ich könnte mich königlich über ihre Sammelwut amüsieren, aber tatsächlich scheinen die Mexikaner ganz wild auf geführte Touren über die Sierra de San Pedro Mártir zu sein. Muss daran liegen, dass niemand auf ihren Ausflügen zu Tode stürzt, wie es hier normalerwiese üblich ist. Qualität setzt sich durch. Da macht es nichts aus, dass es in ihrer Hütte wie in einem Skimuseum aussieht. »So viel zu tun?«

»Gegen Abend bin ich wieder zurück«, sagt sie und steigt ein. »Kochst du uns was Schönes, Andrew?«

»Aber sicher doch, Frau Holofernes.«

Ich winke ihr zum Abschied und blicke der Staubwolke noch einige Sekunden hinterher. Ohne sie hätte ich es niemals geschafft, die Sicherheitsseile am Griems anzubringen. Das war ein Job für einen verdammten Profi. Jemanden wie Irene, die fast schon vergessen hatte, wie gut sie eigentlich ist. Noch immer grinse ich und ich weiß zum Teufel nicht, warum …

Das Bier ist fast warm, als ich die Hütte betrete und ihr die Flasche reiche. Sie liegt im Bett, wickelt Garn auf und streicht gedankenverloren mit den Zehen über den Teppich.

»An den Namen werde ich mich nie gewöhnen.«

»Alles besser als Meyer«, haucht sie in Richtung der Decke und nimmt einen Schluck.

Ich lasse mich gegenüber auf unserem ausgefransten Sessel nieder. Die kurzen Haare stehen ihr unglaublich gut. Sie strahlt eine überraschte Zufriedenheit aus, als ob jemand nach einem langen und entbehrungsreichen Winter von den ersten Sonnenstrahlen geküsst wird.

»Wieso hast du zugegriffen?«

Jennifer scheint mit der Frage gerechnet zu haben. Mit einem tiefen, zufriedenen Knurren streckt sie ihren wunderschönen Körper und legt die Füße auf meinem Knie ab. »Vielleicht wollte ich herausfinden, warum niemand den Griems bei Nacht besteigen konnte.« Sie zieht eine Augenbraue nach oben. »Eine letzte Aufgabe für ein totes Mädchen.«

Bei dem Gedanken wird mir speiübel. Auch wenn ich mit ihrer Mutter gemeinsam den Plan geschmiedet habe, so wussten wir bis zur letzten Sekunde nicht, ob sie das Sicherheitsseil in der Dunkelheit ergreift.

Ganz davon abgesehen, dass sie im wallenden Abendkleid noch die Südflanke des Berges besteigen musste. Bei Regen. In der Nacht. Und unter Drogeneinfluss.

Eine Legende besagt, dass die Seelen der alten Bergleute dazu verdammt sind, bis in alle Ewigkeit um Hilfe zu rufen, bis jemand um Mitternacht den Berg besteigt. Ob die dumpfen Geräusche nun verstummen werden?

Es grenzte an ein Wunder, als Mutter und Tochter am Morgengrauen in mein Auto stiegen und wir uns sofort zur Küste aufmachten.

»Ein totes Mädchen?« Die kühle Flüssigkeit benetzt meinen Rachen. »Ich bin froh, dass sich das tote Mädchen gegen ihren Pakt entschieden hat.«

»Hat sie nicht«, flüstert Jennifer leise und streichelt über ihren gewölbten Bauch. »Dornröschen ist in dieser Nacht gestorben.«

Ihren Worten folgt ein schmerzliches Zucken. Sofort falle ich auf die Knie und lege meine Hand auf ihren Bauch. »Hat sie getreten?« Tatsächlich spüre ich hauchzarte Bewegungen unter der Haut. »Unsere kleine Prinzessin.«

Jennifer lacht und reibt sich den blutenden Finger. »Glaub‘ mir, sie soll so leben, wie sie möchte, und keine Prinzessin werden.«

»Wieso?«, frage ich und küsse den Tropfen Blut auf ihrem Zeigefinger weg.

»Weil es für Prinzessinnen im wahren Leben kein Happy End gibt.«

Ich nicke verstehend, reibe über ihre blutverschmierte Haut. Erst jetzt fällt mir auf, was gerade passiert ist. »Hast du dich wirklich an einer Spindel gestochen?«

Ihr Gesicht bleibt starr, als würde sie einen Lachkrampf unterdrücken müssen. »Keine Angst, ich werde nicht in einen hundertjährigen Schlaf fallen.« Ihren Blick zieht es aus dem Fenster, weit hinaus auf das Meer. Sie lehnt sich zurück und lächelt, als wären ihren Gedanken in einem fernen Land und einer Welt voller Märchen, Prinzen und strahlender Helden. »Ich habe hier so etwas wie Glück, da will ich keinen Augenblick verpassen.«

Von ihren Worten in einen magischen Bann gezogen, kuschle ich mich an sie. »Meinst du das ernst?«

Sie dreht sich zu mir, hält meine Hand. Unsere Lippen trennen nur wenige Zoll.

»Jedes Wort. Küss mich, mein Prinz.«

ENDE

Sebastian Thiel

Dornröschen auf Droge – Sieben Wege, um mich zu brechen

Ich hoffe, dass euch die Story gefallen hat.
Wenn ihr mehr solche Geschichten lesen wollt oder Lust auf eine Fortsetzung habt, schreibt eine Rezension und euer Feedback. Ich würde mich sehr freuen und vielen Dank dafür!

Sebastian

www.sebastianthiel.net

Printed in Poland
by Amazon Fulfillment
Poland Sp. z o.o., Wrocław

67714947R00186